탈식민주의 시선으로 김수영 읽기

"이 책은 교육부 및 한국연구재단 CORE 사업의 지원을 받아 출판되었음"

탈식민주의 시선으로 김수영 읽기

노용무

역락

머리말

이 책은 필자의 박사학위 논문이다. 다섯 분의 심사위원들께서 지도해주신 글이다. 최승범 선생님, 채만묵 선생님, 허형석 선생님, 전정구 선생님 그리고 지도교수 양병호 선생님. 이 지면을 통해 다시 한 번 감사의 마음을 올린다. 또한 출간의 기회를 주신 전북대학교 인문학연구소 윤석민 선생님과 전북대학교 인문역량강화사업단(CORE) 및 역락 출판사 관계자께도 감사함을 전한다.

오랫동안 묵혀 두었던 글이 이제사 세상에 나오는 듯하다. 물론 2001년도 전북대학교 대학원을 졸업하기 위한 마지막 과정으로 제출된 논문이기에 이미 첫 선을 보인바 있다. 그 후로 몇 편의 김수영 관련 소논문을 썼었지만 필자의 학문적 관심은 이리저리 부유하고 있었다. 필자는 전국을 세 부문으로 나누어 시인의 현장을 답사했던 문학기행서, 그리운 시 여행에서 만나다(박이정, 2006), 추억의 시 여행에서 만나다(경진, 2010), 사랑의 시 여행에서 만나다(작가와비평, 2012) 시리즈 작업에 참여했었다. 이때 서울 경기 지역 중 필자가 맡은 시인이 김수영이었다. 서울에서 만난 김수영과 그의 시 그리고 흔적들은 쓸쓸했다. 그의 문학비를 품은 도봉산과 파고다 공원 근처의 <마리서사>, 파고다 어학원 1층 앞 시인의 생가터와 표지비, 그 풍경은 서울 그 쓸쓸함에 대한 고증이었다. 이 후로 다시 김수영은 필자에게 흐릿해졌다.

이 책은 2001년에 멈춰 있고 맞춰져 있다. 그런고로 현재까지 이루어진 김수영 관련 연구사를 새롭게 축적하지 못하고 있다. 물론 이 책의 내용과 형식 그리고 필자의 사유 또한 그 때 그 시점에서 머물러 있다. 하여, 약 15년 넘는 세월이 지난 묵힌 글을 출판하게 된 것이다. 필자는 새로운 내용이나 견해 혹은 이후의 연구사 검토를 보강하고픈 욕망이 있었다. 그러나 김수영을 일컬어 '뜯어 먹기 좋은 빵'이라 하지 않았던가. 그 사이 수많은 연구자들이 그 빵을 올곧고 맛나게 뜯어 먹었다. 그 방대한 연구 성과를 짧은 시간에 읽어내기란 역부족이었고 엄두가 나질 않았다. 분명 게으르기 때문이다. 부족하지만 지금까지 이루어진 김수영 관련 석박사학위 총목록을 정리하여 부록으로 첨부하였다. 다만 학위논문의 제목만 현 시점에 맞게 수정했을 뿐 내용과 형식은 그대로다.

다시금 김수영의 그늘이 드리운 것은 그의 시에 형상화된 현실과 작금의 우리 삶이 너무도 닮아있다는 슬픈 사실 때문이다. 이 책의 교정을 보면서 그리고 오래전에 학위논문을 쓰면서 생각했던 것은 동일하다. 김수영과 그의 시가 지닌 동시대성이다. 1960년대와 2016년. 그 사이 사이의 시간대 역시 마찬가지다. "대한민국은 민주공화국이다." 과연 맞는 말일까. 촛불 정국이 보여주는 것은 아니다. 김수영 사후 60여년이 흘렀지만 어느 날 고궁(청와대)을 나오면서 고백했던, 한번도 정정당당하게 붙잡혀간 소설가를 위해서, 언론의 자유를 요구하고 월남파병에 반대하는 자유를 이행하지 못하고, 언제나 가난하고 빽없는 갈비탕집 주인과 이발쟁이, 동회직원과 야경꾼들에게만 옹졸하게 분개하는 그의 소시민성이 이 시대에 여전하기 때문이다.

모래야 나는 얼마큼 적으냐
바람아 먼지야 풀아 나는 얼마큼 적으냐
정말 얼마큼 적으냐……

그러나 그 모래, 바람, 먼지, 풀들의 함성이 모여 거대한 뿌리를 이루는 동력임을 보았다. 김수영은 선언했다. 전통은 아무리 더러운 전통이라도, 역사는 아무리 더러운 역사라도, 진창은 아무리 더러운 진창이라도 이 썩어빠진 대한민국이 괴롭지 않다고 그도 감히 상상을 못하는 거대한 거대한 뿌리를 알고 있었기 때문이다. 김수영은 그것을 4월 혁명으로 보았고 필자는 촛불 속에 타오르는 횃불의 함성으로 느꼈다. 때문에 오래 묵은 이 논문을 책으로 출간할 용기가 비로소 생겼다. 부족하나마 묵은 흔적으로 뭉뚱그려진 이 책을, 하나 하나의 촛불을 든 수백만의 따뜻한 두 손에 바친다. 그리고 필자는 여전히 이번 학기 종강 때 그의 시 「거대한 뿌리」를 학생들에게 읽어 줄 것이다.

2016년 뜨거웠던 12월에...

노용무

차례

_일러두기

· 이 책은 필자의 박사논문인 「김수영 시 연구-포스트식민주의 관점을 중심으로」 이루어진 것입니다. 논문의 내용과 형식은 그대로 두고 책의 제목만 바꾸었습니다. 그 이유는 포스트식민주의와 탈식민주의라는 용어상의 민감한 어감 때문입니다. 탈식민주의라는 용어가 주는 지향성의 개념에 따라, 식민지적 상황으로부터 벗어나고자 하는 탈(脫)이란 관점을 수용하고자 했기 때문입니다. 이에 관해서는 책 본문 1장 3절 연구방법 중 각주 39번을 참조하기 바랍니다.

· 참고문헌 국내 석박사학위 총목록은 한국교육학술정보원(http://www.riss.kr)을 검색했습니다.(검색일자:2016. 12. 12.) 표기는 이 사이트의 표기를 따르되 부제는 생략하고 논문명을 제외한 한자는 한글처리 하였습니다. 이 중 사이트 내에서 석사와 박사 모두 표기되어 있는 논문은 박사에 정리했고, 논자의 성명이 불분명한 경우 사이트의 표기에 따랐습니다. 또한 두 명이상 동명이인의 경우 모두 게재하였습니다.

· 국내 석박사학위 총목록의 순서는 년도별로 구분하였고, 연구자 성명은 참고문헌 작성법에 따라 가나다 순으로 정리하였습니다.

Ⅰ. 서 론

1. 연구 목적

　김수영은 1921년 11월 27일 서울 종로구에서 김태욱과 안형순의 8남매 중 장남으로 태어났다.[1] 그는 해방과 더불어 「廟廷의 노래」를 『藝術部落』(1945)에 발표하면서 문단활동을 시작한다. 김수영은 <신시론> 동인의 사화집 『새로운 都市와 市民들의 合唱』(1949)에 「아메리카 타임誌」와 「孔子의 生活難」을 발표함으로써 본격적인 시작 활동을 전개한다. 그러나 1950년대에 발발한 한국전쟁으로 인해 작품 활동을 중단했다가 1953년에 이르러서 다시 작품을 창작한다.

　1968년 김수영 사후에 나타난 그에 대한 관심은 "해방 이후의 한국 현대시에 가장 강력한 영향력을 행사하고 있는 시인 중의 한 사람"[2] 또는

1) 이하 김수영의 생애에 관한 부분은 다음의 책을 참고했음.
　　최하림 편저, 『김수영』, 문학세계사, 1995.
　　최하림, 「요나의 긴 항해-김수영과 그의 6·25 체험」, 『문예중앙』 1993 봄호
　　김혜순, 『김수영-세계의 개진과 자유의 이행』, 건국대학교 출판부, 1995.
2) 김윤식·김현, 『한국문학사』, 민음사, 1987, 272쪽.

'김수영 신화'3)와 '영웅적 시인'4) 그리고 '김수영 현상'5) 등의 표현을 통해 폭발적으로 대두되었다. 이러한 평가는 그에 대한 관심과 애정의 정도를 측정할 수 있는 것이기도 하지만 영웅시되거나 우상화하는 측면 또한 간과할 수 없다. 지난 세기말에 대두되었던 '김수영 신드롬'6) 또한 이와 같은 그에 대한 과도한 평가로부터 자유롭지 못하다. 그러나 김수영에 대한 과도한 관심과 애정은 김수영의 영향력을 명시적으로 보여주는 증거이다.

최동호는 "70년대 중반 이후 김수영에게 바쳐진 당대 최고 수준의 평문들은 순수파와 참여파를 막론하고 그 누구도 그의 시적 업적을 전적으로 폄하할 수 없었다."7)고 말한다. 이러한 진술의 이면에는 순수파로 대표되는 모더니즘 계열과 참여파로 대표되는 리얼리즘 계열의 논자들 모두가 김수영과 그의 시를 간과할 수 없었다는 의미가 놓여 있다. 그것은 참여파와 순수파로 표상되는 문학사적 구도 속에서 김수영이 그 이원화된 구도를 무화시킬 수 있는 존재로 받아들여졌기 때문이다.

김수영은 리얼리즘과 모더니즘 또는 '참여'와 '순수'를 넘나드는 시인이자, 두 문학적 경향이 양립불가능한 것으로 인식되어왔던 태도에 정정을 요하는 시정신을 보여주었다. 그는 모더니즘에 기초하여 현실을 철저히 반영하고자 했으며, 현실을 반영하면서도 '작품다운 작품'8)을 쓰고자 하였다.

---

3) 김윤식, 「김수영 변증법의 표정」, 황동규 편, 『김수영의 문학 : 김수영 전집 별권』, 민음사, 1997, 295쪽.(이하『전집3』)

4) 조남현, 「70년대 시의 주조」, 『지성의 통풍을 위한 문학』, 평민사, 1985, 51쪽.

5) 김주연, 「문화산업 시대의 의미」, 『문학을 넘어서』, 문학과지성사, 1987, 41쪽.

6) 이러한 작업은 민족문학의 연장선상에서 그동안 김수영 시에 내려져 있던 일단의 부정적인 평가를 전면적으로 비판하고, 다시 김수영의 시를 탁월한 '민족문학의 역사적 귀감'으로 자리매김하려는 일련의 시도들이다. 그것은 민족문학의 위기, 본격문학의 위기, 더 나아가 문학의 위기 등 여러 가지 현상에 대한 절박한 위기의식의 소산이라 볼 수 있다. (김재용, 「김수영 문학과 분단 극복의 현재성」, 『역사비평』, 1997 가을/ 하정일, 「김수영, 근대성 그리고 민족문학」, 『실천문학』, 1998 봄)

7) 최동호, 「김수영의 문학사적 위치」, 『작가연구』 5호, 10-11쪽.

그의 시작 태도는 시정신의 치열함이란 측면에서 오늘날의 시인들에게 영향을 주었으며, 시대가 변화할 때마다 당대적인 의미로 끊임없이 재해석되었고 다시 읽을 수 있는 여지를 제공한다. 이러한 점은 그의 문학이 지닌 문학사적 중요성을 새롭게 환기시키는 근거로 작용하며, 해방 후 한국 시문학사에서 김수영의 영향력을 빼놓을 수 없는 이유이다.

김수영이 시와 산문을 통해서 보여준 시정신의 치열함은 당대의 현실을 인식하는 시적 태도와 비판적 지성을 가능케 했던 힘이다. 김수영의 치열한 시정신은 문학과 현실을 매개하는 고리임과 동시에 그의 시를 끊임없이 되풀이해서 읽을 수 있도록 해주는 원동력으로 작용한다. 따라서 본고의 목적은 수많은 논자들에 의해 제기된 김수영 현상을 가능케 했던 그의 시정신을 고찰하는 데 있다.

김수영의 시에 나타난 의식세계를 고찰하고자 하는 본고는 그의 시 속에 형상화된 현실과 문학과의 관련 양상을 주목한다. 본고의 작업은 식민지 시대와 식민지 시대 이후를 동일한 식민 체험으로 간주하는 포스트식민주의 관점을 원용하여, 시대와 사회에 대한 관심과 더불어 개인의 문제에 천착해 들어간 김수영 시의 미학과 시사적 가치를 재조명하는데 의의를 둔다.

---

8) 김수영은 "나는 우선은 우리 시단이 해야 할 일은 현재의 유파의 한계 내에서라도 좋으니 작품다운 작품을 하나라도 더 많이 내놓는 일이라고 생각한다"에서 '현재의 유파의 한계'와 '작품다운 작품'을 강조한다. 먼저 전자는 '참여'와 '순수'로 양분된 또는 리얼리즘과 모더니즘으로 이원화된 우리 문학판의 현실을 직시하고 있으며, 후자는 그러한 속에서 두 계열 모두에 대한 비판으로 읽을 수 있다. 즉 '참여'든 '순수'든 자신의 경향 또는 '유파의 한계 내에서라도' '작품다운 작품'이란 경구를 통해 작품성을 강조하기 때문이다. (김수영, 「生活現實과 詩」, 김수명 편, 『김수영 전집 2-산문』, 민음사, 1981, 192쪽, 이하 『전집2』)

2. 연구사 검토

김수영과 그의 시에 대한 연구는 1968년 48세에 운명을 달리한 전후로 나타나기 시작한다. 그의 죽음 직후에는 여러 잡지와 신문에서 김수영을 조명하지만, 1960년대 그에 대한 연구는 김현승과 백낙청의 글9)을 제외하고는 본격적이지 못하다.10) 그러나 1970년대에 발간한 김수영의 시선집11)과 산문선집12)은 당대 김수영에 대한 높은 관심을 보여준다. 이후 대두된 그에 대한 연구는 지속적으로 활발하게 이루어졌다.

1981년 『김수영 시선』13)과 『김수영 전집 1』,14) 『김수영 전집 2』,15) 그

---

9) 김현승, 「김수영의 시사적 위치와 업적」, 『창작과비평』 1968 가을호
   백낙청, 「김수영의 시세계」, 『현대문학』, 1968. 8.
10) 1960년대와 1970년대 초반에 나타난 김수영에 관한 글은 대부분 그의 생애와 전기에 대한 고찰, 그의 사후 추도의 성격, 회고의 정 등으로 본격적인 연구에는 이르지 못하고 있다.
   유종호, 「현실참여의 시, 수영·봉건·동문의 시」, 『세대』, 1963. 1-2.
   김상일, 「이 달의 문제작」, 『주간한국』, 1965. 7. 4.
   김현승, 「김수영의 시적 위치」, 『현대문학』, 1967. 8.
   신동엽, 「지맥 속의 분수」, 『한국일보』, 1968. 6.
   조병화, 「허전한 옆자리-수영을 먼저 보내며」, 『국제신문』, 1968. 6. 18.
   홍사중, 「탈속의 시인 김수영」, 『세대』, 1968. 7.
   안수길, 「양극의 조화」, 『현대문학』, 1968. 8.
   모윤숙, 「중환자들」, 『현대문학』, 1968. 8.
   유 정, 「김수영의 애도」, 『현대문학』, 1968. 8.
   김현경, 「충실을 깨우쳐 준 시인의 혼」, 『여원』, 1968. 9.
   최정희, 「거목같은 사나이」, 『현대문학』, 1968. 8.
   김현경, 「임의 시는 강변의 불빛」, 『주부생활』, 1969. 9.
   김소영, 「김수영과 나」, 『시인』, 1970. 8.
   김종문, 「김수영의 회상」, 『풀과 별』, 1972. 8.
11) 김수영, 『거대한 뿌리』, 민음사, 1974.
   김수영, 『달의 행로를 밟을지라도』, 민음사, 1976.
12) 김수영, 『시여, 침을 뱉어라』, 민음사, 1975.
   김수영, 『퓨리턴의 초상』, 민음사, 1976.
13) 김수영, 『한국현대시문학대계 24-김수영』, 지식산업사, 1981.

리고 1982년 김수영 평전 『자유인의 초상』,[16] 1983년 김수영 전집 별권으로 기획된 『김수영의 문학』[17] 등은 간행 이전에 쓰여진 연구성과를 종합하고, 그에 대한 연구를 반성하고 앞으로 나아가야 할 방향을 제시했다.

이러한 김수영에 대한 끊임없는 관심은 최근에까지 이어져 김수영 30주기를 맞는 1998년 이후 각종 문학잡지를 통해 김수영 특집이 기획되었다.[18] 특히 『작가연구』[19] 5호는 잡지의 전체를 '김수영 문학의 재인식'이라는 특집으로 그의 문학사적 의의를 재조명하고 있다. 『전집 3』 이후의 연구성과를 모은 『김수영 다시읽기』[20]는 김수영에 대한 다원적인 연구의 시각을 제공한다. 특히 100여편에 이르는 김수영 문학에 대한 석·박사학위논문은 김수영 현상과 그의 영향력을 반증하는 대목이다. 지금까지 김수영과 그의 시에 대한 본격적인 논의는 세 가지 방향에서 전개되어 왔다.

첫째는 내용론으로 김수영의 시의식을 논의하는 방향이다. 이 방향은 김수영의 시정신을 몇 개의 주제로 분류하는 주제론적 방법[21], 김수영의 문

---

14) 김수명 편, 『김수영 전집 1-시』, 민음사, 1981, 이하 『전집 1』.
15) 김수명 편, 『전집2』, 앞의 책.
16) 최하림, 『자유인의 초상』, 문학세계사, 1982.
17) 황동규 편, 『김수영의 문학』, 민음사, 1983, 이하 『전집 3』.
18) 최동호, 「김수영의 시적 변증법과 전통의 뿌리」, 『문학과 의식』, 1988 여름호.
　　김상환, 「김수영의 역사 존재론-교량술로서의 작시에 대하여」, 『세계의 문학』, 1998 여름호.
　　하정일, 「김수영, 근대성 그리고 민족문학」, 『실천문학』, 1998 봄호.
　　김명인, 「그토록 무모한 고독, 혹은 투명한 비애」, 『실천문학』, 1998 봄호.
　　유중하, 「달나라에 내리는 눈」, 『실천문학』, 1998 여름호.
　　이경덕, 「사물과 시선과 알리바이」, 『실천문학』, 1998 가을호.
　　정남영, 「바꾸는 일, 바뀌는 일 그리고 김수영의 시」, 『실천문학』, 1998 겨울호.
　　박수연, 「전근대에서 근대로, 근대에서 다른 근대로」, 『실천문학』, 1999 겨울호.
　　김정환, 「2중의 불행을 시의 동력으로」, 『실천문학』, 1999 겨울호.
　　김정환, 「벽의 변증법」, 『창작과비평』, 1998 겨울호.
19) 『작가연구』 제5호, 1998 상반기.
20) 김승희 편, 『김수영 다시읽기』, 프레스 21, 2000.
21) 김종철, 「시적 진리와 시적 성취」, 『문학사상』, 1973. 9.

학사적 위치를 밝히는 일환으로 모더니즘과 리얼리즘 그리고 초현실주의
등의 문예사조적 접근을 통한 방법22), 근대성과 관련된 김수영 시의 근대

김 현, 「자유와 꿈」, 『거대한 뿌리』, 민음사, 1974.
김종철, 「첨단의 노래와 정지의 미 – 김수영의 폭포」, 『문학사상』, 1976. 9.
염무웅, 「김수영론」, 『창작과비평』, 1976 가을호.
황동규, 「정직의 공간」, 『달의 행로를 밟을지라도』, 민음사, 1976.
김규동, 「인환의 화려한 자질과 수영의 소외의식」, 『현대시학』, 1978. 11.
김우창, 「예술가의 양심과 자유」, 『궁핍한 시대의 시인』, 민음사, 1978.
권영민, 「진실한 시인과 시의 진실성」, 『문예중앙』, 1981 겨울호.
김병익, 「진화, 혹은 시의 다의성」, 『문예중앙』, 1981 겨울호.
김인환, 「한 정직한 인간의 성숙과정」, 『신동아』, 1981. 11.
김주연, 「교양주의의 붕괴와 언어의 범속화」, 『정경문화』, 1982. 5.
유종호, 「시의 자유와 관습의 굴레」, 『세계의문학』, 1982 봄호.
이숭원, 「김수영론」, 『시문학』, 1983. 4.
허소라, 「김수영론」, 『한국현대작가연구』, 유림사, 1983.
정과리, 「현실과 절망의 긴장이 끝간 데」, 『김수영』, 지식산업사, 1985.
김재용, 「김수영 문학과 분단극복의 현재성」, 『역사비평』, 1997 가을호.
김재용, 「분단현실과 민족시의 방향」, 『시와사람』, 1998 봄호.
최동호, 「김수영의 문학사적 위치」, 『작가연구』5호, 새미, 1998.
유재천, 「김수영의 시 연구」, 연세대 대학원 박사학위논문, 1986.
김종윤, 「김수영 시 연구」, 연세대 대학원 박사학위논문, 1987.
조명제, 「김수영 시 연구」, 우석대 대학원 박사학위논문, 1994.
22) 유종호, 「다채로운 레파토리 수영」, 『세대』, 1963. 1-2.
김현승, 「김수영의 시적 위치」, 『현대문학』, 1967. 8.
김현승, 「김수영의 시사적 위치와 업적」, 『창작과비평』, 1968 가을호.
백낙청, 「김수영의 시세계」, 『현대문학』, 1968. 8.
김시태, 「50년대 시와 60년대 시의 차이」, 『시문학』, 1975. 1.
염무웅, 「김수영론」, 『창작과비평』, 1976 봄호.
백낙청, 「'참여시'와 민족문제」, 『창작과비평』, 1977 여름호.
김홍규, 「김수영을 위한 메모」, 『심상』, 1978. 1.
조남현, 「우상의 그늘」, 『심상』, 1978. 10.
김영무, 「시에 있어서의 두 겹의 시각」, 『세계의문학』, 1982 봄호.
김명수, 「김수영과 나」, 『세계의 문학』, 1982 겨울호.
김영무, 「김수영의 영향」, 『세계의문학』, 1982 겨울호.
서준섭, 「한국 현대시와 초현실주의-시정신의 모험을 위하여」, 『문예중앙』, 1993 봄호.
이종대, 「김수영 시의 모더니즘 연구」, 동국대 대학원 박사학위논문, 1993.
강연호, 「김수영 시 연구」, 고려대 대학원 박사학위논문, 1995.

성 문제23), 인접학문과의 학제적 연구24), 다른 시인과의 비교 연구25) 등을
포괄한다.

둘째는 형식론으로 김수영 시의 형식·구조적 측면에 주목하는 방향이
다. 이 방향은 김수영의 개별 작품을 중심으로 언어학적 방법을 적용하여
분석하는 경우26), 시의 기법적 측면에서 제재 선택, 속도, 반어와 풍자, 암

23) 이승훈, 「1950년대의 우리시와 모더니즘」, 『현대시사상』, 1995 가을호
　　김유중, 「김수영 시의 모더니티(1)」, 『국어국문학』119호, 국어국문학회, 1997.
　　최두석, 「김수영의 시세계」, 『인문학보』23집, 강원대인문과학연구소, 1997.
　　김경숙, 「실존적 이성의 한계인식 혹은 극복의지」, 『1960년대 문학연구』, 깊은샘, 1998.
　　김명인, 「그토록 무모한 고독, 혹은 투명한 비애」, 앞의 책.
　　이기성, 「1960년대 시와 근대적 주체의 두 양상」, 『1960년대 문학연구』, 깊은샘, 1998.
　　하정일, 「김수영, 근대성 그리고 민족문학」, 앞의 책.
　　박수연, 「김수영 시 연구」, 충남대 대학원 박사학위논문, 1999.
24) 근대성의 문제와 관련하여 김상환은 모더니즘 시대의 철학과 김수영 시를 탈근대성의
　　문제와 관련시켜 논의한 철학자이다. 그의 일련의 논의는 다음과 같다.
　　김상환, 「김수영의 역사 존재론:교량술로서의 작시에 대하여」, 『세계의문학』, 1998 여름호
　　＿＿＿, 「김수영과 책의 죽음 : 모더니즘의 책과 저자2」, 『세계의문학』, 1993 겨울호
　　＿＿＿, 「모더니즘 또는 사욕의 금욕주의 : 김수영과 시의 속도」, 『현대시학』1993. 11-
　　1994. 3.
　　＿＿＿, 「모더니즘의 책과 저자 : 데카르트에서 데리다까지」, 『세계의문학』, 1993 가을호
　　＿＿＿, 「스으라의 점묘화 : 김수영 시에서 데카르트의 백색 존재론」, 『철학연구』, 1992
　　가을호
　　＿＿＿, 「우리시와 모더니즘의 변용 : 김수영의 경우」, 『현대시사상』, 1995 여름호
　　＿＿＿, 「전용, 혼용, 변용-아름다운 우리말을 위한 김수영론」, 『세계의문학』, 1994 가을호
　　＿＿＿, 「김수영과 한국시의 미래-풍자와 해탈 사이에서」, 『현대비평과이론』, 1998 가
　　을·겨울호
　　＿＿＿, 『풍자와 해탈 혹은 사랑과 죽음-김수영』, 민음사, 2000.
25) 이은정, 「김수영과 김춘수 시학의 대비적 연구」, 이화여대 대학원 박사학위논문, 1993.
　　최미숙, 「한국모더니즘 글쓰기 방식에 관한 연구 - 이상과 김수영을 중심으로」, 서울대
　　대학원 박사학위논문, 1997.
26) 황동규, 「절망 후의 소리-김수영의 꽃잎」, 『심상』, 1974. 9.
　　김　현, 「웃음의 체험」, 김용직·박철희 편, 『한국현대시작품론』, 문장, 1981.
　　서우석, 「김수영 : 리듬의 희열」, 『詩와 리듬』, 문학과지성사, 1981
　　정과리, 「현실과 전망의 긴장이 끝간 데」, 『한국현대시문학대계24 김수영』, 지식산업
　　사, 1981.
　　김치수, 「「풀」의 구조와 분석」, 『한국대표시평설』, 문학세계사, 1983.

시와 폭로 등에 초점을 맞춘 논의[27] 등이다.

셋째는 그의 산문과 시평 등을 중심으로 시론을 검토하는 방향이다. 이 방향은 서양의 문학론과 김수영 시론의 관련성을 살펴보거나 모더니즘시론의 연장선상에서 김수영의 시론을 평가[28]하고, 1960년대 순수·참여 논쟁의 과정에서 대두된 '불온성' 논쟁 등을 검토하면서 김수영의 시론을 탐구하는 작업[29]이다.

이와 같은 연구사 검토를 통해 본고의 연구 방향과 부합되는 논의는 다음과 같다. 먼저 이중[30]과 한명희[31]의 논문이 주목된다. 이중의 글은 김수영의 시를 4·19를 중심으로 구분한 다음, 4·19 전과 후의 시세계의 변모 양상에 관심을 기울이던 연구 방법을 지양하고, 김수영의 시 전체에 나타나는 의식세계의 특성에 초점을 맞추어 진행시킨 논문이다. 그는 "초기부터 최후에 이르기까지 끊임없이 추구한 것으로 보이는 자기 동일성(identity)

강우식, 「김수영의 시 「풀」 연구」, 『경희어문학』7집, 경희대국문과, 1986. 9.
노대규, 「시의 언어학적 분석-김수영의 「눈」을 중심으로」, 『매지논총』3집, 연세대매지학술연구소, 1987.
김혜순, 「김수영 시 연구--담론의 특성 연구」, 건국대 대학원 박사학위논문, 1993.

27) 이경희, 「김수영 시의 언어학적 구조와 의미」, 『이화어문논집』8집, 이화여대한국어문학연구소, 1986.
권오만, 「김수영 시의 기법론」, 『한양어문연구』13집, 한양대 한양어문연구회, 1995.
김효곤, 「김수영의 「사랑의 변주곡」 연구」, 『국어국문학』33집, 부산대 국문과, 1996.
한명희, 「김수영 시의 기법」, 『전농어문연구』10집, 서울시립대 국어국문학과, 1998. 2.
황혜경, 「김수영 시의 아이러니 연구」, 이화여대 대학원 박사학위논문, 1998.

28) 이승훈, 「김수영의 시론」, 『심상』, 1983. 4.
김준오, 「한국모더니즘시론의 사적 개관」, 『현대시사상』, 1991 가을호.
강웅식, 「김수영의 시의식 연구 - '긴장'의 시론과 '힘'의 시학을 중심으로」, 서울대 대학원 박사학위논문, 1997.

29) 정효구, 「이어령과 김수영의 <불온시> 논쟁」, 『20세기 한국시와 비평정신』, 새미, 1997.
최두석, 「현대성과 참여시론」, 한계전 외, 『한국현대시론사연구』, 문학과지성사, 1998.

30) 이 중, 「김수영 시 연구」, 경원대 대학원 박사학위논문, 1995.

31) 한명희, 「김수영의 시정신과 시방법론 연구--셀프 아키타입의 시적 형상」, 서울시립대 대학원 박사학위논문, 2000.

의 실체"를 일관되게 고찰한다. 한명희의 글은 김수영 문학에 대한 심리학
적 접근, 즉 인간 공통의 상상력을 유형화하여 과학적으로 체계화한 융의
'아키타입 이론'을 적용하여 일관된 정신구조를 해명하고자 한 논문이다.
이러한 논의 성과에 기대어, 김수영의 시 전체를 일관하는 시정신을 고찰하
고자 하는 본고는 근대의 문제를 바라보는 김수영의 인식에 주목한다.

　김수영과 근대의 문제를 언급한 선행 연구 중 박수연[32]의 글은 '왜'
1960년대 김수영의 시가 1950년대에 대비해 새로운 면모를 획득하게 되었
는가에 주목한 논문이다. '왜'라는 문제의식을 가지고 김수영의 시를 읽는
독법은 당대의 현실적 경향들을 그의 시가 '어떻게' 포착하고 있는가를 다
루는 방식이기도 하다. 그러한 방법론을 통해 논의의 중심에 놓이는 것은
김수영의 근대 체험이다. 이 글은 새로운 시대와 근대의 두 가지 지향을
통해 김수영의 모더니즘 경험과 정신적 염결주의, 역사의 발견과 자기 변
혁을 거론하고, 근대와 반근대의 의미를 추적하는 가운데 억압적 근대와
정치적 무의식에 내재하는 제 요소를 통해 근대 극복의 새로운 시야를 밝
히는 데 주력한 작업이라 할 수 있다.

　김수영을 포스트식민주의적 관점으로 논의한 김승희[33]는, 제3세계 식민
지적 상황에 위치해 있던 김수영의 텍스트 속에서 포스트식민주의적 전략
을 찾고, 잼모하메드의 구분에 따른 상징적 텍스트와 상상적 텍스트가 어
떻게 드러나는지를 고찰한다. 그러한 작업을 통해 김수영의 포스트식민주
의적 텍스트는 산문성, 풍자, 비어, 역설과 반어로써 이성중심주의 해체,
카니발적 언술, 강한 반복적 리듬, 패러디 등이 있음을 밝힌다. 김승희는
포스트모더니즘과 포스트식민주의의 이론적 접점을 공유하면서도 포스트

---

32) 박수연, 「김수영 시 연구」, 앞의 논문.
33) 김승희, 「김수영의 시와 탈식민주의적 반(反)언술」, 『김수영 다시읽기』, 프레스 21,
　　2000.

모더니즘에 함몰하지 않는 김수영의 태도를 주목한다.

김승희에 의하면, 포스트모더니즘은 중심을 해체하고 정체성을 의문시함으로써 민족과 개인성의 와해·국제주의 속으로 병합되어버릴 위험성이 높지만 김수영은 세계문화, 특히 영미 문화에 기대어 한국 문화를 비판하면서도 자신이 서 있는 민족적 위치에서 역사·정치·경제·사회적 조건들을 투철하게 인식하고자 했기에 자신의 정체성을 유지할 수 있었다. 그러나 김수영의 텍스트가 탈중심적, 탈권위적, 탈식민지적 성향을 보임에도 불구하고 '여성'의 타자성 극복이라는 페미니즘적 인식이 보이지 않는 것은 김수영의 한계이자 시대의 한계임을 지적한다.

김승희의 논의는 포스트식민주의적 관점을 적용하여 김수영을 논의한 최초의 글이라는 점에서 의의를 지닌다. 그러나 그녀가 사용한 잼모하메드의 상상적·상징적 텍스트 구분 자체는 라캉의 이론을 원용한 방법론으로서 식민주의자들의 텍스트를 분석하기 위한 방식이다. 따라서 식민주의자와는 다른 식민지의 상황에 놓여있는 김수영의 텍스트를 분석하기 위한 방법으로 쓰일 경우 세심한 주의가 필요하다. 실제로 현재 진행 중인 포스트식민주의 주체 논쟁에서 제3세계를 중심으로 이루어지는 논의의 경우, 유럽의 고급이론을 차용한 사이드, 스피박, 바바의 제1세계 중심의 이론을 거부시하는 경향이 있기 때문이다.34)

연구사 검토를 통해 알 수 있듯이, 김수영의 시세계에 대한 논의는 다양한 각도에서 이루어졌지만 그의 삶의 태도나 시정신, 그리고 시적 주제 등에 주로 집중되어 있다. 그것은 그의 시세계의 전체적인 조망을 체계적으로 시도하는 작업의 중심에 항상 놓여 있는, 현실과 관련한 문학적 대응에 역점을 둔 고찰이거나 주제비평의 범주 속에서 집중적으로 이루어져 왔다.

---

34) Bart Moore-Gilbert, *Postcolonial Theory: Contexts, Practices, Politics*, London: Verso (이경원 역, 『탈식민주의! 저항에서 유희로』, 한길사, 2001.)

따라서 "전기의 모더니즘, 후기의 참여시로 양분"[35]하여 그 변모 과정을 추적하는 연구 성과는 상당한 업적을 이루었다. 결국 리얼리즘과 모더니즘 또는 순수와 참여의 양분법에서 벗어나 시 전체를 일관하는 정신을 찾아야 한다.

3. 연구방법

본고는 기존의 연구 성과에 힘입어, 김수영에 대한 리얼리즘 또는 모더니즘이라는 양자택일 방식을 탈피하여, 그의 시세계 전체를 일관하는 시정신을 밝히는 것을 목적으로 한다. 따라서 본고는 식민지 시대와 식민지 시대 이후에 걸쳐 있는 김수영의 시와 산문을 중심으로 근대[36]에 저항하는

---

35) 이승훈, 『한국현대시론사』, 고려원, 1993, 175-176쪽.

36) 본고의 논의에서 중요하게 사용되는 용어인 '근대(modern)'와 '근대성(modernity)'은 영문 용어를 어떻게 번역할 것인가 하는 문제(Matei Calinescu, 이영욱 외역, 『모더니티의 다섯 얼굴』, 시각과 언어, 1994, 23-24쪽)와 연결된다. 모던(modern)의 어원은 라틴어 모데르누스(modernus)가 '최근에, 바로 지금'을 뜻하는 부사 모도(modo)에서 파생됨으로써 '최근의, 우리시대에 속하는, 새로운, 현재의' 등의 의미를 갖게 된다. 따라서 modern은 고정적인 것이라기보다는 끊임없이 변화되어 가는 것으로서의 시류(mode)의 의미를 내포하게 된다는 점에서 모던(modern)이라는 용어 자체에는 '시간상으로 먼 근대'와 '시간상으로 가까운 현대'에 대한 구분이 없어진다. 지금의 모던(modern)의 개념은 중세 이후의 시대를 지시한다. '고대-중세-근대'라는 시간 용어의 성립은 르네상스기 인문주의자들이 자신들의 시대를 소위 '이상적이고 참된' 고대와 대비하기 위해 그 사이에 중세라는 어둠의 시대를 만들어놓음으로써 비롯된다.(Matei Calinescu, 위의 책, 29-33쪽 참조) 용어상으로 보면, 근대는 르네상스 이후의 시기를 가리키는 셈이다.
　본고는 중세 이후 르네상스를 거쳐 진행된 시간을 근대라고 보는 관점을 좇아서 모던(modern)의 시대가 출발한 이후 지금까지를 근대의 범주로 포괄하기로 한다. 이럴 경우, 근대는 16세기 이후의 자본주의와 동일한 외연적 의미를 지닌 용어가 된다. 따라서 '근대'는 고대, 중세와 같은 시간적 질서에 따른 구분이고, '근대성'은 근대에 출현하는 가치, 태도, 원칙들의 경향 등을 지칭한다. 그리고 '근대'와 '근대성'은 '현대'나 '동시대'로 번역될 수 있는 comtemporary와 지금의 시대를 총괄적으로 지칭할 수 있는 역사적 개념으로서의 자본의 시대를 통칭하는 '넓은 의미의 근대'(오세영, 「모더니즘, 포스트모더니즘, 아방가르드」, 『한국근대문학론과 근대시』, 민음사, 1996, 357-358쪽)를 포

대항 담론의 모습을 살펴보고자 한다. 이를 위해 본고가 주목하는 것은 근대의 담론이 지닌 이중성과 그 이중성을 바탕으로 하는 김수영의 근대 체험이다.

김수영의 출생지인 서울은 식민화 정책의 실험지로서 중심부와 주변부의 의미를 지니는 곳이다. 식민지 민중들을 중심으로, 모든 세력이 규합하는 지점이자 식민지의 중심부인 서울은 식민본국의 중심인 동경(東京)의 주변부의 의미를 지니기 때문이다. 전근대적인 서당과 근대적인 최신식 학교가 공존하는 서울은 식민지의 중심이자 제국의 주변이었다. 이와 같은 중심과 주변의 이원적 구조는 해방 이후에도 모습을 달리하여 지속된다.

해방은 근대 민족국가를 형성하는 결정적인 계기이자 세계 자본주의 체제로의 본격적인 편입을 의미하는 사건이었고, 분단과 민족분열로 이어지는 계기이기도 했다. 이러한 계기로서의 해방은 한국사에서 중요한 두 시기를 분할하는 잣대이다. 그것은 해방 이전과 이후라는 시간적 질서에 따른 연대기적 구분점이자 식민지 시대와 식민지 시대 이후를 지칭하는 것이기도 하다. 이러한 식민지 이전과 이후의 구분은 근대 민족국가의 성립에 주요한 요건이지만, 근대의 형성 측면에서 보면 타자에 의해 이식된 근대라는 체험의 맥락에서 그 의의를 상실한다. 즉 식민적 근대가 이식되고 분열된 근대였듯이, 식민 이후의 근대 역시 그러한 개념 규정에서 벗어날

함한 개념으로 사용한다. 이와 더불어, '근대화'는 근대성을 구현하기 위한 기획, 전력, 운동 등을 가리키며, '근대주의'는 근대성을 지지하거나 비판함에 있어서 나타나는 근대적 태도, 입장 또는 관점 등을 나타낸다. 참고로 '근대주의'는 '모더니즘'과는 별개로 사용한다. 전자는 사회학적인 개념에 한정하여 사용하며, 후자는 미학적 근대성을 지칭하는 개념으로 문학적 경향에 주목하고자 한다. 본고에서는 김수영의 시를 중심으로 김수영의 근대에 대한 체험과 인식을 어떻게 시에 형상화했느냐가 중요하다. 따라서 우리의 근대와 근대문학의 개념과 그 기점문제에 관한 논의가 논자에 따라 많은 편차를 보이지만 본고는 갑오경장 기점설을 따른다. 갑오경장 기점설은 정도의 차이는 있지만 우리의 근대문학의 형성에 서구의 영향이 기본적으로 작용하고 있다는 관점이다.

수 없는 문화적 식민주의를 의미하기 때문이다.

1945년 해방 이후 분단된 한반도의 상황에서, 김수영의 문학적 행보는 20세기의 화두인 근대성의 문제가 완성되거나 끝나지 않았기에 여전히 동시대적이다. 근대 또는 근대성의 문제는 식민 또는 식민성의 문제와 관련이 있다. 식민적 근대 또는 근대성이란 근본적으로 이중적이다. 왜냐 하면 식민지 개척의 도구적 근대는 식민화 과정의 수혜 또는 수탈의 다른 이름이자 식민지 근대화론과 식민지 수탈론의 논쟁을 일으켰던 이중적 방식이었기 때문이다.

김수영은 해방 이후 1950년대와 1960년대를 관류하는 한국사회의 전근대성과 근대성이 교차하는 삶의 방식을 동시에 경험한 시인이다. 김수영의 문학행위는 한국사회의 구조를 그대로 노정하는 글쓰기였고, 한국사회의 특수성을 드러내는 일련의 사회적 산물이기 때문이다. 한국사회의 특수성이란 이중적 근대의 체험을 말한다. 이중적 근대의 체험은 세계사적 보편성과 더불어 한국사회만의 독특한 경험을 포함하는 방식을 의미한다. 한국사회의 독특한 근대 체험은 일제 강점으로 인해 파생된 이식된 근대 또는 분열된 근대를 지칭한다.

"식민지적 근대가 일제의 한국지배를 정당화하려는 맥락 속에 위치하고 있다면, 근대화 담론은 비서구 사회에 대한 서구 사회의 지배를 정당화하려는 권력의 논리를 내재하는 것"[37]이다. 따라서 그 권력의 논리를 분석하는 것은 유럽 중심의 이데올로기에 대항 또는 저항하고자 했던 포스트식민주의의 문제의식을 중심으로 제1세계의 제국주의적 성격을 검색하고 해체하는 제3세계적 관점이다.

---

37) 정근식, 「20세기 한국사회의 변동과 근대성」, 현대문학이론학회, 『현대문학이론연구』10집, 1999, 83쪽.

포스트 콜로니얼이라는 용어는 일견 제국주의 세력이 물러간 이후의 민족
문화만을 그 의미론적 토대로 두고 있는 것처럼 보인다. 그러나 이 용어는
종종 식민주의로부터 독립을 쟁취한 시기를 전후로 <식민주의> 시기와
<후기 식민주의> 시기를 구분할 목적으로 채택되어, 민족문학사를 정초하
거나 또는 각 민족문학사간의 단계별 비교 연구를 실행하는 데 사용된다.
일반적인 의미에서 <식민주의적>이라는 용어는 독립 이전의 시기를 지칭
하는 데 사용되어 왔다. 반면 <현대 캐나다 문학> 혹은 <동시대 서인도
제도 문학>같은 민족문학을 일별하는 용어들은 독립 이후의 시기를 지칭하
는 개념으로 선별되어 온 편이다.

그렇지만 <포스트 콜로니얼>이라는 용어는 식민주의 시기로부터 현재에
이르기까지 제국주의적 영향으로부터 자유로울 수 없었던 모든 문화를 포괄
하는 통칭적 개념으로 사용된다.[38]

포스트식민주의는 결국 식민지 시대와 식민지 시대 이후를 통칭하는 개
념이다.[39] 따라서 포스트식민주의는 비단 식민지 시대뿐만 아니라 독립을

---

38) Bill Ashcroft, Gareth Griffiths, and Helen Tiffin, 이석호 역, 『포스트 콜로니얼 문학이론』,
    민음사, 1996, 12쪽.
39) 본고에서 사용하는 포스트식민주의란 Postcolonialism의 역어이다. 포스트콜로니얼리즘
    은 이미 여러 논자들에 의해 탈식민주의로 번역되어 쓰여지고 있다. 그러나 탈식민주
    의란 용어를 사용함에는 세심한 주의가 요청된다. 포스트콜로니얼리즘이란 용어의 문
    제에 있어서, 포스트콜로니얼리스트들은 포스트콜로니얼리즘이라는 개념을 '탈식민주
    의'와 동일한 개념으로 사용하면서 그 의미를 전통의 부활에서 찾는 경우(Chinweizu,
    Jemie, Madubuike, *Toward the Decolonization of African Literature*, London: Routledge, 1980)
    와 식민주의 시기로부터 현재에 이르는 제국주의의 연속적 과정으로 기술하는 경우
    (Bill Ashcroft, Gareth Griffiths, and Helen Tiffin, *The Empire Writes Back*, London:
    Routledge, 1989. 이석호 역, 『포스트 콜로니얼 문학이론』, 민음사, 1996)로 구분하여 사
    용하고 있기 때문이다.
    이에 대해 린다 허천은 '포스트콜로니얼리즘(Postcolonialism)'이라고 할 때의 '포스트
    (post)'라는 접두사를 두 가지 의미로 정리한다. 첫째는 식민주의의 연장(신식민주의)이
    라는 의미이고 둘째는 식민주의로부터의 해방(탈식민주의)이라는 의미이다. '포스트'라
    는 접두사에는 이 두 가지 의미가 착종되어 있기 때문에 이것을 작위적으로 분리하여
    하나의 의미만을 강조하는 것은 포스트콜로니얼리즘의 실천전략을 지나치게 단순화하
    는 우를 범할 수 있다고 그는 주장한다.(Linda Hutcheon, "Colonialism and the Postcolonial
    Condition : Complexities Abounding", *PMLA 110*(Jan. 1995), p. 10)

한 후에도 계속 남아 파괴적인 영향력을 행사하고 있는 식민지의 잔재를
탐색해서, 그것들의 정체를 밝혀내고 그것들에 대항하자는 인식에 근거하
고 있다.[40] 그러한 인식의 중요한 요소는 제국주의에 의한 식민 체험이다.
그것은 다양한 개별 문학들이 특수하고 변별적인 지역적 특성들을 초월하
여 이끌어 낸 제3세계의 공통분모이기도 하다.

　제3세계의 개별 문학들은 모두 제국주의 세력과의 긴장 관계를 통해서
그리고 제국주의 본국이 수행하는 '중심문화'의 동일화 논리와 차별화를
선언함으로써 자신들의 존재를 주창한다. 프란츠 파농은 다음과 같이 말한
다. '주인처럼 되고 싶은' 니그로는 "나는 백인의 문화, 백인의 아름다움,
그리고 백인의 백인성과 결혼하는 것이다. 나의 지칠 줄 모르는 손이 그
순백의 젖가슴을 애무하는 순간, 백인의 문명과 존엄이 내 손아귀에서 내

　따라서 이미 번역되어 쓰이고 있는 탈식민주의란 용어는 식민지적 상황으로부터 벗어
나려는 철저한 '탈(脫)식민주의'라는 의미가 내포되어, 식민주의로부터의 해방이라는
개념을 수용하는 것으로 보인다. 그러나 탈식민주의라는 용어 그 자체에는 포스트콜로
니얼리즘이 갖는 통문화적 특성을 간과한 느낌을 지울 수 없다. 또한 탈식민주의의
'탈'이 식민 상태를 탈피했다는 의미로 쓰일 경우, 식민주의가 지배한 역사적 단계를
이미 통과했다는 관점으로 읽힐 수도 있다. 그것은 비판의 초점을 식민지 과거로만 한
정시킴으로써 현재의 신식민적 지배구조를 보지 못하는 결과를 초래하기도 한다.
　결국, 문제는 포스트콜로니얼리즘의 접두사 'post'를 어떻게 해석할 것인가이다. 그것
은 시각에 따라 이후 after, 절반 semi, 후기 late, 탈 ex, 신 neo 등 여러 가지 의미를 가
진 복합적인 층위로 읽힐 수 있다. 또한 료타르 식으로 말하면, 'post'라는 접두사는 '전
환 conversion'과 같은 어떤 것을 가리킨다. 다시 말해 그것은 심정의 변화와 새롭고 더
나은 세계의 출현을 암시하는 것이다. 필자가 포스트콜로니얼리즘과 포스트식민주의,
탈식민주의 등의 용어에서 포스트식민주의를 선호하는 것은 그것이 그 사조의 통문화
적 잡종성을 가장 상징적으로 표상한다고 보여지기 때문이다.
　본고는 이 글에서 사용하는 포스트콜로니얼리즘의 역어로서 포스트식민주의를, 그
개념규정에 있어 린다 허천의 견해에 따른다. 따라서 '포스트식민주의' 또는 '식민성'
은 식민지 시대와 식민지 시대 이후를 일련의 연속적 과정으로 파악하는 관점이고, '탈
식민주의' 또는 '탈식민성'은 신식민지로부터의 해방을 의미하는 개념으로 구분하여
사용한다.
40) 김성곤, 「탈식민주의 Post-Colonialism 시대의 문학」, 『외국문학』 1992년 여름호, 열음사,
　14쪽.

것으로 화하는 것이다."[41] 여기에서 프랑스의 지배를 받던 식민지인 파농 또는 노예 니그로를 현재의 우리로, 백인들의 문화, 백인의 아름다움, 백인 성에 대한 맹목적인 추구를 우리의 몰주체성으로 환치하는 것은 우리의 가슴 아픈 현실을 적나라하게 드러내는 비유이다.

노예인 니그로가 주인인 백인 여자의 가슴을 애무함으로써 백인의 근대 또는 근대성을 향유할 수 있다고 믿는 것은, 일본말을 배워야 출세한다던 그때와 해방이후 일본어 선생과 영어 선생에 주눅들은 국어 선생의 모습 을 환기시키며[42] 일어와 영어에 압도당한 우리의 내면 풍경으로 다가온다. 이것은 중심부를 향한 주변부의 욕망 관계로 볼 수 있다. 그러한 욕망은 권력에의 추수 과정이기도 하다. 식민 본국 또는 제국주의 국가에 의해 수 행되어온 권력은 그 동안 압제자의 자리를 차지했다. 포스트식민주의는 우 리로부터 특권을 갖고 '중심'으로 군림해 왔던 식민 이데올로기의 잔재나 새로운 형태의 억압/착취 구조에 대해 반격을 가한다는 점에서 특징적이다.

본고가 주목하는 포스트식민주의적 문제의식은 제3세계의 근대 또는 근 대성을 이해하는 하나의 방식이자 제3세계의 일원인 우리의 근대 또는 근 대성을 밝힐 수 있는 방법론으로도 유용하다. 우리의 경우, 근대는 일본의 제국주의에서 미국의 문화적 제국주의로 모습을 달리하여 이동했을 뿐이 다. 왜곡된 근대를 이식했던 주체인 식민주의자로서의 일본과 미국은 우리 에게 동일한 식민 의식을 강요하는 바, 그것은 실제 식민지 시절과 해방 이후 문화적 제국주의에 놓여진 식민 체험으로 구체화된다.

포스트식민주의적 관점은 군사적 식민지 상황뿐만 아니라, 독립한 후에

---

41) Frantz Fanon. 이석호 역, 『검은 피부, 하얀 가면』, 인간사랑, 1998, 84쪽.
42) "어릴적 알아들을 수 없었던 일본말,/ 그날의 수수께끼는 풀리지 않았는데/ 다시 내 곁 에 앉아 있는 일본어선생,/ 내 곁에 뽐내고 앉아 있는 영어선생,/ 어찌하여 나는 좀 부 끄러워 하는가." 문병란, 「植民地의 國語時間」, 『땅의 戀歌』, 창작과비평사, 1981.

도 여전히 정치적·경제적·문화적으로 영향력을 행사하는 식민성에 대한 검색과 해체를 요구하는 태도이다. 그것은 현재 진행 중인 근대에 대한 성찰과 맥을 같이하는 것으로 식민지 시대와 그 이후 시대를 연속적으로 파악하는 관점이다. 이와 같은 논의의 연장선상에서 포스트식민주의적 관점을 견지하고 우리문학을 점검한 경우는 김성곤43), 나병철44), 고현철45) 등을 들 수 있다.

김성곤은 포스트식민주의에서 중심과 주변의 모티프가 중요함을 강조하면서 이광수의 『무정』, 염상섭의 『만세전』 그리고 현진건의 단편들에 대한 다시 읽기를 시도한다. 그러한 작업을 통해 김성곤은 식민지 시대에 산출된 작품 속의 주인공들이 중심과 주변 사이에서 고뇌하고 방황하는 경우가 많음을 지적한다. 왜냐하면 식민지에서 문화의 중심은 곧 제국의 문화를 의미하며, 식민지의 문화는 언제나 주변부에 위치할 수밖에 없다는 사실 때문이다. 김성곤의 글이 포스트식민주의의 소개와 그것의 적용이라는 개략적 작업인데 비해 나병철의 글은 개화기에서 해방 전까지를 아우르는 근대의 문제를 우리 문학과 결부시켜 논의한 폭 넓은 작업이다.

나병철은 근대성과 연관된 두 가지 주제를 서사와 민족 담론으로 상정하여 애국계몽기, 신문화, 염상섭, 현진건, 사회주의 문학, 이야기체 문학(『임꺽정』), 이상의 모더니즘 등을 점검한다. 그러한 작업을 통해 나병철은, 우리의 근대 문학이 서구적 근대와 민족 전통문화의 혼화 과정을 통해 제3의 혼혈성을 띠는 과정임을 말한다. 그것은 순수한 근대의 원본에 대한 변두리 문화나, 순결한 민족적 처녀성을 상실한 매판 문화가 아닌, 오히려 서구 중심주의와 민족 중심주의를 극복한 타자성과 혼종성을 담고 있다는

43) 김성곤, 「중심과 주변, 탈식민주의적 텍스트 읽기」, 『뉴미디어 시대의 문학』, 민음사, 1996.
44) 나병철, 『근대 서사와 탈식민주의』, 문예출판사, 2001.
45) 고현철, 「동양의 탈근대적 주체 모색과 양가성」, 『한국문학논총』 24집, 1999. 6.

것이다. 김성곤과 나병철의 이러한 연구는 구체적인 작품 분석의 예를 모두 해방 이전의 실제 식민지 시절의 경우로 한정함으로써 해방 이후에 대두된 신식민주의적 헤게모니에 대해서는 언급하지 못하는 한계를 안고 있다.

앞의 두 연구자가 모두 소설을 중심으로 한 논의한데 비해 고현철은 시를 중심으로 논의를 전개하였다. 고현철은 탈중심주의 기본 개념인 양가성(ambivalence)을 통해 현대시에 나타난 동양과 서양의 문제를 언급한다. 그는 김지하, 고정희, 이동순의 작품을 분석하면서, 그들의 작품에 나타난 '서양―중심과 동양―주변'이라는 오리엔탈리즘의 사고를 전복시키는 탈오리엔탈리즘의 태도에 주목한다. 고현철은 서구중심주의와 오리엔탈리즘의 구체적인 극복방안으로서 생태학적 세계관과 동양사상을 강조한다. 이러한 작업은 생태학적 세계관이 동양사상에 연원을 두고 있다는 점과 서양중심주의를 비판하는 탈근대적 입장에서 동양사상이 새롭게 부각되어야 한다는 점 그리고 동양의 실체를 동양의 세계관을 바탕으로 읽어내는 인식의 전환이 선행되어야 한다는 점에서 우실하의 글46)과 닿아 있다.

포스트식민주의는 식민지 시대의 문학과 작가를 세 가지 형태로 구분한다.47) 첫째는 지배자의 중심문화 속으로 동화하려고 노력하는 문학인데, 소위 친제국주의 작가들이나 어용작가들이다. 둘째는 식민지를 지배하는 제국(또는 독재정권)의 승인은 받았지만 식민지의 현실을 인식하고 담아내는 문학으로, 무력감과 소외 속에서 고뇌하는 지식인 작가들이다. 셋째는 주변성과 차이성을 오히려 긍정적인 자기인식의 출발점으로 삼는 신식민주의 시대의 문학과 작가들이다. 여기에서 김수영은 둘째와 셋째의 특성이 내재된 글쓰기 형태를 보인다.

---

46) 우실하, 『오리엔탈리즘의 해체와 우리 문화 바로 읽기』, 소나무, 1997.
47) 김성곤, 「빼앗긴 시대의 문학과 백 년 동안의 고뇌」, 『뉴미디어 시대의 문학』, 민음사, 1996, 203쪽.

김수영을 포스트식민주의 관점으로 읽는 것은 그의 사유 체계와 시가 포스트식민적 관점에 부합되기 때문이다. 예를 들어 김수영은 해방되기 이전 즉 식민지 시대에는 일본 유학생으로 조선의 '주변성'과 일본의 '중심성'을 교차 체험했다. 독립 이후 즉 식민지 시대 이후의 김수영은 미국이 한반도에서 일본을 대체하는 새로운 헤게모니적 지배 국가로 등장하는 배경과, 한국전쟁 중 북한군에 징집, 탈출, 유엔군 포로, 영어 통역, 영어학원 경영시도, 신문 기자, 영어 번역을 생계 수단으로 하면서 살았다. 김승희는 김수영의 생애에 대해 "그가 절대 정신으로서의 자유를 추구했고 단호한 이상주의의 면모를 가지고 있었기에 그러한 헤게모니를 가진 지배 문화와 합병적인 다양한 체험을 했으면서도 그 지배적 권력에 함몰당하지 않고 오히려 그 지배 문화를 검색, 전복시킬 수 있었던"[48] 원동력이라 지적한다.

포스트식민주의 계열의 작가들과 비평가들은 우선 인간의 문화 속에는 필연적으로 지배와 조종 그리고 착취와 박탈의 문제가 깃들어 있다고 생각하기 때문에 그것들을 분석해야만 한다고 주장한다. 그러기 위해서 그들은 자신들의 글쓰기가 곧 지배자와 피지배자 사이의 관계에서 파생되는 정치적·사회적·문화적 조종 문제와 연관되어 있다는 것을 깨달아야 한다는 점을 강조한다. 그것을 가능하게 하는 포스트식민주의의 전략 전술은 탈식민화(decolonization), 폐지(abrogation)와 전유(appropriation), 되받아 쓰기(write back) 등으로 볼 수 있다.[49]

탈식민화는 두 가지로 나눌 수 있다. 그 하나는 식민지 이전의 문화와 언어를 회복해야 한다는 주장이고, 다른 하나는 회복이 불가능하기 때문에 문화적으로 합병해야 한다는 주장이다. 그리고 폐지는 지배적인 권력과 경전적 지배 문화를 없애자는 주장이고, 전유는 중심문화의 지배적 언술을

---

48) 김승희, 「김수영의 시와 탈식민주의적 반(反)언술」, 앞의 책, 366쪽.
49) 김성곤, 「탈식민주의 시대의 문학」, 앞의 책, 24-26쪽.

식민지의 언술로 바꾸어 써야 한다는 주장이다. 마지막으로 되받아 쓰기는 지배적인 언술에 의해 성전화된 이야기들이나 텍스트를 다시 읽고 새로운 시각에서 다시 씀으로 해서 지배적인 언술을 공격하는 방법이다.

오늘날 동시대의 위기를 진단하는 문학이론은 다종다기하다. 포스트식 민주의는 동시대의 그 위기의 정체를 지배와 피지배라는 식민주의의 문제 틀로부터 직접 도출하여 그것을 보다 직접적으로 언급하는 이론이다. 본고 는 김수영 시 세계를 아우르는 시정신을 파악하기 위해 근대의 문제에 주 목한다. 근대의 문제는 다양한 학제적 관심사를 통해 이미 제기되었으며, 통문화적 관점을 요구하는 중층적인 것이다. 따라서 김수영 시 연구에는 근대의 문제에 내재해 있는 통문화적 관점과 중층적 다면성을 요구하는 접근 방법이 필요하다. 그런 측면에서 포스트식민주의는 근대의 생성과 발 전 그리고 현재 진행형인 반근대와 탈근대를 논의하는 데 유용한 방법론 이다.

그러나 포스트식민주의가 독자적으로 생성·발전하여 현재에 이른 것은 아니다. 포스트식민주의는 많은 부분에서 포스트모더니즘, 다문화주의, 신 역사주의, 해체주의, 페미니즘 등의 비평 분야와 이론적 접점을 공유하고 있다. 그 공유하는 문제틀은 제국주의와 식민주의 또는 신식민주의라는 기 본 구도이다. 포스트모더니즘, 다문화주의, 신역사주의, 해체주의, 페미니 즘 등이 "제국주의와 식민주의의 문제를 보다 완곡하고 은유적인 형식으 로 개진하고 있다면, 포스트식민주의는 그것을 보다 직선적이고 정치적인 형태로 취급하고 있다."[50] 직선적이고 정치적인 형태란 일면적임을 면치 못한다. 따라서 본고는 포스트식민주의와 이론적 틀을 공유하는 인접 비평 분야의 논점을 활용하여 경직된 포스트식민주의의 관점을 유연하게 적용

---

50) 이석호, 「포스트콜로니얼리즘 미학의 양가성」, 한국외국어대 대학원 박사학위논문, 1996, 1쪽.

하고자 한다.

본고는 김수영과 그의 시에 나타나는 근대 체험의 시적 형상화를 분석함으로써 현재에도 여전히 유효한 문화적 제국주의에 대한 검색과 그 극복에의 의지를 고찰하고자 한다. 그것은 김수영과 그의 시를 통해 해방 이후 암암리에 우리를 속박하고 있는 제국주의와 지배문화, 식민지 시대 이후의 또 다른 형태로 계속해서 우리의 삶을 구속하고 있는 새로운 억압구조를 파악하는 것이다. 이러한 작업은 광대한 언술의 폭과 쉽게 해독되지 않는 텍스트의 난해성 때문에 여러 가지 이질적인 비평적 논의를 일으킨 '고정된 실체'[51]가 없는 김수영과 그의 시에 접근하는 또 다른 시도라는 측면에서 그 의의가 있다. 이와 같은 포스트식민주의 관점을 바탕으로 본고에서 수행할 연구 절차는 다음과 같다.

2장에서는 근대와 포스트식민주의에 대한 이론적 접근을 시도하고자 한다. 이를 위해 근대의 오리엔탈리즘을 고찰할 것이다. 포스트식민주의가 대두된 배경에는 소위 '지리상의 발견' 이후로 수세기 동안 역사를 통해 점철, 반복된 유럽 중심주의라는 신화가 자리잡고 있다. 정치, 경제, 사회, 문화 등 전방위에 걸쳐 수행된 유럽문화의 신화화는 매우 조직적이고 체계적인 오리엔탈리즘을 중심으로 이루어진 자민족중심주의이다. 본고는 식민지 조선의 근대 성립 과정에서 중요한 역할을 담당한 오리엔탈리즘과 현재 진행중인 포스트식민주의의 양가성에 대해 고찰하고자 한다. 이와 같은 이론적 논의를 바탕으로, 본고는 김수영의 시전체에 일관되게 나타나는 '바로 보마'의 시적 태도를 통하여 김수영 자의식의 단초를 근대의 문제와 관련하여 살펴보고자 한다. 또한 '책'을 모티프로 하는 일련의 시를 중심으로 '책'이 상징하는 근대의 제 양상이 김수영의 시 속에 어떻게 형상화하

---

51) 김영무, 「김수영의 영향」, 『전집3』, 앞의 책, 316쪽.

고 있는 지를 살펴보고자 한다.

3장과 4장에서는 2장의 이론적 토대인 '중심'과 '주변'의 대립 구도가 김수영의 시세계를 통해 어떻게 변모되어 가는가를 집중적으로 고찰할 것이다. 이를 위해 3장에서는 먼저 설움의식과 6·25 전쟁 체험을 주요 요인으로 상정하여 자기 부정 의식이 나타난 시를 통해 타자화된 근대의 양상을 살펴볼 것이다. 그리고 개발독재의 양상으로 나타났던 근대화 담론과 맥을 같이하는 속도주의란 개념을 원용하여 물신화된 속도 따라가기로 나타나는 근대 지향성과 그 속도에 대한 반성적 사유의 형태를 보이는 '쉬다'의 의미를 분석할 것이다.

4장에서는, '중심'에 대한 욕망은 자기 부정을 통해 실현해야 하는 과정이었고, '주변'에 대한 사랑은 자기 긍정을 거쳐 도달해야 할 시적 도정임을 밝힐 것이다. 김수영 시세계의 변모를 이루는 중요한 계기는 4·19 혁명과 5·16 군사쿠데타이다. 그러나 그러한 역사적 경험이 그 이전과 이후로 명확하게 구분되는 것은 아니다. 그것은 혁명과 쿠데타 사이에서 자기 긍정을 통해 잃어버린 세계를 복원해내기까지의 자기 분열을 의미한다. 그러한 과정을 겪고 도달하고자 했던 근대 성찰의 의지가 사랑과 공존의 시간에 이르는 길임을 고찰할 것이다. 그리고 지금까지의 논의를 통해 김수영의 시사적 의의를 살펴보고자 한다.

본고는 김수영 시작품의 분석을 위해 그의 전기와 산문을 활용한다. 김수영의 시와 산문은 1981년에 간행한 민음사판 전집 시와 산문을, 전기적 자료는 최하림 편 『김수영』을 주텍스트로 삼는다.[52]

---

52) 본고의 주텍스트는 김수명 편 『전집1』과 『전집2』 그리고 최하림 편 『김수영』(문학세계, 1995)으로 한다. 그 외에 시선집 『거대한 뿌리』(민음사, 1974)와 『달의 행로를 밟을 지라도』(민음사, 1976) 그리고 산문선집 『시여, 침을 뱉어라』(민음사, 1975)와 『퓨리턴의 초상』(민음사, 1976)을 보조텍스트로 하고, 『전집2』에서 누락된 김수영의 산문 「참여시의 정리」(『창작과비평』 1967년 겨울호), 「저하늘 열릴 때」(『세계의문학』, 1993년

Ⅱ. 근대와 포스트식민주의
— '중심'과 '주변'의 이원성

1. 근대의 오리엔탈리즘과 포스트식민주의의 양가성

오리엔탈리즘은 동양에 대한 서양의 사고방식이자 지배방식을 뜻한다. 사고방식과 지배방식으로써의 오리엔탈리즘은 그 주체가 서양이고 동양을 타자화시키는 담론이다. 그것은 서양의 정체성을 확립하기 위해 필요했던 동양의 타자화 과정으로, 차별적인 서열체계와 우열의식을 동양에게 끊임 없이 강요함으로써 서양 자신의 정체성을 위한 문화적 헤게모니 장치였다. 광범위한 지식 체계인 오리엔탈리즘이 서구와 비서구를 양분하는 담론을

여름호), 「들어라 양키들아」,(『세계의문학』, 1993년 여름호) 등을 참고한다. 그리고 최근에 박수연에 의해 발표(『창작과비평』, 2001년 여름호)된 발굴 산문 「자유란 생명과 더불어」,(『새벽』, 1960년 5월호), 「이 거룩한 속물들」,(『동서춘추』, 1967년 5월호), 「로터리의 꽃의 노리로제 : 시인과 현실」,(『사상계』, 1967년 7월호), 「신비주의와 민족주의의 시인 예이츠」,(『노오벨문학전집』3, 신구문화사, 1964), 「도덕적 갈망자 빠스쩨르나끄」,(『노오벨문학전집』6, 신구문화사, 1964), 「안드레이 씨냐프스끼와 문학에 대해서」,(『자유공론』, 1966년 5월호), 「죽음에 대한 해학」,(『현대세계문학전집』1, 신구문화사, 1968) 등을 참고하고자 한다.

재생산하게 된 배경에는 식민주의와 결탁한 근대의 문제와 연결된다. 따라서 오리엔탈리즘은 근대 서양의 지배적이고 위압적인 지식 체계에서 생긴 것으로 식민지 개척의 도구로 기능한다.

18세기 나폴레옹의 이집트 원정에 의해서 근대 오리엔탈리즘은 시작된다. 이집트 원정은 오리엔탈리스트의 전문 지식을 직·간접으로 그리고 기능적으로 구조화시켜 식민지 쟁탈과 지배로 이어지는 선례가 되기도 한다. 사이드에 의하면, 나폴레옹에게 동양이란 "정복을 위한 준비 속에서 현실성을 획득한 하나의 프로젝트"이자 "오리엔탈리스트의 특수한 전문적 지식이 기능적으로 식민지 지배의 도구로써 이용된 최초의 보기"[53]였다. 이후로 서구 프로젝트의 대상으로서 동양은 "침묵하는 존재로서, 유럽인이 생각한 대로 여러 가지의 사업을 실현할 수 있는 장소"[54]로 왜곡된다.

> 동양인은 후진적, 퇴행적, 비문명적, 정체적 등의 여러 가지 호칭으로 불리는 다른 민족과 함께, 생물학적 결정론과 윤리적·정치적 교훈으로 구성되는 틀 속에서 관찰되었다. 그리하여 동양인은 비참한 이방인이라고 하는 표현이 가장 적합한 아이덴티티를 공유하는, 서양 사회 속의 여러 요소(범죄자, 광인, 여자, 빈민)와 결부되었다. 동양인이 동양인으로서 보이거나, 주목된 적은 거의 없었다. 그들은 시민으로서도 인간으로서도 아니고, 해결되어야 하고 한정되어야 하며 또는 — 식민주의적인 여러 세력이 공연히 그들의 영토를 욕구하는 경우에는 — 접수되어야 할 문제로서 간파되고 분석되었다.[55]

사이드가 잊지 않는 것은 "대상을 동양이라고 부르는 것 자체가 이미 명백한 평가적인 가치판단을 포함"하고 있다는 점이다. 즉 동양인은 근대의 주체인 서구의 시각으로 볼 때 열등인종의 일원이었기 때문에 그들에

---

53) Edward W. Said, 박홍규 역, 『오리엔탈리즘』, 교보문고, 1997, 141쪽.
54) Edward W. Said, 위의 책, 163쪽.
55) Edward W. Said, 위의 책, 337-338쪽.

게 반드시 종속되어야 했다. 그것은 "오리엔탈리스트의 동양은 있는 그대로의 동양이 아니라 동양화된 동양"56)이기 때문이다. '동양화된 동양'이란 왜곡된 동양으로, 동양 그 자체를 그대로 인식하는 것이 아닌 서구의 시각에 의해 윤색된 관념이다. 여기에서 일본 식민담론의 원류를 발견할 수 있다. 그것은 '동양'을 '동양화'시키는 담론이다. 식민지가 어떤 의미에서 "근대의 실험실(laboratories of modernity)"57)이었다면, 식민지와 무관한 근대의 담론이란 존재할 수 없다. 따라서 서구와 일본의 근대 역시 이와 무관할 수 없으며, 근대의 담론을 실험하는 주체로서 기능하는 것이다.

오리엔탈리즘은 근대에 와서 이루어진 서양의 지리적 확장과 식민지주의, 인종차별주의, 자민족중심주의와 결부됨으로써 지배 양식으로 대두한 것이다.58) 따라서 오리엔탈리즘에 저항하는 탈오리엔탈리즘적 사고는 지식 체계를 권력의 제도와 실천 사이의 상호작용에서 찾아 주체적인 입장에서 이를 비판적으로 재구성해 가는 지적이며 정치적인 실천이 되지 않을 수 없다.59) 여기에서 말하는 탈오리엔탈리즘적 사고란 바로 포스트식민주의를 말한다.

새무얼 헌팅턴의 『문명의 충돌』60)은 재무장한 오리엔탈리즘으로 동양에 대한 새로운 봉쇄 전략을 드러내고 있는 저서이다.61) 이와 같이 서양은 끊임없이 새로운 방식으로 오리엔탈리즘을 재생산하여 동양을 억압하고 지

56) Edward W. Said, 위의 책, 180쪽.

57) Ann Laura Stoler, *Race and the Education of Desire*, Durham and London: Duke University Press, 1995, p. 15.(강상중, 이경덕·임성모 역, 『오리엔탈리즘을 넘어서』, 이산, 1997, 15쪽. 재인용)

58) Edward W. Said, 앞의 책, 11-58쪽, 525-587쪽 참고

59) 강상중, 앞의 책, 187쪽.

60) 새무얼 헌팅턴, 이희재 역, 『문명의 충돌』, 김영사, 1997.

61) 강정인, 「오리엔탈리즘으로 무장한 새로운 냉전질서의 구상-사무엘 헌팅턴의 『문명의 충돌』」, 『동아시아 문화와 사상-동아시아 문화 포럼』, 열화당, 1998. 258-272쪽.

배하려는 전략을 추구하고 있다. 이와 같은 맥락에서 이매뉴엘 월러스틴은
다음과 같이 지적한다.

> 19세기 프랑스 식민주의자들이 '문명화의 사명'(la mission civilisatice) 운운
> 했을 때, 그 뜻은 프랑스(혹은 좀더 일반적으로 유럽)가 식민지 정복의 방법
> 으로 비유럽 민중들에게 앞서와 같은 정의[62]들로 포괄되는 문명의 가치와
> 규범들을 부과한다는 것이었다. 1990년대에 서구 국가들에서 다양한 그룹들
> 이 세계 여러 지역(거의 언제나 비서구 지역)의 정치상황에 '개입할 권리'를
> 들고 나왔을 때, 그들은 다름 아닌 문명의 그런 가치들의 이름으로 그 권리
> 를 주장한 것이다.[63]

'문명화의 사명'이란 서구가 비서구를 식민화할 때, 식민주의자들로 하
여금 합법적 또는 아무런 도덕적 책임을 느끼지 않도록 하는 여과장치였
다. 그 여과장치는 서구의 오리엔탈리즘을 창조적으로 계승한 일본의 식민
담론에도 그대로 적용된다. 서구 근대의 신화학, 즉 인류학파의 신화학이
야만과 문명의 이원론을 통해 제국주의와 오리엔탈리즘의 구성에 일익을
담당했듯이[64], 일본의 근대 신화학은 약탈적 식민주의나 동양사학이라는

---

62) "어떤 이들에게는 문명이란 '근대성'으로 포괄되는 것, 즉 기술발전과 생산성 향상 및
역사발전과 진보의 존재에 대한 문화적 신념으로 포괄되는 것이었다. 다른 이들에게는,
문명이란 다른 모든 사회적 행위체들인 가족, 공동체, 국가, 종교제도에 대해 '개인'이
한층 자율성을 갖게 된 상태를 의미하였다. 다른 이들에게는, 문명이란 일상생활에서의
비야만적인 행위, 넓은 의미에서의 사회적 예의범절을 의미했다. 또 다른사람들에게 문
명은 합법적 폭력영역의 쇠퇴나 축소, 잔인성 개념의 확장을 의미했다. 그리고 물론,
많은 사람들에게 있어서 문명은 이 특질들 중 여럿 혹은 전부를 조합한 것이었다."
63) 이매뉴엘 월러스틴, 「유럽 중심주의와 그 화신들」, 『창작과비평』 1997년 봄호, 395-396쪽.
64) 인류학이 식민지 개척에 끼친 영향에 대해서는 다음과 같은 견해를 참고할 수 있다.
"사회 인류학이 식민지 초기에 분명한 학제로서 나타나서 식민지의 시기가 끝날 무렵
에는 인기 있는 분야가 되었다 라든가, 그 시기를 통하여 인류학의 노력의 방향이 유럽
열강이 지배한 비유럽 사회들을--유럽인들을 위하여 유럽들이 행한--분석하고 서술하
는 것이었다 라는 것은 논의의 여지가 없는 분명한 것이었다"(에반스프리차드, 최석영
편역, 『인류학과 식민지』, 서경문화사, 1994, 136쪽)

이름의 제국주의 사학과 맞물리면서 권력의 학문으로 복무한다.[65] 예를 들어, 서구의 패권국가가 비서구의 정치상황에 '개입할 권리'를 들고 나오는 논리와 일본이 정기적으로 교과서를 왜곡하여 동남아 국가들의 비난을 사는 논리는 다름 아닌 '문명화의 사명'이다.

따라서 탈오리엔탈리즘적 사고로서의 포스트식민주의는 동양과 제3세계의 입장을 견지하여 서양의 새로운 오리엔탈리즘에 대한 저항을 내보인다. 그러나 그 저항이 서구/비서구 또는 중심/주변이라는 이항대립을 통하여 비서구가 서구를 지배하는 또 다른 지배방식 또는 주변이 중심이 되어 이전의 중심을 전복하는, 이를테면 옥시덴탈리즘(Occidentalism)을 표방해서는 안될 것이다.[66] 그것은 현실적으로 가능할 수도 없다. 포스트식민주의에서 지향하는 저항은 어디까지나 인식론적 저항이다.

포스트식민주의에서 말하는 인식론적 저항은 다양한 변천을 겪어 왔다.

---

65) 조현설, 「동아시아 신화학의 여명과 근대적 심상지리의 형성」, 민족문학사연구소, 『민족문학사연구』16호, 소명출판, 2000, 103쪽.
66) 최근의 학계에서는 '동아시아 담론'이란 논제를 통해 다양한 경로의 논의들이 제기되고 있다. '동양학의 부흥' 혹은 '동아시아적 시각의 모색'이라는 슬로건 아래 전개하고 있는 그러한 논의들은 현실 사회주의의 붕괴가 야기한 대안 부재의 상황에서 자본주의로서의 근대, 나아가 서구적 근대를 극복하려는 시도와 깊은 관련을 맺고 있다. 동아시아 담론이 제기하는 문제의식이 현 시대를 살아가는 우리가 해결하지 않으면 안 되는 문제들과 긴밀히 연관되어 있다는 측면에서 본고의 논의 방향에 부합하기도 한다. 즉 한국 사상사의 흐름 속에 존재하는 '변방적 경직성'에 대한 숙고와 서구적 담론의 체계로부터 벗어나 새로운 사상의 창출(최원식, 「탈냉전시대와 동아시적 시각의 모색」, 『창작과비평』 1993년 봄호)을 기획하는 것이다. 그러나 서구적 담론 특히 오리엔탈리즘 또는 문화적 제국주의에 대한 옥시덴탈리즘의 유혹은 경계되어야 할 것이다. 동아시아 담론에 대한 논의는 다음의 책을 참고할 수 있다.
정문길 외편, 『동아시아, 문제와 시각』, 문학과지성사, 1995.
최원식 · 백영서 편, 『동아시아인의 '동양'인식』, 문학과지성사, 1997.
이 환, 『근대성, 아시아적 가치, 세계화』, 문학과지성사, 1999.
송하경 외, 『동아시아 문화와 사상-동아시아 문화포럼』 4호, 열화당, 2000.
한기형, 「동아시아 담론과 민족주의-신채호의 논의와 관련하여」, 민족문학사학회, 『민족문학사연구』 17호, 소명출판, 2000.

그 변천의 핵심은 포스트식민주의의 주체가 누구인가라는 문제이다. 포스트식민주의를 넓은 의미에서 식민주의의 비판과 극복을 위한 담론적 실천이라고 정의할 때, 그 실천의 주체를 누구로 상정하느냐에 따라 포스트식민주의의 계보나 정체성은 달라지기 때문이다. 이경원에 의하면, 아프리카를 중심으로 하는 제3세계를 주체로 상정하는 경우는 피해자의 저항이 되고, 모더니티의 자기성찰을 주도한 서구가 중심이 될 때 포스트식민주의는 가해자의 반성이 된다.[67] 결국 피해자의 포스트식민주의와 가해자의 포스트식민주의는 동일하지 않다.

무어-길버트는 포스트식민주의의 역사를 사이드의 『오리엔탈리즘』이 출간된 1978년을 분기점으로 삼고 그 이전을 '탈식민주의 비평 criticism', 그 이후를 '탈식민주의 이론 theory'으로 구분한다.[68] 그가 말하는 '탈식민주의 비평'에는 부아의 범아프리카주의, 세제르와 셍고르의 네그리튀르, 파농의 탈식민적 정신분석 이외에도 미국의 할렘 르네상스와 흑인 민권 운동, 아체베 Chinua Achebe, 은구기 Ngugi wa Thiong's, 소잉카 Wole Soyinka 등의 민족주의 작가들이 주도한 아프리카 문학, 브래스웨이트 E. K. Brathwaite가 대표하는 카리브해 문학, 그리고 오스트레일리아, 뉴질랜드, 캐나다가 주축이 된 영연방 문학이 포함된다. 그리고 '탈식민주의 이론'에는 제3세계 출신으로서 주로 영미권에서 활동중인 포스트식민주의의 '삼총사'라고 하는 사이드, 바바, 스피박 외에 잠모하메드 등이 중점적으로 거론된다. 물론 이 구분은 도식적이라는 인상을 지울 수 없다. 무어-길버트가 스스로 인정하듯이, 이것은 서구와 제3세계를 사유와 행동, 혹은 정신과

---

67) 이경원, 「언제부터 탈식민주의였는가」, 바트 무어-길버트, 이경원 역, 『탈식민주의! 저항에서 유희로』, 한길사, 2001, 23-24쪽.

68) Bart Moore-Gilbert, *Postcolonial Theory: Contexts, Practices, Politics*, London: Verso. (바트 무어-길버트, 이경원 역, 『탈식민주의! 저항에서 유희로』, 한길사, 2001)

육체의 이분법적 논리로 규정할 뿐 아니라 포스트식민주의의 시대적, 지역적 다양성을 부정하는 환원론적 위험을 안고 있다.[69]

그럼에도 불구하고 무어 길버트가 의미하는 '탈식민주의 비평'과 '탈식민주의 이론'은 모두 식민주의의 담론적, 이데올로기적 헤게모니를 극복하고 피억압자의 문화적 정체성을 확립하기 위한 목표를 공유하는 '비평이자 이론'이라는 것이다. 여기에서 무어 길버트의 절충점을 모색하고자 하는 의지를 엿볼 수 있지만 그 자신 또한 사이드에게 쏟아지는 비난으로부터 자유로울 수 없다. 아마드에 의하면, 포스트식민주의는 전지구적 자본주의가 기획하는 분업 체계를 인문학의 영역에서 재생산함으로써 제3세계를 신식민주의적 세계 질서로 편입시키는 데 기여하고 있으며, 그 과정에서 서구의 다국적 자본과 이에 영합하는 매판 부르조아로부터 영향받지 않은 진정한 제3세계 민족 문화는 철저히 무시되고 배제되고 있다. 기껏해야 포스트식민주의는 사이드나 루쉬디와 같은 제3세계 출신 이민자들에게 직업을 보장해주는 수단에 불과하며, 이들은 '제3세계'라는 이름으로 거듭난 동양을 자신들의 '경력'으로 활용하고 있다.[70]

이때 아마드가 말하는 '경력'에서 무어 길버트 역시 자유로운 신분이 아니다. 따라서 그가 행한 제1세계와 제3세계를 넘나드는 아슬아슬한 줄타기 비평은 그 무게 중심이 제1세계에 기울 수밖에 없다. 이민자 출신의 지식인이라는 신분은 제3세계를 공유하여 제1세계에 안착하는 과정으로, "영역 확보를 위한 또 하나의 제스처"[71]에 불과하다는 의미로 이해할 수 있다.

---

69) 이경원, 「저항인가, 유희인가? : 탈식민주의의 반성과 전망」, 『문학과사회』, 1998년 여름호, 755쪽.

70) Aijaz Ahmad, *In Theory: Classes, Nations, Literature*(London: Verso, 1992), pp. 44-45, 94.(이경원, 「저항인가, 유희인가」, 앞의 책, 재인용)

71) Kwame Anthony Appiah, "Is the Post-in Postmodernism the Post-in Postcolonial?", *Critical Inquiry* 17: 2(Winter 1991), p. 348.

이러한 포스트식민주의 이론의 성향을 비판적으로 바라보는 아마드는 "사이드가 제국주의 체제 내에서 제국주의의 언어를 이용하여 제국주의 체제를 비판하는 것은 제3세계 출신 지식인이 서구에서 살아남기 위한 일종의 전략"72)으로 간주하기까지 한다. 문화적 식민지인이 아무리 제국의 언어를 사용한다고 해도, 그는 주변부에만 위치할 뿐 결코 지배권력의 중심부에는 들어갈 수 없는 것이다.73)

이와 같은 포스트식민주의의 주체 논쟁은 제1세계와 제3세계를 중심으로 각각 변별적으로 진행되고 있다. 그 논쟁의 양태를 가장 포괄적인 형식으로 압축해 보면 "과연 포스트콜로니얼리즘이 진정한 의미의 '탈'식민주의 이론인가 아니면 전지구자본의 포스트모더니즘적 현신인가"74)라는 문제로 집약될 수 있다. 포스트식민주의가 진정한 의미의 '탈'식민주의 이론과 거리가 멀다는 주장은 아프리카, 아시아 및 라틴 아메리카, 소위 제3세계 혹은 비동맹 등으로 표현되는 지역에서 주류의 역할을 담당하고 있다. 포스트식민주의를 포스트모더니즘의 영역 안에서 개량된 한 품종으로 파악하는 관점은, 그것이 인종적·종족적·종교적·계급적 관심을 통칭하여 문화적 다양성 내지는 가치의 상대성을 토대로 제1세계 내부에서 생산되는 일국의 상품을 다국적 혹은 초국적 상품으로 유통하기 위한 일종의 상술논리에 지나지 않는다는 이유에 근거한다.

이러한 제1세계적 의미의 포스트식민주의는 후기자본주의 시대의 상품화 논리 혹은 현재의 심리적 기득권을 그대로 유지하기 위한 신식민주의적 전략상품의 다른 이름으로 이해할 수 있다. 이와 같은 비판은, 무어 길버트가 지적하듯 '탈식민주의 비평'을 포스트식민주의의 범주에서 삭제함

---

72) 고부응, 「에드워드 사이드 : 변경의 지식인」, 『현대시사상』, 1996 봄호, 고려원, 105-107쪽.
73) 김성곤, 「탈식민주의적 책읽기와 영문학 연구」, 『외국문학』1994 봄호, 열음사, 19쪽.
74) 이석호, 「아프리카 작가들의 글쓰기가 갖는 의미」, 『실천문학』 1999년 여름호, 295쪽.

으로써 포스트식민주의의 연원을 서구 이론의 개입을 통해서만 파악하려
는 서구 비평계의 관점으로 읽을 수 있다. 예를 들어, 로버트 영이 사이드
를 포스트식민주의의 '시작'으로, 그리고 사이드, 바바, 스피박을 포스트식
민주의의 '삼총사'로 자리매김하는 것75)은 포스트식민주의를 서구의 담론
체계로 편입시키려는 저의와 무관하지 않기 때문이다.

사이드, 바바, 스피박은 모두 서구 이론을 적극적으로 차용하여 포스트
식민주의의 이론적 기반을 탄탄하게 구축하고, 포스트식민주의를 서구 비
평계의 주무대로 끌어올린 주역들이다. 그러나 이들은 포스트식민주의의
제도화와 이론화의 주역들인 동시에 포스트식민주의의 서구화 과정에서
핵심적 역할을 담당한 비평가들이다. 그러나 그 어떤 이론도 온전히 독창
적이고 자기 충족적일 수 없듯이, 사이드, 바바, 스피박 등이 행한 이론화
그 자체를 굳이 부정적으로 보아서는 안될 것이다. 문제는 이들의 서구 이
론을 차용하는 태도가 제1세계의 이론적 세련미와 제3세계의 전복성을 뒤
섞어 자신들의 입지를 강화하는 데 사용한다는 점이다.

대표적으로 사이드는 그의 『오리엔탈리즘』이 미셸 푸코의 지식-권력론
에 의존함으로써 서양이 지닌 오리엔탈리즘의 일관성과 일방성을 드러내
게 되어 저항 담론의 가능성을 원천적으로 봉쇄하고 있다는 비판을 받는
다. 또한 사이드는 『오리엔탈리즘』 이후의 저술들에서, 제3세계로부터 거
리를 두고 제국주의 내부의 위치에서 이루어지는 저항에 무게를 둠으로써
사이드의 저항이 미심쩍은 것이 되고 있다는 비판을 받고 있다. 왜냐 하면
이 경우, 사이드가 제국주의에 저항하는 지식인의 입장을 가지면서도 제국
주의에 어느 정도 타협적이 될 수밖에 없기도 하지만 강조되어야 할 지배/피
지배, 억압/저항의 관계가 타협과 조화의 관계로 변형될 수 있기 때문이다.

---

75) Robert Young, *White Mythologies: Writing History and the West* (London: Routledge, 1990).

제국주의 체제를 비판하기 위해서 제국주의 언어를 사용하는 전략을 아마드는 양가성(ambivalence)이라 했는데, 이 개념은 호미 바바의 포스트식민주의 이론을 설명하는 핵심 개념이 된다. 바바의 양가성은 제국의 주체를 모방하는 동시에 그것에 저항하는 것으로, 멀리는 오이디푸스의 구조로 이해될 수 있다.[76] 바바의 포스트식민주의 특성인 양가성은 프란츠 파농의 '검은 피부 하얀 가면'이라는 분열증을 적극적으로 끌어들인 것인데, 바바는 이 양가성을 라캉의 흉내내기(mimicry)로 설명한다. 이 경우 흉내내기는 적에 저항하기 위한 닮음(resemblance)이자 위협(menace)으로, 일종의 위장이 되는 것이다.[77]

바바의 양가성은 서구/비서구, 중심/주변, 지배/피지배의 이분법적 도식을 해체하려는 포스트식민주의의 정교한 전략이긴 하지만, 식민지 침탈과 억압이라는 역사적 실재와 특수성에 주의를 기울이지 않아 단순한 이론적 천착으로 흐를 가능성이 많다. 그래서 이는 포스트식민주의 담론의 실천과정이 식민권력에 대한 저항뿐만 아니라 이 식민권력의 재생산을 동시에 수반하는 가능성을 지니지 않을 수 없는 것이다.[78] 특히 바바의 경우는 의존의 정도가 심한 나머지 포스트식민주의가 (신)식민주의의 역사적 실재와 동떨어진 언어의 유희로 흐르고 있다는 비난마저 제기되고 있다.

포스트식민주의가 서구/비서구, 중심/주변, 지배/피지배의 이분법적 틀을 해체하면서 이론적으로는 보다 세련되었지만, 정치적 '행동'은 제3세계의 몫으로 하고 철학적 '사유'는 서구의 전유물로 구분하는 전지구적 노동 분

---

76) 민승기, 「바바의 모호성」, 『현대시사상』 1996년 봄호, 고려원, 130쪽.

77) Homi K, Bhabha, "Of Mimicry and Man" in *The Location of Culture*(London: Routledge, 1994), p. 86.(이석호, 「포스트 콜로니얼리즘 미학의 양가성」, 외국어대 대학원 박사학위논문, 1996, 76쪽, 재인용)

78) 이경원, 「탈식민주의론의 탈역사성-호미 바바의 '양면성' 이론과 그 문제점」, 『실천문학』 1998년 여름호, 실천문학사, 258-273쪽.

화를 조장하면서 분열증에 빠지고 있는 것으로 이해되기도 한다. 다시 말하면, 그 이론의 주변성은 탈피한 대신 이전의 '탈식민주의 비평'이 지녔던 전복성을 상실하게 되는 결과를 초래하고 있는 것이다. 그리고 지배 주체는 물론 저항 주체도 '탈중심화'해야 하는 양가성의 개념에서 보는 바와 같이, 현실에 엄연히 존재하는 힘의 불균형을 간과함으로써 서구의 다문화주의가 노리는 중심에 대한 비판의 약화를 초래하기 쉬운 것이 되고 있다.

포스트식민주의 이론은 이론화·제도화·서구화로 변화되고 있는데, 이 과정에서 포스트식민주의의 제3세계적 저항성과 전복성이 퇴색해가고 있는 것으로 여겨진다. 그러나 '우리'와 '그들'의 위치 설정은 자칫하면 이항 대립적 논리가 되기 쉽긴 하지만, 저항 담론의 구성에서 이 과정이 온전히 생략되기는 불가능한 것으로 이해된다. 무엇보다도 포스트식민주의의 역사성과 실천성은 제3세계의 현실과 입장에 뿌리를 내려야만 제대로 확보될 수 있는 것이기 때문이다.[79]

제3세계의 하나인 우리나라의 경우에도 포스트식민주의에 대한 반응은 부정적인 경향이 있다. 포스트식민주의라는 '수입 이론'을 의혹과 경계의 시선으로 바라보는 것이 사실이다. 그것은 한국 사회의 모순 구조를 제대로 읽어내지 못할 뿐만 아니라, 사회정치적 현실에 착근하지 못한 채 언어의 유희만을 일삼는 공허한 '수입 이론'이라는 시선 때문이다. 대표적 리얼리즘 옹호자인 윤지관에 의하면, 포스트식민주의는 "냉전 의식이 완화된 국내 사정과 더욱 활발해진 미국 담론 수입의 경향이 결합해서 생겨난 것"이며, 포스트식민주의를 통한 서구 문학의 주체적 수용은 허황된 기대에 불과하다. 왜냐하면 포스트식민주의의 정체는 "포스트모더니즘의 중심/주변 논리를 정치적 차원에서의 식민/피식민의 구도로 재구성한 것"으로서,

---

79) 이경원, 「저항인가, 유희인가?;탈식민주의의 반성과 전망」, 앞의 책, 780쪽.

그 인식론적 기반을 해체론에 두고 있음으로 말미암아 "주체를 확고한 어떤 실체가 아니라 항상 해체 가능한 구성물로 전제"하기 때문이다.[80] 그러나 그의 논지를 따라가 보면, 앞서 논의한 제1세계를 중심으로 가정한 포스트식민주의 비판을 떠올리게 한다. 그것은 무어 길버트가 구분한 제3세계에 기반을 둔 '비평'을 망각한 '이론'이다. 따라서 포스트식민주의의 '삼총사'만을 염두에 둔 비판으로 프란츠 파농과 그외 비서구 지역에서 자생적으로 발생한 포스트식민주의의 다른 면을 도외시한 것으로 파악할 수 있다.

특히 오리엔탈리즘의 불가피성과 탈식민적 주체의 소멸을 상정하는 사이드식의 식민주의 비판은 "식민지 해방 운동의 동력을 담론의 구도 속에 흡수하여 그 '이빨'을 제거하는 현대 비평 특유의 메커니즘을 벗어나지 못하며, 그런 만큼 진정한 실천성을 갖춘 제3세계론의 정립에 오히려 혼란과 장애를 줄 위험을 안고 있다."[81]고 윤지관은 파악한다. 그의 비판은 사이드만을 상정했을 경우 부분적으로 옳다. 그러나 그의 견해는 사이드의 『오리엔탈리즘』을 기점으로 그 이전의 포스트식민주의의 연원을 거세하려는 서구 비평계의 논리에 잠식당한 혐의로부터 자유로울 수 없다.[82] 그런 맥락에서 윤지관의 다음 글을 읽어보자.

---

80) 윤지관, 「타자의 영문학과 주체 : 영문학 수용 논의의 비판적 고찰」, 『안과 밖』, 1996년 하반기, 50, 64-66쪽.
81) 윤지관, 「세속성인가 실천성인가 : 에드워드 사이드 비평의 한계」, 『리얼리즘의 옹호』, 실천문학사, 1996, 385-388쪽.
82) 윤지관의 포스트식민주의 비판에 대해 이경원은 다음과 같이 지적한다.
"윤지관이 파악하는 탈식민주의는 역사성을 담보로 내세우면서도 역사의 텍스트성만을 고집하는 비역사적이고도 비실천적이 담론이다. 그에게 탈식민주의가 유용한 부분이 있다면 그것은 다만 "다시 문제는 리얼리즘이다"라는 결론을 도출하기 위한 증거물이며 '리얼리즘의 승리'를 재확인시켜주는 반면교사이기 때문이다."(이경원, 「저항인가, 유희인가」, 앞의 책, 748-749쪽)

소위 자유세계(free World)를 위한 성스러운 싸움을 수행해 온 남한 시민
인 나에게는 양심과 표현의 기본권조차 극도로 통제되어 있던 반면 바로 그
자유세계의 본토에서는 아무런 거리낌없이 마르크스 레닌이 읽히고 가르쳐
지는 현실의 아이러니한 느낌을 전하고자 하였다. 결국 한반도는 오랜 세월
동안 냉전체제의 최전선이었고, 나는 이 최전선의 주민이었다. 이것이 내 삶
을 구조해낸 가장 지배적인 조건이었다. 환태평양의 상상력을 가지고 말하
면, 냉전체제의 맹주인 미국의 변방, 미국의 진짜 국경은 캘리포니아나 하와
이가 아니라 한반도였다. 최전방의 참호 속에서 강요된 규율을 통해 길러지
고 만들어진 정신은 후방의 풍요와 자유를 언뜻 이해하지 못하고, 후방의
평화에 익숙한 마음으로는 최전방의 삶이 인간의 성장에 준 영향과 왜곡,
어둠과 깊이를 이해하지 못한다.[83]

그가 말하는 전방과 후방의 아이러니는 근본적으로 제국주의와 식민주
의의 부산물이다. 그것은 '최전방의 참호 속에서 강요된 규율을 통해 길러
지고 만들어진 정신'은 후방에서 '마르크스 레닌'을 학습하고 있음을 이해
할 수 없듯이, '최전방의 삶이 인간의 성장에 준 영향과 왜곡, 어둠과 깊이'
를 후방의 그들은 이해하지 못하는 것이다. 윤지관이 스스로 고백하고 있
는 것은, 포스트식민주의를 일컬어 식민지 국가가 제국주의에 의한 정치적
예속 상태에서 해방되었다 할지라도 여전히 문화적 혹은 경제적으로 제국
주의의 속박에서 벗어나지 못한 식민지적 상황을 직시하고 제국주의의 문
화적 혹은 경제적 억압 구조로부터의 해방을 지향하는 문학 내지 문화 운
동이다.[84]

그의 삶을 규정했던 '가장 지배적인 조건'이란 식민지인의 전형이었고,
본토의 평화를 유지하기 위한 강요된 희생이었다. 따라서 포스트식민주의

---

83) 윤지관, 「환태평양적 상상력과 민족문학 경계--한 '민족문학론자'의 캘리포니아 드림」,
『실천문학』 2000년 봄호, 244쪽.
84) 빌 애쉬크로프트 외, 이석호 역, 『포스트 콜로니얼 문학이론』, 민음사, 1996, 12-29쪽.

는 반제국주의 및 민족주의 그리고 제3세계적 인식을 드러낼 수밖에 없는
것이다. 그런데 이 경우 민족주의는 종래의 편협한 민족주의를 넘어서 문
화인류학적이고 통문화적인 민족주의의 모습을 띠어야 한다면,[85] 윤지관
의 포스트식민주의 비판은 편협한 민족주의를 넘지 못하는 리얼리즘의 옹
호가 되는 것이다. 바로 이 지점에서 김수영의 다음과 발언을 주목할 수
있다.

> 우리 문학이 일본서적에서 자양분을 얻었다고 했지만, 정확하게 말하자면
> 일본을 통해서 서양문학을 수입해왔고, 그러한 경우에 신문학의 역사가 얕
> 은 일본은 보다더 신문학의 처녀지인 우리에게 중화적인 필터의 역할을(물
> 론 무의식으로) 해주었다. 그러나 해방과 동시에 낡은 필터 대신에 미국이라
> 는 새 필터를 꽂은 우리 문학은, 이 새 필터가 헌 필터처럼 친절하지 않다는
> 것을 느꼈다.[86]

인용문은 우리 문학의 후진성과 식민성을 정확하게 지적하고 있는 「히
프레스 文學論」의 일부이다. 이 글에서 김수영은 35세 이상의 문학인들과
그 이하의 문학인들, 즉 일본어를 통해 문학적 자양분을 흡수한 세대와 그
렇지 않은 세대를 나누고 앞 세대의 입장에서 우리 문학의 후진성을 지적
하고 있다. 김수영은, 일본어 세대에는 월북작가들로 대표되는 진지한 작
가들로 문학적 성과도 더 탁월했으며 문학공부도 비록 일본을 통해서였지
만 오히려 알찬 바가 있었다고 주장한다. 그리고 영어 세대는 훨씬 더 세
속화되었고 정치적으로 위축되어 있으며 미국을 통한 문학공부는 국무성
배급문학에의 예속으로 떨어졌다고 지적한다. 이러한 지적은 세대론적 비

---

85) 「'탈식민주의시대의 글쓰기와 책읽기' 특집을 엮으며」, 『외국문학』 1992년 여름호, 열
음사, 8-9쪽.
86) 김수영, 「히프레스 文學論」, 『전집』2, 204쪽.

판을 연상케하지만 본질은 그것이 아니다. 그것은 우리의 문학이 갖는 근본적인 식민성에 대한 지적이다.

인용문에서 나타난 바와 같이, 우리 문학은 일본이라는 필터와 미국이라는 필터를 갈아 끼운 식민지 문학으로 표현된다. 김수영은 이와 같은 우리의 현실을 통해 "아직까지도 자유의 언어보다도 노예의 언어가 더 많이 통용되고 있는 비참한 시대"[87)에 처해 있다는 사실과 우리의 문학이 "아직도 출발을 시작하지 못하고"[88) 있는지도 모른다는 사실을 환기한다. 김수영이 갖는 의의는 아직 출발조차 하지 못하고 있는 우리문학 속에서 그 출발을 시작했다는 점이다. 그 출발은, 신식민성으로부터 한국사회가 벗어나고자 하는 것이 포스트식민주의의 목적일 때 김수영이 포스트식민주의적 자세를 견지하고 있었다는 점에서 찾을 수 있다. 시인의 민감한 감각은 한국사회의 식민성을 비판적으로 사유할 수 있었고 그것을 시를 통해 형상화하였다. 따라서 포스트식민주의의 사유체계와 김수영의 시대는 친연성이 매우 강하다. 특히 그의 사후 30주기가 지난 지금에도 "자신의 문제를 풀어갈 언어를 가지지 못한 사회, 자신의 사회를 보는 이론을 자생적으로 만들어 가지 못하는 사회"[89)라는 시각이 여전히 남아 있는 우리시대에 김수영 시를 포스트식민주의 관점에서 읽는 것은 김수영의 시대뿐만이 아닌 작금의 시대에도 적용될 수 있는 현재성을 담보하는 것이다.

2. 바로 보마의 시적 태도, 철저한 세계응시의 시선

김수영이 태어났던 1920년대는 한강다리가 놓여지고 단성사가 지어지던

---

87) 김수영, 위의 책, 202쪽.
88) 김수영, 위의 책, 206쪽.
89) 조혜정, 『탈식민지 시대 지식인의 글읽기와 삶읽기1』, 또하나의 문화, 1996, 22쪽.

시기였다. 또한 서울 상공에 안창남이 비행기를 타고 곡예를 부렸다는 기사가 실리는가 하면, 사람은 왼쪽으로만 걸어다녀야 한다는 법이 제정되었다. 이런 제도는 근대의 이름으로 우리에게 다가온 초창기 근대적 풍경의 일부였다. 그러한 근대적 제도는 기존의 관습과 비교할 때 선뜻 이해하기 어려운 것이었다. 기존 생활 방식을 거의 감지할 수 없는, 느슨한 변화에 익숙했던 당대의 민중은 새로운 제도의 변화하는 속도를 따라가기가 힘겨웠다.

이와 같은 사회는 변화의 속도를 따라가는 세력과 따라가지 못하는 세력으로 나뉘어진다. 새로운 문물이나 제도를 빠르게 습득하여 바뀌어 가는 사회에 적응하고자 했던 것이 전자라면, 자꾸만 변화하는 현실을 이해하기가 어려웠던 사람들은 후자에 속한다. 전자와 후자는 각기 자신의 정체성을 유지하면서 양극화 된다. 그리고 어느 쪽이 주도권을 획득하느냐에 따라 그 사회의 지향점이 바뀐다.

그러나 우리의 경우, 전자든 후자든 누구도 헤게모니를 쥘 수 없었다. 그들은 모두 피지배자들이었기 때문이다. 굳이 승자를 따지자면 변화의 속도에 빠르게 적응하는 세력이겠지만, 그들의 전제조건은 일본의 제국주의가 주도한 변화의 속도에 편승하는 것이었다. 따라서 당대 사회의 흐름은 일본 제국주의하의 친일 관료, 지주, 역관들이 주도하게 되었고, 그들은 중심부에 위치하여 권력의 주도권을 장악한다. 그러나 그 변화에 적응할 수 없었던 대부분의 조선민중은 주변부적 삶을 강요당하는 존재로 전락한다.

식민지 조선에서 권력의 헤게모니를 장악한 집단일지라도 그들은 식민 본국의 주변부적 존재일 뿐이었다. 변화의 속도에 적응하거나 못하거나 근본적인 동질성은 식민성이다. 왜냐하면 그들은 일본 식민담론 범주에서 자유로울 수 없었기 때문이다. 당대의 경우, 일차적으로 일본(인)과 조선(인)의 관계는 지배와 피지배의 종속적 관계였다. 그러나 그 관계는 서구의 근대와 무관할 수 없으며 특히 서구의 오리엔탈리즘과 밀접한 연관을 내재한 것이었다.

근대 서구의 문화를 특권적인 규범으로 삼는 관점은 '보편주의' 또는 '인간주의'를 내걸면서 인종이나 민족의 서열, 열등한 문화의 예속, 나아가 스스로를 대표할 수 없는(누군가가 대표해 주지 않으면 안 되는) 사람들의 복종을 동반해 왔다. 프란츠 파농은 "끊임없이 인간에 대해 말해 왔던 유럽— 그 정신이 획득한 승리 하나하나에 인류는 얼마나 많은 고뇌를 지불해 왔는지, 우리는 이제 그 사실을 알고 있다."[90]고 고발한다. 이러한 지적은 근대 서구의 '보편주의'라는 문화의 역사가 그 경계 바깥이나 주변의 열등하다고 선고받은 방대한 숫자의 개인이나 집단 즉 '대지의 저주받은 자들'에게는 끊임없는 자기 상실과 패배의 연속이었다는 것을 암시한다. 그들은 "오늘날 이 세계에 살고 있는 사람들 중 사분의 삼 이상이 식민주의적 경험에 의해 꼴 지어진 삶을 영위"[91]하는 대지의 저주받은 자들이다.

그러한 시각이 이 시대를 살아가는 우리의 모습을 적실하게 지적한 선언처럼 들릴 때 그것은 김수영이 우리의 후진성을 지적하는 비꼼과 다를 바 없다. 김수영이 말하는 '후진성'은 "오랫동안 억압 밑에서 살아온 민중이라 억압의 기미에 대해서는 지극히 민감한 것도 사실이지만 반면에 지극히 비굴한 것도 사실"[92]이라는 것과   그것이 "너무나도 골수에 박혀서 그런지 그리 겁"[93]도 나지 않는 우리의 무의식이다. 김수영은 당대 문단의 '후진성'에 대해 "시단에까지도 외국에나 갔다온 영어나부랑이나 씨부리는 시인에게는 점수가 후하다는 것"[94]과 "외국말을 아는, 외국에 다녀온 문인

---

90) Frantz Fanon, 박종렬 역, 『大地의 저주받은 者들』, 광민사, 1979.
91) Bill Aahcroft 외, 앞의 책, 11쪽.
92) 김수영, 「치유될 기세도 없이」, 『전집2』, 25쪽.
93) 김수영, 「밀물」, 위의 책, 27쪽.
94) 김수영, 「물부리」, 위의 책, 54쪽.

들을 골라서 글을 씌우고 싶어하는 경향"을 "이것도 구역질이 나는 경향"95)이라고 비판한다. 이때 말하는 '후진성'은 중심부의 동일화 논리에 빠져버린, 문화적 제국주의에 잠식당한 당대 지식인의 내면 풍경일 것이다. 간과할 수 없는 것은 그가 말하는 '후진성'이 지금의 상황에서도 여전히 우리의 반면교사로 작용하고 있다는 점이다.

그것은 김수영의 시대가 파농의 시대와 별반 다를게 없기 때문이다. 파농의 현재성을 지적했던 어느 연구자의 고백처럼96), 불어가 유창한 정도에 따라 인간다움의 등급이 매겨지고 몽테스키외와 볼테르를 자기네들의 문화적 · 도덕적 시금석으로 숭상하던 아프리카의 프랑스 식민지였던 안틸레스 사회는 영어제국주의와 초국적 자본주의를 세계화와 지구촌의 실현으로 받아들이는 우리의 자화상일 것이다.

식민지가 근대를 시험하는 '근대의 실험실(laboratories of modernity)'이었다면, '근대의 실험실'의 재료는 식민지인들이었고, 그 주체는 근대의 담론을 실험한 식민주의자들이었다. 식민지적 근대가 일제를 중심으로 이루어진 식민지 쟁탈의 도구적 근대였듯이, 신식민주의 시대의 근대는 미국을 중심으로 하는 비서구 사회에 대한 서구 사회의 지배 이데올로기이다. 일본이든 미국이든 제국주의적 성격을 은폐하는 문화적 제국주의의 침공은 여전히 지속한다. 그렇다면 정확한 의미에서 '탈'식민은 아니라는 말이다. 근본적으로 공유하는 분모가 군사적이든 문화적이든 제국주의를 기반으로 하는 식민성으로 동일하기 때문이다. 이 때 식민성은 김수영이 지속적으로 제기했던 '후진성'의 의미를 띤다. 김수영이 말하는 후진성과 식민성은 다음과 같은 글에서 '치욕의 시대'라는 표현으로 나타난다.

---

95) 김수영, 「모기와 개미」, 위의 책, 55-56쪽.
96) 이경원, 「프란츠 파농과 정신의 탈식민화」, 『실천문학』, 2000 여름호

나는 아직도 나의 신변애기나 문학경력같은 지난날의 일을 써낼만한 자신이 없다. 그러한 내력애기를 거침없이 쓰기에는, 나의 수치심도 수치심이려니와, 세상은 나에게 있어서 아직도 암흑이다. 나의 처녀작의 얘기를 쓰려면 해방 후의 혼란기로 소급해야 하는데 그 시대는 더욱이나 나에게 있어선 텐더 포인트다. 당시의 나의 자세는 좌익도 아니고 우익도 아닌 그야말로 완전 중립이었지만, 우정관계가 주로 작용해서, 그리고 그보다도 줏대가 약한 탓으로 본의 아닌 우경 좌경을 하게 되었다고 생각된다. 돌이켜 생각해보면 지금도 그렇지만, 그때는 더한층 지독한 치욕의 시대였던 것같다.[97]

김수영은 그의 시작의 모두(冒頭)를 '치욕의 시대'로써 기억한다. '치욕'이란 주체의 자기모멸감을 의미한다. 또한 '수치심'과 '암흑' 등의 언어가 부가됨으로써 그 의미는 '더한층 지독한' '치욕'의 감정일 수 있다. 그가 '치욕'이라 말했던 시대는 해방기이고 그것은 시인으로서 자신의 처녀작을 이야기하는 시기까지 확장된다. 그러한 시기는 인용문을 쓸 당시(1960년대)와 표현된 회상의 시기(해방기)를 상호 소통적인 맥락으로 읽어야 한다.

해방기는 한국문학사에서 민족문학 모색의 시기이다.[98] 당시는 식민지 근대와는 또 다른 신식민적 근대를 사유하는 좌우 이념의 충돌 형태로 나타나는 정치적 대립과 미군정으로 인해 야기되었던 문화적 괴리감 등이 혼재된 시기였다. 해방기의 좌우대립은 현실 속에서 어떤 쪽이든 선택을 해야하는 실천의 문제였다. 김수영이 그러한 현실을 왜 수치심과 치욕으로밖에 느끼지 못했는가 하는 인식의 문제가 인용문을 통해 자신의 처녀작을 회상하는 시기에 놓여 있다.

"돌이켜 생각해보면 지금도 그렇지만, 그때는 더한층 지독한 치욕의 시대"에서 나타나듯이, 그러한 치욕의 시대는 그때 뿐만이 아닌 1960년대에

97) 김수영, 「演劇하다가 詩로 전향-나의 처녀작」, 위의 책, 226쪽.
98) 권영민, 『한국현대문학사』, 민음사, 1995.
   최동호 편, 『남북한현대문학사』, 나남, 1995.

도 적용되는 후진성과 식민성의 시기이다. 따라서 김수영의 초기시는 그의
전생애를 통해 대두되었던 우리시대의 후진성과 식민성을 인식하는 김수
영식 자의식를 찾을 수 있는 열쇠 역할을 한다. 중요한 것은 김수영이 시
인으로서의 첫걸음을 딛는 시기에 자신을 둘러싼 현실의 문제를 어떻게
인식하였는가하는 점이다.

> 꽃이 열매의 上部에 피었을 때
> 너는 줄넘기 作亂을 한다
>
> 나는 發散한 形象을 求하였으나
> 그것은 作戰같은 것이기에 어려웁다
>
> 국수-伊太利語로는 마카로니라고
> 먹기 쉬운 것은 나의 叛亂性일까
>
> 동무여 이제 나는 바로 보마
> 事物과 事物의 生理와
> 事物의 數量과 限度와
> 事物의 愚昧와 事物의 明晰性을
>
> 그리고 나는 죽을 것이다
>
> — 「공자의 生活難」 전문

　필자는 김수영의 시에 대한 글[99]에서 「공자의 生活難」을 두 가지의 이
유를 들어 중요하다고 언급했다. 첫째, 김수영 스스로 「공자의 生活難」을
자신의 초기작을 논하는 자리에서 언급했고,[100] 그 언급 속에서 비록 '히

---

99) 노용무, 「김수영 시 연구—자기 부정과 자기 긍정을 중심으로」, 『어문연구』 104호,
　　1999 참조.

야까시(ひやかし : 놀림, 조롱)'같은 작품이라 자기비하를 했지만 김수영식 자의식을 엿볼 수 있는 여지를 남겨 놓았다는 점이다. 둘째, 작품의 시어를 통해 환기하는 개념들을 김수영 시 전체를 해독하는 일종의 코드로 볼 수 있다는 점이다.

기존의 평가들이 주로 김수영의 시적 태도의 문제를 이 시를 통해 언급한 이유가 여기에 있다. 예를 들면, "그리고 나는 죽을 것이다"를 『論語』里仁篇의 "아침에 도를 깨달으면 저녁에 죽어도 좋다(朝聞道夕死可矣)"는 구절의 인유로 해석한 유종호101)의 견해와 '바로 보마'에 주목한 김현102)의 견해 등이 긍정적 해석이라면, 염무웅103)은 이 시가 전형적인 모더니즘의 난해시에 속하는 것으로 '일종의 말장난'이며 '시를 의식한 시'에 지나지 않는다고 일축했다. 그러나 이 시가 김수영의 시를 해독하는 중요한 근거를 제공하고 있다는 점, 김수영의 시적 사유와 형상화 방법의 단초를 드러내고 있다는 점 등은 공통적으로 일치하는 견해이다.104)

이 시가 화두로 던져주는 것은 김수영의 시적 사유와 형상화 방법의 문제이다. 그것은 이미 지적한 바, 『論語』와 孔子로 대표되는 동양적 세계관

---

100) 김수영, 「演劇하다가 詩로 전향-나의 처녀작」, 위의 책, 227쪽.
101) 유종호, 「시의 자유와 관습의 굴레」, 황동규 편, 『김수영의 문학』, 민음사, 1997. 이와는 다른 각도에서 김혜순은 장자의 '자유' 담론과 김수영의 그것을 상호텍스트적 관점에서 그 연관관계를 밝혀 동양적 이데올로기의 문제에 주목하기도 한다.(김혜순, 「문학적 『장자』와 김수영의 시 담론 비교 연구」, 『전후시대 우리 문학의 새로운 인식』, 박이정, 1997)
102) 김 현, 「자유와 꿈」, 황동규 편, 『김수영의 문학』, 민음사, 1997.
103) 염무웅, 「김수영론」, 황동규 편, 『김수영의 문학』, 민음사, 1997.
104) 최근의 연구 성과를 보면, 이 시의 내용을 산문적으로 풀어 해석을 가한 한수영의 글이 주목된다. 그에 의하면, 이 시는 '진정한 예술 행위'의 은유로 읽어야 하며, '발산한 형상'은 '진정한 예술'의 메타포라고 주장한다.(한수영, 「'일상성'을 중심으로 본 김수영 시의 사유와 방법」, 『작가연구』, 새미, 1998. 5) 또한 이건제는 '일종의 김수영식의 자동 기술법'이란 용어를 구사하여 김수영의 시작 태도를 '화두를 던져 생각을 이끄는 태도'로 규정한 바 있다.(이건제, 「김수영 시에 나타나는 '죽음' 의식」, 같은 책)

으로 김수영의 전기적 자료105)를 통해서 확인된다. 孔子 또는 『論語』와 『孟子』에 나타난 동양적 세계관의 하나는 仁義禮知의 사상이다.106) 이러한 개념 중 義를 설명하는 문구로는 羞惡之心을 들 수 있다. 필자는 이미 분석되었던 "아침에 도를 깨달으면 저녁에 죽어도 좋다(朝聞道夕死可矣)"는 구절의 인유로 해석한 유종호의 견해와 달리 羞惡之心을 시에 적용하고자 한다. 유종호의 견해가 '그리고 나는 죽을 것이다'라는 마지막 구절을 통해 시의 해석을 이끌어 냈다면 羞惡之心은 시 전체의 맥락을 통해서 분석될 수 있기 때문이다.107)

羞惡之心은 곧 義之端이라 했으니, 義를 정의하는 개념이다. 羞惡之心은 羞와 惡가 각각 心에 걸쳐 있기에 羞之心과 惡之心으로 나눌 수 있다.108) 이럴 경우, 羞惡之心은 羞之心과 惡之心이라는 두 개의 세계로 나타난다. 두 세계는 不義와 不善에 관련된 자아와 타자의 관련양상으로 不義를 부끄러워하고 不善을 미워하는 것이다. 먼저 羞之心의 세계는 자신에 대한 정체성을 끊임없이 부정해야만 가능한 자기 부정의 세계이다. 자기 부정의 계열체로 나타나는 것은 수치스럽다, 치욕스럽다, 부끄럽다 등의 감정이다.

---

105) 김수영의 경우, 동양적 질서의 형성은 그가 유년 시절 초등학교를 졸업할 즈음에 질병에 의해 학업을 일시 중단하고 일정 기간 한학을 공부했다는 점을 들 수 있다. 그러나 더욱 중요한 사실은 「공자의 생활난」이란 제목에서 환기하는 공자, 생활, 고난이란 함축어의 긴밀한 연관성이라 할 수 있다. 즉 공자로 대표되는 성인군자의 도나 진리를 향한 지향점, 성인들의 공통되는 생활의 궁핍함 그리고 가난이란 고난 등이 그것이다. 실제로 해방기 김수영의 가족은 부친의 병환이 악화되어 모친에 의해 생활을 해 나가는 상황이었다. 이러한 생활과 가난의 문제는 그의 전 생애에 걸친 숙명과 같은 것이다.(최하림, 『김수영평전』, 문학세계사, 1981. 참조)

106) 無惻隱之心 非人也 無羞惡之心 非人也 無辭讓之心 非人也 無是非之心 非人也 惻隱之心 仁之端也 羞惡之心 義之端也 辭讓之心 禮之端也 是非之心 知之端也(맹자, 이원섭 역, 「公孫丑章句」, 『孟子』, 대양서적 세계사상대전집, 1970, 385쪽.

107) 이러한 필자의 논지는 유종호의 견해에 대한 부정이나 반박이 아닌 다른 시각으로 접근할 수도 있다는 해석의 다양성이란 측면이다.

108) 羞 恥己之不善也 惡 憎人之不善也(성백효 역주, 『맹자 집주』, 전통문화연구회, 1994, 103쪽)

예를 들어 '수치스럽다'라는 감정은 자신의 내면에 자랑스럽지 못한 어떤 것을 불명예스럽게 생각하는 표현이다.

이에 반해 惡의 세계는 자기 긍정을 수반하는 세계이다. 자기 긍정의 세계는 자아의 정체성에 대한 긍정으로 볼 수 있다. 자기 긍정의 계열체로 나타나는 것은 나쁘다, 미워하다, 싫다, 증오하다 등의 감정이 수반된다. 예를 들어, '미워하다'라는 감정은 어떤 신념이나 사상이 자아 이외의 어떤 것에 비추어 자신을 옹호 또는 긍정케하는 표현으로 볼 수 있기 때문이다. 따라서 羞之心이 자기 부정의 세계에 해당한다면, 惡之心은 자기 긍정의 세계에 해당한다. 본고가 여기에 주목하는 이유는 김수영의 시적 사유와 태도의 문제에 연관되기 때문이다.

지금까지의 연구자들은 이 詩의 핵심을 4연 이하에서 추출했다. 그러나 그것은 3연까지 의미의 연관관계가 성립될 때만이 가능한 것이다. 시적 자아인 '나'와 '너'는 어떤 관계인가, '作亂, 作戰, 叛亂性'으로 이어지는 의미의 연쇄는 무엇인가가 해석의 중요한 열쇠 역할을 한다. 먼저, 나와 너의 관계는 자아와 타자의 양상을 띠며, '너'는 4연의 '동무'로 전이된다. '너'는 '꽃이 열매의 上部에 피었을 때' 하면 안될 줄넘기 '作亂'을 하는 사람이다. '나'는 '發散한 形象을 求하'고자 하지만 '그것은 作戰같은 것이기에' 어렵다. 그래서 시적 자아인 '나'가 선택한 것은 '叛亂性'이다.

그러나 '作亂'은 장난으로 읽힐 수 있는 개연성이 있고, '作戰'은 '發散한 形象을 求'하기가 매우 어려운 것이기에 '나'에게는 실효성이 없다. 그래서 '나'가 선택한 것은 '쉬운 것'인 '叛亂性'일 것이다. 이러한 점은 4연에 이르면 모두 부정의 대상으로 표현된다. '너'의 또 다른 모습인 '동무'에게 선언적으로 명시한 '나는 바로 보마'는 무언가 진지함을 요구할 때, 줄넘기 作亂(장난을 하는 것도, 작전같은 발산한 형상을 구하는 것도, 국수 같은 먹기 쉬운 것만 찾는 나의 반란성도 이젠 똑바로 또는 떳떳하게109)

바라보는 태도이다.

이 시의 후반부를 4연부터라고 한다면, 전반부인 3연까지는 자기 부정의 세계(羞之心)를 그리고 후반부는 자기 긍정의 세계(惡之心)를 표현하고 있다. 전반부와 후반부를 경계로 하는 기점은 '바로 보마'이다. '바로 보마'는 전반부의 자기 부정을 통해 자기 긍정을 이루는 것이다. 시적 자아의 자기 긍정은 '事物의 生理'가 아닌 '事物과 事物의 生理'에서 보여주는 그 연관 관계에 있다. 즉 모든 사물이 연쇄적으로 연결되어 있다는 생리를 바로 보겠다는 것이고, 그것은 '事物의 數量과 限度'에서처럼 개체의 질서와 연결되어 그 의미를 한층 부가하고 있다.

중요한 것은 사물 또는 사물과 사물만의 문제가 아니다. '事物의 愚昧와 事物의 明晳性'이란 사물의 속성이라고 보기엔 무리가 따른다. 그렇다면, 사물을 바라보는 인식 또는 태도의 문제이다. 곧 사물을 바라보는 자아의 인식을 뜻하는 '愚昧'와 '明晳性'인 것이다. 우매와 명석성은 시적 자아가 세계를 인식하는 상반된 사유 체계를 표상한다. 우매가 사물을 제대로 보지 못하는 것이라면 명석성은 사물을 꿰뚫는 성질이다. 따라서 우매와 명석성을 함께 거론했다는 점에서 '바로 보마' 시선의 폭과 넓이를 확대한 것으로 이해할 수 있다. 그러고 난 다음 '나'는 죽어도 좋다고 하지만, 역설적으로 그러한 모든 것을 바로 보기 전까지는 죽을 수 없다는 확고한 자기 인식의 표현이다.

인용시의 핵심은 '바로 보마'와 '그리고 나는 죽을 것이다'라는 구절이

---

109) 기존의 평가에서 자주 대두되었던 시어가 '바로 보마'이다. 김현은 '명확하게 대상을 파악하고 관찰하고 이해하겠다'고 해석한 반면, 유재천은 '정확히 보겠다'가 아니라 '떳떳이 보겠다'의 의미로 해석할 것을 주장한다.(김현, 앞의 논문. 유재천, 『김수영의 시연구』, 연세대 박사, 1986) 그러나 이 때의 '바로 보마'는 정확히 똑바로 보거나 떳떳이 당당하게 보거나 시인의 시적 태도의 문제에서 거론한다면 동어반복적인 느낌을 갖게 한다. 따라서 그 두 가지의 해석의 차이점은 미세한 울림의 차이는 있지만 일정 부분 공통분모를 갖는다.

다. 먼저, '바로 보마'는 현재 또는 지금 이후 무언가를 정확히 또는 똑바로 보겠다는 선언이다. 그것은 시적 대상을 올곧게 인식하려는 태도이다. 두 시구를 연결해서 서술해 보면, 시적 화자인 "나는 무엇을 바로 보겠다. 그런 연후에야 나는 죽을 수 있다"이다. 중요한 것은 '무엇을 바로 보는가' 이다. 그것은 "事物과 事物의 生理와/ 事物의 數量과 限度와/ 事物의 愚昧와 事物의 明晳性"이다. 이는 자아 이외에 모든 것을 나타내는 세계 그 자체이다. 예를 들어 자아와 세계의 대결 양상으로 도식화할 경우, 자아를 둘러싼 세계를 바로 보겠다는 시적 자아의 선언으로 읽을 수 있다.

시 제목에서 환기하는 '공자의 생활난'은 중의적이다. 공자라는 실존 인물이 그의 시대에 궁핍하게 살았다는 의미가 그 첫째이라면, 공자로 환기되는 동양적 세계관 자체가 생활난을 겪는 것이 그 둘째이다. 여기에서 공자와 그로 대표되는 동양적 세계관이 생활난을 겪는다면 그것은 유교 이데올로기의 현실 장악력이 약해진다는 의미로 이해할 수 있다. 그러한 인식이 가능할 수 있었던 것은 해방기의 혼란한 정국과 맞물려 있기 때문이다. 따라서 김수영은 '바로 보마'의 시적 태도를 통해 바로 볼 수 없었던 세계에 대해 냉철히 응시할 것을 선언한다. 그러한 선언은 "정태적인 관조가 아니라, 다양한 수준의 사회적, 정치적 실천이자 깊이있는 이론적 실천을 통해서만 가능한 것"[110]이었다. 그것은 "올곧은 가치가 혼돈의 와중 속에서 뒤섞여버린 시대, 곧 몰가치의 시대에 가치의 이행자와 가치의 담당자가 동시에 겪을 수밖에 없는 고통, 그러한 생활의 어려움"[111]을 의미하는 것이기도 하다.

---

110) 오성호, 「김수영 시의 '바로 보기'와 '비애'--시작 태도와 방법」, 현대문학이론학회, 『현대문학이론연구』15집, 2001, 172-173쪽.

111) 이은봉, 「김수영의 시와 죽음-초월, 새로움, 자유, 사랑」, 『실사구시의 시학』, 새미, 1994. 238쪽.

너의 앞에서는 愚鈍한 얼굴을 하고 있어도 좋았다
百年이나 千年이 결코 긴 歲月이 아니라는 것은
내가 사랑의 테두리 속에 끼여있기 때문이 아니리라
醜한 나의 발밑에서 풍뎅이처럼 너는 하늘을 보고 운다
그 넓은 등판으로 땅을 쓸어가면서
네가 부르는 노래가 어디서 오는 것을
너보다는 내가 더 잘 알고 있는 것이다
내가 醜惡하고 愚鈍한 얼굴을 하고 있으면
너도 愚鈍한 얼굴을 만들 줄 안다
너의 이름과 너와 나와의 關係가 무엇인지 알아질 때까지
소금같은 이 世界가 存續할 것이며
疑心할 것인데
등 등판 光澤 巨大한 여울
미끄러져가는 나의 意志
나의 意志보다 더 빠른 너의 노래
너의 노래보다 더한층 伸縮性이 있는
너의 사랑

― 「풍뎅이」 전문

인용시는 「공자의 생활난」에서 선언한 '바로 보마'의 변주를 확인할 수 있는 작품이다. 그것은 '바로 보마'에서 제기한 바로 보기의 주체와 바로 보기의 객체 즉 대상을 명확히 제시했기 때문이다. 먼저 「풍뎅이」에는 시적 자아인 나의 언술과 나의 언술을 듣기만 하는 시적 청자로서의 너 또는 네가 등장한다. "醜한 나의 발밑에서 풍뎅이처럼 너는 하늘을 보고 운다"에서 풍뎅이는 나와 너가 아닌 비유의 매개로 존재한다. 다시 말해 '처럼'이란 직유법에서 나타나듯이, 너를 수식하거나 한정하는 객관적 상관물의 역할을 수행하는 장치이다. 따라서 시적 자아인 나를 중심으로 너와 풍뎅이는 이항 대립적 관계를 유지한다.

이 작품에서 섬세하게 얽혀진 나(내)와 너(네)는 각각 대응하기도 하고 중첩하기도 하면서 시적 맥락을 이끌어 간다. '너의 앞에서 愚鈍한 얼굴을 하고 있어도 좋'은 나는 '百年이나 千年이 결코 긴 歲月이 아니라는 것'을 '내가 사랑의 테두리 속에 끼여있기 때문이 아니'라고 단정한다. 따라서 백년이나 천년이라는 시간 개념이 '긴 歲月'일 수 있기 위해서는 '내가 사랑의 테두리 속에 끼여 있'어야 한다. 달리 말하면, 백년이나 천년이 결코 긴 세월이 아니라는 것은 일상적으로 느끼는 백년이나 천년이란 시간 개념보다 훨씬 짧다는 심리적 시간 인식의 의미이다. 그리고 그 시간이 짧은 세월이라고 느끼기 위해서는 내가 사랑의 테두리 속에 끼여 있어야 가능한 감각이다.

이러한 표현 속에서 감지되는 것은 시적 자아가 사랑의 테두리에서 일탈되어 있다는 소외감과 '끼여'라는 시어가 환기하듯이 주변적이고 어떤 핵심의 주위를 맴도는 정서이다. 사랑과 그 테두리는 환기하는 의미가 다르다. 사랑이 핵심이고 중심일 때 테두리는 그것을 감싸고 보호하는 장치이자 그 범주를 규정하는 경계의 역할을 한다. 시적 자아는 백년이나 천년을 짧은 시간처럼 느끼기 위해서 사랑의 테두리에 들어가야 한다는 잠재의식을 보여준다. 그 잠재 의식은 사랑에 도달하고자 하는 욕망이지만, 시적 자아는 일차적으로 사랑을 둘러싸고 있는 경계로서의 테두리에 소속되기를 원한다. 그 경계는 사랑의 범주와 그 범주 안에 놓이지 못하는 것을 가르는 구분이다. 시적 자아는 사랑의 경계 안에 들고자 한다. 그러나 '끼여'라는 시어가 주는 부정적 어감을 주의하여 읽을 경우, 시적 자아는 그 경계를 넘어서지 못했거나 넘어서려고 하는 과정으로 볼 수 있다. 이때 시적 자아는 사랑의 경계를 넘어서지 못한 자신을 '醜'하다고 표현한다.

시적 자아가 '醜'하다는 사실은 자신이 사랑의 테두리 외부에 있기 때문이며, '醜한 나'는 사랑의 테두리 내부에 속하기 위해서 '너'가 필요한 존재이다. 그러한 너는 '醜한 나의 발밑에서 풍뎅이처럼 하늘을 보고' 우는 존재이다. '운다'는 시어는 울음을 우는 것(crying)일 수도 있지만 노래를 부르는 것(singing)일 수도 있다. 6행에서 제시된 '네가 부르는 노래'을 통해 유추하면 후자일 수 있겠지만 시적 맥락을 통해 환기되는 정서는 희노애락을 포함하는 어떤 감정의 울림으로 읽힌다. 그 울림은 '네가 부르는 노래'이지만 '내가 더 잘 알고 있는 것'이자 풍뎅이처럼 땅을 쓸어 가면서 부르는 '땅'의 노래이기도 하다.

'네가 부르는 노래'는 내가 너보다 그 노래가 어디에서 오는 것인가를 더 잘 알고 있는 것이다. 잘 알고 있다는 것은 친숙의 정도를 나타내기도 하고 이해할 수 있다는 표명이기도 하다. 따라서 "내가 醜惡하고 愚鈍한 얼굴을 하고 있으면/ 너도 愚鈍한 얼굴을 만들 줄 안다"에서 나타나듯이, 내가 어떤 표정을 하든 너는 항상 나의 표정에 맞출 수 있는 존재이다. '추악하고 우둔한 얼굴'을 너는 그렇게 할 수도 있고 하지 않을 수도 있다. 그것은 세계를 바라보는 시적 자아의 시선이다. 여기에서 너는 시적 자아의 시선에 의해 인지되는 세계의 의미를 띤다. 왜냐 하면 시적 자아가 추악 또는 우둔한 얼굴을 하거나 그렇지 않거나에 상관없이 객관적으로 존재하는 세계이기 때문이다. 따라서 "너도 愚鈍한 얼굴을 만들 줄 안다"에서 읽어낼 수 있는 것은 시적 자아가 우둔한 얼굴을 하고 있기 때문에 너도 또한 그렇게 보이는 것이다. 중요한 것은 '만들 줄 안다'를 인식하는 주체가 시적 자아라는 점에서 나타나는 나의 인식 또는 태도이다.

시적 자아의 태도는 "너의 이름과 너와 나와의 關係"를 규명하는 '바로 보마'의 시선이다. 너가 세계를 표상한다면 '너의 이름'은 세계를 일컫는 상징이자 속성이다. 따라서 그 세계의 실체가 무엇인가를 바로 보겠다는 것은 그 세계와 나의 관계를 자아와 세계의 대결 양상으로 인식하겠다는 다짐이다.

너와 나의 관계가 무엇인지를 천착하는 과정은 자아가 세계를 바라보는 시선이다. 그 시선은 소금같은 이 세계가 존속할 것이라는 믿음과 의심이 교차하는 것이다. 따라서 소금같은 이 세계와 나의 관계가 무엇인지 알지 못한다면 바로보기는 실패하는 것이다. 이와 같은 세계와 자아의 대결 구도는 '알아질 때까지—할 것이며—할 것인데' 등의 미래형 어미를 통해 현재 이후를 지칭하는 선언적 의미를 내포한다. 그러나 그 과정은 '巨大한 여울'처럼 크고 넓은 것이기에 '나의 意志'는 '미끄러져'만 간다. 너로 상징화된 '巨大한 여울'의 세계는 '나의 意志보다 더 빠른' '노래'이자 그 "노래보다 더한층 伸縮性이 있는/ 너의 사랑"으로 나타난다. 나는 그 세계에 다가가고자 하나 '미끄러져가'기 때문에 쉽지 않다. 그 세계는 항상 나보다 더 빠르고 더한층 신축성이 있기 때문이다.

김수영의 '바로 보마'의 태도는 '너의 이름과 너와 나와의 關係'가 무엇인지를 밝히려하는 선언이다. 하지만 그 선언은 시적 자아를 압도하는 세계로 인해 순탄하지만은 않다.

아버지의 寫眞을 보지 않아도
悲慘은 일찌기 있었던 것

돌아가신 아버지의 寫眞에는
眼鏡이 걸려있고
내가 떳떳이 내다볼 수 없는 現實처럼
그의 눈은 깊이 파지어서
그래도 그것은
돌아가신 그날의 푸른 눈은 아니요
나의 飢餓처럼 그는 서서 나를 보고
나는 모오든 사람을 또한
나의 妻를 避하여

그의 얼굴을 숨어 보는 것이요

詠嘆이 아닌 그의 키와
詛呪가 아닌 나의 얼굴에서
오오 나는 그의 얼굴을 따라
왜 이리 조바심하는 것이요

조바심도 습관이 되고
그의 얼굴도 습관이 되며
나의 無理하는 生에서
그의 寫眞도 無理가 아닐 수 없이

그의 寫眞은 이 맑고 넓은 아침에서
또하나의 나의 팔이 될 수 없는 悲慘이요
행길에 얼어붙은 유리창들같이
時計의 열두시같이
再次는 다시 보지 않을 遍歷의 歷史……

나는 모든 사람을 避하여
그의 얼굴을 숨어 보는 버릇이 있소

— 「아버지의 寫眞」 전문

　「풍뎅이」에서 김수영은 너와 나의 관계를 천착하고자 했다. 그러나 김수영은 그것이 수월하지만은 않다는 것을 「아버지의 사진」에서 다시 보여준다. 시적 자아는 현실의 세계를 알고자 하지만 '내가 떳떳이 내다볼 수 없는 現實'이기에 그 '現實'은 벽으로써 작용한다. 현실의 세계를 정확하게 인식하고자 하지만 현실의 벽은 장애요소이다.

　'아버지의 寫眞'은 '아버지'로 표상되는 전통의 세계와 '寫眞'에서 암시하는 빛바랜 추억을 환기시킨다. 그것은 아버지와 사진을 떠올리지 않아도

'悲慘은 일찍이 있었던 것'이다. 따라서 '아버지' 또는 '아버지의 사진'은 '비참'한 것이고, 그들의 존재이전에 '비참'은 '일찍이 있었던 것'이기도 하다. 그러한 비참한 전통 또는 과거는 아버지의 시대뿐만 아니라 시적 자아인 '내'가 '아버지의 사진'을 '떳떳이 내다볼 수 없는 現實'에까지 걸쳐 있다.

「아버지의 寫眞」은 '본다'라는 행위에 의해 시적 맥락을 이끌어 가는 시이다. 그것은 내가 아버지 또는 아버지의 사진을 보는 동작과 아버지 또는 사진 속의 아버지가 나를 보는 시선의 교차가 시의 주된 흐름을 차지하기 때문이다. 그 흐름의 통로는 "돌아가신 아버지의 寫眞에는/ 眼鏡이 걸려있고"에서 나타나는 안경이다. 따라서 아버지의 눈과 시적 자아의 눈은 안경을 매개로 교차하는 주고 받는 시선이다. 여기에서 중요한 것은 안경이란 사물이 갖는 속성이다. 안경은 우리의 초창기 근대적 풍물 속에서 대두되었던 근대의 바로미터였다. 그 시선의 두 모습은 근대를 매개로 하는 두 세계를 함축한다. 이때 아버지의 세계와 시적 자아의 세계를 연결하는 고리는 기아이다. 즉 '내'가 기아에 처해있는 현실은 사진 속의 아버지를 규정하는 요인이자 사진 밖의 자기 자신을 설정하는 주된 논리이기도 하다. 그래서 '나는 모오든 사람을 또한/ 나의 妻를 避하'게 된다.

'나의 처'와 '모오든 사람'으로 대별되는 세계는 왜 '아버지'의 얼굴을 숨어 보게 만드는가. 숨어서 아버지의 얼굴을 보면 '왜 이리 조바심하는 것'일까. 「공자의 생활난」에서 제기했던 바로 보마의 시선은 세계를 향해 놓여있다. 바로 보마의 시선은 세계를 향해 열려있지만 '나의 飢餓'와 '再次는 다시 보지 않을 遍歷의 歷史'가 그의 시선을 잡아맨다. 아버지의 사진이 더 이상 "이 맑고 넓은 아침에서/ 또하나의 나의 팔이 될 수 없는 悲慘"이기에 '편력의 역사'는 아버지의 역사가 된다.

아버지의 역사는 김수영에게 있어서 편력의 역사이자 행길에 얼어붙은 유리창들이고 '시계의 열두시' 같은 것이다. '유리창'과 '시계의 열두시'는 모두 일정한 공간이나 시간을 경계 지우는 구획이라 할 수 있다. '유리창'은 '얼어붙'어 있어 '행길'을 볼 수 없게 만드는 벽이고, '시계의 열두시'는 하루의 반을 가르는 경계이다. 특히 후자의 경우는 시침과 분침의 완벽한 일치를 통해 12시 또는 24시라는 상징적 시간 개념으로 이전과 이후를 가르는 잣대로서 작용한다. 또한 유리창과 시계는 모두 '같이'라는 비유를 통해 다시는 보고 싶지 않은 이전의 상황을 구분하는 심리적 기제이기도 하다.

이러한 심리적 기제는 아버지의 얼굴을 숨어 보는 것(1연), 왜 이리 조바심하는 것(2연), 조바심이 습관이 되었다는 것(3연), 다시 보지 않을 편력의 역사라는 것(4연) 등으로 나타난다. 그러한 시적 전개는 마지막 연에 집중되어 있다. 따라서 "나는 모든 사람을 避하여/ 그의 얼굴을 숨어 보는 버릇이 있소"에서 숨어 보다의 의미는 아버지로 표상화된 전통의 세계에 대한 인식에 있다. 그것은 편력의 역사를 다시는 보지 않겠다는 선언의 이면에 놓여있는, 아버지와 나와의 연관 관계를 나타낸다. 그것이 편력의 역사이고 다시는 보고 싶지 않은 것이지만 자신을 있게 한 아버지를 부정할 수 없듯이 볼 수밖에 없기에 숨어보는 것이다.

倒立한 나의 아버지의
얼굴과 나여

나는 한번도 이(虱)를
보지 못한 사람이다

어두운 옷 속에서만
이(虱)는 사람을 부르고

사람을 울린다

나는 한번도 아버지의
수염을 바로는 보지
못하였다

　新聞을 펴라

이(虱)가 걸어나온다
行列처럼
어제의 물처럼
걸어나온다

- 「이(虱)」 전문

「이」는 「아버지의 사진」과 관련하여 읽을 수 있는 작품이다. 「아버지의 사진」에서 형상화한 것은 아버지의 사진을 보지 않아도 비참은 이미 있었다는 점, 시적 자아가 아버지를 떳떳이 볼 수 없었다는 점, 영탄과 저주가 교차하는 조바심이 습관이 되어 편력의 역사를 이루었다는 점, 모든 사람을 피하여 아버지의 얼굴을 숨어 볼 수밖에 없다는 점 등이다. 이러한 점은 「이」의 경우, "倒立한 나의 아버지의/ 얼굴과 나여"에서 반복된다.

'도립'이란 거꾸로 서있다는 뜻이다. 나와 아버지의 관계는 거꾸로 서있는 다시 말해 기존의 사고방식을 전복하는 시적 자아의 인식에 놓여 있다. 따라서 「아버지의 사진」에서 아버지로 표상되는 전통의 세계가 '편력의 역사'이고 '비참'이기에 "나는 한번도 아버지의/ 수염을 바로는 보지/ 못하였"고 "모든 사람을 避하여/ 그의 얼굴을 숨어 보는"(「아버지의 사진」) 것이다. 여기에서 바로 보지 못하는 것과 숨어보는 것은 아버지와 나의 관계를 규정하는 요소이며 그 매개항으로 대두된 것은 '이'의 속성이다.

이는 어두운 옷 속에서만 사람을 부르고 울린다. 따라서 이는 어두움 속에서만 자신의 존재를 유지할 수 있고 그 속에서 사람을 부르거나 울릴 수 있다. 그렇기 때문에 시적 자아는 한번도 이를 보지 못했다. 그러나 신문을 펴면 행렬처럼 또는 어제의 물처럼 걸어 나온다. 걸어 나온다는 표현은 신문을 펼쳤을 때 눈에 쉽게 들어온다는 것이고, 어두운 곳에서만 존재했던 이가 신문과 같은 가시적 세계에 나타났다는 것을 뜻한다. 그것은 시대적 풍자의 의미로 읽을 수 있다. 달리 말하면, 어둠이 부조리한 현실을 은유할 때, 이가 사람을 부르고 울린다는 것은 그러한 현실에 처한 인간군상과 그들의 사회상을 언급하는 것이다. 따라서 그러한 사회에 놓여진 시적 자아는 아버지를 제대로 보지 못하고 숨어보는 것이다.

> 제트機 壁畵밑의 나보다 더 뚱뚱한 주인 앞에서
> 나는 결코 울어야 할 사람은 아니며
> 영원히 나 자신을 고쳐가야 할 運命과 使命에 놓여있는 이 밤에
> 나는 한사코 放心조차 하여서는 아니될 터인데
> 팽이는 나를 비웃는 듯이 돌고 있다.
>
> — 「달나라의 장난」 중에서

아버지의 역사가 '편력의 역사'이고 '비참'한 것이지만 그것은 현실을 인식하는 계기이다. 그 현실은 최첨단의 '제트기'가 한국 영공을 날아다니는 근대의 시대이다. 여기에서 김수영은 자신은 결코 울어야 할 사람이 아니라는 것을 인식한다. 그러한 인식을 가능케 했던 것은 끊임없이 자신을 고쳐가야 할 운명과 사명을 각인시켜 준 '이 밤'이었다. '이 밤'이란 암울한 현실의 은유이지만 '한사코 放心조차 하여서는 아니'되는 빠르게 변화하는 근대적 세계로 나아가는 과정으로서의 의미를 띤다.

김수영은 끊임없이 자신을 고쳐가야 할 운명과 사명이 '이 밤'에 놓여

있음을 자각한다. 그것은 '바로 보마'의 시적 태도에서 비롯하는 세계에 대한 철저한 응시를 통해서 가능한 것이었다. 그 세계는 끊임없이 변화되어 가는 현실이었고, 그 현실은 이성중심주의와 합리주의로 무장한 근대적 이성에 의해 잠식당하는 사회였다. 따라서 김수영은 「공자의 생활난」에서 선언적으로 명시한 '바로 보마'의 시적 태도를 중심으로 하여 '거꾸로 보기'(「이」), '숨어 보기'(「아버지의 사진」), '멀리 보기'(「가까이 할 수 없는 서적」), '뒤집어 보기'(「동맥」), '거꾸로 생각하기'(「우리들의 웃음」) 등으로 변용하여 세계의 본질적 모습을 포착하고자 노력하는 자세를 일관되게 유지한다.

3. '책'의 근대성과 문화적 제국주의

'책'은 김수영의 시에 지속적으로 나타나는 이미지이다. '책'의 이미지는 그의 시적 관심의 대상으로써 근대 또는 근대성의 문제와 연계되는 화두이다. 실제로 김수영의 전기 중 그의 어머니 회고에 따르면, 김수영의 가족이 해방 직후 만주에서 귀국하던 때의 지치고 굶주리던 순간에도 김수영은 어느 건물의 추녀 밑에서 책을 읽고 있었다고 한다.112) 그의 전기적 자료를 통해 볼 때, 어쩌면 당연하다 싶을 정도로 나타나는 '책'에 대한 관심은 먼저 '책'이 표상하는 속성과 관련된다. 그 속성을 파악했을 때 주체가 자신의 정체성을 어떻게 정립해 가는가를 알 수 있기 때문이다. 그것은 '책'의 상징이 초기시에서 후기시로 갈수록 어떻게 변모되어 가는가를 고

---

112) "길림을 떠난 지 벌써 수일째, 옷은 떼에 절고 얼굴은 타서 거지떼 같았다. 일행 중의 누군가가 언덕을 넘으면 옥수수를 파는 곳이 있으니 함께 가자고 했다. 그녀는 김수영을 그곳에 두고 그들을 따라나섰다. 그 틈에도 그는 처마밑에 앉아 책을 읽고 있었다. 사람들이 '저 아드님이 머리가 좀 이상한 것 아니냐'고 물었다. 그녀는 '그 사람은 책밖에 모른다'고 하면서, '어젯밤에도 그 빗속에서 내게 책을 맡겼는데 없어졌다고 생떼를 부렸다'면서 웃었다. 최남선의 무슨 책이라고 했다." (최하림, 『김수영』, 문학세계사, 1995, 40쪽)

찰하는 과정이다.

김수영의 시편 중 '책'에 관한 작품은 「가까이 할 수 없는 書籍」(1947), 「아메리카 타임誌」(1947), 「방안에서 익어가는 설움」(1954), 「書冊」(1955), 「國立圖書館」(1955), 「六法全書와 革命」(1960), 「晚時之歎은 있지만」(1960), 「엔카운터誌」(1966), 「VOGUE야」(1967) 등이며, '책'과 관련된 시편으로 「이(虱)」(1947)와 「死靈」(1959)을 들 수 있다.

> 가까이 할 수 없는 書籍이 있다
> 이것은 먼 바다를 건너온
> 容易하게 찾아갈 수 없는 나라에서 온 것이다
> 주변없는 사람이 만져서는 아니될 冊
> 만지면은 죽어버릴듯 말듯 되는 冊
> 가리포루니아라는 곳에서 온 것만은
> 確實하지만 누가 지은 것인줄도 모르는
> 第二次大戰 以後의
> 긴긴 歷史를 갖춘 것같은
> 이 嚴然한 冊이
> 지금 바람 속에 휘날리고 있다
> 어린 동생들과의 雜談도 마치고
> 오늘도 어제와 같이 괴로운 잠을
> 이루울 準備를 해야 할 이 時間에
> 괴로움도 모르고
> 나는 이 책을 멀리 보고 있다
> 그저 멀리 보고 있는 듯한 것이 妥當한 것이므로
> 나는 괴롭다
> 오오 그와 같이 이 書籍은 있다
> 그 冊張은 번쩍이고
> 연해 나는 괴로움으로 어찌할 수 없이
> 이를 깨물고 있네!

가까이 할 수 없는 書籍이여
가까이 할 수 없는 書籍이여.

　　　　　　　　　　　　　－「가까이 할 수 없는 書籍」 전문

인용시의 핵심은 책과 자아가 어떤 관련 양상을 보이고 있는가, 다시 말
하면 중심으로서의 책과 주변으로서의 자아가 어떤 교직을 하는가에 놓여
있다. 지식은 글쓰기를 의미하며, 그것은 곧 의사소통 능력의 소유를 나타
내기 때문에 책 또는 펜은 권력의 열쇠[113]라 할 수 있다. 치누아 아체베는
콘라드의 『어둠의 속』에 나타난 인종차별주의가 아프리카의 이미지를 어
떻게 생산하는가를 고찰한 바 있다.[114] 콘라드의 소설에 드러나는 서구의
욕망과 욕구는 아프리카를 '타자의 세계'로 형성케하는 인종차별주의를 통
해 나타난다.

서구가 그들의 인식 체계 속에 "붙박이해 놓은 아프리카의 전형화된 이
미지, 그 이미지의 흡착력과 삼투력"[115]은 총과 칼이 아닌 콘라드의 『어둠
의 속』이나 비서구 지역을 모험과 탐색의 여정으로 생각했던 각종 여행기
문학을 통해 이룩된 것이었다. 그것은 '책'을 통해 서구인의 내면에 스며들
었고 제3세계인으로 하여금 '위악적인 침묵'을 강요하였다. '책'은 서구인
에게는 자신들의 식민질서와 오리엔탈리즘을 형성하는 중심으로서의 은유
이었지만 비서구인에게는 침묵을 강요하는 것이자 주변에 위치한 자신들
의 정체성을 반추하게 하는 것이다.

이와 같은 측면에서 '書籍' 또는 '冊'은 중심으로서의 권력과 지배의 상
징이 된다. '書籍'은 '가까이 할 수 없'고 '먼 바다를 건너'왔으며 '容易하
게 찾아갈 수 없는 나라에서 온 것이다'. 이러한 '書籍'을 대하는 시적 자

---

113) Bill Ashcroft 외, 앞의 책, 145쪽.
114) 치누아 아체베, 이석호 역, 『제3세계 문학과 식민주의 비평』, 인간사랑, 1999, 13-42쪽.
115) 치누아 아체베, 위의 책, 40쪽.

아인 '나'의 의식은 불안하기만 하다. 왜냐 하면, '주변없는 사람이 만져서는 아니'되는 귀중한 것이자 '만지면은 죽어버릴듯 말듯 되는' 무서운 것이기 때문이다. 시적 자아가 인지하는 것이란 '가리포루니아'라는 곳에서 유입된 것만 알 뿐이지 저자나 출판사 등 모든 것이 불투명한 상태이다. 그러나 그 '책'은 함부로 범접치 못할 '엄연한' 것이며 세계 대전을 겪은 '긴긴 역사를 갖춘 것같은' 것이다. 그것은 "지금 바람 속에 휘날리고 있다". 시적 자아는 '엄연한 책'이 대기 중에 바람처럼 휘날리듯이 곳곳에 놓여있다는 사실과 자신이 그곳에 처한 상황을 암시한다.

당대는 식민주의와 신식민주의가 혼재하는 공간이며, 근대와 전근대가 공존하는 시간인 미군정기를 의미한다. 미군정기는 일제의 식민지배를 또 다른 이념으로 대체하는 신식민주의의 시대이다. 식민지 경험에 익숙했던 반도의 지식인 김수영은 그의 출생에서 20대 중반에 이르는 전기간을 식민주의자와 식민지인의 헤게모니에서 자유로울 수 없었다. 제1대 식민본국이었던 일본이 군사적·경제적으로 수탈을 자행했다면 제2대 식민본국으로 부상하는 신식민주의 국가인 미국은 '서적'이나 '책'을 통해 다가오는 문화적 제국주의였다.

해방의 함성이 잦아들 때 시나브로 다가온 '책'은 '그저 멀리 보고 있는 듯한 것이 妥當한 것'처럼 가까이 하기엔 너무나 먼 존재이다. 그 존재는 시적 자아인 '나'를 중심부에서 소외된 주변부에 위치한 존재임을 환기하며 타자화 시킨다. 타자화된 나는 중심적 주체인 '책'과의 거리두기가 '그저 멀리 보고 있는 듯한 것이 妥當한 것'이라고 생각한다. 이때 그 거리두기는 '그저, 듯한, 것, 것' 등의 시어를 통해 나타나듯이 매우 어정쩡한 태도이다. 그렇기 때문에 '나는 괴롭다'. 이런 정황 속에서도 '서책'의 '책장'은 찬란히 '번쩍이고' '나는 괴로움으로 어찌할 수 없이/이를 깨물고 있다.'[116]

이를 악물 정도로 괴로운 이유는 무엇일까. 거기에는 「공자의 생활난」에
서 선언했던 '바로 보마'의 태도와 연결된다. 김수영은 근대로 표상되는 세
계를 바로 보기를 통해서 정확하게 인식하고자 했었다. 그러기 전에는 결
코 죽을 수 없다는 확고한 자기 인식이 세계를 바로 보려는 시적 태도였
다. 하지만 그의 '바로 보마'의 인식은 '가까이 할 수 없는 서적' 때문에 흔
들리고 있다. 전술한 바, 1947년이라는 연대기는 이데올로기 또는 세계관
의 혼란기였고, 식민지와 신식민지가 교차하는 미군정기였다. 그것은 그대
로 '책'이 표상하는 식민 본국을 의미하며, 중심문화로서 식민지 주변 문화
에 대한 권력과 지배의 상징으로 기능한다. 따라서 '책'은 근대의 상징이자
권력의 기호로 이미지화 되지만, 간과할 수 없는 점은 '책' 또한 전통의 집
적을 나타내기도 한다.117)

이와 같은 책이 지니고 있는 내포적 의미의 다중성은 '書籍, 冊, 冊張'의
한자 표기를 통해서 간접적으로 드러난다. 따라서 일본, 미국, 중국이라는
각각의 제국주의적 특성이 혼성화된 잡종성을 '캘리포리아'에 대한 '가리
포루니아'라는 일본식 표기와 책에 관련된 한자의 사용 등을 통해 명징하

---

116) 김수영의 괴로움은 앞서 논의한 바 있는 '치욕의 시대'에 연유한다. 이런 측면에서 다
음의 글은 해방기의 혼란 속에 놓여진 김수영의 자의식을 적실하게 표현하고 있다.
"현실 속에 있으나 또한 현실 바깥의 시선으로 그 현실을 바라보아야 하는 묘한 상
황, 더우이 그 현실에 승리하고 있지 못한 상황은 고통이고 치욕이었을 것이다. 그 상
황은, 현실에 있되 현실의 주인이 되지 못한다는 것을 의미하기 때문이다. 그러므로
그 관찰은 모든 정황을 낱낱이 파악한 자의 우월한 시각을 가진 관찰이 아니라, 정황
을 제대로 보지 못하고 그 정황에 전면적으로 참여하지 못한다는 사실에서 오는 자의
식의 소산임을 뜻한다"(박수연, 『김수영 시 연구』, 충남대대학원 박사학위논문, 1999,
42쪽)

117) '책'은 도서관, 박물관과 같이 과거의 지식, 문화, 사유의 집적물, 곧 시적 의미에서
'전통'을 표상한다고 볼 수 있다. 예를 들어 '純潔과 汚點이 모두 그의 상징'(「書冊」)이
고, '冒瀆당한 過去일까/掠奪된 所有權일까', '오 죽어있는 尨大한 書冊들'(「國立圖書
館」) 등에서 전통의 문제를 간접적으로 드러내고 있다. 이와 같은 '책'의 다중적 이미
지는 김수영의 시에 나타난 책과 근대성의 문제와 연결된다.

게 보여주는 것이기도 하다.[118] 전통의 집적체로서의 책과 근대 또는 중심권력으로서의 책이 난무하는 곳에 김수영의 괴로움이 자리한다. 전통의 집적체란 자신의 모든 것이자 이력이기에 역사를 의미한다. 김수영의 괴로움은 전통의 집적체인 자신의 정체성이 희석되어감을 근대라는 이름으로 다가온 또 다른 책을 통해 인식하는 자리에 놓여 있다.

'바로 보마'는 사물과 세계를 올곧게 인식하려는 태도이다. 그러나 「가까이 할 수 없는 서적」의 '책'은 근대 또는 중심권력에 경도되어 나타난다. 그것은 중심과 주변의 권력 관계에서 인식하는 자신의 주변성 또는 타자화 과정을 그대로 보여주는 것에서 확인된다. 포스트식민주의의 관점에서 문학적 혁명이란 처음부터 '외부로부터 정해진 자신의 사회적 정체성'으로부터 벗어나고자 하는 것이 본질적 요소로서 포스트식민주의적 전략에는 지배 언술 행위에 대한 자리매김, 함축된 전제들에 대한 해석과 폭로, 그리고 제국주의적으로 주관화된 '지역'이라는 범문화적 관점에서 이러한 전제들을 무장 해제시키는 것들이 포함된다.[119]

이런 관점에서 「가까이 할 수 없는 서적」은 주변화되고 타자화된 시적 자아의 한계를 통해서 지배 언술로 부각되는 책의 상징적 속성을 명확하게 보여주는 시이다. 그것은 책의 이미지에 함축된 중심 문화와 권력 또는 지배의 의미들에 대한 폭로이자 해방기 김수영의 내면 풍경이기도 하다.

---

118) 김승희는, 역사적 사회적으로 엄청난 변화가 일어난 해방 공간에서 「가까이 할 수 없는 書籍」의 텍스트성을 다음과 같이 분석한다. "2차 대전 이후 새로운 제국주의자로 반도에 등장한 '캘리포니아'로 상징되는 신식민주의적 미국과 '가리포루니아'라는 '캘리포니아'의 일본식 발음 표기를 통해서 이차 대전 이후 항복을 하고 퇴각했으나 흔적을 남기고 간 일본과 '책(冊)' 서적(書籍)을 한자로 쓰고 있는 것으로 보아 한자 지배 문화로서의 중국 문화식민주의가 삼중의 제국주의적 흔적을 보여준다."(김승희, 앞의 책, 369쪽)
119) 김성곤, 「탈식민주의 시대의 문학」, 앞의 책, 28-29쪽.

흘러가는 물결처럼
支那人의 衣服
나는 또하나의 海峽을 찾았던 것이 어리석었다

機會와 油滴 그리고 능금
올바로 精神을 가다듬으면서
나는 數없이 길을 걸어왔다
그리하야 凝結한 물이 떨어진다
바위를 문다

瓦斯의 政治家여
너는 活字처럼 고웁다
내가 옛날 아메리카에서 돌아오던 길
뱃전에 머리 대고 울던 것은 女人을 위해서가 아니다

오늘 또 活字를 본다
限없이 긴 활자의 連續을 보고
瓦斯의 政治家들을 凝視한다

— 「아메리카 타임지」 전문

「아메리카 타임지」의 시제인 '아메리카 타임지'는 미국 문화와 김수영의 만남을 가정할 수 있는 인쇄 매체의 이름이다. 따라서 미국 문화와 김수영의 만남은 실제 미국에 가서 이루어진 것이 아닌 책 또는 서적을 통한 접촉이다.

중요한 점은 '또 하나의 해협을 찾았던 것이 어리석었다'는 시적 자아의 인식이다. '어리석었다'는 과거형으로 자기 반성의 의미를 지닌다. 어리석음이 구체적으로 지칭하는 것은 또 하나의 해협을 찾았던 행동이다. 또 하나의 해협에 연결되는 것이 지나인의 의복임을 상기한다면, 그 어리석음의 행동은 지나인과 관련된다. '지나인'이란 시어는 일본이 중국 또는 중국인을 비하조로 표현한 식민담론의 언어임을 떠올릴 때, 그것은 일본 식민주의의 흔적을 의미한다. 그것을 찾았다는 것은 김수영이 현해탄을 건너 유학했던 식민지 시절을 떠올리는 것이다.

그 시절이 어리석었다는 것은 다음 연의 "올바로 정신을 가다듬으면서/나는 수없이 길을 걸어왔다"에서 나타나듯이 끊임없이 시행착오를 거치면서 자신을 되새겨야 했던 과정이다. "그리하야 凝結한 물이 떨어진다/ 바위를 문다"에서 '그리하야'는 그러한 과정을 겪고 난 후의 상황을 상정하는 접속어이다. 따라서 '응결한 물이 떨어진다'는 어리석을 정도로 무모하고 힘들었던 과정을 거친 후에 비로소 물방울이 응결되어 떨어져 바위를 문다고 나타난다. 이에 대해 김승희는 다음과 같이 지적한다.

> '응결한' 물은 자신이 걸어온 길을 이해하기 위해서 정신을 가다듬어온 노력의 집중으로 응결된 정신성의 투명한 결정체로 읽힌다. 그 '물방울/바위'의 대립은 '나(타자)/권력 주체'와의 관계를 암시하면서 나의 정신의 물방울이 거대한 죽음의 물질인 바위를 물어뜯는 불가능성의 저항을 암시한다.[120]

인용문에서 말하는 '나(타자)/권력 주체'의 이항대립은 물방울/바위의 대립구조에 상응한다. 여기서 물방울이 갖는 나약함이나 초라함을 통해 '나'의 왜소함을 강조하고, 바위는 '나'를 둘러싸고 있는 거대한 권력의 지배구조의 의미를 내포한다. 그것은 '아메리카 타임지'와 '나'의 관계와 일치한다.

「가까이 할 수 없는 서적」이 '가까이 할 수 없는' 책에 대한 불안감을 형상화하고, 다중적 텍스트성을 통해 권력의 언저리를 탐색했다면, 「아메

---

120) 김승희, 앞의 책, 372쪽.

리카 타임지」는 중심과 주변의 대립 구조를 통해 '책'의 상징성을 구체적으로 형상화한 시이다. 중심에 대한 언급은 '가리포루니아'에서 '아메리카 타임지'라는 제목을 통해 명시적으로 지목되고 또한 '책'에서 '활자'라는 구체적이고 한정적인 시어를 통해 나타난다. 그리고 이 작품에서 '주변'은 또 다른 군상인 '정치가'로 나타난다.

중심과 주변을 연결하는 매개 고리는 '활자'이다. '활자'는 '책'에 대한 제유 관계에 있으므로 중심 권력의 의미를 내재하는 이미지이다. 따라서 '아메리카'와 '정치가' 모두 지배와 권력의 헤게모니를 띤 의미로 읽히게 된다. '아메리카'는 신식민주의의 세계질서를 재편한 강력한 열강의 하나이고 '정치가'는 남한에서 끊임없이 주도권 싸움을 벌이고 있던 권력층을 의미한다. 모두가 권력 구조의 상층부에 위치한다는 점에서 공통분모를 찾을 수 있지만 궁극적으로 그 둘의 관계는 종속적이기 때문에 전혀 다르다. 그것은 식민주의자와 식민지인 또는 식민본국과 피식민국의 이원성으로 엮여져 있는 중심과 주변을 의미하기 때문이다.

"瓦斯의 政治家여/ 너는 活字처럼 고웁다"에서 '瓦斯의 政治家'가 '活字처럼' 고운 이유는 무엇일까. '瓦斯(가스)'는 정치가를 한정하는 수사로서 기능하므로, '瓦斯의 政治家'는 확실하게 보이지는 않지만 권력의 핵심부에 있는, 불가시한 헤게모니를 은유한다. '활자'[121]는 전세계에서 정전으로서의 권위를 누리는 '아메리카 타임지' 속의 활자이자 내용이고 지배 담론

---

121) '활자'는 '책'의 다중성과 맞물리는 이미지라 할 수 있다. 그 책은 '아메리카 타임지'를 생산해낸 미국을 지칭한다. 그렇다면 김수영에게 있어 미국이란 존재는 어떤 의미를 띠는 것일까. 전술한 바, 제국주의 속성을 띤 식민본국의 의미가 일차적이라면 김수영의 문학론의 제공처로서 의미를 갖기도 한다. 실제로 그의 산문은 W. H. 오든(「무제」), 알렌 테이트(「히프레스 문학론」,), 로버트 프로스트(「시작노우트」」, 엘리어트(「소록도 사죄기」,) 등의 외국문학론이 나타나기도 한다. 특히 김수영은 "알렌 테이트의 시론에 충실했다"고 스스로 밝히고 있으며, 알렌 테이트의 *On The Limits of Literature*를 공역하기도 했다.(Allen Tate, 김수영 · 이상옥 역, 『현대문학의 영역』, 중앙문화사, 1962)

의 구체적 이데올로기를 전파하는 것이다. 따라서 '활자처럼'에서 '처럼'의 직유를 통해 활자의 속성과 정치가의 속성이 동일한 것으로 인식하는 김수영의 시적 전략이다.

권력의 논리는 근본적으로 강제적이지만, 반면 권력이 행사하는 캠페인은 종종 유혹적이다. 우리는 권력이 다양하면서 일정치 않은 자기 재현물들을 통해 강제와 유혹 사이의, 잴 수 없는 균열을 횡단한다고 말할 수 있다. 그것은 무력을 과시하고 행사하는 데서 나타날 수도 있지만, 그것은 또한 문화적 계몽과 개혁의 사심 없는 조달자의 모습으로 나타나는 경향이 있다.[122] 푸코에 의하면, "권력은 그물 같은 조직을 통해 구사되고 행사된다. 그리고 개인들은 그 실들 사이를 순환하는 데 그치는 것만은 아니다. 그들은 언제나 이 권력을 경험하거나 행사하는 위치 속에 있다. 그들이 권력의, 자활력이 없거나 순응적인 표적인 것만은 아니다. 그들은 또한 그 분절의 요소들이다. 달리 말하면 개인들은 권력이 행사되는 대상들이라기보다는 권력의 담지자들이라고"[123] 한다. 따라서 주변부적 주체인 타자들 또한 권력 구조의 그물망에서 자유로울 수 없는 존재이다.

타자화된 식민지인들은 그 권력의 중심부에 설 수 있다는 환상과 자신을 둘러 싸고 있는 권력의 유혹에 무방비 상태에 놓여져 있으며, 그러한 권력 지향성은 무의식적 욕망에 의해 내재화되어 있다. 그것은 식민 담론 또는 중심문화의 동일화 논리에 의거하며, 그에 의해 제기되어 강제된 근대화의 이중성과 맥을 같이한다. 서구의 근대는 식민주의적 시각을 통한 서구의 시간을 전파하여, 그 시간의 속도를 따라가지 못하는 주변적 타자는 중심권에서 배제되거나 소외될 수밖에 없다.[124] 김수영 또한 그 속도를

---

122) Leela Gandhi, 이영욱 역, 『포스트식민주의란 무엇인가』, 현실문화연구, 2000, 28쪽.
123) M. Foucault, *Power/Knowledge: Selected Interviews and Other Writings 1972-1977*, Colin Gordon, Harvester Press, Hertfordshire, 1980, p. 98. (Leela Gandhi, 위의 책, 28쪽 재인용)

따라잡기에 주력할 수밖에 없었고 중심 담론의 유혹적인 언술 행위에서
종종 자유롭지 못했다.

> ……活字는 반짝거리면서 하늘아래에서
> 간간이
> 자유를 말하는데
> 나의 靈은 죽어있는 것이 아니냐
>
> 벗이여
> 그대의 말을 고개숙이고 듣는 것이
> 그대는 마음에 들지 않겠지
> 마음에 들지 않어라
>
> 모두다 마음에 들지 않어라
> 이 黃昏도 저 돌벽아래 雜草도
> 담장의 푸른 페인트빛도
> 저 고요함도 이 고요함도
>
> 그대의 正義도 우리들의 纖細도
> 行動이 죽음에서 나오는
> 이 욕된 郊外에서는
> 어제도 오늘도 내일도 마음에 들지 않어라
>
> 그대는 반짝거리면서 하늘아래에서
> 간간이
> 자유를 말하는데
> 우스워라 나의 靈은 죽어있는 것이 아니냐
>
> ─ 「死靈」 전문

---

124) 노용무, 「김수영 시에 나타난 속도의 의미」, 국어국문학회 제 43차 전국학술대회 『국
어국문학의 정체성과 유연성』 참조

인용시에서 '死靈'은 '죽은 영혼'을 지칭한다. 그러나 시적 자아는 사령을 '죽어있는 것이 아니냐'고 반문한다. 그것은 시적 자아가 자신의 영혼이 죽어가고 있음을 자각하기 때문이다. 따라서 시적 자아의 자기 인식과정으로 읽을 수 있다. 시적 자아의 의식을 지배하는 것은 '活字'이다.

시적 자아인 '나'와 '활자'는 '벗' 또는 '그대'란 시어를 통해 친근한 관계이기도 하지만, '그대'가 '자유를 말하는데'도 '나의 靈은 죽어있는 것이 아니냐'라는 부정적 인식을 통해 대립적 관계이기도 하다. 그러한 대립적 관계는 시적 자아가 위치한 공간이 '욕된 郊外'로 표현된 주변부일 때, '활자'로 표상된 '그대'는 욕되지 않을 郊內를 암시하는 중심부에 존재하기 때문이다. 이러한 점은 일정하게 주어진 공간의 안과 밖을 분할하여 중심과 주변의 이원성을 함축한다.

활자는 중심부 안에서 자유를 '간간이' 말할 뿐이다. 그나마 시적 자아인 나는 '간간이' 들려오는 자유를 듣지 못하기에 자신의 영혼이 죽어가고 있는 것은 아닌가 반문한다. 이와 같은 자기 인식은, 자유의 소리가 '간간히' 밖에 들리지 않는 '교외'에 위치해 있다는 소외감에서 비롯된다.

2연의 마음에 들지 않는다는 심리 상태의 주체는 시적 대상이다. 시적 대상인 '벗'과 '그대'는 '활자'의 다른 표현이다. 시적 자아는 '활자'인 '그대의 말을 고개숙이고 듣는 것'을 '그대'가 '마음에 들지 않겠지'라고 추측하고, '마음에 들지 않어라'고 단정한다. 즉 마음에 들지 않는 주체는 그대이고, 마음에 들지 않을 것이라고 추측하는 것은 시적 자아이다.

그러나 3연의 경우, 마음에 들지 않는 주체는 시적 자아로 변용된다. "이 황혼도 저 돌벽아래 잡초도/ 담장의 푸른 페인트빛도" 모두 시적 자아에겐 심리적 거리를 유발하는 사물이다. 그대가 말하는 자유의 소리가 '正義'라면 그 '정의'가 '간간이' 들려오는 '우리들의 纖細'는 "행동이 죽음에서 나오는/ 이 욕된 郊外"에 놓여져 있기 때문이다. 그것은 교내에서 울리는 자유의 소리가 교외로 나오면 들리지 않거나 희석된다는 비유이다. 따라서 중심 영역의 울림이 주변부로 향할수록 그 영향력이 미약해지는 원리와도 같다. 김수영은 자신의 정체성이 위치하는 곳이 '교외'인 주변부이기에 '어제도 오늘도 내일도 마음에 들지 않'는 것이다.

그대의 자유와 정의는 '반짝거리면서 하늘아래' 모든 사물을 비추듯이 강렬한 영향력을 행사하지만, 그럼에도 불구하고 시적 자아는 '나의 靈은 죽어있는 것이 아니냐'고 되묻는 자신이 '우스워라'고 자조할 따름이다. 그것은 자유와 정의가 마치 공기나 물처럼 모든 공간에 널려있음에도 불구하고 의식할 수 없는 것처럼 그것을 깨닫지 못하기에 '나의 靈'이 죽어가는 것이 아닌가하고 자기 확인하는 것이다. 그러한 자기 확인은 결코 '나의 靈'이 죽어서는 안된다는 자기 다짐이기도 하다. '모두다 마음에 들지 않'는다에서 '모두다'는 시적 자아 자신까지 포함된 총체적 관념이다.

시적 자아 자신에게 향하는 불편한 마음은 그대가 말하는 자유의 소리를 듣지 못하거나 듣고도 알지 못하는 상태를 의미한다. 그러한 상태가 지속되는 이유는 김수영 개인의 문제가 아닌 신식민적 질서를 필연적으로 생산해낼 수밖에 없었던 남한의 사회구조적인 문제이다. 그것은 김수영을 포함하는 대다수의 민중을, '활자'와 '책'이 언표하는 중심 또는 권력의 헤게모니에서 소외되어 있는 '욕된' 주변부로 인식하기 때문이다.

따라서 '책'은 주변부에 속한 김수영을 규정하고 도구화하는 절대 권력의 은유이다. 그렇기 때문에 '덮어놓은 冊은 祈禱와 같은 것'(「書冊」)이다. 왜냐 하면 '덮어놓은 책'은 읽히지 않는 책이지만, 덮어놓지 않은 책 즉 펼쳐놓은 책은 읽히는 책이다. 따라서 '덮어놓은 책'이 '기도'일 수 있기 위해서는 시적 자아가 책을 읽지 않은 상태이여야 하고 또한 책을 읽고자하는 마음이 있어야 한다. '純潔과 汚點이 모두 그의 象徵이 되려 할 때', 그 상징은 책 또는 활자가 발산하는 교내에서 울리는 '자유'의 소리를 암시한 다. 그러나 자유의 소리를 간직한 상징은 순결과 오점을 동시에 가지고 있 는 야누스적인 것이다.

비가 그친 후 어느날—
나의 방안에 설움이 충만되어있는 것을 발견하였다

오고가는 것이 直線으로 혹은
對角線으로 맞닥드리는 것같은 속에서
나의 설움은 유유히 자기의 시간을 찾아갔다

설움을 逆流하는 야릇한 것 만을 구태여 찾아서 헤매는 것은
우둔한 일인줄 알면서
그것이 나의 생활이며 생명이며 정신이며 시대이며 밑바닥이라는 것을 믿
었기 때문에—
아아 그러나 지금 이 방안에는
오직 시간만이 있지 않으냐

흐르는 시간 속에 이를테면 푸른옷이 걸리고 그 위에
반짝이는 별같이 흰 단추가 달려있고

가만히 앉아있어도 자꾸 뻐근하여만가는 목을 돌려
시간과 함께 비스듬히 내려다보는 것
그것은 혹시 한자루의 부채
—그러나 그것은 보일락말락 나의 視野에서
멀어져가는 것—
하나의 가냘픈 物體에 도저히 固定될 수 없는
나의 눈이며 나의 정신이며

이 밤이 기다리는 고요한 思想마저
나는 초연히 이것을 시간 위에 얹고
어려운 몇고비를 넘어가는 기술을 알고있나니
누구의 생활도 아닌 이것은 확실한 나의 생활

마지막 설움마저 보낸 뒤
빈 방안에 나는 홀로이 머물러앉아
어떠한 내용의 책을 열어보려 하는가
- 「방안에서 익어가는 설움」 전문

「방안에서 익어가는 설움」은 김수영의 시에 나타나는 설움의식을 명징하게 보여주는 시이다. 또한 책 이나 활자와 시적 자아의 관련 양상을 설움과 연관된 일련의 과정으로 보여준다. 인용시는 방 안과 방 밖으로 구조화되어 있다. 시적 자아는 방 안에서 방 안과 밖을 응시하며, '나의 방안에 설움이 충만되어있는 것을 발견'한다. 방 안에 있는 설움과 시적 자아를 연결시켜 주는 것은 '시간'이다.

여기에서 시적 자아는 직선과 대각선이라는 보조관념을 사용하여 시간을 인식한다. 다음 장에서 언급하겠지만, 근대의 시간 의식은 과거·현재·미래가 연결되어 있는 선조적 특성을 띤다. 시간의 선조적 특성이란 직선적 형태를 의미한다. 따라서 「방안에서 익어가는 설움」의 경우, '직선으로 혹은 대각선으로'에서 '혹은'은 '그리고(and)' 또는 '-과(와)'의 접속사가 아니라 '또는(or)'의 의미로써 기능하기에 직선이거나 아니면 대각선이라고 다시 읽을 수 있다. 대각선이 직선의 형태를 띠고 있을 때 한 정점을 시작으로 무한대의 끝점을 향해 전진하는 사선이라 할 수 있다. 따라서 직선이든 대각선이든 시간의 인식과 관련할 때 근대적 시간 관념을 내포한 의미로 읽을 수 있다. 그것은 이 시에서 언급되는 책과 설움 의식에 연관

되어 근대적 인식을 가능케 하는 토대가 된다. 왜냐 하면 근대적 시간 의
식이란 바로 직선적 시간에 대한 인식으로부터 시작되기 때문이다.

'나의 설움은 유유히 자기의 시간을 찾아간다'에서 나타나는 것은 '유유
히'라는 시어가 지시하듯 일정 정도 시간의 흐름을 필요로 하는 자신의 정
체성을 확립해 가는 과정이다. 자신의 정체성 확립 과정이란 설움을 역류
하는 야릇한 것만을 구태여 찾아서 헤매는 것이다. 그러한 행동이 우둔한
일인 줄 알았지만 그것이 나의 생활이며 생명이며 정신이며 시대이며 밑
바닥이라는 것을 믿었기 때문이다. 우둔한 일인 줄 알면서 했던 것은 방
밖에 존재하는 것들에 대한 '믿음'이었다. 시적 자아는 빈방 안에 홀로 머
물러 앉아 있지만 자기 자신을 망각한 채 오직 시간만이 있다고 인식한다.
그것은 빈방 안에 자기 이외에 아무도 없음을 진술하는 것이기도 하지만
시간으로 인식된 설움이 시적 자아의 내면에 극대화된 상태이다. 방 안이
시적 자아의 내면이라면 방 밖은 그 외면이자 현실의 비유이기 때문이다.

여기에서 필연적으로 나타날 수밖에 없는 것이 시간 의식을 매개로 한 설
움이다. 예를 들어 시적 자아는 시간이 '유유히' 흐른다고 인식한다. 시간이
유유히 흐른다는 것은 선조적이며 직선적 시간관을 전제로 하는 것이다. 따
라서 유유히 흐르는 시간은 필연적으로 과거에서 현재로 그리고 현재에서
미래로 흐를 수밖에 없다. 그것은 설움이 과거에서 지금으로 이어져 왔다는
것을 뜻한다. 그 설움은 전근대에서 근대로 흐르는 연대기적 속성을 띤다.

김수영 시에 나타나는 설움은 전근대와 근대 사이의 거리감으로 이해할
수 있다. 책 또는 활자가 근대를 상징화할 때 전근대는 그 상징에 대해 느
끼는 괴리감을 유발하는 인식 대상이다. 따라서 전근대와 근대의 거리가
멀어질수록 설움은 증폭된다. 그러한 관계는, 김수영이 이를 악물 정도로
괴로워했던 이유(「가까이 할 수 없는 書籍」)와 활자는 반짝거리면서 간간이 자
유를 말했지만 자신의 영혼이 죽어있는 것이 아니냐(「死靈」)고 반문했던 상

황이기도 하다. 그 설움을 극복하는 것 또는 역류하는 것은 자신의 정체성을 확립하는 과정이다.

「방안에서 익어가는 설움」은 그 과정을 적실하게 보여주는 하나의 내면 풍경이다. 즉 나의 눈이며 나의 정신을 찾기 위해 설움이라는 시간과 함께 고투하는 것이다. 시간과 함께 고투한다는 것은 비스듬히 내려다보는 행위를 말한다. 그것은 시적 자아가 현실 속에서 끊임없이 자신의 정체성을 모색하는 과정이다. 그 과정에서 시적 자아가 발견한 것은 '부채'였다. "그것은 혹시 한자루의 부채"에서 '혹시'는 모색의 과정을 암시하는 것으로, '부채'가 설움의 시간을 희석시킬 수 있기를 바라는 염원으로 나타난다. 그러나 '부채'는 "보일락말락 나의 視野에서/ 멀어져가는 것"으로 명시적이거나 구체적이지 않은 상황을 보여준다. 그것은 시적 자아가 처해 있는 현실을 제대로 또는 정확히 바라볼 수 없다는 것을 의미한다.

그러나 그 시간은 "하나의 가냘픈 物體에 도저히 고정될 수 없는/ 나의 눈이며 나의 정신"을 규정하는 요인이다. 김수영의 눈과 정신은 시정신을 의미하며 그의 전부이다. 그는 어떤 주어진 물체 또는 하나의 시적 대상에 시선을 고정시킬 수 없음을 토로한다. 그러한 내면의 고백은 '도저히'라는 수사를 통해 가냘픈 물체조차도 바로 바라볼 수 없다는 심정을 드러내는 것이다. 시인의 시정신이라 할 수 있는 나의 눈이며 나의 정신은 의지 또는 시적 태도를 결정하는 핵심이다.

그런 측면에서 '바로 보마'의 논리와 연결된다. 그러나 하나의 물체에 도저히 고정될 수 없다는 표현을 통해 나타난 바로 보기의 태도는 「공자의 생활난」에서 선언했던 결연한 의지와 달리 그 강도가 많이 누그러졌음을 보여준다. 그 강도가 약해졌음에도 불구하고 어려운 고비를 넘어가고자 하는 기술을 알고자하는 점에서 그것은 누구의 생활도 아닌 확실한 나의 생활을 위한 김수영의 자기 인식의 태도이다. 이러한 자기 인식의 태도는 책을 바라보는 시선에 집중된다.

이 시에서 주목할 부분은 '어떠한 내용의 책을 열어보려 하는가'이다. 그것은 읽히지 않는 책, 그저 바라만 보았던 책, 주변없는 사람이 만져서는 아니 되는 책이 읽히고 열리는 순간이다. 따라서 이 시는 책이 열리기까지의 과정을 시인의 내면을 통해 진술한 작품이다. 그 과정은 설움이라는 시간과 고요한 사상을 통해 어려운 몇고비를 넘어가는 기술을 알아 가는 것이다. 책을 열어본다는 것 또는 책을 읽는다는 것은 그 정점이자 시적 사유의 중심으로 나타난다. 그 정점에 도달하기 위해서는 마지막 설움마저 보낸 뒤라야 가능하다. 마지막 설움이란 단순히 이전의 설움보다 순서상 맨 마지막에 위치한 마지막 것은 아니다.

김상환에 의하면[125], 그것이 마지막인 이유는 과거의 설움 전체를 통해서 익어왔고 예상되었었던 설움이라는 데 있다. 그래서 그 <마지막 설움을 보낸다>는 것은 거기에 이르기 위하여 지나온 모든 시간과 모든 설움을 송별한다는 것을 말한다. 모든 시간과 모든 설움을 송별한다는 것은 마지막이거나 그 끝을 의미하지 않는다. 그것은 새로운 시작이자 책의 첫 페이지를 여는 행위의 전단계이다. 그러나 책을 여는 행위 이전의 과정이 중요한 것은 책을 여는 행위의 원동력으로 작용하기 때문이다. 따라서 책을 여는 행위보다 더욱 근본적인 것은 그것에 이르는 과정이다.

과정으로서의 사유는 바로 보마의 또 다른 이름이자 그 모색을 향한 힘겨운 고투이다. '마지막 설움마저 보낸 뒤'에서 나타나듯, '마저'란 한정사가 부가하는 것은 마지막을 수사하며 빈방 안에 시적 자아가 홀로 머물러 있다는 상황을 강조한다. 그것은 마지막 설움의 생성과 소멸에까지 이르는 부단한 고투의 흔적을 보여준다. 따라서 시적 자아가 설움의 시간과 함께

---

125) 김상환, 『풍자와 해탈 혹은 사랑과 죽음-김수영론』, 민음사, 2000, 186쪽.

있다가 홀로 있다는 것은 설움을 극복하고자 또는 역류하고자 했던 김수
영의 자기 정체성 모색 과정을 함축한다.

모두들 공부하는 속에 와보면 나도 옛날에 공부하던 생각이 난다
그리고 그당시의 시대가 지금보다 훨씬 좋았다고
누구나 어른들은 말하고 있으나
나는 그 優劣을 따지고 싶지는 않다
그러나 「그때는 그때이고 지금은 지금이라」고
구태여 達觀하고 있는 지금의 내 마음에
샘솟아나오려는 이 설움은 무엇인가
冒瀆당한 過去일까
掠奪된 所有權일까
그대들 어린 學徒들과 나 사이에 놓여있는
年齡의 넘지못할 差異일까……

戰爭의 모든 破壞 속에서
不死鳥같이 살아난 너의 몸뚱아리—
宇宙의 破片같이
或은 彗星같이 반짝이는
無數한 殘滓속에 담겨있는 또 이 無數한 몸뚱아리—들은
지금 무엇을 銳意 硏磨하고 있는가

興奮할 줄 모르는 나의 生理와
方向을 가리지 않고 서있는 書架 사이에서
盜賊질이나 하듯이 희끗희끗 내어다보는 저 흰 壁들은
무슨 鳥類의 屎尿와도 같다

오 죽어있는 厖大한 書冊들

너를 보는 설움은 疲弊한 故鄕의 설움일지도 모른다

豫言者가 나지 않는 거리로 窓이 난 이 圖書館은
創設의 意圖부터가 諷刺的이었는지도 모른다

모두들 공부하는 속에 와보면 나도 옛날에 공부하던 생각이 난다

— 「國立圖書館」 전문

국립도서관은 한 나라의 지식이 집적된 곳이자 그 지식을 통한 권력의
재생산이 순환하는 공간이다. 국립도서관의 존재 의의는 책 또는 서책으로
부터 규정되기 때문이다. 『포스트 콜로니얼 문학이론』에 따르면, "중심부
와 주변부 간의 차이는 현실을 장악하고 있는 중심부가 자신의 경험은 진
정성이 내포된 경험으로 인정하는 반면 현실에서 밀려난 주변부의 경험에
대해서는 비진정성이라는 이름으로 매도하는 과정에서 발생한다. 이러한
극단성은 질서와 무질서, 진정성과 비진정성, 실제와 비실제, 권력과 무기
력 그리고 존재와 무 같은 이분법적 대립의 집합을 다루고 있는 '책' 속에
서 다시 반복된다. 중심부의 지배와 그 지배가 누리는 경험적 특허권이 폐
기되어야만 주변부의 경험도 온당한 평가를 받을 수 있다"[126])고 명시한다.
여기에서 말하는 진정성과 비진정성으로 대표되는 이분법적 대립의 집합
은 비진정성에 대한 진정성의 우위를 드러내는 관점이다. 그것은 중심부와
주변부의 관계를 규정하는 것으로 책 속에서 그대로 나타난다.

「國立圖書館」의 경우, 중심부가 주변부에 대해 누리는 특혜는 폐기되지
않고 오히려 강화되고 구조화되었을 뿐이다. '모두들 공부하는 속에 와보
면 나도 옛날에 공부하던 생각이 난다'는 구절에서, 누구나 다 공부해야
하고 할 수밖에 없는 현실과 그들이 공부하는 모습과 시적 자아의 공부하
던 시절이 겹치면서 중심부로 향하는 권력관계가 계속 확대 재생산되는

126) Bill Ashcroft, 앞의 책, 149쪽.

것이다. 그것은 그렇게 될 수밖에 없는 현실과 그 현실에 적응하기 위해 공부를 하지 않는다면 주변부에 위치지워질 수밖에 없는 현실을 암시한다. 김수영이 「國立圖書館」에서 느끼는 설움의 정서는 이것에서 비롯된다.

설움의 직접적인 원인으로 제시된 것은 “冒瀆당한 過去일까/ 掠奪된 所有權일까/ 그대들 어린 學徒들과 나 사이에 놓여있는/ 年齡의 넘지못할 差異일까……”이다. 모독당한 과거나 약탈된 소유권 그리고 어린 학도들과의 나이 차이는 궁극적으로 시적 자아의 인식 변화를 설명하는 기제로써 기능한다. 그것은 변화와 지속의 관점에서, 시적 자아와 ‘국립도서관’의 관계를 규명하는 기제이기도 하다. 시적 자아는 자신의 과거가 모독당했다는 것, 소유권이 약탈당했다는 것 그리고 자신의 나이를 셈할 수 있다는 것 등에서 변화의 관점을 읽어 낼 수 있지만 “戰爭의 모든 破壞 속에서/ 不死鳥같이 살아난 너의 몸뚱아리”인 국립도서관의 건재는 지속의 관점이다.

그것은 위에서 말한 중심과 주변의 이원 구조가 바뀌지 않고 오히려 증폭되었다는 사실이다. 그러한 구조 속에서 시적 자아는 ‘국립도서관’인 ‘너’는 ‘지금 무엇을 銳意 硏磨하고 있는가’하고 조롱한다. 그 이면에는 “어두운 圖書館 깊은 房에서 肉重한 百科辭典을 농락하는 學者처럼/ 나는 그네들의 苦悶에 대하여만은 透徹한 自信이 있다”(「거리(二)」)는 확신이 있다. 그 확신은 ‘興奮할 줄 모르는 나의 生理’ 때문이다. ‘흥분할 줄 모르는 나의 생리’는 국립도서관을 권력과 제도의 상징을 위해서 ‘무엇을 예의 연마하고 있는가’ 조롱하기도 하지만, 방향을 가리지 않고 무차별적으로 “서있는 書架 사이에서/ 盜賊질이나 하듯이 희끗희끗 내어다보는 저 흰” 도서관의 壁들을 ‘무슨 鳥類의 屎尿와도 같다’고 비꼬기도 한다.

이러한 조롱과 뒤틀기의 원인은 서책 때문이고 그 책이 ‘죽어있는 尨大한’ 것이기 때문이다. 죽어있는 방대한 서책은 읽히지 않는 책이자 죽음과 죽음이 모여 거대한 공간을 차지한 국립도서관을 은유한다. 따라서 국립도

서관은 더 이상 생동하는 진리가 모여드는 공간이 아닌 거대한 폐허에 불과
한 존재가 된다. 시적 자아가 국립도서관을 바라보는 설움을 '疲弊한 故鄕의
설움'이라고 한 것은 죽어있는 방대한 서책을 보고 느끼는 거대한 폐허라는
인식 때문이다. 더 이상 예언자가 나지 않는 거리로 창이 난 이 도서관은 그
창을 열더라도 예언자는 보이지 않을 것이다. 즉, 예언자가 나지 않는 거리
와 도서관의 창은 맞물려 있는 것이며, 현실에 대한 비판이나 미래에 대한
전망을 수행하는 예언자가 더 이상 존재하지 않는 거리로 도서관은 끊임없
이 그 '거리'를 확대 재생산하는 구조로 되어 있다. 그러하기에 김수영은 도
서관 창설의 의도 자체가 풍자적일 수 있다는 비판적 시선을 보낸다.

> 덮어놓은 冊은 祈禱와 같은 것
> 이 冊에는
> 神밖에는 아무도 손을 대어서는 아니된다
>
> 잠자는 冊이여
> 누구를 향하여 앉아서도 아니된다
> 누구를 향하여 열려서도 아니된다
>
> 地球에 묻은 풀잎같이
> 나에게 묻은 書冊의 熟練─
> 純潔과 汚點이 모두 그의 象徵이 되려 할 때
> 神이여
> 당신의 冊을 당신이 여시오
>
> 잠자는 冊은 이미 잊어버린 冊
> 이 다음에 이 冊을 여는 것은
> 내가 아닙니다
>
> ─「書冊」 전문

「書冊」은 「國立圖書館」과 관련하여 읽을 수 있다. 두 시는 상반된 '책'에 관한 관념을 내포한 작품이다. 「書冊」이 기도와 같은 것으로 서책을 신성시하는 것인 반면 「國立圖書館」은 서책에 대한 야유와 풍자로 작품 전반을 이끄는 시이다. 「國立圖書館」은 서책이 그 존재하는 기본적 이유부터 풍자하고 있거나 그것이 자리한 도서관을 죽어있는 방대한 책들이 모인 거대한 피폐로 비유되고 있는 반면 「書冊」은 서책을 신성한 장소로 설정하고 있고 그 숭고한 처녀성을 노래하고 있기 때문이다.

「書冊」의 경우, 「가까이 할 수 없는 서적」이나 「방안에서 익어가는 설움」 등과 같이 '서책' 또는 '활자'에 대한 최대치의 엄숙함을 보여준다. 그러한 최대치의 엄숙함이란 「국립도서관」에서 풍자된 도서관의 창설 의도와 일맥상통한다. 그것은 책을 대하는 하나의 관념이 긍정과 부정의 두 극단으로 치닫는 것을 의미한다. 그러한 두 극단은 책의 상징으로 대두된 '순결과 오점'에서 드러난다. 긍정적 측면에서 순결이 「서책」에서 형상화하는 기도와 같은 것으로서의 책을 뜻하고, 부정적 측면에서 오점이란 도서관의 창설 의도마저 풍자되는 근본적인 요인으로 작용한다. 김수영은 순결과 오점이라는 양가성을 지닌 책을 통하여 근대의 이중성을 간파한다. 때문에 국립도서관은 거대한 책들의 공동묘지로 희화화된다.

> 旣成六法全書를 基準으로 하고
> 革命을 바라는 者는 바보다
> 革命이란
> 方法부터가 革命的이어야 할 터인데
> 이게 도대체 무슨 개수작이냐
> 불쌍한 백성들아
> 불쌍한 것은 그대들 뿐이다

天國이 온다고 바라고 있는 그대들 뿐이다
최소한도로
自由黨이 감행한 정도의 不法을
革命政府가 舊六法全書를 떠나서
合法的으로 不法을 해도 될까 말까한
革命을—
불쌍한 것은 이래저래 그대들 뿐이다
그놈들이 배불리 먹고 있을 때도
고생한 것은 그대들이고
그놈들이 망하고 난 후에도 진짜 곯고 있는 것은
그대들인데
불쌍한 그대들은 天國이 온다고 바라고 있다

— (중략) —

아아 새까맣게 손때묻은 六法全書가
標準이 되는 한
나의 손등에 장을 지져라
四·二六革命은 革命이 될 수 없다
차라리
革命이란 말을 걷어치워라
허기야
革命이란 단자는 학생들의 宣言文하고
新聞하고
열에 뜬 詩人들이 속이 허해서
쓰는 말밖에는 아니되지만
그보다는 창자가 더 메마른 저들은
더 이상 속이지 말아라
革命의 六法全書는 「革命」밖에는 없으니까
　　　　　　　　　　　　　　—「六法全書와 革命」 중에서

「六法全書와 革命」은 4·19 혁명기에 발표한 시이다. 일반적으로 '六法全書'는 헌법·형법·민법·상법·형사소송법·민사소송법의 육법을 총망라하여 체계화한 책이다. 그것은 한 나라의 법과 질서를 표상하는 상징이다. 따라서 '육법전서'는 사회의 모든 규범을 법치적 질서로 담아내는 그릇이며, 모든 갈등의 해결을 육법전서를 통해 해결코자 한다. 그러므로 육법전서는 권력을 표방하는 중심부의 정점을 이루는 것이자 복종과 순응을 강요하는 책이다.

그러나 인용시에서는 그러한 체계가 '혁명'과 연관되면서 부정된다. '육법전서'에 대한 부정은 '기성' 질서를 전면적으로 부정해야만 가능한 '혁명'의 존재 의의에 기반한다. "旣成六法全書를 基準으로 하고/ 革命을 바라는 者는 바보다/ 革命이란/ 方法부터가 革命的이어야 할 터인데/ 이게 도대체 무슨 개수작이냐"에서 나타나는 것은 「국립도서관」에서 보여주었던 조롱과 비꼼 그리고 「서책」의 '순결과 오점'이 모두 책에 있다는 언급의 강도를 야유와 비판으로 증폭시킨 것이다.

이러한 점은 김수영이 책의 상징을 드러내는 시편들을 통해 지속적으로 제기했던 중심과 주변의 이원성 문제와 연관된다. 그것은 문화적 제국주의가 정신적이고 문화적인 측면에서 '책'이 표상하는 속성인 '순결과 오점'으로 집약된다. 김수영은 「가까이 할 수 없는 서적」이나 「아메리카 타임지」 등의 초기시에서 '책'이 지닌 '순결'에 경도되었던 반면 「국립도서관」이나 「서책」 그리고 「육법전서와 혁명」 등의 후기시에서는 '오점'을 중심으로 형상화한다. '순결'이 중심문화의 주변문화에 대한 동일화의 논리일 때 '오점'은 책의 상징에 놓여있는 이중성을 간파하고 그에 대한 비판의 인식을 보여준다. 김수영은 '책'의 속성 파악을 통하여 근대성에 놓여있는 인간의 해방과 억압이라는 이중성을 직시하였다. 그것은 김수영 자신의 정체성을 비판적으로 정립해 가는 과정이다.

Ⅲ. '중심'에 대한 욕망과 속도주의

1. 자기 부정과 타자화된 근대

1) 설움의식, 중심에 대한 욕망과 전통 부정의 근대지향성

일반적으로 김수영의 시에는 '나', '너'라는 인칭대명사와 '설움', '자유' 등의 추상명사가 많이 나타난다. 이 점은 그의 시가 구체적 이미지를 획득하지 못하고 다분히 관념적인 상태에 머물러 있다는 비판을 받는 원인이 되기도 한다. 그러나 '설움'이나 '자유' 등의 관념어의 남발과 더불어 일상적인 소재와 범속한 언어사용, 그리고 빠른 속도성으로 드러나는 소리효과는 그의 시를 독특하게 만드는 중요한 특징이다.[127] 달리 말하면 이러한 정제되지 않은 거칠음과 시적 관습의 해체는 김수영의 시에 나타나는 그만의 개성적 시쓰기 요소로 작용한다. 그러한 요소에 대한 분석을 통해 그 이면에 숨겨져 있는 내용의 일단을 알아볼 수 있다. 따라서 김수영의 초기시에 대한 접근은 일단 '나'와 '너'로 명확히 구분되는 시적 세계의 의미와

---

127) 김춘식, 「김수영의 초기시-설움의 자의식과 자유의 동경」, 『작가연구-김수영 문학의 재인식』, 5호, 새미, 1998, 173쪽.

이 시기에 주로 나타나는 설움의 의미를 분석하는 것이 중요하다.

「孔子의 生活難」을 전반부와 후반부로 나눈다면 각각 자기 부정과 자기 긍정의 세계를 형상화한 것으로 볼 수 있다. 「廟廷의 노래」는 「孔子의 生活難」에서 언급했던 자기 부정의 단계라 할 수 있다. 이러한 자기 부정의 첫단계에 놓이는 작품이 「廟廷의 노래」이다. 따라서 「廟廷의 노래」에서 배태된 설움의식은 김수영의 초기시를 이해하는 중요한 근거로 작용한다.

1
南廟문고리 굳은 쇠문고리
기어코 바람이 열고
열사흘 달빛은
이미 寡婦의 靑裳이어라

날아가던 朱雀星
깃들인 矢箭
붉은 柱礎에 꽂혀있는
半절이 過하도다

아아 어인 일이냐
너 朱雀의 星火
서리앉은 胡弓에
피어 사위도 스럽구나

寒鴉가 와서
그날을 울더라
밤을 반이나 울더라
사람은 영영 잠귀를 잃었더라

2
百花의 意匠
萬華의 거동이
지금 고요히 잠드는 얼을 흔드며
關公의 色帶로 감도는
香爐의 餘烟이 神秘한데

어드메에 담기려고
漆黑의 壁板 위로
香烟을 찍어
白蓮을 무늬놓는
이밤 畵工의 소맷자락 무거이 적셔
오늘도 우는
아아 짐승이냐 사람이냐.

－「廟廷의 노래」 전문

인용시는 기왕의 김수영 시 연구에서 자주 언급되지 않는 작품이다. 왜
냐하면, 그의 시세계를 이끄는 시적 어법이 시적 구속에서 탈피하려는 자
유지향의 글쓰기였다면, 「廟廷의 노래」는 그러한 어법에서 상당히 일탈한
경우에 속하기 때문이다.128) 예를 들어, "「廟廷의 노래」에서는 조지훈류의
회고취미가 오히려 압도적이다. 그러나 그의 두 번째 작품에서부터 그는
「廟廷의 노래」에서 기대되었던 복고주의와는 완전히 결별한다"는 김현의
견해,129) "처녀작에 대한 그의 격렬한 불만과 자기 부정을 고려하고, 이 작

---

128) 김수영의 시세계를 통틀어 「묘정의 노래」는 독특한 시적 어법을 보여준다. 그것은
「묘정의 노래」 이후에 보여주었던 모더니스트 김수영의 시적 어법과는 상당한 거리가
있는 의고적 취향의 시어를 선택했기 때문이다. 예를 들어, '南廟 문고리', '朱雀星',
'矢箭', '胡弓', '關公', '香烟' 등의 명사형과 '半절이 過하도다', '百花의 意匠', '萬華의
거동', '香爐의 餘烟' 등의 한자어투, 그리고 '靑裳이어라', '過하도다', '사위도 스럽구
나', '잃었더라' 등의 의고적 종결어미가 그것이다.

품이 지닌 그의 세계 속에서의 낯선 위치를 생각할 때, 그의 처녀작은 차라리 그 다음번의 작품 「孔子의 生活難」으로 보는 편이 타당할지도 모르겠다"는 김주연의 견해130) 등이 그것이다.

그러나 김수영의 시적 대상이 어느 하나로 일관되게 모아지지 않는 점과 그의 다양한 시세계가 흩어지지 않고 모두가 서로 이어지고 서로의 의미를 더해주고 있다131)는 측면에서 볼 때, 모더니즘을 선택한 김수영이 왜 의고취향의 작품을 쓴 것일까라는 의문이 더 생산적일 수 있다.132) 그러한 질문은 「廟廷의 노래」가 김수영의 문학적 출발선이었다는 점과 「孔子의 生活難」에서 제기했던 대립하는 두 세계 중 자기 부정을 노래했다는 사실에 그 요지가 놓여 있다.

그것은 「廟廷의 노래」에서 말하고자 하는 것이 김수영의 시세계에 걸쳐 어떻게 지속하고 변모하는 것을 추적하는 작업과 같은 것이다. 특히 전통과 근대의 문제에 대한 혼란한 인식을 보여주었던 해방 전후 김수영의 의식을 엿보는 단초로써 기능하기에 중요하다. 김수영은 인용시에 대해 다음과 같이 언급한다.

> 그때 나는 演鉉에게 한 20편 가까운 시편을 주었고, 그것이 대체로 소위 모던한 작품들이었는데, 하필이면 고색창연한 「廟廷의 노래」가 뽑혀서 실렸었다. 이 작품은 東廟에서 이미지를 따온 것이다. 동대문 밖에 있는 동묘는 내가 철이 나기 전부터 어른들을 따라서 명절 때마다 참묘를 다닌 나의 어린시절의 성지였다. 그 무시무시한 얼굴을 한 거대한 關公의 立像은 나의 어린 영혼에 이상한 외경과 공포를 주었다. 나는 어린 마음에도 그 공포가 퍽 좋아서 어른들을 따라서 두 손을 높이 치켜들고 무수히 절을 했던 것같

---

129) 김현, 「자유와 꿈」, 전집 별권, 105쪽.
130) 김주연, 「교양주의의 붕괴와 언어의 범속화」, 전집 별권, 260쪽.
131) 백낙청, 「金洙暎의 詩世界」, 전집 별권, 38쪽.
132) 박수연, 『김수영 시 연구』, 충남대 대학원 박사학위논문, 1999, 3장 참조.

다. 그러나 「廟廷의 노래」는 어찌된 셈인지 무슨 불길한 곡성같은 것이 배음으로 흐르고 있다. 상당히 엑센트릭한 작품이라고 생각된다. 지금도 일부의 평은 나의 작품을 능변이라고 핀잔을 주고 있지만, 「廟廷의 노래」야말로 내가 생각해도 얼굴이 뜨뜻해질만큼 유창한 능변이다. 그후 나는 이 작품을 나의 마음의 작품목록에서 지워버리고, 물론 보관해둔 스크랩도 없기 때문에 망신을 위한 참고로도 내보일 수가 없지만, 좋게 생각하면 <의미가 없는> 시를 썼다는 증거는 될 것같다.[133)]

인용문에서 알 수 있듯이, 김수영은 스스로 「廟廷의 노래」가 東廟에서 이미지를 따온 것이며, 그 '무시무시한 얼굴을 한 거대한 關公의 立像'으로 대표되는 동묘란 곳이 어린 시절부터 두려움의 대상이었고 성지였음을 밝힌다. 바쉴라르에 의하면, "세계의 위대함의 뿌리는 유년시절에 뻗쳐 있다. 세계는 흔히 유년시절까지 거슬러 올라가는 넋의 혁명에 의해 시작된다"[134)]고 한다. 그것은 유년기가 성인 세계의 법칙에 의해 위협받지만 그 신성을 잃지 않는 것[135)]처럼 성년이 되어도 손상되지 않는 경험이다. 따라서 김수영의 유년시절을 지배했던 유아체험은 성인이 된 이후에도 그의 기억에 각인될 정도로 무시할 수 없음을 의미하며, 「廟廷의 노래」에 흐르는 전통적인 '南廟문고리'와 '東廟'의 이미지를 연결시키는 상상력의 바탕으로 작용한다.

「廟廷의 노래」는 '1'과 '2'의 구분을 통해서 전반부와 후반부로 나눌 수 있다. 1과 2는 각각 울음의 정서로 이어진다. 먼저 1의 경우, 남묘문고리는 굳은 쇠문고리이지만 기어코 바람이 굳건한 쇠문고리를 열었다는 것과 열사흘 달빛을 과부의 청상으로 은유하는 사이의 연관이 중요하다. 열리지

133) 김수영, 「演劇하다가 詩로 전향」, 전집 2, 226-227쪽.
134) G. Bachelard, 김현 역, 『몽상의 시학』, 홍성사, 1984, 117쪽.
135) 김현, 『제네바 학파 연구』, 문학과지성사, 1986, 77쪽.

않을 듯 했던 굳은 쇠문고리를 열었다는 것은 김수영에게 이상한 외경과 공포를 주었던 '묘정'의 이미지와 결부된다. 남묘문고리는 남묘의 문의 고리를 뜻한다. 그 문의 고리는 굳어있고 또한 육중한 쇠로 만든 문고리이다. 그것이 굳어 있고 육중하기에 열리기 힘들거나 그 자체로서 열 수 없는, 고립되어 있거나 폐쇄적 상황을 암시한다면 '기어코 바람이 열고'는 그러한 상황을 '바람'이 '기어코' 열을 것이라는 점을 의미한다.

이러한 시적 언술은 일종의 도치된 구문으로 볼 수 있다. 즉 완전히 충만되지 않은 어떤 기운이나 상황의 이미지인 '열사흘 달빛'을 '과부의 청상'이라는 은유로 형상화했다면, 그러한 과부와 청상이 환기하는 소외와 고독의 상황이 외부의 기운인 '바람'을 통해 바뀐다는 인식이다. 달리 말하면, 소년 김수영에게 '이상한 외경과 공포'를 불러 일으켰던 것은 식민지 조선의 토테미즘이나 샤머니즘의 민속신앙이었다. 그것은 변화의 바람에 놓여진, 이미 기울대로 기운, 변할 수밖에 없는 그믐과 같은 것이다. 또한 '과부의 청상'은 지난 것, 과거의 것, 밀려난 것으로서의 열녀문일 것이다. 그것은 남묘문고리이자 굳은 쇠문고리이다. 따라서 문 또는 문고리는 개방과 폐쇄이자 안과 밖을 경계하는 소통의 매개체 역할을 한다. '주작성'과 '주작의 성화'가 '반절이 과하'고 사위도 스러운 문 안의 세계에 놓여진 전근대 일 때 그것은 이미 반절이 지난 것이고 사위스러운 것이다. '사위스럽다'가 미신적으로 어쩐지 불길하고 마음에 꺼림직하다는 의미와 훗날 김수영이 "「廟廷의 노래」는 어찌된 셈인지 무슨 불길한 곡성같은 것이 배음으로 흐르고 있다"는 지적은 동일한 자의식을 표현한 것이다. 공통적으로 나타나는 불길하다는 자의식은 변화에 대해 불안하게 생각하는 반응이기 때문이다.

2의 경우에도 1의 구조가 되풀이 된다. 즉 굳은 쇠문고리를 열었던 바람이 백화의 의장과 만화의 거동으로 바꿔어 '지금 고요히 잠드는 얼'을 흔들어 깨우는 것이다. 고요한 아침의 나라를 연상시키는 이 말은 그대로 근대의 바람에 무방비로 열려진 식민지 조선의 상황을 압축적으로 보여준다. 1의 1연에서 나타나듯이, 2의 1연도 도치 구문을 사용하여 강조하는 효과를 띤다. 그것은 무서운 '관공'의 분위기가 향로의 나머지 여운이 여전히 신비하게 감도는 데에도 불구하고 '백화'와 '만화'의 움직임은 거역할 수 없는 시대의 흐름이라는 점이다. 그것을 통해 느끼는 시적 자아의 자의식은 운다는 정서인 설움이다. '남묘문고리'와 '寡婦의 靑裳' 또는 '고요히 잠드는 얼'과 '香爐의 餘烟' 등이 전통으로 대별되는 전근대적 이미지를 표상할 때, '바람'과 '百花' 그리고 '萬華'는 전근대적인 것을 근대적인 것으로 바꾸는 이미지이다. 시적 자아가 느끼는 설움의 정서는 전근대적 이미지와 그것을 변화시키는 근대적 이미지의 거리 또는 괴리감에서 기인한다.

> 내가 으스러지게 설움에 몸을 태우는 것은 내가 바라는 것이 있기 때문이다.
>
> 그러나 나는 그 으스러진 설움의 풍경마저 싫어진다.
>
> 나는 너무나 자주 설움과 입을 맞추었기 때문에
> 가을바람에 늙어가는 거미처럼 몸이 까맣게 타버렸다.
>
> — 「거미」 전문

「묘정의 노래」에서 나타난 설움의 정서는 「거미」에 이르면 '몸이 까맣게 타버'릴 정도로 증폭된다. 「거미」는 형식적인 측면에서 독특한 행갈이를 보여주는 시이다. 시적 맥락에서 보면 1연과 2연이 함께 묶여야겠지만, 의도적인 행갈이를 통해 3연으로 구성한 것으로 보인다. 이러한 시적 전략은 연과 연 또는 행과 행 사이에 여백을 둠으로써 시간적·공간적 공백을 느끼게 하는 효과를 산출한다. 따라서 1연의 인과 관계 설정은 인과의 시간적 진행이 경과한 후 여백을 사이에 두고 시적 자아의 인식을 읽어야 한다는 강박관념마저 준다.

'내가 으스러지게 설움에 몸을 태우는 것은 내가 바라는 것이' 있고, 그렇기 때문에 '나는 그 으스러진 설움의 풍경마저 싫어진' 사이의 여백에 놓여진 의미는 내가 바라는 것과 설움의 풍경이 싫어진다는 의미의 연쇄 과정을 함축한다. 먼저, 시적 자아가 설움에 온몸을 태웠다는 것은 그 자신의 모든 것을 바쳤다는 의미이고, 그것은 무언가 추구하는 바가 절실했기 때문이다. 역으로 '내가 바라는 것이 있기 때문'에 '설움에 몸을 태'운 것이기도 하다. 여기에 이르면 설움은 현실인식의 결과이자 자기 부정의 강도를 나타낸다.

자기 부정의 강도가 강하면 강할수록 '으스러진 설움'에 몰입된 자신의 풍경마저 싫어질 수밖에 없다. 그러한 이유는 3연에 제시되어 있다. 시적 자아는 '거미처럼 몸이 까맣게 타버렸다'고 고백한다. 물론 거미의 몸 색깔이 검다는 외면적 동일시는 일차적 의미일 뿐, 심층적 의미는 시적 자아의 내면에 있다. 즉 몸이 타버렸다는 것은 육체적 외상만큼 아니 그 이상의 정신적 몰입을 수반할 수밖에 없다. 그것은 시적 자아가 '나는 너무나 자주 설움과 입을 맞추었기 때문'이다.

김수영의 시에 나타나는 전근대적 전통에 대한 시인의 자의식은 설움의식으로 나타난다. 그리하여 전근대와 근대의 사이에서 양자의 거리감을 주요소로 하는 설움은 그 거리가 멀고 클수록 자기 부정의 강도 또한 증폭된다. 자기 부정의 강도가 강하면 강할수록 자아와 세계의 대결 양상은 초기 시에서는 세계 본위로 재편된다.

1
토끼는 입으로 새끼를 뱉으다

토끼는 태어날 때부터
뛰는 訓練을 받는 그러한 運命에 있었다
그는 어미의 입에서 誕生과 同時에 墮落을 宣告받는 것이다

토끼는 앞발이 길고
귀가 크고
눈이 붉고
또는 「李太白이 놀던 달 속에서 방아를 찧고」……
모두 재미있는 現象이지만
그가 입에서 誕生되었다는 것은 또한번 토끼를 생각하게 한다

自然은 나의 몇사람의 獨特한 벗들과 함께
토끼의 誕生의 方式에 對하여
하나의 異德을 주고 갔다
우리집 뜰앞 토끼는 지금 하얀 털을 비비며 달빛에 서서 있다
토끼야
봄 달 속에서 나에게만 너의 才操를 보여라
너의 입에서 튀어나오는
너의 새끼를

2
生後의 토끼가 살기 위하여서는
戰爭이나 혹은 나의 眞實性모양으로 서서 있어야 하였다
누가 서있는 게 아니라
토끼가 서서 있어야 하였다
그러나 그는 캉가루의 一族은 아니다

水牛나 生魚같이
音程을 맞추어 우는 법도
習得하지는 못하였다
그는 고개를 들고 서서 있어야 하였다

蒙昧와 年齡이 언제 그에게
나타날는지 모르는 까닭에
暫時 그는 별과 또하나의 것을 쳐다보고 있어야 하는 것이다
또하나의 것이란 우리의 肉眼에는 보이지 않는 曲線같은 것일까

樵夫의 일하는 소리
바람이 생기는 곳으로
흘러가는 흘러가는 새소리
갈대소리

「올 겨울은 눈이 적어서 토끼가 은거할 곳이 없겠네」

「저기 저 하아얀 것이 무엇입니까」
「불이다 山火다」

— 「토끼」 전문

김수영의 설움의식을 집약적으로 보여주는 일련의 시편 중 '거미'(「거미」),
'토끼'(「토끼」), '풍뎅이'(「풍뎅이」)같은 동물 이름은 시적 자아의 의식이 직접
적으로 투영된 소재이다. 「토끼」에서 나타나는 설움 의식은 시적 자아 자
신의 정체성에 대한 불안감에서 비롯한다. 자신의 정체성에 대한 불안감은
토끼를 관찰하면서 느낀 시적 자아의 삶의 방식에 대한 태도의 문제를 환
기한다. 그것은 세계를 바라보는 관점 또는 삶을 살아가는 방식이다.
살아가기 위한 방법이란 「거미」에서 나타난 바와 같이 자신의 전 존재
를 투영하는 몰입이다. 전 존재를 통한 몰입의 과정을 거쳐야만 살아가기

위한 방법이 내용성과 구체성을 지니게 된다. 한 존재가 자신의 존재를 유지하기 위한 방식은 존재론적 방법론에 의지한다. 존재의 방법론으로서의 내용성과 구체성이란 구체적 실천을 담보로 나타날 수 있는 것이지만, 그것은 일순간에 확보되는 성질의 것이 아니다. 왜냐 하면 그곳에 도달하는 과정으로서의 사유가 필요하기 때문이다.

과정으로서의 사유란 토끼의 운명이란 측면에서 존재론적 질문의 다른 형식이다. 그 운명이란 '誕生과 同時에 墮落을 宣告받는 것'이자 '태어날 때부터/ 뛰는 훈련을 받는' 삶의 형식이기도 하다. 여기에서 '그'로 표현된 '토끼'와 '나'는 동일시되어 시적 자아의 운명으로 치환된다. 따라서 토끼든 시적 자아든 '어미의 입'에서 그들의 존재는 시작한다. 그들 존재의 시작과 살아가기 위한 방법으로서의 '우는 법'은 모두 '입'으로부터 배태되는 것이다.

존재의 시작이 태어남으로 작용하는 자궁의 이미지라면 우는 법은 세계를 대하는 의식으로서 '입'이라 할 수 있다. 그것은 소리중심주의(phono centricism)의 다른 표현이다. 데리다에 의하면, 소리 중심주의와 말 중심주의는 "자기 현존, 의식, 내면성, 따라서 안팎의 구별과 바깥에 대한 안의 우위"136)를 내포하는 개념이다. '바깥'에 대한 '안'의 우위를 강조하는 관점은 중심 문화가 주변 문화를 또는 고급 문화가 저급 문화를 개화한다는 문명화의 논리이다.

그러한 논리에서 핵심적인 것은 중심과 주변의 '경계(boundary)'라 할 수 있다. 경계란 '안'과 '바깥'에 존재하는 사물 또는 관념을 규정하고 분류하는 메카니즘이자 이데올로기이다. 경계의 '안'에 중심·식민주의자·주체 등의 계열체가 존재한다면, 경계의 '바깥'에는 주변·피식민주의자·객체

---

136) 김형효, 「말 중심주의와 소리 중심주의」, 이성원 편, 『데리다 읽기』, 문학과지성사, 1997, 36쪽.

(타자) 등의 계열체가 위치한다. 사이드는 사회에 대한 '문화의 공민권'을 갖지 못한 존재들을 타자의 개념과 관련지어 설명한다.[137] 이러한 설명은 경계의 '바깥'에 위치한 타자를 규정하는 것이다.

타자란 중심 문화에 의해 표상될 수 없는 것에 부여된 속성을 의미하게 된다. 따라서 타자는 중심에서 소외된 주변부적인 존재이자 경계의 '바깥' 에 놓여진 침묵을 강요당하는 존재이다. 따라서 소리중심주의는 근대 주체 의 형성과정에서 대두된 주체와 타자의 관계를 표현하는 이성중심주의의 이데올로기로 기능하는 것이다. 태어나면서부터 '뛰는 훈련'을 하는 것과 '탄생과 동시에 타락을 선고받는 것'을 이와 같은 맥락에서 읽을 때, 근대 주체와 타자간의 관계 구조를 명시한 선언적 의미를 띤다. 즉 근대에 대한 사유는 근대의 생성과 연원에 대한 사고에서 비롯되는 것이고, 그것은 근 대 주체가 근대의 객체를 타자화하는 과정이라 할 수 있기 때문이다. 따라 서 내용성을 획득하는 과정으로서의 사유란 살아가기 위한 전 존재의 몰 입을 의미한다.

전술한 바 그것은 일시에 획득되는 것이 아니기에 「묘정의 노래」에서 전근대를 상징했던 '주작성'과 '주작의 성화'라는 별과는 다른 또하나의 별 을 쳐다보고 있어야 하는 것이다. 그것은 우리의 육안에는 보이지 않는 곡 선같은 것이기에 서책이나 와사의 정치인과 같이 불투명하고 베일에 싸여

---

137) Edward Said, *The World, the Text, and the Critic,* Cambridge, Massachusetts: Harvard University Press, 1983. p. 11. 사이드는 '문화의 공민권'을 지니지 못한 자를 '홈리스 (homeless)'라고 불렀다. '홈리스'란 일종의 타자이다. 이에 대해 사이드는 문화의 힘이 라는 차원에서 다음과 같이 말한다.
　　"문화가 사회나 국가에 대한 헤게모니를 달성할 수 있게 하는 자기 강화와 자기 인 식의 변증법은 문화가 문화가 아니라고 믿고 있는 것으로부터 스스로를 끊임없이 차 이화(differentiation)하려는 실천에 바탕을 두고 있음을 우리는 확신해야 한다. 그리고 이 차이화는 안정된 가치를 지닌 문화를 '타자'보다 상위에 놓아 둠으로써 달성되는 것이다."(p. 12)

있는 무실체의 권력을 지칭한다. 그러나 '곡선같은 것일까'에서 나타나듯이 '-같은' 또는 '-일까'라는 추측과 의문형 종결어미의 사용을 통해서 유추할 수 있는 것은 아직 확실하지는 않거나 명시할 수 없는 것이라는 점이다. 그것은 시적 자아가 세계를 명확하게 인식하고 있지 못하다는 의미로 읽힌다.

아직은 별의 정체에 대해 명확하게 인식하지 못한다는 것은 시적 자아가 알고자 하는 살아가는 방법 즉 음정을 맞추어 우는 법과 몽매와 연령에 대한 불안감을 환기한다. 그리하여 그 불안감을 해소하는 길이 보이지 않는 시적 자아에게는 정확히 알 수 없는 대상과 맞서는 대결 의식이 필요하다. 달리 말하면, 세계를 응시하는 시적 자아의 시선이 철저하지 못하다는 의미이다. 그렇기 때문에 '초부의 일하는 소리'가 '바람이 생기는 곳으로', '흘러가는 흘러가는 새소리/ 갈대소리'로 분산된다. 그것은 일종의 '차연'화 과정으로 확대 해석할 수 있다. 데리다에 의하면, '차연'(differance)은 현재 속에서 배제되거나 부재하는 타자들이 현재의 가능성을 구성하면서 남기는 차이와 지연의 흔적으로 규정된다.[138] 차이와 흔적이란 현존과 부재의 '있음의 없음'과 '없음의 있음'을 일컫는다. 따라서 현존하는 '없음'과 부재하는 '있음'이 상호 교차하는 과정이라 볼 수 있다. 그것은 시적 자아의 살아가기 위한 방법을 모색하는 과정이자 설움의식을 통해 설움을 극복하려는 욕망이다.

그 욕망은 음정을 맞추어 울고자 하는 것이자 몽매와 연령이 언제 나타날지 모른다는 불안감을 해소하려는 자의식이기도 하다. 따라서 '입'에서 배태되는 소리중심주의에 내재된 바깥에 대한 안의 우위에의 열망인 것이다. 소리중심주의는 근대의 속성에 내재되어 있는 이성중심주의의 다른 표

---

138) 김상환, 『해체론 시대의 철학』, 문학과지성사, 1997. 참조.

현이다. 따라서 바깥에 대한 안의 우위는 중심부가 주변부를 타자화함으로써 획득할 수 있는 것이다. 그러므로 시적 자아가 바깥에 대한 안의 우위를 열망한다는 것은 주변부가 중심부에게로 시선을 향한다는 의미로 읽을 수 있다. 그러한 욕망 또는 열망이 확고한 시적 대상으로 대두되지는 않는다. 왜냐하면 상술한 바 명확하거나 철저하지 않기 때문이다. 그저 '또하나의 것을 쳐다보고 있'을 뿐이고 '우리의 육안에는 보이지 않는 곡선같은 것'으로 유추할 따름이다.

무언가 확실하지 않은 상태에서 그 대상을 알고자 하는 욕망은 그것을 확실하게 인지할 때보다 증폭된다. 이런 맥락에서, '「올 겨울은 눈이 적어서 토끼가 은거할 곳이 없겠네,」'가 시적 자아의 현실을 환기시키고, '「저기 저 하아얀 것이 무엇입니까,」'와 '「불이다 山火다,」'는 살아가기 위한 욕망의 분출이다. 눈이 적다는 것은 토끼가 포식자에게 발각될 위험성을 지칭한다. 눈이 일종의 엄폐물로서 기능하는 것은 살아가기 위한 필수요건이다. 중요한 것은 '하아얀 것'이다. 적어도 겨울철에는 그러하다. 그런데 '불'이나 '山火'는 '하아얀 것'과는 동떨어진 것이자 또 다른 위험일 뿐이다. 여기에서 시적 자아의 욕망이 아직은 명확하지 않음을 재확인 할 수 있거니와 '또하나의 것을 쳐다보고 있어야'할 뿐인 관조적 자아와 대면하게 된다.

2) 전쟁체험, 광포한 현실과 주변적 주체의 중심지향성

1950년대를 규정하는 중요한 요소 중의 하나는 한국전쟁[139]이다. 이념

---

139) 한국전쟁에 대해서 보다 과학적이고 구체적인 논의가 시작된 것은 브루스 커밍스의 『한국전쟁의 기원』이 소개되기 시작한 80년대 초반으로 볼 수 있다. (진덕규 외, 『1950년대의 인식』, 한길사, 1990) 한국전쟁의 성격에 대한 문제는 내인론과 외인론의 양상을 보이고 있다. 그러나 한국전쟁이 가지는 다음과 같은 점에서 그 현재적 의의를 간과할 수 없을 것이다.
　　"한국전쟁은 예컨대 세계대전과 같은 전쟁과는 다른 특수성을 가지고 있으며, 따라서 전시와 전후의 구분도 이러한 전쟁문학의 보편적인 틀에서는 조금 벗어난 양상을

대립의 소산이자 남북 분단의 고착화에 결정적 계기가 된 한국전쟁은 민족통일이 한국 현대사의 중요 해결과제임을 확인시켜 준 사건이다. 한국전쟁의 영향은 경제적인 측면에서 경제통합에의 가능성을 배제했고, 내재적 힘에 의한 자주적 발전 가능성을 소멸시켰다. 정치 · 사회적인 측면에서는 사회 내부의 기본적인 모순관계가 남북 대립이라는 부차적 모순관계에 종속하게 되고, 그에 따라 국가권력의 파쇼화와 매판적 정권의 수립을 가능하게 했다.140)

1950년대를 일컬어 어느 논자는 "과도기이기보다는 새로운 것을 창현(創現)하면서 그것을 옹호하고 형성하면서 있는 시대"141) 곧 '형성기'로 표현한다. '형성기'로서의 1950년대를 바라보는 시각은 "근대의 제문학과 엄연하게 차질(差質)된 독자적인 형식과 내용과 그리고 역사적인 위치를 객관적으로 점유"했다는 관점이다. 과도기란 무엇과 무엇 사이에 위치한 주변부적 의미를 띠고, 형성기는 어느 한 결정체를 향한 모색의 과정을 함축하는 시기이다. 과연 1950년대가 내포하는 의미망을 해방과 4·19를 사이에 둔 과도기인지 또는 1960년대 이후 대두된 현대문학의 단초로서 기능하는 형성기로 따져 보는 것은 무의미하다. 왜냐 하면 1950년대는 8·15와 4·19 사이에 가로놓여 있는 시대로서, 제2차 세계대전 이후 세계가 냉전체제로 개편되는 과정에서 우리 민족의 의지를 좌절시키며 만들어진 남북 분단상황

보이고 있다. 우리는 전승국도 패전국도 아닌, 아직까지도 휴전 상태에 있는 전시국가일 따름이며 전쟁에 대한 입장과 정서도 다분히 이러한 상황의 연장선상에 있다고 보아야할 것이다. 따라서 전후의 전승국과 패전국이 겪는 경험의 보편성과는 질이 다른 특수한 경험을 현재에 이르기까지 겪고 있는 것이다. 냉전의 논리, 분단극복의 문제가 여기에 걸려 있고 이의 극복이 지속적으로 문제시되는 것은 바로 이러한 사정에서이다."(김만수, 「1950년대 소설에 나타난 한국전쟁의 형상화방식」, 『문학과 논리』3호, 태학사, 1993)

140) 박현채, 『민족경제론의 기초 이론』, 돌베개, 1989, 181-197쪽 참조.

141) 최일수, 「현대문학의 근본특질(상) − 정의를 세우기 위한 논쟁을 전개하면서」, 『현대문학』, 1956, 12.

에 대처하여 민족이 나아갈 바를 모색한 시기이기 때문이다.

문학사의 경우, 남한에서 자유민주주의가 단일 이데올로기로 결정되면서 남쪽에 남아있던 좌익측 문인들은 월북하거나 납북되고, 전향 또는 비전향의 형식으로 남한에 잔류한다. 적지 않은 문인들이 죽거나 생사를 확인할 수 없는 전쟁 상황에서 문학활동은 피난지 부산 등에서 이루어졌고, 시기적인 특성으로 말미암아 전쟁의 참혹성과 실존의 문제가 중요한 과제로 대두되었다. 전후는 기존의 모든 연속성이 파괴됨으로써 역사성과 사회성이 부재하는 공간이다. 즉 그때까지 존재했던 역사의 발전이라든가 사회적인 윤리가 더 이상 통용되지 않는 시기이기 때문이다

전후는 해방기까지 사회주의와 민족주의로 양립했던 이데올로기가 자유민주주의 체제 하나로 고정되면서 문학을 이루어온 축의 하나가 상실되었다. 남북한의 대립이 전쟁이라는 극적인 대립양상으로 전개되면서 민족주의 이념은 남북한 공히 각각의 체제 유지에 걸림돌이 되는 부자연스런 사상으로 변모된다. 따라서 북한의 공산주의를 반대하는 반공 이념을 채택한 남한은 자유민주주의의 이념이 적극적인 가치로 내세워지고, 민족통일을 추구할 수 있는 이념으로서의 민족주의는 배타적 대상으로 전락한다.[142] 이와 대조적으로 자유민주주의의 이념을 같이하는 구미 제국과의 동류의식이 강조되어 세계인으로서의 한국인이나 세계 속의 한국, 자유우방세계란 말들이 구호화 되는 현상이 나타난다. 소위 국적 없는 문화가 우리 문화에 편만하게 되고, 인간의 보편성과 이념의 동질성만을 중요한 가치의

---

142) 이러한 점은 국가권력과 이데올로기의 문제이며, 지배적인 이데올로기 국가장치로서 기능한다고 볼 수 있다.

L. Althusser, 김동수 역, 「이데올로기와 이데올로기적 국가장치」, 『아미엥에서의 주장』, 솔, 1991.

심광현, 「언어 비판과 철학의 새로운 실천-비트겐슈타인과 알튀세」, 『문화과학』, 1992, 겨울.

척도로 삼는 획일적인 정신풍토가 자리잡게 된다.[143]

휴전 이후 남한문단은 자기 존재를 규명하려는 시도들이 생겨나는데, 이는 특히 실존주의 및 휴머니즘과 관련된 탐색이 주를 이룬다.[144] 시인들은 전쟁 체험을 통해 파괴와 불연속의 세계를 넘어 그 치유의 문제에 주력한다. 전쟁의 현장에서 쓰여진 전쟁시 이후 이를 극복하려는 움직임들은 전통주의측과 모더니즘측 양자에서 나타났다. 전통주의측이 파괴되기 이전의 세계를 그림으로써 복고적인 경향을 보이는 반면, 모더니스트라고 불리워지던 당시의 신진 시인들은 파괴된 현재를 비정하게 드러내는 방식을 취하고 있다. 그러한 시대를 살아야 했던 김수영의 의식은 다음과 같은 시와 산문을 통해 나타난다.

　　나는 대한민국에서는
　　제일이지만

　　以北에 가면야
　　꼬래비지요

　　　　　　　　　　　　　　　- 「허튼소리」 중에서

우리나라는 지금 시인다운 시인이나 문인다운 문인을 가지고 있지 않다는 것이 나의 지론이다.
　"알맹이는 다 이북가고 여기 남은 것은 다 찌꺼기뿐이야"
　우리들은 양심적인 문인들이 6·25전에 이북으로 넘어간 여건과, 그후의 십년간의 여기에 남은 작가들의 해놓은 업적과, 4월 이후에 오늘날 우리들이 놓여있는 상황을 다시한번 냉정하고 솔직하게 반성해볼 필요가 있다.[145]

---

143) 최유찬, 「1950년대 비평연구(1)」, 한국문학연구회 편, 『1950년대 남북한 문학』, 평민사, 1991, 13쪽.
144) 노용무, 「1950년대 모더니즘시론 연구」, 한국언어문학회, 『한국언어문학』 44집, 2000. 8. 참조

오늘날 35세 이상의 중류층 독자들은 국내작가의 소설이나 시를 절대로 읽지 않는다. 비극은 그뿐만이 아니다. 38선 이북으로 올라간 작가들에 대한 향수같은 것이 중류층 독자들의 감정세계 속에서는 아직도 여전히 퇴색되지 않고 있다. 그들은 얼마 전까지도 입버릇처럼 "웬만한 사람은 다 넘어갔지, 여기 남은 것은 쭉정이밖에 없어!"하는 것이었다.146)

인용문들은 모두 해방기에서 전후에 이르는 일련의 역사 속에서 좌우의 이데올로기 편차에 대한 김수영의 의식이 담겨져 있다. 이른바 '치욕의 시대'라는 그의 표현에 해당하는 위의 글들은 자신이 남한에서는 최고지만 이북에서는 꼬래비라는 점, 양심적인 문인들은 6 · 25전에 이북으로 넘어갔다는 점, 38선 이북으로 올라간 작가들에 대해 향수를 느낀다는 점, 이북에 넘어간 사람들이 '웬만한 사람'이었다면 남한에 잔류한 사람들은 '쭉정이'라는 점 등을 통해 남한에 대한 비판적 인식을 보여준다. 이는 자기 부정에 대한 인식에 다름아니다. 그것은 전근대적 것과 근대적인 것의 대립을 통해 느꼈던 설움의 정서로 드러난다. 고은은 "김수영의 비극은 50년대의 공간을 대표자로 충당할 수 있었다"147)고 표현할 만큼 1950년대 비극적 현실체험의 전형적 모습을 김수영에게서 찾는다. 그러한 진술을 가능케 했던 것은 김수영의 전쟁체험을 통해서였다.

내가 六 · 二五후에 价川野營訓練所에서 받은 말할수없는 虐待를 생각한다.
北院訓練所를 脫出하여 順川邑內까지도 가지 못하고
惡鬼의 눈동자보다도 더 어둡고 무서운 밤에 中西面內務省軍隊에게 逮捕된 일을 생각한다.
그리하여 달아나오던 날 새벽에 파묻었던 銃과 러시아軍服을 사흘을 걸려

145) 김수영, 「시의 <뉴 프런티어>」, 전집 2, 175쪽.
146) 김수영, 「히프레스 文學論」, 전집 2, 201쪽.
147) 고은, 『1950년대』, 청하, 1989, 311쪽.

서 찾아내고 겨우 銃殺을 免하던 꿈같은 일을 생각한다.
　　　　　　　　　　　　　－「조국에 돌아오신 상병포로 동지들에게」중에서

　그 야전병원에서 김수영은 또 한 여자를 만난다. 해방 직후 이봉구, 최재
덕, 양병식들과 어울려 함께 술을 마시며 연극을 한다고 어울려 다녔던 이
은실이었다.
　그날도 김수영은 미스 노를 보려고 외과병원 쪽으로 가고 있는데 시야에
낯익은 듯한 얼굴이 나타났다. 흰 가운을 입었지만 옛날의 왈가닥 이은실
임에 분명했다. 김수영은 반가워 '닥터 리!'라고 기쁨을 가득 실은 목소리
로 불렀다. 이은실이 부르는 소리를 따라 고개를 돌렸다. 그녀는 김수영의
얼굴을 보고 그의 포로복장을 보고 가슴께에 붙어 있는 'prisoner of war'라
는 글자를 보았다. 그녀는 "이 빨갱이새끼"라고 고래고래 소리를 질렀다.
김수영은 벼락맞은 듯 뻣뻣하게 그 자리에 서 있다가 한낮의 햇볕 속으로
뛰었다.148)

　「조국에 돌아오신 상병포로 동지들에게」는 김수영이 죽을 때까지 발표
되지 않았던 작품으로, 김수영 스스로 전쟁체험에 대해서 말했던 유일한
시이다. 시인 유정(柳呈)은 "지쳐서 눈이 쑥 들어가고, 말이 없고, 훈련 과정
에서 낙오되지 않으려고 안간힘을 쓰고 있었다"149)고 북한 의용군 시절의

---

148) 최하림, 「요나의 긴 항해」, 『문예중앙』, 1993 봄, 366-369쪽 참조.
149) 최하림, 『김수영』, 앞의 책, 102쪽. 평전에 의하면, 그 당시의 상황을 다음과 같이 추
　　측한다.
　　　"김수영은 그의 버린 총과 군복을 찾아내어 그 자신이 패잔병(실은 도망병이지만)
　　이라는 사실을 내무성 군인에게 설명했던 듯하고, 그것이 수긍이 되어 총살을 면하고
　　그들과 함께 북으로 향했던 듯하다. 그러다가 국군(혹은 유엔군)의 공격을 받아 그들
　　의 전열이 무너진 틈을 타 다시 탈출하였던 듯하다. 어쨌든 김수영은 탈출하였고, 민
　　가에서 얻은 평복을 입고 아군의 진격시에 손을 들고 나아갔던 듯하다. (중략) 서울 근
　　교에서 김수영은 흑인과 헤어져 미아리 고개를 넘어섰다. 돈암동 일대는 여기저기 작
　　은 불빛이 새어나와 이 지옥같은 도시에서도 사람이 살고 있다는 듯 희미하게 주위를
　　밝히고 있었다. 그는 아내를 찾아갈까 했으나, 그녀가 아직도 그 곳에 살고 있을 것 같
　　지 않았다. 다리에 힘이 솟았다. 을지로 4가를 지나 충무로 골목으로 들어섰을 때였다.
　　파출소 부근에서 '누구야' 소리와 함께 경찰이 뛰어나왔다. 김수영은 경찰을 따라 파

김수영을 회고한다. 김수영은 의용군에서 탈출하여 자신의 집으로 돌아오
던 길에 경찰에 체포되어 전쟁포로가 된다. 인용문에서 나타나듯이 전쟁은
해방직후의 이은실과 전쟁 중의 이은실을 판이하게 만드는 원인이었다.
'prisoner of war' 또는 '빨갱이새끼'는 전쟁 중 거제도 포로수용소에 전쟁
포로로 감금된 김수영을 함축하는 호명이었다. '나는 눈이 먼 암소나 다름
없이 善良'(「付託」)하기만 하고, '나는 원래가 약게 살 줄 모르는 사람'(「조
국에 돌아오신 상병포로 동지들에게」)이자 '강한 것보다는 약한 것이 더
많은 나의 착한 마음이기에'(「달나라의 장난」) 김수영이 전쟁포로 또는 빨갱
이라는 사실을 받아들이게 되는 당혹감은 '벼락맞은 듯' 끔찍한 것이었다.
이와 같은 전쟁체험의 자의식을 압축적으로 제시한 작품은 그가 포로수용
소에서 석방된 후 처음으로 쓴 다음과 같은 시이다.

팽이가 돈다
어린아이이고 어른이고 살아가는 것이 신기로워
물끄러미 보고 있기를 좋아하는 나의 너무 큰 눈 앞에서
아이가 팽이를 돌린다
살림을 사는 아이들도 아름다웁듯이
노는 아이도 아름다워 보인다고 생각하면서
손님으로 온 나는 이집 주인과의 이야기도 잊어버리고
또한번 팽이를 돌려주었으면 하고 원하는 것이다
都會안에서 쫓겨다니는 듯이 사는
나의 일이며
어느 小說보다도 신기로운 나의 生活이며
모두 다 내던지고
점잖이 앉은 나의 나이와 나이가 준 나의 무게를 생각하면서

출소 안으로 들어갔다. 머리가 짧고 눈에 겁을 집어먹고 있는 이 사나이를 경찰은 곧
빨갱이시하면서 문초하여, 그가 의용군에서 탈출하여 오는 길이라는 것을 알아냈고,
그들은 이 탈주병을 첩자로 간주, 중부서로 넘겼다."(최하림, 105-106쪽)

정말 속임없는 눈으로
지금 팽이가 도는 것을 본다
그러면 팽이가 까맣게 변하여 서서 있는 것이다
누구 집을 가보아도 나 사는 곳보다는 餘裕가 있고
바쁘지도 않으니
마치 別世界같이 보인다
팽이가 돈다
팽이가 돈다
팽이 밑바닥에 끈을 돌려 매니 이상하고
손가락 사이에 끈을 한끝 잡고 방바닥에 내어던지니
소리없이 회색빛으로 도는 것이
오래 보지 못한 달나라의 장난같다
팽이가 돈다
팽이가 돌면서 나를 울린다
제트機 壁畵밑의 나보다 더 뚱뚱한 주인 앞에서
나는 결코 울어야 할 사람은 아니며
영원히 나 자신을 고쳐가야 할 運命과 使命에 놓여있는 이 밤에
나는 한사코 放心조차 하여서는 아니될 터인데
팽이는 나를 비웃는 듯이 돌고 있다
비행기 프로펠러보다는 팽이가 記憶이 멀고
강한 것보다는 약한 것이 더 많은 나의 착한 마음이기에
팽이는 지금 數千年前의 聖人과같이
내 앞에서 돈다
생각하면 서러운 것인데
너도 나도 스스로 도는 힘을 위하여
공통된 그 무엇을 위하여 울어서는 아니된다는 듯이
서서 돌고 있는 것인가
팽이가 돈다
팽이가 돈다

- 「달나라의 장난」 전문

인용시는 전쟁체험을 겪은 김수영의 내면 의식을 명료하게 보여주는 시이다. 「달나라의 장난」은 김수영 시의 주요 모티프라 일컫는 자유, 속도, 혁명, 사랑, 양심 등의 의식의 변화를 파악할 수 있는 개념들을 비교적 명시적으로 나타내는 시이다. 따라서 이 작품에 대한 정밀한 분석은 한국전쟁의 정신적 외상을 어떻게 내면화했고, 삶과 죽음을 넘나들었던 실존적 체험이 이후 전개되는 시정신에 어떻게 작용하는가를 분석하는 작업일 것이다.

「달나라의 장난」은 42행의 장시로, 시적 맥락 측면에서는 대략 두 부분으로 나눌 수 있다. 20행의 '팽이가 돈다'를 기준으로 전반부와 후반부로 나눌 수 있다. 먼저 전반부가 '팽이가 돈다'라는 인식을 통해 시적 자아의 내면을 반추하는 형식을 취한다면, 후반부는 그러한 내면을 인지하고 스스로 어떤 다짐을 이끌어 내고자 한다.

시적 자아는 어린아이나 어른들이 살아가는 세계 속에서 살아가는 것이 신기롭다고 인식한다. 그는 광포한 현실을 깨치고 나아가지 못하고 물끄러미 보고 있기를 좋아하는 관조적 자세를 견지한 소극적 성격의 인물이다. 이러한 그의 자세는 더군다나 '손님으로 온 나'이기에 '팽이가 돈다'라는 현상 앞에 매몰당하는 형국이다. 그렇기 때문에 집주인과의 이야기도 잊어버릴 수밖에 없다. 시적 자아의 '살아가는 것이 신기'롭다는 인식에는 자신의 '살아가는 것'에 대한 반추라고 볼 수 있을 것이다. 그것은 '도회안에서 쫓겨 다니는 듯이 사는' 것이자 '어느 소설보다도 신기로운 나의 생활' 때문이다. 그런 측면에서 모든 세계는 별세계로 보인다.

'별세계'란 현실 세계와는 다른 세계이다. 김수영은 '바로 보마'의 논리를 통해 부정의 대상인 별세계를 똑바로 또는 떳떳하게 보고자 한다. 그는 팽이가 도는 것을 보고 '달나라의 장난'을 상기한다. '달나라'는 자아와 세계의 대결 구도에서 세계를 뜻하며, '달나라의 장난'은 세계가 시적 자아에게 가하는 일체의 현실적인 문제를 지칭한다. 따라서 '달나라'란 '별세계'의 다른 표현이자 '바로 보마'의 시적 대상이다.

달나라가 세계 그 자체를 '별세계'로 환기한다면, 달나라의 장난은 그것이 자아에게 현상하는 일련의 과정을 의미한다. 중요한 것은 달나라의 장난이다. 달나라가 있는 그대로의 현실이라면 달나라의 장난은 시적 자아의 의식에 내재한 달나라로 암시되는 세계를 바라보는 관점이기 때문이다. 그런 측면에서 '팽이가 돌면서 나를 울린다'를 파악할 수 있다.

전술한 바 김수영의 설움의식은 전근대와 근대의 사이에서 느끼는 비애이다. 한국전쟁 이전의 시에서 나타난 설움이 전근대로부터 유래하는 의식이 강했다면 이후의 시에서 느끼는 것은 전쟁체험을 통해서 각인된 실존적인 것이다. 그것은 삶과 죽음을 넘나드는 고통이자 인간에 대한 배신감으로서의 체험이다. 광포한 현실인 '달나라'와 그것이 주는 '장난'은 '나를 울'리는 구체적인 기제이다.

'달나라의 장난'은 '제트機 壁畵밑의 나보다 더 뚱뚱한 주인 앞에서' 시적 자아를 울린다. '제트기'란 첨단 문물의 상징이자 한국전쟁을 통해서 대두된 파괴 무기이다. 따라서 '제트기 벽화'는 한국 전쟁을 통해서 대두된 첨단의 속도를 무기로 하는 근대 또는 근대성 일반의 속성을 배경으로 한다는 의미가 있다. 그 밑에 있는 '나보다 더 뚱뚱한 주인'이란 김수영보다 체중이 더 나간다는 표층 의미보다는 근대적 속성을 내재한 심층 의미이다. 즉 '손님으로 온 나'와 '이 집 주인'인 '뚱뚱한 주인'은 자아와 세계의 대결 양상으로 이해할 수 있다. 그럴 경우, '누구 집을 가보아도 나 사는 곳보다는 餘裕가 있'다는 점과 '바쁘지도 않'은 점은 나보다 '더 뚱뚱한 주인'에 대한 이야기가 된다.

뚱뚱한 주인으로 표상되는 세계 앞에서 시적 자아가 느끼는 자기 결의는 '나는 결코 울어야 할 사람은 아니'라는 것이다. 그것은 '팽이는 나를 비웃듯이 돌고 있'지만 '영원히 나 자신을 고쳐가야 할 운명과 사명에 놓여있'기에 '나는 한사코 방심조차 하여서는 아니'되기 때문이다. 그러한 다짐의 순간에조차도 '팽이는 지금 수천년전의 성인과 같이' 돌고 있다. 그것은 '수천년전의 성인'이 누구를 지칭하는지 막연하듯이 모호하게 편재한 설움을 지칭하기도 하지만, '비행기 프로펠러보다는 팽이가 기억이 멀'기 때문이기도 하다.

비행기 프로펠러와 팽이는 모두 스스로 도는 힘이 부재한 사물이다. 그러나 프로펠러가 제트기가 표상했던 근대적인 빠른 속성을 의미하는데 비해 팽이는 그에 미치지 못하는 전근대적 풍물의 의미를 지니고 있기 때문에 변별된다. 시적 자아에게 프로펠러나 팽이 모두 생각하면 서러운 것이다. 왜냐 하면 두 가지 모두 시적 자아에게 설움의 근원으로 대두된 두 요소이기 때문이다. 따라서 "너도 나도 스스로 도는 힘을 위하여/ 공통된 그 무엇을 위하여 울어서는 아니된다"는 것은 달나라와 뚱뚱한 주인이라는 세계 앞에서 그것들을 응시하고자 했던 '바로 보마'의 시선을 재확인하는 순간이다.

> 사람이란 사람이 모두 苦憫하고 있는
> 어두운 大地를 차고 離陸하는 것이
> 이다지도 힘이 들지 않는다는 것을 처음 깨달은 것은
> 愚昧한 나라의 어린 詩人들이었다
> 헬리콥터가 風船보다도 가벼웁게 上昇하는 것을 보고
> 놀랄 수 있는 사람은 설움을 아는 사람이지만
> 또한 이것을 보고 놀라지 않는 것도 설움을 아는 사람일 것이다
> 그들은 너무나 오랫동안 自己의 말을 잊고
> 남의 말을 하여왔으며
> 그것도 간신히 떠듬는 목소리로밖에는 못해왔기 때문이다
> 설움이 설움을 먹었던 時節이 있었다

이러한 젊은時節보다도 더 젊은 것이
헬리콥터의 永遠한 生理이다

一九五〇年七月 以後에 헬리콥터는
이나라의 비좁은 山脈위에 姿態를 보이었고
이것이 처음 誕生한 것은 勿論 그 以前이지만
그래도 제트機나 카아고보다는 늦게 나왔다
그렇지만 린드버어그가 헬리콥터를 타고서
大西洋을 橫斷하지 않았기 때문에
우리는 지금 東洋의 諷刺를 그의 機體안에 느끼고야 만다
悲哀의 垂直線을 그리면서 날아가는 그의 설운 모양을
우리는 좁은 뜰안에서뿐만 아니라
심지어는 항아리 속에서부터라도 내어다볼 수 있고
이러한 우리의 純粹한 痴情을
헬리콥터에서도 내려다볼 수 있을 것을 짐작하기 때문에
「헬리콥터여 너는 설운 動物이다」

―自由
―悲哀

더 넓은 展望이 必要없는 이 無制限의 時間 우에서
山도 없고 바다도 없고 진흙도 없고 진창도 없고 未練도 없이
앙상한 肉體의 透明한 骨格과 細胞와 神經과 眼球까지
모조리 露出落下시켜가면서
안개처럼 가벼웁게 날아가는 果敢한 너의 意思 속에는
남을 보기 전에 네 자신을 먼저 보이는
矜持와 善意가 있다
너의 祖上들이 우리의 祖上과 함께
손을 잡고 超動物世界 속에서 營爲하던
自由의 精神의 아름다운 原型을
너는 또한 우리가 發見하고 規定하기 전에 가지고 있었으며

오늘에 네가 傳하는 自由의 마지막 破片에
스스로 謙遜의 沈默을 지켜가며 울고 있는 것이다
                                            ― 「헬리콥터」 전문

　「헬리콥터」는 「달나라의 장난」에 드러난 불투명했던 설움의식을 구체적
으로 형상화한 시이다. 「달나라의 장난」에서 '나를 울리는' 팽이와 '공통된
그 무엇'이라는 암시성을 통해 자기 다짐의 인식을 할 수 있었다면, 「헬리
콥터」에서는 그 암시성을 극복하고, '自由'와 '悲哀'를 인식하게끔 하는 동
인으로 헬리콥터를 규정한다. 그것은 '「헬리콥터여 너는 설운 動物이다」'
라는 단정적 규정에 압축적으로 제시되어 있다. 따라서 헬리콥터가 왜 설
운 동물인가를 추적하는 작업을 통해 시적 자아의 내면을 엿볼 수 있다.
　먼저 「헬리콥터」는 시적 대상을 서술하는 과정이 '-것이', '-것을', '-것
은', '-이었다' 등으로 꼬리에 꼬리를 물고 이어져 있다. 이러한 시적 전략
은 산문적이고 완만한 서술 경향을 보여준다. 그러나 의미의 연결 고리가
같은 층위의 계열체를 거부하는 듯한 '횡설수설'과 역설 및 모순어법의 시
적 차용은 또다른 암시성을 창출하는 기능을 한다. 예를 들어 「참음은」은
「헬리콥터」에서 나타나는 서술의 연쇄 과정을 사용하는 시이다.

　　참음은 어제를 생각하게 하고
　　어제의 얼음을 생각하게 하고
　　새로 확장된 서울특별시 동남단 논두렁에
　　어는 막막한 얼음을 생각하게 하고
　　그리로 전근을 한 국민학교 선생을 생각하게 하고
　　그들이 돌아오는 길에 주막거리에서 쉬는 十분동안의
　　지루한 정차를 생각하게 하고
　　그 주막거리의 이름이 말죽거리라는 것까지도
　　무료하게 생각하게 하고

奇蹟을 기적으로 울리게 한다
죽은 기적을 산 기적으로 울리게 한다

—「참음은」 전문

「참음은」은 의미의 연쇄과정을 보여주는 시이다. 참는다는 감정의 상태에서 시작되는 의미의 연쇄 고리는 '-하고'라는 연결형 어미를 연이어 중첩시키면서 이어진다. 어제를 생각하는 것과 어제의 얼음을 생각하는 것은 참는다는 시제와의 큰 관련을 띠기가 어렵다. 그럼에도 불구하고 또 다시 이어지는 연쇄의 고리는 막막한 얼음을 생각하는 것으로 비약된다. 그것은 아무 관련성이 없는 듯이 보이는 국민학교 선생을 다시 떠올린다. 그리고 십분동안의 정차와 그 정차 지역의 이름이 말죽거리라는 것까지 생각한다. 개별적인 생각들의 연결 고리는 매개가 논리적이라 할 수 없는 무매개적 회상이다. 이러한 방식은 의미와 무의미를 연결시켜 의미의 연관관계를 필연적이지 않은 우연적 발상에 의존하는 것이다. 그러나 무매개적으로 이어지는 회상의 연쇄작용은 다음 연에서 집중화되어, 1연에서의 잡상념을 죽은 기적에서 산 기적으로 울리게 하는 奇蹟이 기적(汽笛)으로 바뀌어 의미부여가 시도된다.

이와 같은 의미의 연관을 서술하는 방식은 「헬리콥터」의 경우, '사람이란 사람이 모두 고민하고 있는' 것은 '어두운 대지'로 연결되지만, 거기에서 멈추지 않고 '어두운 대지를 차고 이륙하는 것'으로 확장된다. 또한 '어두운 대지를 차고 이륙하는 것'이 '헬리콥터'라면 그것을 바라보는 자아의 인식 속에 '이다지도 힘이 들지 않는 것'과 그것을 '처음 깨달은 것'으로 다시 한번 확장된다. 즉 하나의 주어에 여러 개의 서술문이 응결되어 있는 형태이다. 어느 하나의 서술문에 핵심 키워드가 있는 것이 아닌 등가의 병렬 구조인 것이다.

이러한 서술문의 형태는 의미 구조 측면에서도 유사하다. 산문으로 바꾸어 보면, 모든 사람이 고민하고 있는 어두운 대지와 그 어두운 대지를 차고 이륙하는 어떤 행동이 생각했던 것보다 더 쉬웠던 것이라는 것, 그것을 비로소 처음 알았다는 것 등이 병렬화되어 있다. 병렬 구조는 '우매한 나라의 어린 시인들'에 집중된다. 그러한 구조는 의미의 병렬화를 통해 더욱 강렬한 의미의 집적 효과를 산출한다. 왜냐하면 '처음 깨달은 것'의 주체가 '우매한 나라의 어린 시인들'이기 때문이다.

이러한 병렬 구조화는 '-때문이다'라는 인과적 언술과 '헬리콥터의 영원한 생리이다' 또는 '「헬리콥터여 너는 설운 동물이다,」'라는 단정적 언술을 통해 삼중의 난해함으로 확대 재생산되기도 한다. 인과가 어떤 결과물에 대한 일정한 원인이나 조건을 설명하는 방식으로 쓰일 경우, '-때문이다'라는 인과적 언술 형태는 오히려 글의 맥락에서 결론에 해당하는 단정적 언술을 산포시켜 의미의 집중화를 방해하는 요인으로 나타나기 때문이다. 이와 같은 시의 흐름은 김수영의 시에서 빈번히 나타나는 경향으로, 논리적 서술 형태를 보임에도 불구하고 그 논리성이 오히려 그의 시를 읽어가는 데 어려움으로 작용하는 원인이다.

이러한 독특한 시적 전략을 감안하면서 시의 흐름을 분석하면, "헬리콥터가 風船보다도 가벼웁게 上昇하는 것을 보고/ 놀랄 수 있는 사람은 설움을 아는 사람이지만/ 또한 이것을 보고 놀라지 않는 것도 설움을 아는 사람일 것이다"라는 구절은 설움의 편재성을 내포한다. 이 편재성은 '사람이란 사람이 모두 고민하고 있는/ 어두운 대지'를 설명하는 언술로서 모든 존재가 설움을 숙명적으로 지닐 수밖에 없음을 단적으로 드러낸다. "사람이란 사람이 모두 고민하고 있는/ 어두운 대지"라는 구절은 「달나라의 장난」에서 나타났던 '달나라의 장난'과 연결된다. 그것은 광포한 현실이었고 한국전쟁을 체험한 자의식의 소산이었다.

그러한 광포한 현실에서 누구도 자유로울 수 없듯이 모든 '사람이 모두 고민하'는 '어두운 대지'는 단순한 인간 부조리의 일면 만을 암시하는 것으로 그치지 않고 어두운 시대적 현실과 억압적 기제를 포괄하는 광범위한 내포를 지닌다. 그러한 현실을 '차고 이륙'한다는 것은 현실에 맞서는 대결의식이 아닌 그 현실로부터 도피하려는 혐의를 벗어날 수 없는 것이다. 왜냐 하면 '어두운 대지'를 '이륙'한다해도 또 다시 내려앉을 수밖에 없기 때문이다. 따라서 그것은 근본적인 해결책이 될 수 없다. 하지만 '어두운 대지'에 사는 모든 사람은 그조차도 '이다지도 힘이 들지 않는다는 것을 처음으로 깨'닫기 때문이다. 그들은 우매한 나라의 어린 시인들이다. "그들은 너무나 오랫동안 자기의 말을 잊고/ 남의 말을 하여왔"던 존재이다. 그 존재들은 김수영이 「거미」에서 고백하듯이, 너무나 자주 설움과 입을 맞추었기 때문에 그 설움의 영역에서 잠시 '이륙'하는 것조차 허용되지 않았던 또는 '이륙'하는 것이 나비처럼 가벼울 수 있다는 것을 처음 깨달을 수밖에 없었던 식민지 군상이었다. 그것은 해방 이전과 이후에도 동일하게 적용되는 식민성의 문제이기도 하다. 이 지점에서 김수영이 갖는 설움의식에 시대적 요인이 깊숙하게 자리잡고 있음을 알 수 있다.

김수영이 회고했던 '치욕의 시대'란 자기의 말이 아닌 남의 말, 그것도 간신히 떠듬는 목소리로 말했던 '설움이 설움을 먹었던 시절'이었다. 그런 시절은 알맹이는 다 이북으로 가고 남은 것은 다 찌꺼기뿐이라는 자조섞인 진술을 가능케 했던 시기이기도 하다. '설움이 설움을 먹었던 시절'은 우매한 나라의 젊은 시절이었지만 그보다 더 젊은 것은 헬리콥터의 영원한 생리이다. 왜 '헬리콥터' 또는 '헬리콥터의 영원한 생리'는 '젊은시절보다도 더 젊은 것'일까. 이와 같은 질문이 중요한 것은 시적 자아의 인식이 헬리콥터를 매개로 이루어져 있다는 점과 '젊은 시절'과 '더 젊은 것'의 관계에 있다.

젊은 시절은 설움이 설움을 먹었던 시절과 치욕의 시대를 의미한다. 그러한 생각은 헬리콥터의 생리를 인식하면서 가능한 것이었다. '젊은시절보다 더 젊은 것'에서 '젊은시절'과 '더 젊은 것'의 층위는 다르게 나타난다. 젊은 시절이 김수영의 과거 시절을 떠올리는 공간적 의미가 강하다면, 더 젊은 것은 현재의 시점에 더 가깝다는 시간적 의미를 띤다. 따라서 젊은 시절은 식민지 시대와 해방기를, 더 젊다는 것은 한국전쟁 이후를 가리킨다. 이런 측면에서 '더 젊다는 것'을 "一九五〇年七月 以後에 헬리콥터는/ 이 나라의 비좁은 山脈위에 姿態를 보이었"다는 것으로 이해할 수 있다. 그것은 1950년 6월 25일과 '7월 이후'의 시간적 고리를 연상할 때 분명해진다.

전쟁 전후를 잇는 매개항으로서의 헬리콥터는 자유와 비애를 간직한 두 얼굴의 사물이다. 헬리콥터가 상징하는 자유는 그 안에 근대의 이중성을 함의하는 비애를 내포하는 자유일 수밖에 없다. 그렇기 때문에 헬리콥터는 설운 동물일 수 있고, 그것은 '어두운 대지'의 역사 속에서 몰주체적 식민성을 각인시켜 주는 알레고리적 함의를 내포하는 기호로 작용한다. 알레고리적 함의는 김수영이 '비애의 수직선'을 그리면서 이 나라의 비좁은 산맥 위를 날아가는 헬리콥터의 기체 안에서 '동양의 풍자'를 느끼는 이유이다. '동양의 풍자'란 헬리콥터를 통해서 환기하는 동양 혹은 몰주체적 근대화를 양산하는 '우매한 나라'를 암시한다.

2. 근대화 담론으로서의 속도주의와 '쉬다'의 의미

1) 시간의 근대성, 물신화된 속도 따라가기

인간과 시간 또는 시간 의식에 대한 문제는 근대 또는 근대성이란 무엇인가라는 쟁점과 문제의식을 공유한다. 서양에서 대두된 근대성의 이념은 18세기에 발생한 계몽주의 운동으로 표현된다. 계몽주의 운동의 핵심 사상은 세 가지 특징으로 압축할 수 있다.[150] 첫째, 이성의 능력에 대한 믿음. 둘째, 자연관에 대한 변화. 셋째, 진보에 대한 믿음이다. 근대성은 데카르트와 칸트에서 시작된 계몽과 이성의 철학적 근거를 통해, 프랑스 혁명과 산업 혁명을 거치면서 봉건적 이데올로기로부터의 인간 해방을 내포한 개념이다. 이와 같은 개념은 봉건적 질서 속에서 개인의 자유와 신체의 구속을 강요당해야 했던 농노적 상태의 인간에게 하나의 구원으로 작용한다. 이후 근대성은 자연을 지배와 이용 대상으로 파악하는 인간 중심주의, 제도화와 표준화, 중앙 집권화, 자본주의와 접목한 다윈이즘 등을 포괄하는 근대의 조건으로 나타난다.

서구는 이러한 근대성을 중심으로 국민 국가를 건설했고 근대과학을 발전시켰다. 그러나 그들의 핵심 담론이라 할 수 있는 인간 중심주의는 역설적으로 인간성 상실과 생태계 파괴를 불러일으켰고, 서구와 북미 이외의 지역에 존재하던 제3세계의 다양한 문명과 문화를 그 뿌리에서부터 위협했다. 제3세계의 지역에서 기획되고 관철된 근대성은 서구의 그것과 본질적으로 다르다. 서구의 근대가 제국주의적 성격을 가미한 지배적 담론이라면, 제3세계의 그것은 피지배 구조하에서 시작되었던 행태를 보이기 때문이다. 이러한 구조는 더욱 더 중층적이고 다면적이다. 예를 들어 우리나라의 경우, 식민 경험에 기반한 '해방을 위한 저항'은 제3세계의 근대를 해석하는 데 독특한 변수로 작용한다.

'해방을 위한 저항'은 반제·반봉건의 쌍생아적 담론의 이중 구조 속에서 집단적 자아를 형성하는 식민 경험의 일환이었다. 이러한 경험은 그 자체가 하나의 전통과 문화로 다양하게 변주되어 계승되기도 한다. 반면 일반적으로 현대로 구분되는 시기의 근대의 기획은 근대 국가의 성립에 있

---

150) 윤평중, 『푸코와 하버마스를 넘어서』, 교보문고, 1990, 25-32쪽.

었다. 서구에서 이미 경험한 바 있는 근대 국가의 성립은 그 시행 착오와
정착 단계 과정이 몇 백년을 필요로 했지만, 제3세계의 경우, 식민 경험 직
후에 집중적으로 이루어진다. 제3세계 근대 국가의 성립 과정에서 중요한
역할을 담당한 것은 파시즘이었다. 그들은 폭압적으로 근대 국가의 성립을
주도했으며, 그것은 식민 경험과 다를 바가 없었다. 그렇다면 이 또한 제3
세계 근대성을 설명하는 중요한 열쇠가 될 것이다.

  식민지적 근대가 일제의 한국지배를 정당화하려는 맥락 속에 위치하고
있다면, 근대화 담론은 비서구 사회에 대한 서구 사회의 지배를 정당화하
려는 권력의 논리를 내재하는 것[151]이다. 그러한 권력의 이면에 합리적이
고 객관적으로 대두되었던 것이 근대의 시간에 대한 인식이다. 시간은 과
거, 현재 그리고 미래를 잇는 연대기적 질서 속에서 그 흐름에 따라 사회
를 발전시키거나 변화시키기도 한다. 이러한 시간에 대한 인식은 근대 사
회가 추구하는 잠재적 가능태로서의 역사적 유토피아를 상정케 하여, 그것
에 도달하는 과정으로써의 진보 개념과 밀접하게 연결되어 있다. 어느 사
회든지 시간을 의식하는 방식은 그 사회의 변화 속도가 빠르면 빠를수록
그 만큼 진보의 속도를 반영하는 가늠자로써 존재한다. 따라서 진보는 시
간과 밀접하게 연결되는 개념이며, 필연적으로 변화의 속도를 필요악으로
요구할 수밖에 없는 상황에 직면하게 된다. 진보의 다른 이름인 속도는 사
회 구성원들에게 자신의 속도에 적응하도록 강요하지만, 그 속도를 따라잡
지 못할 경우에는 억압과 폭력의 기제로 기능한다.

  제3세계의 근대성이 갖는 근대의 시간성은 속도로 집약되어 나타난다.
서구의 시간에 대한 편입에의 의지가 근대화 지향의 속도에 대한 욕망이
라면, 그것에 대한 거부는 근대화의 이면에 내재한 근대성의 모순을 인식

---

151) 정근식, 「20세기 한국사회의 변동과 근대성」, 현대문학이론학회, 『현대문학이론연
   구』10집, 1999, 83쪽.

하는 사유 형태라 할 수 있다. 따라서 근대의 속도 지향과 지양은 제3세계적 근대의 두 얼굴이기도 하다. 그것은 근대성 속에 은폐된 속도의 의미를 어떻게 인식하는가의 문제이다. 따라서 이 장에서는 먼저 시간의 근대성을 알아보고, 근대로서의 시간 의식이 갖는 특징을 속도라는 개념을 통해 밝혀보고자 한다. 이는 근대적 시간 의식의 역사철학적 성격과 그로 인해 파생된 근대로서의 속도 또는 속도주의의 개념을 알아보는 작업이라 할 수 있다.[152]

근대의 시간 의식과 그 역사철학적 의미를 이해하려면, 우선 근대 특유의 시간관을 역사적 맥락 속에서 고찰해야 한다. 어떤 시대라도 인간 행위의 근저에는 반드시 시간 의식이 존재하기 마련이므로, 경험적으로 인식되는 근대성의 시간 의식을 한 시기의 고유한 범주와 질적 특수성으로 파악하기 위해서는 역사철학적인 이해가 선결조건이 되기 때문이다.[153]

근대의 시간 의식은 고대와 중세의 시간의식과 구별할 때 그 변별적 특징을 찾을 수 있다. 근대 이전의 삶의 중심은 농경 생활에 바탕을 두고 있었던 까닭에, 모든 시간의식은 농경 생활과 밀접한 관련 속에서 구성되었다. 농업 중심의 생활 형태가 영위되기 위해서는 기본적으로 태양의 운행과 계절의 순환을 토대로 하는 시간 의식을 갖는 것이 일반적 현상이

---

152) 김수영은 피식민지 경험과 그 직후에 전개된 근대 국가의 성립 과정 전반에 걸쳐 있는 시인이다. 또한 그의 시적 여로는 제3세계의 하나인 한국의 근대화 과정에서 대두된 근대의 이중성을 적실하게 드러내 준다. 이러한 점은 김수영 시에 나타난 시간의 문제가 속도에 연결되어 있기 때문이다.
　　따라서 김수영의 시를 속도의 측면에서 분석하는 것은 첫째로 근대의 시간 또는 근대성 속에 은폐된 속도라는 개념을 통해 제3세계 근대성의 한 측면을 밝히는 시 읽기라 할 수 있으며, 둘째로 근대적 시간 의식으로 대두된 선조적이고 직선적인 발전사관이 제3세계의 근대화 과정에서 어떤 역할을 담당하는가에 주목하기 위함이다. 이러한 작업은 근대의 속도에 저항하는 반근대 미학의 '거대한 뿌리'를 찾아가는 도정이며, 한 시대를 치열하게 살다 '속도'라는 물신(버스)에 당한 한 시인의 시정신을 추적하는 과정이 될 것이다.
153) 송기한, 『전후시와 시간의식』, 태학사, 1996, 참조

다.154) 이러한 순환적 시간 인식은, 인간이 자연으로부터 자유롭지 못하다는 사실과 인간의 의식이 계절의 주기적 순환에 종속되어 있다는 것을 말해 준다. 고대적 시간관은 과거와 현재를 중심으로 인간의 의식에서 구성되며, 미래라는 관념은 상대적으로 미약하게 나타난다.155)

이에 반해 근대의 시간 의식은 미래 의식을 떠나서는 생각할 수 없다. 순환론이 현재를 포함한 과거 지향적 특성을 가지고 있다면, 근대의 시간 의식은 미래 지향적인 특성을 가지고 있다.156) 그런 면에서 자연적인 리듬과 일치하는 시간 의식의 소멸과 미래 지향적인 시간의식이 어떻게 생성하였는가 하는 것은 근대성(모더니티)을 이해하는 데 핵심적인 요인이다. 선조적이고 직선적인 특성을 갖는 근대의 시간 의식은 기독교적 세계관과 시계의 발명, 자본주의의 발달에 따른 이윤추구를 위한 상인의 세속적 시간 개념 그리고 근대의 여러 자연과학의 발달과 더불어 태동하였다.

근대의 시간 의식은 전진하는 시간관이라 할 수 있다. '전진하는 시간이나 사고'는 계몽의 기획에서 진보의 이념을 반영하는 핵심적인 내용들이다. 근대를 자연의 기술적 지배라든가 세계의 탈미신화의 과정, 신화의 해체157) 등으로 보는 것은 전근대적인 주기성과 반복성을 폐기하는 계몽의 목표이자 내용이었다. 시공성의 분리와 시간의 공간지배는 정치·경제적으로 시간을 새롭게 평가하고, 그 질적인 측면을 인식하면서 가능해진다. 특

---

154) 이마무라 히토시, 이수정 역, 『근대성의 구조』, 민음사, 1999, 66쪽.
155) 바흐찐은 고대와 근대의 기본적인 차이점을 미래 관념에서 찾고, 그러한 미래에 대한 관념이 본격적으로 생성된 시기를 르네쌍스로 보고 있다.(M. Bakhtin, 전승희 역, 『장편소설과 민중언어』, 창작과비평사, 1988, 61쪽) 이외에 미래의 시간 관념에 대해서는 다음의 책을 참고할 수 있다.
황병주, 「근대적 시간규율과 일상」, 『한국문학』, 1999년 봄호.
Colin Wilson, 권오천 외역, 『시간의 발견』, 한양대학교 출판부, 1994.
156) 이진경, 『근대적 시·공간의 탄생』, 푸른숲, 1997, 42-48쪽.
157) M. Weber, 금종우 역, 『직업으로서의 학문』, 서문당, 1976, 53쪽.

히 시간 관념의 변화는 물리법칙-갈릴레오, 뉴턴, 아인슈타인-에 대한 새로
운 이해가 나타나면서 가속화된다.

시계의 보급과 긴밀히 연관된 근대적 시간성은 테일러주의에서 보이듯
이 초 이하의 세분된 단위로 노동자의 활동을 통제하려는 메카니즘의 축
을 이룬다. 그런 점에서 시계를 부수는 채플린의 행동은 근대적 시간성에
대한, 또는 근대적 시간에 의해 이루어지는 근대적 삶의 양상과 통제방식
에 대한 비판인 셈이다. 결국 시간은 공간과 마찬가지로 사회적으로 형성
되고 변화되는 것이며, 사회적 변화가 사람들의 삶에 스며들고 영향을 미
치는 또 하나의 중요한 축이라고 할 것이다.158)

자본주의는 시간의 이용 정도에 따라 수많은 자본과 부를 축적함으로써,
시간을 절대적 가치의 개념으로 격상시킨 정보화 사회이다. 시간은 더 이
상 자연 재해나 축제 행사와 관련된 것으로 여겨지지 않았고 곧바로 일상
생활과 연결되었다. 그래서 많은 중산층 사람들이 '시간은 돈이다'라는 인
식을 가지게 되었고, 이에 따라 시간을 잘 관리하고 경제적으로 사용해야
한다는 인식 또한 가지게 되었다.159) 루이스 멈포드는 이렇게 지적했다.
"시간 지키기는 시간 절약, 시간 계산, 시간 배분으로 바뀌었다. 이런 변화
가 일어나게 되자, 영원은 더 이상 인간 행동의 기준이나 관심사가 되지
못했다"160)

시간을 규범으로 하는 자본주의의 여러 제도들은 생활의 속도를 엄청나
게 빠른 속도로 대체케 했다. 공간은 정보통신의 발달로 전 세계를 지구촌
이라는 작은 마을로 축소되거나 시간은 지금 현재의 이곳에 모든 것이 존

---

158) 이진경, 앞의 책, 28쪽.
159) G. J. Whitrow, 이종인 역, 『시간의 문화사』, 영림카디널, 1999, 185쪽.
160) L. Mumford, *Technics and Civilization*, London: Routledge & Kegan Paul, 1934, p. 14. (이
    종인 역, 『시간의 문화사』 재인용, 185쪽)

재할 정도로 짧아지고 있다.[161] 정보화 시대의 핵심은 속도에 있다. 속도
는 심리적이며 철학적인 시간을 근본적으로 부정한다. 따라서 계량화할 수
있는 물리적인 시간을 선호할 수밖에 없다.

말이나 마차를 이용하던 자연 에너지의 이용에서 내연기관을 이용하는
기계 에너지로의 전환을 계기로 인간에게 있어 꿈처럼 여겨지던 속도가
현실로 다가왔다. 20세기는 속도의 시대였다. 속도는 현대 사회의 중요한
미덕 중의 하나가 되고 말았기 때문이다. 전근대에서 근대로 이행하는 과
정에서 속도의 역할은 중요하다. 속도는 근대화의 동력이었고, 현대 사회
에서 첨단과 진보의 다른 이름이기도 했다. 이제는 세계 전체가 속도의 관
성인 가속도의 제단에 놓여져 있다.

'복종함으로써 지도한다'는 원칙을 가지고 근대의 시간에 저항했던 멕시
코 원주민 저항단체 사파티스타들은 근대의 속도로 무장한 정부에 맞서
그들만의 시계를 고집하고 있었다.[162] 근대의 속도가 지구 곳곳에서 인간
의 노동력을 무력화시키고 있을 때, 그들은 근대성에 은폐된 속도의 의미
를 간파하고 속도에 저항하는 반근대주의자의 면모를 보여 주었다.

---

161) David Harvey, 구동회 외역,『포스트 모더니티의 조건』, 한울, 1995, 34쪽.

162) John Holloway,「권력의 새로운 개념」, 전태일을 따르는 민주노조운동연구소 편역,
『신자유주의와 세계민중운동』, 한울출판사, 1998, 307쪽.
　"라캉도나 숲에서는 교통·통신 조건이 매우 열악하였다. 이에 반해서 협상에서 논
의되는 모두가 매우 중요한 것으로서 매 사안마다 철저하게 토의되어야만 했다. 이럴
때 '복종함으로써 지도한다'는 원칙을 견지한다는 것은 곧 의사결정을 내리는 데 상
당한 시간이 걸린다는 것을 의미했다. 이러한 상황에서 정부 대표단이 조속히 답변을
달라고 고집했을 때, 사파티스타는 자신들의 원칙을 쉽게 타협해 버리기보다는 '당신
들은 인디언의 시계(時計)를 이해하지 못하고 있다'고 당당하게 응수했던 것이다. ―
(중략) ― 우리들 인디언은 문제를 이해하고, 의사결정을 하고, 합의에 도달하는 우리
나름의 리듬과 형식을 가지고 있다고 설명해 주었다. 그리고 우리가 이런 입장을 밝
혔을 때, 그들은 우리를 조롱하는 것으로 응답했다. 그들은 이렇게 말했다. '좋아요
그런데 우리는 당신이 왜 그런 말을 하는지 도무지 이해하지 못하겠소 당신은 지금
일본제 시계를 차고 있지 않소 그런데 어째서 당신이 원주민의 시계를 차고 있다고
말하는 거요 그 시계는 일본에서 온 것이지 않소'라고"

김수영이 경험한 근대는 전쟁을 통해 드러난 폭력적 속도였다. 그 속도는 생성의 속도가 아니라 전쟁으로 인한 파괴의 속도였다. 파괴의 속도는 짧은 기간에 모든 것을 폐허로 만들었다. 황폐화된 현실은 전후 한국사회의 실존 의식을 초래하였고 또한 전통과의 단절감이 확산되었던 사회였다. 그러한 현실 속에서 전후 지식인들은 전통을 낡은 것, 버려야 할 것, 전근대적인 것 등으로 간주했다.

근대의 생활 방식은 기존의 더딘 방식과는 달리 급속하게 전후의 생활 방식을 변화시켰다. 즉 근대의 속도전은 전통적 삶의 방식을 흔들어 또 다른 전쟁의 양상으로 대두되기까지 한다. '速度가 速度를 반성하지 않는 것처럼'(「絶望」) '生活은 熱度를 測量할 수 없'(「愛情遲鈍」)을 정도로 기존의 생활방식과는 다른 양식을 요구한다.

> 조고마한 세상의 智慧를 배운다는 것은
> 설운 일이다
>
> 그것은 來日이 되면 砲彈이 되어서
> 輝煌하게 날아가야 할 智慧이기 때문이다
>
> 怨恨이 솟는 가슴속에서 發射되는
> 砲彈은 어두운 하늘을 날아간다
> 빛이 없는 둥근 하늘에서는
> 검은 砲彈의 꾸부러진 哭聲이
> 精神의 周邊보다 더 간지러웁고
> 溪谷을 스쳐서 돌아가는
> 惡魔의 眼膜같은
> 江물을 향하여
> 그가 어떠한 慇懃한 人事를 하였는지
> 아무도 모르는 일이다

炸裂할 地點을 향하여
至極히 正確한 角度로 날아가는
砲彈이
幸福의 破片과 榮光과 熱度로써
目的을 이루게 되기 전에

勝敗의 差異를 計算할 줄 아는
砲彈의 理性이여

「너의 自決과같은 猛烈한 自由가
여기 있다」
                                    ─「조고마한 세상의 智慧」 전문

근대의 속도가 기존의 생활방식과는 다른 양식을 요구했고, 그것은 조고
마한 세상의 지혜를 배워야만 가능한 것이다. 그러나 세상의 지혜를 배운
다는 것이나 현실의 지혜를 배운다는 것 모두 설운 일이다. 여기에서의 설
움이 세상의 지혜를 배운다는 것일 때, 세상 또는 세상의 지혜란 '포탄의
이성'을 뜻한다. "그것은 來日이 되면 포탄이 되어서/ 輝煌하게 날아가야
할 智慧"에서 '내일이 되면'이란 어구는 조고만 한 세상의 지혜를 배운 후
내일, 달리 말하면 배움의 과정을 겪고 난 후의 미래를 함축하는 서술이다.
즉 세상의 지혜를 배웠을 경우 포탄이 될 수 있지만 그렇지 않다면 휘황하
게 날아가지 못하는 것이다.

휘황하게 날아가야 할 지혜는 포탄이 갖는 속성과 결부되어 삶의 속도
와 일시성을 표상하는 지혜를 의미한다. 포탄의 속성이란 "炸裂할 地點을
향하여/ 至極히 正確한 角度로 날아"간다는 점이 첫 번째이고 승패의 차이
를 계산할 줄 안다는 것이 그 두 번째 속성이다. 첫 번째가 단 한번이라는
일시성을 뜻하고, 두 번째는 계산가능성으로서의 근대적 속성을 의미한다.

그러한 속성을 선취할 수 있어야 "幸福의 破片과 榮光과 熱度로써/ 목적을 이루게 되"는 것이다. 따라서 이 두 가지 속성은 포탄의 이성을 설명하는 방식이자, 포탄이 자결과 같은 맹렬한 자유를 지니는 이유이기도 하다.

그것은 「헬리콥터」에서 보여주었던 자유와 비애가 동시에 내재된 헬리콥터의 영원한 생리와 다르다. 포탄의 이성이 자결과 같은 맹렬한 자유의 의미를 지닐 때, 그것은 비애가 생략된 또는 자유에 대한 일방적인 경사를 보이기 때문이다. 근대적 삶이란 휘황하게 날아가는 속도에 의지하는 형태로 이루어지는 생활이다. 따라서 근대적 삶은 '행복의 파편과 영광과 열도'를 '목적'으로 구성되는 것이다. 그 목적을 성취하기 위해서는 비애란 일종의 장애물임과 동시에 필연적으로 수반될 수밖에 없다.

김수영 시의 주조음이라 할 수 있는 '설움'의 수사학은 근대의 삶의 속도와 전근대의 그것이 빗는 괴리감에서 자신의 무력감을 발견하는 곳에 자리한다. 하지만 자신은 결코 울어야 할 사람도 '한사코 방심조차 하여서는 아니'되는 사람이기에 '어룽대며 변하여가는 찬란한 현실을 잡'(「映寫板」)아야만 한다.

빠르게 변하는 현실을 잡아야 하는 것은 변하는 현실의 속도에 적응하기 위해 '어떠한 몸부림을 하여야 하는가'라는 태도의 문제를 동반한다. 현실의 바뀌는 속도가 김수영이 그 속도에 적응하는 속도보다 빠르다. 빠른 속도에 적응하려는 그의 몸부림은 치열할 수밖에 없다. 그것은 "문명에 대항하는 비결은/당신 자신이 文明이 되는 것"(「미스터 리에게」)이며, '時代에 뒤떨어지지 않는 나'(「曠野」)가 되어야 하기 때문이다.

> 四星將軍이 즐비한 거대한 파아티같은 풍성하고 너그러운 풍경을 바라보면서
> 나에게는 잔이 없다
> 투명하고 가벼웁고 쇠소리나는 가벼운 잔이 없다

그리고 또하나 指揮鞭이 없을 뿐이다

정치의 작전이 아닌
애정의 부름을 따라서
네가 떠나가기 전에
나는 나의 조심을 다하여 너의 내부를 살펴볼까
이브의 심장이 아닌 너의 내부에는
「시간은 시간을 먹는 듯이 바쁘기만 하다」는
기계가 아닌 자욱한 안개같은
준엄한 태산같은
시간의 堆積뿐이 아닐 것이냐

죽음이 싫으면서
너를 딛고 일어서고
시간이 싫으면서
너를 타고 가야 한다

創造를 위하여
방향은 현대—

— 「레이판彈」 중에서

　레이판탄은 인용시의 주163)에 제시된 바와 같이 첨단의 문명을 상징하는 살상 무기이다. 첨단의 문명이란 최근의 가장 빠른 속도를 무기로 삼는 지배의 질서를 암시한다. 지배의 질서를 유지하기 위한 속도는 인류의 문명이 하루 아침에 이루어지지 않았듯 '시간의 堆積'을 필요로 하는 사적(史的)인 것이며 거역할 수 없는 '준엄한 태산같은' 것이기도 하다.
　근대의 속도는 팽이에서 프로펠러까지, 도는 속도에 주어진 일련의 과정

---

163) 『전집1』에 표기된 「레이판彈」의 주는 "레이판彈은 최근 미국에서 새로 발명된 誘導彈이다"로 되어 있다.

을 필요로 하는 역사의 퇴적이며 진보의 다른 이름이다. 그러나 역사의 퇴적과 진보는 최근에 새로 유도탄을 발명한 미국의 것이지 김수영이 속한 집단의 것은 아니다. 즉 지배와 피지배의 질서가 유도탄의 소유권에 의해 양분되는 것이다. 예를 들어 시적 자아는 군사적 헤게모니를 가진 미국의 사성장군이 즐비하게 모인, 새로운 유도탄의 발명을 축하하는 파아티처럼 보이는 풍성하고 너그러운 풍경을 바라본다. 그러나 시적 자아에게는 '잔'이 없으며 '지휘편'이 없다.

잔이 없다는 것은 축하할만한 자격 조건에 미달된다는 것이고, 지휘편이 없다는 것은 명령을 하지 못하고 명령을 받는 처지를 함축한다. 이에 대해 김승희는 중심국/타자, 제국주의자/피억압자, 타자를 유도할 힘이 있는 강자/유도할 힘이 없는 약자의 대립을 김수영이 꿰뚫고 있다고 본다.164) 실제로 「레이판탄」이 발표된 1955년 한국의 정치적·군사적 상황은 미국을 중심으로 하는 주변성으로부터 자유롭지 못했다. 왜냐 하면 타자를 유도할 유도탄이 있는 강자와 그것이 없는 약자가 철저하게 이원화된 구조를 당대 한국 사회가 보여주었기 때문이다. 그렇기 때문에 시적 자아는 유도탄인 "너를 딛고 일어서면/ 생각하는 것은 먼 나라의 일이 아니"라 바로 자신에게 놓여져 있는 현실임을 자각한다. 그러한 현실을 직시할 수 있었을 때, 유도탄의 일종인 레이판탄이란 시적 대상은 시적 자아의 생각을 '가슴 속에 허트러진 파편들'로 분산시키는 주요인이 된다.

레이판탄은 주어진 목적지를 한치의 오차도 없이 파괴하는 무기이다. 그 파괴의 속도는 '「시간은 시간을 먹는 듯이 바쁘기만 하다」'에서처럼 끊임없이 '더 빨리 더 많이'의 슬로건을 요구한다. 레이판탄은 자옥한 안개처럼 사방에 널브러진 현실이며, 피할 수 없는 현실이기에 '죽음'과 '시간'이 싫

---

164) 김승희, 「김수영의 시와 탈식민주의적 반(反)언술」, 『김수영 다시읽기』, 프레스 21, 375-376쪽.

지만 근대의 상징인 너를 타고 가야 한다. 유도탄에 의지해 가야 한다는
것은 갈 수밖에 없다는 긍정이고 믿고 일어서는 태도의 문제이기도 하다.
속도에 의해 완성되는 근대에의 기획은 '창조'를 위한 것이며, 최종목적지
의 방향은 '현대'이다. 그것은 미적 근대성으로서의 현대이자 빠르게 변화
하는 현실의 속도 따라가기라 할 수 있다.

> 미끄러져가는 나의 意志
> 나의 意志보다 더 빠른 너의 노래
> 너의 노래보다 더한층 伸縮性이 있는
> 너의 사랑
> --「풍뎅이」 중에서

> 아아 아아 아아
> 불은 켜지고
> 나는 쉴사이없이 가야 하는 몸이기에
> 구슬픈 肉體여.
> ― 「구슬픈 肉體」 중에서

> 모두 다같이 나가는 地平線의 隊列
> 뮤우즈는 조금쯤 걸음을 멈추고
> 抒情詩人은 조금만 더 速步로 가라
> 그러면 隊列은 一字가 된다
> ― 「바뀌어진 지평선」 중에서

근대의 속도가 나의 의지보다 더 빠르고 더한층 신축성이 있기 때문에
시적 자아인 '나'는 미끄러져 가듯 쉴 사이없이 가야한다. 그것은 근대를
살아가는 생활의 속도이며, 약간의 '輕薄性'과 '憂鬱'이 필요한 '適當한 陰
謀'가 도사린 세상을 살아가는 방식이다. 김수영은 자신의 의지와 현실에

서 오는 괴리감 때문에 물 위를 날아가는 돌팔매질처럼 아슬아슬하다고 토로한다.

김수영의 속도 따라가기는 '이 어지러운 세상'을 살아가기 위한 방법이며 더딘 현실에서 몸부림치는 지난한 작업일 따름이다. 그러나 끊임없이 나아가는 작업은 '지평선의 대열'을 바꿀 정도로 지속적이고 광범위한 것이다. 그러기 위해서는, '서정시인은 조금만 더 속보'를 내야 하고, 예술의 신인 '뮤우즈는 조금쯤 걸음'을 멈추어야 모두 다같이 빨라지는 '一字'가 되는 방법이기도 하다. 이것은 생활과 시가 하나로 통일되는 순간에 대한 희망과도 같은 것165)이며, '懶惰와 安定을 뒤집어놓'(「瀑布」)는 "시대의 비리와 부조리를 질타하는 파수꾼의 외침"166)으로 나타나기도 한다.

김수영은 빠르게 변화하는 세계의 질서 속으로 편입하고자 했다. 급격하게 변하는 현실은 시간의 근대성을 기반으로 하는 물신화된 속도주의가 만연된 사회였다. 그 사회는 '속도가 속도를 반성하지 않는' 변화의 시기였고, 김수영은 그 변화의 속도를 따라가야 했다. 왜냐 하면 빠르게 변하는 현실을 따라가기 위해서는 변하는 현실의 속도에 적응해야 했으며 시대에 뒤떨어지지 않으려는 의식 때문이다. 그러나 「레이판彈」에서 나타나듯이 김수영은 잔과 지휘편이 없는 주변화된 타자의 양상을 보여준다. 그럼에도 불구하고 김수영은 피할 수 없는 것이기에 유도탄이 상징하는 근대에 의지해 가야하고 갈 수밖에 없다는 자신의 태도와 현실을 환기한다.

2) '쉬다'의 동력학 - 속도주의에 저항하기

근대의 빠른 속도는 한국전쟁을 통해 전면적으로 나타났다. 전쟁은 속도

---

165) 박수연, 『김수영 시 연구』, 충남대 대학원 박사학위논문, 1999, 100쪽.
166) 전정구, 「시대적 양심의 외침과 끈질긴 민중의 함성」, 『약속없는 시대의 글쓰기』, 시와 시학사, 1995, 213쪽.

전이며 어느 편이 상대편을 얼마나 빠르게 공략하는가에 따라 승패가 엇 갈린다. 원래 속도는 전쟁과 밀접한 개념이다. 활에서 총으로, 총에서 대포 로, 대포에서 미사일로, 미사일에서 '별들의 전쟁'으로 이어진 무기 발달의 역사는 속도에 관한 개념사적인 이해의 한 표현이다.167)

전후 한국 사회는 전쟁이 파생시킨 실존적 현실 이외에 속도주의가 팽 배한 공간이었다. 전후의 사회적 현실이란 전쟁의 비극성을 딛고 일어서려 는 내적 의지와 함께 사회의 구조적 변화, 즉 자유민주주의 체제로 편입된 이후 정착된 종속적 산업화 및 정치적 폐쇄성에 따른 외적 모순과 갈등을 수반한다.168) 전후에 가속화된 세계 자본주의 체제에 의한 남한의 급격한 편입은 원조 경제에 의한 도시의 발달이라는 비정상적 자본 축적을 맞게 되고, 그러한 자본의 축적은 국내 생산재 기반시설의 낙후를 심화시키면서 뿌리없는 자본주의적 삶을 확산시키는 토대가 된다.169)

자본주의의 확산은 진보 또는 첨단의 의미를 띠고 근대화의 길을 모색 하는 과정이었다. 근대화의 과정 속에서 김수영은 빠르게 변화하는 현실의 속도를 부정할 수 없었다. 현실의 변화를 부정할 수 없었다는 것은 현실의 변하는 속도에 적응할 수밖에 없었다는 의미를 지닌다. 따라서 현실의 급 격한 변화 속에 자신을 적응시키고자 했던 것이 속도 따라가기이다. 속도 따라가기는 전근대의 시간을 설움으로 바꾸는 근대 지향이었고, 설움의 대 상으로 부각된 전통에 대한 부정이기도 했다. 근대의 조건이 필연적으로 과 거를 부정해야만 가능했다면, 김수영은 동양적 세계관에 뿌리를 둔 자기 자 신의 부정을 수반할 수밖에 없다. 왜냐 하면 그의 속도 따라가기는 현실의

---

167) 송두율, 『21세기와의 대화』, 한겨레신문사, 1999, 72쪽.
168) 김진균·조희연, 「분단과 사회상황의 상관성에 관하여」, 변형윤 외, 『분단시대의 한국 사회』, 까치, 1985, 412-423쪽.
169) 이대근, 『한국전쟁과 1950년대의 자본축적』, 까치, 1987, 18쪽.

변화가 빠르면 빠를수록 그 변화 이전의 것들을 부정해야 했기 때문이다.

김수영의 자기 부정은 아버지의 세계와 전통의 세계에 대한 일종의 거리두기라 할 수 있다. 그 거리는 속도가 현실에 전면화될수록 멀어지지만 속도에의 지향은 더 강해진다. 속도 지향의 속도가 빠르면 빠를수록 설움은 증폭되고, 전통의 집적체인 자신에 대한 자기 부정의 강도 또한 강화된다. 속도와 설움은 빠른 속도에 적응 혹은 따라가지 못하는 자기 자신에 대한 부정의 깊이와 상관관계를 맺고 있다. 그 골이 깊으면 깊을수록 한계에 도달하는 자기 부정의 속도 또한 가속화될 수밖에 없는 것은 '나의 意志보다 더 빠른 너의 노래'(「풍뎅이」) 때문이다.

> 남의집 마당에 와서 마음을 쉬다
>
> 매일같이 마시는 술이며 모욕이며
> 보기싫은 나의 얼굴이며
> 다 잊어버리고
> 돈 없는 나는 남의집 마당에 와서
> 비로소 마음을 쉬다
>
> 잣나무 전나무 집뽕나무 상나무
> 연못 흰 바위
> 이러한 것들이 나를 속이는가
> 어두운 그늘 밑에 드나드는 쥐새끼들
>
> 마음을 쉰다는 것이 남에게도 나에게도
> 속임을 받는 일이라는 것을
> (쉰다는 것이 무엇이라는 것을 알면서)
> 쉬어야 하는 설움이여

멀리서 산이 보이고
개울 대신 실가락처럼 먼지나는
군용로가 보이는
고요한 마당 우에서
나는 나를 속이고 歷史까지 속이고
구태여 낯익은 하늘을 보지 않고
구렁이같이 태연하게 앉아서
마음을 쉬다

마당은 주인의 마음이 숨어있지 않은 것처럼 安穩한데
나 역시 이 마당에 무슨 원한이 있겠느냐
비록 내가 자란 터전같이 호화로운
꿈을 꾸는 마당이라고 해서

― 「休息」 전문

　'남의 집 마당에 와서 마음을 쉬다'라는 구절은 시적 자아의 행위를 명시적으로 표현한 것이다. '남의 집 마당'과 '나'는 무슨 연관을 띠고 있는가. '마음을 쉬다'에서 나타나는 것은 어떤 '마음'이며 '쉬다'는 어떤 의미를 내포하는 것인가. 이러한 물음은 「휴식」을 규명하는 핵심적인 기제이며 '쉬다'와 설움의 연결고리 또는 '쉬어야 하는 설움'을 밝히는 열쇠일 것이다. 먼저 시적 자아는 "매일같이 마시는 술이며 모욕이며/ 보기싫은 나의 얼굴"을 잊어버리고 싶은 나이다. 또한 나는 돈 없는 나이기도 하다. 그는 왜 남의 집 마당에 와서야 비로소 마음을 쉬어야 할까. 그러한 물음의 답은 시적 자아인 나에 대한 자기 규정에서 비롯되며, 그것은 시적 자아의 일상 또는 생활의 모습을 통해서 유추할 수 있다.

　우리는 시적 자아의 생활을 경제적으로 궁핍하다는 점, 무언가에 의해 술을 마신다는 점과 모욕을 받고 있다는 점, 그러한 자신이 혐오스럽다는 점 등의 정보 요소를 통해서 엿볼 수 있다. 그것은 자신이 설정한 어떤 지향에 도달하지 못하고 있다는 불안감에서 비롯한다. 그 지향점은 '남'과 '남의 집' 또는 '남의 집 마당'으로 나타난다. 그것은 그대로 세계의 모습으로 확대 해석할 수 있으며, '다 잊어버리고' 싶은 현실의 다른 편에 존재하는 형이상학적 공간이기도 하다.

남의 집이나 마당에 와서야 '비로소' 마음을 쉴 수 있는 이유는 자신의 지향점이 놓여진 공간인 까닭이다. 그러한 공간에 들어왔을 때 그곳에 존재하는 '잣나무 전나무 집뽕나무 상나무/ 연못 흰 바위' 등이 '나를 속이는가'라고 자문해보지만 '어두운 그늘 밑에 드나드는 쥐새끼들'로 분산된다. 남의 집 마당에 놓여진 사물들이 나를 속이는 것이 아니라 내가 '나를 속이고 역사까지 속이'는 주체로서 '나'이기에 '쥐새끼들'로 폄하되는 것이다. 중요한 것은 '쉬어야 하는 설움'이다.

'쉬다'의 주체와 쉬면서 느끼는 '설움'의 주체가 '나'이다. "(쉰다는 것이 무엇이라는 것을 알면서/ 쉬어야 하는 설움"은 어쩔 수 없는 절대적인 것이다. 절대적이라는 측면은 선택의 여지가 없음을 뜻한다. 그것은 주체의 자의적인 선택의 문제를 넘어서는 것이기 때문이다. 달리 말하면, 근대의 속도 따라가기는 근대의 현실을 살아가는 것이자 현실의 문제 속에 놓여진 개인에게는 절대적인 힘으로 기능하는 세계의 폭력일 것이다.

세계의 폭력이란 시적 자아가 현실에 적응하는 것보다 현실의 변하는 속도가 더 빠르다는 것을 의미한다. 시적 자아는 세계의 변화 속도에 적응해야 하는 존재이다. 현실을 따라가기 위해 끊임없이 노력하지만 그 보다 현실의 변하는 속도가 더 빠르기에 시적 자아는 '쉴사이없이 가야 하는 몸'이다. 그런 측면에서 근대의 속도에 따라가지 못하는 것은 주체의 자의적인 선택의 문제가 아니다. 이는 근대의 속도가 대단히 빠르다는 의미이고 그 속도를 따라가야만 하는 주체의 방향성을 역설적으로 표현한 것이다. 따라서 현실의 변하는 속도 또는 근대의 속도를 거스르는 행위는 '나를 속이고 역사까지 속이'는 일이 된다.

'남의 집' 또는 그 '마당'이 빠른 속도를 지향하는 근대의 장이라면 그 속도의 장에 들어가야만 '비로소' 마음을 쉴 수 있다는 것은 속도 따라가기의 지난한 과정을 드러낸다. 그러나 그 과정에 노출된 '쉬어야 하는 설움'은 또 다른 의미가 있다. 그것은 쉬는 일을 설움으로 인식하게 하는 점과 그러한 인식을 통해 '쉰다는 것이 무엇이라는 것을 알면서'도 쉴 수 있다는 여유이다. 그 여유란 「달나라의 장난」에서 '별세계'를 떠올릴 수 있는 '누구 집을 가보아도 나 사는 곳보다는 餘裕가 있'다는 것을 획득한 것이다. 그러하기에 자신과 역사까지 속이면서 '구렁이같이 태연하게 앉아서/마음을 쉬'는 여유가 나타날 수 있다.

달리 말하면, '너의 노래'로 상징되는 근대의 속도를 따라가는 '나의 의지'는 전쟁으로 현상한 역사적 근대에 의해 자신의 모든 것을 파괴당한 자의 설움이고, 그 파괴를 수반했던 근대의 속도를 벗어날 수 없음을 자각한 태도이다. 그렇기 때문에 김수영은 끊임없이 속도를 따라왔다. 그러나 그의 속도 따라가기의 이면에는 '쉬어야 하는 설움'이 내재해 있다. 쉬는 일이 근대의 폭력이 다시 주체에게 가해질 수도 있는 위기적 상황을 그 주체가 감당하겠다고 생각할 때 할 수 있는 행위[170]라면, 그러한 행위는 근대의 속도에 저항하는 대항 담론의 의미로 파악할 수 있을 것이다. 따라서 남의 집 마당에 와서야 비로소 마음을 쉰다는 것은 자신과 역사를 속이는 행위이지만 그럼에도 불구하고 쉰다는 행위가 갖는 의의는 자못 크다.

첫째로 쉴 수밖에 없다는 현실의 문제를 환기한다. 현실은 속도를 따라가는 주체의 행위보다 따라가기의 시적 대상인 속도가 더 빠르다는 점에

---

170) 박수연, 앞의 논문, 96쪽.

기반한다. 그러나 속도 따라가기가 현실의 문제이고, 시적 자아가 그 현실에서 자유로울 수 없다는 점에서 선택의 여지가 없었다면 속도에의 저항 또한 마찬가지이다. 따라서 속도 지향에의 의지가 현실적 문제였지만 그럼에도 불구하고 쉬는 일은 근대의 폭력적 속도에 저항하는 반근대 의식이라는 점이 그 두 번째 의의이다.

> 堅固한 것을 좋아하는 사람들이
> 팔을 고이고 앉아서 窓을 내다보는
> 水煖爐는 文明의 廢物
>
> (중략)
>
> 公園이나 休息이 필요한 사람들이
> 여름이면 그의 곁에 와서
> 곧잘 팔을 고이고 앉아있으니까
>
> 그는 人間의 悲劇을 안다
> 그래서 그는 낮에도 밤에도
> 어둠을 지니고 있으면서
> 어둠과는 妥協하는 법이 없다.
>
> ― 「수난로」 중에서

「수난로」는 '쉬다'의 의미가 나타난 '수난로'를 통해 잊혀진 것, 지난 시대와 다가올 시대에 대한 김수영의 인식을 보여주는 시이다. 그것은 창을 내다보는 사람들 또는 견고한 것을 좋아하는 속성을 지닌 근대인이 지난 시대의 산물인 '수난로'를 '문명의 폐물'로 간주한다는 점에서 나타난다. 창을 내다보는 것이란 안과 밖을 창을 매개로 소통하는 것이다. 견고한 것을 좋아하는 사람들은 창 안에서 밖에 놓여있는 수난로를 내다보고 있

다. 그들이 수난로를 '문명의 폐물'이라고 생각하는 것은 그것이 견고하지
않기 때문이다. 김수영은 근대를 견고한 것으로 인식한다. 견고하다는 것
은 현재적 삶의 모습에 의해 규정되는 근대의 동력이다.[171] 따라서 근대의
속성을 견고한 것으로 인식한다는 것은 모더니즘의 운명을 근대의 속성이
란 측면과 연관지어 사유한다는 점이다.

이 시에서 '견고한 것'과 '견고한 것을 좋아하는 사람들'이란 근대적인
것과 근대인을 은유할 때 그들은 현재의 변화보다 더 빠른 속도로 대두될
것에 의해 대체되는 운명의 존재들이다. 그러한 운명에 처한 견고한 것을
좋아하는 근대인들은 창 안의 근대적 관점에서 창 밖의 수난로를 문명의
폐물로 인지하게 된다. 그것은 '수난로'가 이미 지난 것, 잊혀진 것으로서
의 '일시성'을 상징하기 때문이다.

한편 이 작품은 '수난로'와 '견고한 것' 또는 '견고한 것을 좋아하는 사
람'을 병치시켜 이미 지난 것과 첨단의 것 사이에 놓여 있는 거리감을 환
기시킨다. 수난로와 견고한 것 사이에는 '공원이나 휴식이 필요한 사람들'

---

171) 이것은 버만이 '견고한 모든 것은 대기 속에 녹아버린다'라는 마르크스의 이념을 현대
성의 지표로 삼는 경우이다.(Marshall Berman, 윤호병·이만식 역, 『현대성의 경험-견
고한 모든 것은 대기 속에 녹아버린다』, 현대미학사, 1998, 12쪽) 그것은 보들레르가
말하는 고대적인 것과 함께 예술의 반을 이루는 근대성의 일면이다. 그러나 예술에서
말하는 모더니티 즉 미적 모더니티는 예술이 추구하는 독창성을 획득하기 위해 고대
적인 것과 결별해야 하는 특성을 갖는다. 미적 모더니티가 규범적 과거에 대한 거부와
근대 예술가가 직면한 특수한 창조 임무에 대한 전통의 부적절성을 인지할 것을 요구
한다는 점에서, 칼리니스쿠가 지적했던 보들레르의 미학이 하나의 주요한 모순에 사
로잡혀 있는 것(M. 칼리니스쿠, 앞의 책, 70-71쪽)처럼 보이는 이유이다. 그러나 고대
적인 것이 보편적 방법을 위해 연구될 가치가 있다면 근대성은 현재적인 시야를 통해
서 획득되는 것이다. 따라서 "쏜살같이 지나가 버리고 말 현재는 진정 창조적이 되어
그 자신의 미, 즉 일시성의 미를 만들어 낼 수 있게 되는 것이다." 근대의 속성과 모더
니즘의 운명이 동궤에 놓여있다면 그것은 '일시성의 미'를 뜻한다. '일시성의 미'는 일
시적이고 우발적이며 즉흥적이기 때문에 또 다른 미적 특질에 의해 해체되고 거부되
어야 할 대상이다. 그것은 그대로 근대성 또는 모더니즘의 운명을 의미한다. 따라서
근대성은 과거를 망각하고 현재적인 시야에 의해서 스스로를 구성하는 모더니즘의 미
적 특질이 되는 것이다.

이 존재한다.

공원이나 휴식이 필요한 사람들은 견고한 것을 좋아하는 사람들에 의해 공원이나 휴식이 필요하게 된 사람들이다. 그러한 이유는 첨단의 속도에 의해 소외된 사람들이기 때문이고 끝없이 대체되는 일시적이고 우연적인 즉흥적 순간의 패러다임에 의해 밀려나기 때문이다. 그것이 '인간의 비극'이자 훗날 산문에서 말했던 '현대의 양심'이다.

> <제 정신>을 갖고 산다는 것은, 어떤 정지된 상태로서의 <남>을 생각할 수도 없고, 정지된 <나>를 생각할 수도 없는 일이다. 엄격히 말하자면 <제 정신을 갖고 사는> <남>도 그렇고, 그것이 <제 정신을 가진> 비평의 객체나 주체가 되기 위해서는 창조생활(넓은 의미의 창조생활)을 한다는 전제가 필요하다. 그리고 이러한 모든 창조생활은 유동적인 것이고 발전적인 것이다. 여기에는 순간을 다투는 어떤 윤리가 있다. 이것이 현대의 양심이다. …(중략)… 쉽게 말하자면 제 정신을 갖고 사는 사람이란 끊임없는 창조의 향상을 하면서 순간 속에 진리와 美의 준身의 이행을 위탁하는 사람이다. 다시 말해두지만 제 정신을 갖고 사는 사람이란 어느 특정된 인물이 될 수도 없고, 어떤 특정된 시간이 될 수도 없다. 우리는 일순간도 마음을 못 놓는다.[172]

김수영이 말하는 '제 정신을 갖고 산다는 것'은 '창조생활'을 해야 한다는 전제 조건을 강조하기 위한 방법이다. '창조생활'이란 '유동적이고 발전적인 것'이자 '순간을 다투는 어떤 윤리'가 내재된 것이다. 그것은 근대성의 운명을 예지한 것이자 그 운명에 맞서는 자신의 태도로 해석할 수 있다. 그러한 운명에 순간순간 스스로를 변혁시키지 않는다면 김수영은 '순간을 다투는 어떤 윤리'에 의해 밀려나야 할 것이다. 따라서 '인간의 비극을 안다'는 것은 근대의 속도에서 밀려나지 않기 위해 자신을 순간순간 변

---

172) 김수영, 「제 精神을 갖고 사는 사람은 없는가」, 전집2, 142-143쪽.

혁시켜야만 한다는 것을 안다는 것이다. 그것은 근대의 삶에 대한 역사적 인식이다. 왜냐하면 동시대성(contemmporaneity)으로서의 근대는 바로 다음에 올 또 다른 동시대성에 의해 부정되어야 하기 때문이다. 근대의 속도가 다가올 미래의 더욱 빠른 속도에 의해 대체되는 것과 마찬가지이다. 따라서 김수영이 "瞬間이 瞬間을 죽이는 것이 現代/ 現代가 現代를 죽이는 「宗敎」/ 現代의 宗敎는 「出發」에서 죽는 榮譽"(「비」)라고 말한 것은 이런 측면에서 해석될 수 있다.

> 決意하는 悲哀
> 變革하는 悲哀……
> 現代의 自殺
> 그러나 오늘은 비가 너 대신 움직이고 있다
> 無數한 너의 「宗敎」를 보라
>
> 鷄舍 위에 울리는 곡괭이소리
> 動物의 交響曲
> 잠을 자면서 머리를 식히는 思索家
> —모든 곳에 너무나 많은 움직임이 있다
>
> 여보
> 비는 움직임을 制하는 決意
> 움직이는 休息
>
> 　　　　　　　　　　　　　　　 － 「비」 중에서

　인용시는 근대의 운명을 죽음으로 형상화한 시이다. 그 죽음은 '현대의 자살'이다. 현대의 자살이 '결의하는 비애'와 '변혁하는 비애'로 표명되었지만 그 비애 이면에는 말줄임표를 통해 암시되는 비애의 다양한 변주가 있다. 그것은 끊임없이 '움직이는' 어떤 것을 의미하는 것이다. 주지하듯 현대의 자살이란 끝없이 바뀌는 유동성을 본질로 하는 근대적 삶을 표방하는 속성이다. 따라서 근대적 삶을 영위하기 위해서는 궁극적으로 자기 변혁에 이르는 결의와 변혁의 비애를 동반할 수밖에 없다. 근대의 속도가 변화의 패러다임을 더욱 더 가속화할 때, 그것을 따라가기 위한 주체의 의지 또한 자기 변혁의 패러다임을 결의하고 변혁하는 것이다. 그것이 '현대의 자살'이다.

"그러나 오늘은 비가 너 대신 움직이고 있다"에서 '너'는 시적 자아의 또 다른 모습이다. 시적 자아는 자신과 분리된 상황에서 자신의 또 다른 모습을 관조한다. 그것은 한 걸음 물러난 객관적 시점의 확보를 뜻한다. 따라서 '無數한 너의 「宗敎」를 보라'라는 시구는 자신에게 돌아오는 반향이다. 시적 자아의 또 다른 자아인 '너의 「종교」'는 결의하고 변혁하는 현대의 자살을 수행하는 모든 것이다.

'―보라'라는 명령형 어미에서 시적 자아는 또 다른 자신에게 끝없이 결의하고 변혁하는 현대의 자살을 냉정히 바라볼 수 있게 하는 단호한 태도를 보여 준다. 그럴 때 자신을 울리는 것은 일상 생활이다. '계사 위에 울리는 곡괭이소리'와 '동물의 교향곡'이란 김수영의 생활을 직접적으로 표현한다. 곡괭이 소리와 동물의 울음(교향곡) 소리가 어우러진 김수영의 삶 속에는 생활에 대한 다음과 같은 태도가 내재해 있다.

> 그에 비하면 토끼는 하면 될 것 같다. 왜냐하면 토끼도(닭에 못지않게) 기르기가 힘이 들기 때문이다. 나는 무슨 일이든 얼마가 남느냐보다도 얼마나 힘이 드느냐를 먼저 생각하는 버릇이 있는데, 아내는 아직도 나의 이 <力耕主義>에는 그리 신뢰를 두지 않고 있는 모양이다.[173]

---

173) 김수영, 「토끼」, 『전집』2, 51쪽.

이러한 김수영의 '역경주의'는 곡괭이 소리와 동물의 울음 속에서 '잠을 자면서 머리를 식히는 사색가'의 면모를 보여준다. 사색가로서 김수영이 사색한 것은 '무슨 일이든 얼마가 남느냐보다도 얼마나 힘이 드느냐'이다. 즉 얼마나 힘이 드는가는 얼마나 피로할 수 있는가와 같은 맥락이다. 자신을 피곤하게 할 수 있는 것은 '—모든 곳에 너무나 많은 움직임이 있'기 때문에 현실 그 자체다. 따라서 현실을 대하는 김수영의 사색은 자신을 둘러싼 모든 곳에 너무나 많은 움직임이 있다는 '현대의 자살'이라 할 수 있다. 이때 비가 '움직임을 제하는 결의'일 수 있기 위해서는 '움직이는 휴식'이어야만 한다. 그러한 결의와 휴식은 '너무나 많은 움직임' 속에서만 가능한 피로에서 연유하는 것이다.

疲勞는 都會뿐만 아니라 시골에도 있다

푸른 연못을 넘쳐흐르는 장마통의

싸리꽃 핀 벌판에서

나는 왜 이다지도 疲勞에 집착하고 있는가

汽笛소리는 文明의 밑바닥을 가고

形而上學은 돈지갑처럼

나의 머리 위에서 떨어진다

— 「싸리꽃 핀 벌판」 전문

김수영이 피로에 집착하는 것은 '역경주의'의 일환이자 현실 인식의 방법이다. 그것은 '피로가 도회뿐만 아니라 시골'에도 있고 '모든 곳에 너무나 많은 움직임이 있'기 때문이다. 모든 곳에 너무나 많은 움직임이 있다는 것은 도처에 산재하는 근대적 삶을 말하는 것이겠지만 결국 '현대의 자살'이나 '순간을 다투는 윤리' 속에 놓여진 김수영의 인식이다.

예를 들어, 그의 산문에서 나타나는 "변두리인 우리 동네의 이발관에까지도 요즘에 와서는 급격하게 <근대화>의 병균이 오염되어서 라디오 가요의 독재적인 연주에다가 미인계를 이용한 마사지의 착취까지가 가미되어 좀처럼 신경을 풀고 앉아있을 수가 없다."174)는 대목을 통해 도시적 근대가 시골까지 '모든 곳에 너무나 많은 움직임'을 넓혀 갔다는 점을 김수영은 인식하고 있었다.

김수영은 세계의 변화 속도에 적응해야 하는 존재이다. 현실의 변하는 속도에 적응하기 위해 김수영은 전통을 부정해야 했다. 김수영이 부정해야 했던 전통은 급격하게 변화되어가는 현실을 따라가는데 장애요소로 간주되었다. 왜냐하면 그의 속도 따라가기는 전통을 매개로 하는 것이 아닌 부정을 통해서 성취되는 과정이었기 때문이다. 그러나 속도 따라가기가 궁극적으로 지향하는 것이 근대 지향성이었지만 그 이면에는 속도주의가 팽배한 현실에 대한 반성적 사유의 형태가 나타난다. 그것은 빠르게 변화하는 속도주의 사회에서 쉴 수밖에 없는 현실과 그 현실이 개인의 문제를 넘어선 사회구조적 차원이었다는 점이다. 이와 같은 맥락에서 김수영이 말하는 인간의 비극은 제 정신을 갖고 산다는 것과 순간을 다투는 윤리를 통해서 말했던 자신을 순간순간 변혁시켜야만 한다는 근대의 삶에 대한 인식이었다.

---

174) 김수영, 「무허가 이발소」, 『전집』2, 98쪽.

Ⅳ. '주변'에 대한 사랑과 근대의 성찰

1. 자기 긍정과 잃어버린 세계의 복원

1) 혁명과 쿠데타의 간극, 자아 성찰의 의지

김수영과 4·19의 관계에 대한 기존의 언급은 김수영 문학의 시기 구분 및 시정신의 변모 양상을 추적하는 가운데 4·19가 중요한 전환의 국면을 담당한다는 데에 주안점을 두고 있다. 기존의 논의에서 4·19를 주목했던 것은 정당하고 필요한 방법이었다. 그럼에도 불구하고 본고에서 김수영과 4·19의 연관관계를 다시 거론하는 것은 다음의 몇 가지 이유에서이다.

첫째, 김수영 시의 시기 구분에 관한 문제이다. 대부분의 기존 논의는 4·19를 김수영의 시세계를 혁명 이전과 이후의 양분법으로 이원화시켜 구분하는 중요한 분기점으로 보았다. 그러나 실제로 김수영의 시에 나타나는 4·19는 그 이전과 이후로 명확히 구분되지 않는다. 왜냐하면 김수영은 4·19이전부터 혁명에 대한 예감이나 필요성을 언급한 시들을 발표하고 있었기 때문이다.

둘째, 김수영과 4·19의 연관관계에 대한 문제이다. 이는 기존의 논의가

4·19의 역사적 의의 속에 김수영과 그의 시를 가두어 버리는 역할을 하지
는 않았나 하는 의구심이다. 물론 4·19가 갖는 역사적 의의는 한국현대사
에서 중요한 역할을 담당했다. 그러나 4·19가 김수영 시를 해석하는 데 있
어서 절대적 잣대는 될 수 없기 때문이다. 4·19의 역사적 의의 속에 김수영
의 문학적 의의를 한정시킬 수 없다. 따라서 중요한 것은 4·19를 바라보는
김수영의 관점 또는 시정신을 중심으로 그의 시를 살펴야 할 것이다.

마지막으로, 본고가 주안점을 두고 있는 포스트식민주의 관점을 4·19
를 통해서 읽어낼 수 있다. 4·19는 모든 것을 바꾸어 놓을 듯 했고, '3·1
운동 이래의 대사건'이었다. 그러한 역사적 사건에 부합하는 구호는 3·15
부정선거 규탄과 그에 대한 정치적 저항으로 대표되는 '찬가(讚歌)'의 형식
이었다. 당대의 구호와 찬가를 집약적으로 보여주는 『4월혁명 기념 시
집』은 해방의 함성을 간직한 『해방기념시집』과 같은 맥락의 찬가였다.

신경림에 의하면, 4·19 "시들은 한마디로 찬가(讚歌)들이다. 엄격히 따
질 때 찬가는 비록 한 개인에 의해서 씌어지지만 그 사람의 시는 아니다.
한 개인에 의하여 씌어지되 그 사람의 개성과 취향이 극단적으로 억제되
면서 가능한 한 많은 사람의 감정과 의지를 종합할 수 있는 데 바로 찬가
의 특성이 있는 까닭이다."[175] 따라서 찬가에서 '개성적인 목소리를 찾을
수 없는' 구호화되는 경향이 나타나는 것은 당연하다. 김수영도 그러한 줄
기에서 크게 이탈한 것은 아니지만 다른 이와는 또 다른 면모를 다음 글에
서 보여준다.

> 형. 나는 형이 지금 얼마큼 변했는지 모르지만 역시 나의 머리 속에 있는
> 형은 누구보다도 시를 잘 알고 있는 형이오 나는 아직까지도 <시를 안다는
> 것>보다도 더 큰 재산을 모르오 시를 안다는 것은 전부를 아는 것이기 때

---

175) 신경림, 「우리 시에 비친 4월혁명」, 『4월혁명 기념시전집』, 학민사, 1983, 370쪽.

문이오 그렇지 않소? 그러니까 우리들끼리라면 <통일> 같은 것도 아무 문
젯거리가 되지 않을 것이오 사실 4 · 19때에 나는 하늘과 땅 사이에서 <통
일>을 느꼈소 이 <느꼈다>는 것은 정말 느껴본 일이 없는 사람이면 그
위대성을 모를 것이오 그때는 정말 <南>도 <北>도 없고 <美國>도 <소
련>도 아무 두려울 것이 없습디다. 하늘과 땅 사이가 온통 <자유독립> 그
것뿐입디다. 헐벗고 굶주린 사람들이 그처럼 아름다워 보일 수가 있습디까!
나의 온몸에는 티끌만한 허위도 없습디다. 그러니까 나의 몸은 전부가 바로
<주장>입니다. <자유>입디다……176)

인용문은 내용상의 문제로 민음사판 전집에서는 제외되었기 때문에 기
존의 논의에서 그다지 주목되지 않았다. 김수영이 해방 후 월북한 시인 김
병욱(金秉旭)177)에게 보내는 편지 형식의 인용문은 4 · 19 직후 간행되었던
진보계 신문 『민족일보』에 부분적으로 삭제된 채 게재된 바 있다. 인용문

---

176) 김수영, 「저 하늘 열릴 때-김병욱 형에게」, 『세계의 문학』, 1993. 여름호, 213쪽.
177) 한국문학사에서 김병욱에 대한 기록은 거의 없다. 그에 대한 기록을 보여주는 것은 다
음의 글이다.
　　"김병욱이 놀러 왔다가 그 시를 보고는 놀라면서, 무라노 시로(村野田郞)에게 보내
그곳 시잡지에 발표하자고 했다. 무라노는 일본 전후 시단의 주역의 한 사람으로, 『신
영토(新領土)』의 동인이었다. 김병욱이 과찬벽이 있다는 것을 김수영은 잘 알고 있었
지만 그러나 그러한 칭찬을 받고 보니 매우 기뻤다. 그는 그 시를 우리말로 다시 쓰려
고 오늘내일 벼르고 있는데, 문득 김병욱이 전에 그의 「거리」를 읽고 칭찬하던 말이
떠올랐다. '야 이런 작품을 열 편만 써라. 그러면 너는 우리나라 부동의 시인이 된다.'
부동의 시인이 된다? 부동의 시인이란 무언가? '부동'을 무너뜨리려고 그는 시를 쓴
사람이 아니었던가. 갑자기 그는 김병욱에게 히야까시를 당한 기분이 들었다. 그는 일
본말로 쓴 「아메리카 타임지」를 우리말로 옮길 때는 전자와는 전혀 다른 작품으로 만
들어버렸다. 그의 허점을 찌르고 싶었다."(최하림, 『김수영』, 문학세계사, 1981, 55쪽)
　　김수영의 전기적 자료를 통해 알 수 있는 것은 해방 직후에 박인환이 경영하던 서
점 '마리서사'에서 김병욱을 만났다는 것, 당시 무명의 시인 지망생이었던 김수영의
시에 대해 우호적이고 긍정적인 평가를 했다는 점, 「말리서사」라는 산문에서 김병욱
을 리버럴리스트와 전위예술가로 표현했다는 점 등이다. 그리고 김수영의 시 「거대한
뿌리」에서 "八 · 一五 후에 김병욱이란 시인은 두 발을 뒤로 꼬고/ 언제나 일본 여자처
럼 앉아서 변론을 일삼았지만/ 그는 일본대학에 다니면서 四年 동안을 제철회사에서//
노동을 한 강자다"라고 표현하기도 한다.

을 통해 알 수 있는 것은 김수영의 다음과 같은 몇 가지 인식이다. 그것은 첫째 시를 안다는 것, 둘째 통일을 느낀다는 것, 셋째 하늘과 땅 사이가 온통 <자유독립> 그것뿐이라는 것, 넷째 시인의 몸은 전부가 '<주장>'이자 '<자유>'라는 것이다. 이러한 일련의 인식은 '자유'로 이어진다.

먼저, '시를 안다는 것'은 인용문에서 자주 반복되어 나오는 구절이다. 이 구절은 시가 제일 중요한 재산이고 그것을 알면 세계를 안다는 의미를 언표한다. 이런 맥락에서 인용문의 앞 단락을 읽어보면, "그래도 지난 십년 동안 내 자신이 생각해도 용하다고 생각하리만큼 나는 현실에 굴복하지 않고 내 자신만은 지켜왔고 지금 역시 그렇소 그러니까 작품의 好惡는 고사하고 우선 내 자신을 잃지 않고 왔다는 것만으로 나는 형의 후한 점수를 받을 것 같은데 어떠할지?"로 김병욱에게 자신의 지난 십년을 담담히 서술하고 있다.

여기에서 '시를 안다는 것'에 대한 김수영의 자세 또는 태도의 문제를 확인할 수 있다. 김수영의 자세란 현실을 바라보는 관점을 의미한다. 따라서 현실을 응시하는 매개로서 시는 김수영의 자세를 형성하는 중요한 요소이다. 그러므로 시를 안다는 것은 우선 자기 자신을 잃지 않는 매개체로서 시(작품)를 거론한다는 점에서 정체성 형성의 근본적인 동인으로 작용한다. 물론 그 시의 잘되고 잘못된 것은 문제시되지 않는다. 중요한 것은 그 시를 통해 현실을 바로 본다는 것, 또는 자기 자신을 지켜올 수 있었다는 사실이다. 따라서 시를 안다는 것은 현실을 비판적으로 사유할 수 있다는 것이고, 자신을 포함하는 전부를 아는 것이 된다.

둘째, 통일을 느낀다는 언술이다. 여기에서는 정신적인 측면에서 일종의 어떤 기운을 미리 알아차리는 뜻으로 읽을 수 있다. 예를 들어 다음 단락에서, "以南은 <4월>을 계기로 해서 다시 태어났고 그는 아직까지도 灼熱하고 있소 맹렬히 치열하게 작열하고 있소 이북은 이 작열을 느껴야 하오 <작열>의 사실만으로 알아가지고는 부족하오 반드시 이 <작열>을 느껴야 하오 그렇지 않고서는 통일은 안되오"라고 말할 때 4 · 19의 정신은 이남과 이북의 공동이념으로까지 부각된다.

'<작열>을 느껴야 하오 그렇지 않고서는 통일은 안되오'에서 느낀다는 것과 그것을 통한 통일은 선취되어야할 예감으로 나타난다. 예감이란 미래형이다. 그 예감의 현실적 동력이 4 · 19임은 분명하다. 현실을 통해서 미래를 느낀다는 것은 꿈을 꾼다는 지향성의 개념과 맥락을 같이한다. 이는 '시를 안다는 것은 전부를 안다는 것'이란 발언에 가치의 무게 중심을 둔다면, 김수영에게 있어서 4 · 19는 시이자 '시인의 스승은 현실'[178]이기에 시의 전부를 알려주는 스승이기도 하다. 즉 시와 스승으로서의 4 · 19는 김수영에게 창작활동의 매개체이자 미래를 꿈 꿀 수 있는 자유였다.

> 시고 소설이고 평론이고 모든 창작활동은 감정과 꿈을 다루는 것이다. 그리고 이 감정과 꿈은 현실상의 척도나 규범을 넘어선 것이다. 말하자면 현실상으로는 38선이 있지만 감정이나 꿈에 있어서는 38선이란 타부는 문제가 되지 않는다. 그런데도 불구하고 우리들은 이 너무나 초보적인 창작활동의 원칙을 올바르게 이행해보지 못했다. 다시 말하자면 우리는 문학을 해본 일이 없고 우리나라에서는 과거 십수년동안 문학작품이 없었다고 나는 감히 말하고 싶다.[179]

김수영에게 모든 창작활동은 감정과 꿈을 다루는 것이다. 그것을 억제하는 일체의 것이 '38선이란 타부'이다. 그것은 '현실상의 척도나 규범'으로 국가 권력을 통한 정치적 이데올로기를 뜻한다. 그것이 현실을 규제하는 이데올로기로 기능한다면 정신적 측면에서는 '연상의 금욕주의'와 통한다.

---

178) 김수영, 「모더니티의 문제」, 『전집』2, 350쪽.
179) 김수영, 「創作自由의 조건」, 『전집』2, 129-130쪽.

김수영은 "이렇게 계속되는 연상을 주는 강물은 삼라만상의 요술을 얼마
든지 보여줄 수 있지만, 나는 어느덧 연상에도 금욕주의자가 되었는지 너
무 복잡한 연상은 삼가기로 하고 있고, 그저 장마철에 신이 나게 흘러가는
강물을 보면 사자가 달려가는 것같다는 정도의 상식적 연상으로 자제하고
있다."180)고 말한다. 이와 같은 연상의 금욕주의는 '삼라만상의 요술'처럼
무궁한 연상의 흐름을 불러일으키는 장마 풍경을 '사자가 달려가는 것' 정
도의 상식적 연상으로 스스로를 억압하는 것을 말한다. 그것은 억압 기관
에 의해 창작자 스스로 자신을 규제하는 내면의 검열을 의미한다. 김수영
은 다음과 같이 규정한다.

> ① 문제는 <만일>에의 考慮가 끼치는 창작과정상의 감정이나 꿈의 위축
> 이다. 그리고 이러한 위축현상이 우리나라의 현사회에서는 혁명 후에도 여
> 전히 그전이나 조금도 다름없이 계속되고 있다는 것을 알아야 한다. 이것은
> 죄악이다."181)

> ② 오늘날의 우리들의 두려워해야 할 <숨어있는 검열자>는 그가 말하는
> <대중의 검열자>라기 보다도 획일주의가 강요하는 대제도의 有形無形의
> 문화기관의 <에이전트>들의 검열인 것이다. 단 하나의 이데올로기를 代行
> 하는 것이 이들이고, 이들의 검열제도가 바로 <대중의 검열자>를 자극하는
> 거대한 테제가 되고 있는 것이다. <대중의 검열자>가 <눈으로 볼 수 없는,
> 자각조차 할 수 없는…숨어있는> 검열자라고 <문예시평>자는 말하고 있
> 지만, 대제도의 검열관 역시 그에 못지않게 눈으로는 볼 수 없는, 자각조차
> 할 수 없는 숨어있는 것이다. 이들의 대명사가 바로 질서라는 것이다.182)

인용문들은 모두 연상의 금욕주의에 대해 서술하고 있는 대목이다. ①은

---

180) 김수영, 「장마 풍경」, 『전집』2, 47쪽.
181) 김수영, 「創作自由의 조건」, 『전집』2, 131쪽.
182) 김수영, 「實驗的인 문학과 정치적 자유」, 『전집』2, 160쪽.

내면의 검열을 '만일에의 고려가 끼치는 창작과정상의 감정이나 꿈의 위축'으로 설명하는 것이고, ②는 이어령과 벌린 '불온시 논쟁'에서, 보이지 않는 검열자 또는 대제도의 검열관을 대별하는 '질서'라는 억압과 규제의 대명사에 대해서 규정하는 내용이다. 이러한 점은 모두 자기 검열에 관련된 것이며, 그것의 외적인 요인이 정치 이데올로기적 측면이라면 감정이나 꿈의 위축은 '질서' 안에서 이루어지는 내면의 검열인 내적인 요인으로 볼 수 있다.

　이러한 질서의 경계로 작용하는 것은 꿈의 유무이다. 꿈이 없을 경우 '질서' 안에 위치지워지는 것이고 꿈이 있을 경우 '질서'를 넘나들 수 있기 때문이다. 따라서 통일을 느낀다는 점은 '현실상의 척도나 규범'인 '타부'를 넘어선다는 것이자 '질서'의 경계를 초월하는 것이다. 통일은 현실의 타부를 넘어선다는 의미에서 꿈이 되고, 모든 창작활동을 가능케 하는 감정이자 상상력이 된다는 의미에서 '느끼는' 것이 된다.

　셋째, 하늘과 땅 사이가 온통 <자유독립> 그것뿐이라는 것이다. 이는 위항에서 언급했던, '작열하는 4·19'라는 표현이 치열하고 맹렬한 기운과 남한 전역에 걸친 영향력을 반증하는 것이다. 이러한 표현은 하늘과 땅 사이에 작열하는 '자유독립'에의 격정을 표현한 것이기도 하다. 여기에서 '자유독립'은 해방의 함성이 충천했던 시절의 '대한독립만세'를 연상시킨다. 문제는 그러한 연상이 식민지 시절의 슬로건이었다는 점이다. 그것은 식민성의 문제와 연관된다.

　식민지 시대와 식민지 이후 시대를 가르는 기점은 8·15 해방이지만 '자유독립'이란 구호는 식민지 시대와 식민지 이후 시대에 걸쳐 있다. 그것은 포스트식민주의에서 말하는 식민지 시대와 식민지 시대 이후가 근본적으로 식민적 상황이란 측면에서 동일하다는 관점으로 읽어낼 수 있다. 따라서 김수영에게 있어서 4·19는 해방이다. 4·19는 식민적 상황에 작열하는 것이고 '꿈'을 꿀 수 있는 혁명이었기 때문이다.

비록 4월혁명은 실패로 돌아갔지만 나는 아직도 쿠바를 부러워할 필요가
없소 왜냐하면 쿠바에는 <카스트로>가 한 사람 있지만 이남에는 2천 명에
가까운 더 젊은 강력한 <카스트로>가 있기 때문이오 그들은 어느 시기에
가서는 이북이 10시간의 노동을 할 때 반드시 14시간의 노동을 하자고 주장
하고 나설 것이오 그들이 바로 <작열>하고 있는 사람들이오.[183)

김수영은 4 · 19가 혁명일 수 있는 까닭으로 2천에 달하는 카스트로들이
있기 때문이라 말한다. 그들은 모두 혁명가이자 '<작열>'의 주체들이다.
"혁명은 상식이고 인종차별과 계급적 불평등과 식민지적 착취로부터의 三
大解放은 <三大義務> 이상의 20世紀青年의 <상식적>인 의무"[184)이라면,
김수영은 2천에 달하는 젊은 카스트로들을 그 의무를 실천했던 청년으로
인식한다. 따라서 삼대해방의 요소인 인종차별, 계급적 불평등, 식민지적 착
취가 삼대의무가 될 때, 식민지 시대와 식민지 이후 시대가 식민성이란 측
면에서 동일한 맥락에 놓이게 된다. 그 삼대의무를 수행하는 주체들의 '작
열'을 보았을 때 하늘과 땅 사이가 온통 <자유독립> 그것뿐일 수 있다.

넷째, 시인의 몸은 전부가 '<주장>'이자 '<자유>'라는 것이다. 이는
위의 항목들과 깊이 연관되는 설정으로, 김수영의 전생애에 걸친 일관된
관심의 표출이다. 김수영 시의 중요한 주제의 하나인 '자유'는 이미 여러
논자들에 의해 깊이 논의된 바 있다.[185) 본고가 주목하는 것은 김수영의

---

183) 김수영, 「저 하늘 열릴 때」, 앞의 책, 214쪽.

184) 김수영, 「들어라 양키들아」, 『세계의 문학』, 1993. 여름호, 215쪽.

185) 김현은 김수영의 시적 주제를 자유로 규정하고 자유가 설움, 비애라는 소시민적 감정
    을 통해 역설적으로 표현되다가 4 · 19를 기점으로 사랑과 혁명으로 설명되는 것에 주
    목한다. 그리고 혁명의 실패는 김수영에게 연민과 탄식을 주었다고 본다.(김현, 「자유
    와 꿈」, 『전집』3, 105-110쪽)
       김우창은 자유는 말할 것도 없이 정치적인 이념이지만, 김수영에게는 그것이 삶의
    근원에서 우러나오는 것이어서 예술가는 그 양심과 생애와 저작을 통하여 자유를 요
    구하지 않을 수 없다고 본다.(김우창, 「예술가의 양심과 자유」, 『전집』3, 189쪽)
       유종호는 김수영의 자유가 정치적 자유를 핵심으로 포용하고 있지만, 그것은 사회

자유 또는 자유에 대한 의식이 4·19에 이르러 구체화되었다는 사실이다. 4·19가 젊은 혁명가들의 작열이었다면 그것을 인식했던 주체가 김수영이었다. 따라서 김수영의 몸이 주장이자 자유일 때 그 주장과 자유는 '꿈'의 본질에 접근하는 것이다. 그것이 설령 정치적 자유에 관한 것이든 문학적 자유에 관한 것이든 모두 '꿈'에의 지향이 내재된 것으로 아우를 수 있기 때문이다.

　　우리들의 適은 늠름하지 않다
　　우리들의 適은 카크 다글라스나 리챠드 위드마크 모양으로 사나웁지도 않다
　　그들은 조금도 사나운 惡漢이 아니다

와 가정과 언어와 사고의 규율을 억압으로 파악하는 근원적인 자유라고 본다.(유종호, 「시의 자유와 관습의 굴레」, 『전집』3, 251쪽)

　　이상옥은 김수영이 의미하는 절대적인 자유는 넓은 의미에서의 정치적인 자유지만, 이 자유가 그에게 실질적으로 문제가 되었던 것은 언론의 자유라고 본다.(이상옥, 「자유를 위한 영원한 여정」, 『전집』3, 289쪽)

　　권오만은 자유를 '외부의 강제 또는 구속을 받지 않는 자립적 상태에서 자기의 본성에 의해서만 존재하고 자기 자신을 통해서만 행동하는 모습'이라고 정의한다.(권오만, 「김수영 시의 기법론」, 『한양어문연구』 제13집, 1996, 337쪽)

　　김혜순은 김수영이 생각한 자유가 진보적 이론, 낭만적 이론, 정치적 이론에서 근거한 자유라기보다는 실존적 의미에 있어서의 자유라고 본다.(김혜순, 『김수영 시 연구 : 담론의 특성 연구』, 건국대 박사학위논문, 1993)

　　기존의 논의를 통해 알 수 있듯이, 김수영 시의 '자유'는 정치적 자유와 문학적인 자유를 중심으로 전개되어 왔다. 최근 논의의 경우, 김수영에게 있어서 자유는 사회구조적 차원의 문제이기보다는 양심과 사상의 문제, 언론과 표현의 자유의 문제에 더 집중되어 있다고 본다.(김명인, 「급진적 자유주의의 산문적 실천」, 『작가연구』5호, 1998년 상반기, 153쪽)

　　문혜원은 김수영의 자유에 대한 갈망은 정치적인 억압에 대한 반항이라기보다는, 창작 행위를 억압하는 폭력들에 대한 항의의 형태로 나타난다고 본다.(문혜원, 『한국 현대시와 모더니즘』, 신구문화사, 1996, 131-132쪽)

　　한명희는 「푸른 하늘을」을 분석하면서, 김수영이 '고독'을 '자유'라고 생각한 것은 '자기 원인'에 의해 행동하려는 태도를 반영하는 것이라고 본다. 따라서 '자유'를 달성하는 것이 '혁명'이며 그 '자유'는 '고립된 단독의 자신'이 되는 것이라고 설명한다.(한명희, 『김수영의 시정신과 시방법론 연구-셀프 아키타입의 시적 형상』, 서울시립대 박사학위논문, 2000, 65-73쪽)

그들은 善良하기까지도 하다
그들은 民主主義者를 假裝하고
자기들이 良民이라고도 하고
자기들이 選良이라고도 하고
자기들이 會社員이라고도 하고
電車를 타고 自動車를 타고
料理집엘 들어가고
술을 마시고 웃고 雜談하고
同情하고 眞摯한 얼굴을 하고
바쁘다고 서두르면서 일도 하고
原稿도 쓰고 치부도 하고
시골에도 있고 海邊가에도 있고
서울에도 있고 散步도 하고
映畵館에도 가고
愛嬌도 있다
그들은 말하자면 우리들의 곁에 있다

우리들의 戰線은 눈에 보이지 않는다
그것이 우리들의 싸움을 이다지도 어려운 것으로 만든다
우리들의 戰線은 당게르크도 놀만디도 延禧高地도 아니다
우리들의 戰線은 地圖冊 속에는 없다
그것은 우리들의 집안 안인 경우도 있고
우리들의 職場인 경우도 있고
우리들의 洞里인 경우도 있지만……
보이지는 않는다

우리들의 싸움의 모습은 焦土作戰이나
「건 힐의 血鬪」 모양으로 활발하지도 않고 보기좋은 것도 아니다
그러나 우리들은 언제나 싸우고 있다
아침에도 낮에도 밤에도 밥을 먹을 때에도
거리를 걸을 때도 歡談을 할 때도

장사를 할 때도 土木工事를 할 때도
여행을 할 때도 울 때도 웃을 때도
풋나물을 먹을 때도
市長에 가서 비린 생선냄새를 맡을 때도
배가 부를 때도 목이 마를 때도
戀愛를 할 때도 졸음이 올 때도 꿈속에서도
깨어나서도 또 깨어나서도 또 깨어나서도……
授業을 할 때도 退勤時에도
싸일렌소리에 時計를 맞출 때도 구두를 닦을 때도……
우리들의 싸움은 쉬지 않는다

우리들의 싸움은 하늘과 땅 사이에 가득차있다
民主主義의 싸움이니까 싸우는 방법도 民主主義式으로 싸워야 한다
하늘에 그림자가 없듯이 民主主義의 싸움에도 그림자가 없다
하…… 그림자가 없다

하…… 그렇다……
하…… 그렇지……
아암 그렇구 말구…… 그렇지 그래……
응응…… 응…… 뭐?
아 그래…… 그래 그래.

                              － 「하…… 그림자가 없다」 전문

「하…… 그림자가 없다」는 1960년 4월 3일에 발표한 작품이다. 따라서 이 시는 4·19 직전에 쓴 시로, 김수영이 혁명 바로 이전에 '싸움'의 필연성을 언급했다는 사실에서 4·19 이전부터 혁명의 필요성을 인식한 것으로 보인다.

1연에서 형상화한 '적'이 일상인의 형태를 띤 인간 군상의 모습이었다면, 2연은 그 인간 군상이 거주하는 공간에 대한 서술이다. 반면 3연의 경

우, '적'과 우리들의 싸움의 모습을 집중적으로 형상화하고 있다. 그 싸움의 모습은 '焦土作戰'이나 '「건 힐의 血鬪」'처럼 거창하지 않다. 예를 들어, 그 모습은 활발하지도 않고 보기좋은 것도 아니기 때문이다. 그것은 1연의 적들이 2연의 공간에서 3연과 같은 모습 또는 행위를 영위하고 있다는 의미로 연결된다. 그러한 의미의 연결은 인간의 모든 영역을 포괄하는 삶의 모습이다. 따라서 인간 삶의 모습이 일상 다반사처럼 벌어지지만 우리들의 싸움은 쉬지 않고 계속되는 생활과도 같은 것이다. '우리들의 戰線은 눈에 보이지 않는다'는 시구에서 나타나듯이, 일상과 일상인으로서의 '적'은 불가시적인 어떤 것이다. 그것은 유명한 전투 장소가 아닌 생활의 공간에서 벌어지는 보이지 않는 '戰線'을 특성으로 한다. 그러나 보이지 않지만 집안 안일 수도 있고 직장이나 동리일 수도 있기 때문에 항상 우리들의 곁에 있는 것이다.

이와 같은 '우리들'과 '적'의 싸움은 하늘과 땅 사이에 가득차 있을 정도로 무수하다. 하늘과 땅 사이에 가득차 있다는 것은 현실의 모든 것을 뜻한다. 그 현실의 모든 것을 이루는 요소는 '적'이다. '적'으로 가득찬 현실과 싸워야 된다는 사실은, 그 현실이 전면적으로 바뀌어야 한다고 생각하는 시인의 의식을 엿볼 수 있다. 따라서 현실을 전면적으로 바꿔야 한다는 의식은 혁명을 환기시키는 것이다.

혁명을 위한 싸움은 우리들의 곁에 있는 것이고 보이지도 않으며 쉴사이 없이 진행되어야 할 '戰線'이다. 그 전선은 민주주의의 싸움이니까 싸우는 방법도 민주주의식으로 싸워야 한다. 따라서 현실을 가득 메웠던 적의 존재방식이 민주주의의 방식임을 알 수 있다. 그러므로 그들과의 싸움도 민주주의식으로 싸워야 할 것이다. 왜냐 하면 '민주주의'는 '하늘'에 견줄만한 절대적인 가치를 지닌 어떤 것이기 때문이다.

그런 맥락에서 '하늘에 그림자가 없듯이 민주주의의 싸움에도 그림자가

없다'를 '하늘'과 '민주주의'의 비유 관계에 주목하여 읽을 수 있다. '하늘
에 그림자가 없다'는 것은 하늘이 그 자체로서 그림자가 필요없는 자족적
실체임을 드러낸다. 스스로 충일한 절대적 존재인 '하늘'과 비교될 만한 가
치가 있는 것이 '민주주의'이다. 민주주의를 '하늘'에 견줄 수 있다는 것은
민주주의 그 자체로서 존중되어야 할 개념이기 때문이다. 중요한 것은 민
주주의의 싸움과 싸우는 방법으로써의 민주주의식이다. 민주주의의 싸움은
하늘과 땅 사이에 가득차 있는 우리들의 싸움일 때, 그 싸움의 주체가 우
리들이고 우리들의 싸움의 대상은 '적'이다. 따라서 민주주의는 그 '적'과
싸우는 투쟁의 방식이자 궁극적인 목적이 된다. 그런 측면에서 민주주의는
꿈을 꾸는 방식이자 혁명을 필요로 했던 현실의 부조리를 넘어서는 방식
이라고 할 수 있다. 여기에서 싸우는 방식으로써의 민주주의란, 통일을 느
낀다는 것이 현실상의 척도나 규범인 '타부'를 넘어선다는 것이자 '질서'의
경계를 초월하는 것이라고 할 때 바로 그것을 지칭한다. 그러므로 민주주
의란 김수영에게 혁명을 실행하는 도구이자 '꿈'으로 나아가는 과정으로
인식된다. 왜냐하면 김수영에게 있어서 민주주의는 싸우는 방식이자 싸움
의 목적이기 때문이다.

「하…… 그림자가 없다」에서 특징적인 것은 '적'을 규정하는 과정에서
문화적인 우열관계가 무의식적으로 내재되어 있다는 점이다. 예를 들어, 1
연에서 '우리들의 적은 카크 다글라스나 리챠드 위드마크 모양으로 사나웁
지도 않다'고 하여, '카크 다글라스'나 '리챠드 위드마크'라는 이름의 외국
영화배우가 사나운 존재임을 말하고 있다. 그리고 2연에서는 '우리들의 전
선은 당게르크도 놀만디도 연희고지도 아니다'에서 나타나듯이, 세계대전
에서 유명한 전투장소인 '당게르크'와 '놀만디' 전투에 한국전쟁의 '연희고
지'를 연결시키기도 한다.

그것은 우리들의 전선이 거창한 것도 어려운 것도 아님을 환기하는 것

이겠지만, '집 안'이나 '직장' 또는 '동리' 등의 경우가 일상이고 최소한의 범위라면 '당게르크'나 '놀만디' 등은 그것을 효과적으로 강조하는 비교의 방법이다. 3연의 경우, '초토작전'이나 '「건 힐의 혈투」' 모양으로 활발하지도 않고 보기 좋은 것도 아니다고 하여 초토작전 또는 건 힐의 혈투가 활발하고 보기 좋은 것임을 말한다. 그러한 비교의 방법은 강한 것을 통해 약한 것을 드러내는 방식이다. 따라서 강한 것을 열거하는 것은 시인의 무의식 속에 내재해 있는 중심 문화에 대한 주변 문화로서의 소외 의식을 암시한다. 그만큼 중심 문화는 강한 영향력을 끼치는 것이다.

김수영이 민주주의를 추구하는 것은 자신이 추구했던 근대와 그것의 완성을 도모하는 과정이다. 「미스터 리에게」에서 '근대에 대항하는 비결로서 근대 자체가 되는 것'이라 말한 이유가 여기에 있다. 근대에 저항하는 방식으로서의 근대는 그대로 그 자체가 되는 것이다. 그것은 바로 근대를 통한 근대 극복의 전략을 의미한다. 즉 근대는 추구해야할 지향이자 "汽笛소리는 文明의 밑바닥을 가고/ 形而上學은 돈지갑처럼/ 나의 머리 위에서 떨어진다"(「싸리꽃 핀 벌판」)에서 나타나는 하늘과 땅 사이에 가득 차있는 자본주의의 현실에 내재된 지양해야 하는 현실이기도 하다. 이러한 1950년대 남한의 현실은 1960년대에 이르면 '카크 다글라스'나 '「건 힐의 혈투」'같은 미국의 문화적 제국주의가 정치적 영역 뿐만 아닌 문화적 영역에 걸쳐 가중된다.

인용시에서 주목해야 할 점은 '나'가 아닌 '우리'라는 주체가 등장한다는 것이다. 지금까지 김수영의 시에서 '나'가 아닌 '우리'라는 시적 자아 또는 시적 주체의 등장은 「헬리콥터」에서 "우리는 지금 東洋의 諷刺를 그의 機體안에 느끼고야 만다" 이후 처음이다. 이러한 시적 주체의 이동은 개별적인 것에서 공동체적인 것으로 변모하고 있다는 증거이다. 이러한 변모는 4 · 19 혁명 기간 동안 '우리'가 등장하는 시로 「우선 그놈의 사진을 떼어서 밑씻개로 하자」와 「祈禱 : 四·一九殉國學徒慰靈祭에 붙이는 노래」
를 들 수 있다.

우선 그놈의 사진을 떼어서 밑씻개로 하자
그 지긋지긋한 놈의 사진을 떼어서
조용히 개굴창에 넣고
썩어진 어제와 결별하자
그놈의 동상이 선 곳에는
民主主義의 첫 기둥을 세우고
쓰러진 성스러운 學生들의 雄壯한
紀念塔을 세우자
아아 어서어서 썩어빠진 어제와 결별하자

― (중략) ―

무서워서 편리해서 살기 위해서
빨갱이라고 할까보아 무서워서
돈을 벌기 위해서는 편리해서
가련한 목숨을 이어가기 위해서
신주처럼 모셔놓던 의젓한 얼굴의
그놈의 속을 창자밑까지도 다 알고는 있었으나
타성같이 습관같이
그저그저 쉬쉬하면서
할말도 다 못하고
기진맥진해서
그저그저 걸어만 두었던
흉악한 그놈의 사진을
오늘은 서슴지않고 떼어놓아야 할 날이다

밑씻개로 하자

　　　이번에는 우리가 의젓하게 그놈의 사진을 밑씻개로 하자
　　　허허 웃으면서 밑씻개로 하자
　　　껄껄 웃으면서 구공탄을 피우는 불쏘시개라도 하자
　　　강아지장에 깐 짚이 젖었거든
　　　그놈의 사진을 깔아주기로 하자……

　　　民主主義는 인제는 常識으로 되었다
　　　自由는 이제는 常識으로 되었다
　　　아무도 나무랄 사람은 없다
　　　아무도 붙들어갈 사람은 없다
　　　　　　　　－「우선 그놈의 사진을 떼어서 밑씻개로 하자」 중에서

　「우선 그놈의 사진을 떼어서 밑씻개로 하자」는 일상과 일상인을 지배했던 구체적인 시어가 거론되는 시이다. 이 시에서 '그놈의 사진'이란 구체적으로 이승만을 가리킨다. 그의 사진을 '밑씻개로 하자'는 비하 또는 조롱은 시적 대상을 극도로 폄하시키는 표현이다. 이와 같은 비하조의 표현은 '구공탄을 피우는 불쏘시개'나 '강아지장에 깐 짚이 젖었'을 때 그것을 대체하는 것으로도 반복된다. 그러한 표현은 시의 전개 과정을 통해서 지속적으로 나타난다. 예를 들어, '협잡과 아부와 무수한 악독의 상징', '지긋지긋한 그놈의 미소하는 사진', '억압과 폭정의 방패', '썩은놈의 사진', '殺人者의 사진', '흉악한 그놈의 사진', '극악무도한 소름이 더덕더덕 끼치는' 등의 표현들을 열거할 수 있다. 이러한 동일한 계열체의 반복은 무수히 호명되는 고유명사와 인명의 열거와 연관된다.

　「하…… 그림자가 없다」에서 끊임없이 반복되었던 일상과 일상인들의 모습이 개별성을 띠고 나타나지만 궁극적으로 인용 부분의 마지막 연에서 '민주주의'라는 하나의 개념으로 수렴되듯이, 「우선 그놈의 사진을 떼어서 밑씻개로 하자」의 경우도 이승만과 그의 사진을 서술하는 갖가지 비유와 이승만에게 억눌렸던 수많은 일상들이 '그놈의 사진을 떼어서 밑씻개로 하자'는 상징적 행위에 모아지게 된다.

'그놈의 사진을 떼어서 밑씻개로 하'는 행위는 '썩어진 어제와 결별하는 것'이며 '민주주의의 첫 기둥을 세우'는 것을 의미한다. 그러한 행위의 주체는 '우리'이다. '우리'가 이승만의 사진을 혁명을 통해 밑씻개로 하는 행위의 전제 조건은 민주주의와 자유가 이제는 상식이라는 점과 아무도 나무라거나 붙들려갈 사람도 없다는 점이다. 이것이 전제되지 않는 한 '우리'는 이승만의 사진을 떼어 낼 수 없다. 그것은 썩어빠진 어제와 결별하는 것이자 '民主主義의 첫 기둥'을 세우는 것이다.

민주주의와 상식 그리고 자유와 상식은 그 거리가, 적어도 혁명 이전에는 먼 것이었다. 그러나 혁명을 통해 혁명 이전의 자유와 상식 사이의 거리감은 줄어들거나 해체된다. '인제는 상식으로 되었'기 때문이다. 그러한 거리감은 '나무랄 사람'이나 '붙들어갈 사람'이 너무도 많았기에 가능한 인식이었다. 이승만을 정점으로 하는 중심 권력은, 이제는 상식이 되었지만 그 상식 이전에는 대다수 민중의 인식에 불안 의식을 심어 주었던 세력이었다. 이승만의 독재 체제와 반공 이데올로기 속에서 살아남기 위해 침묵을 강요당해야 했던 민중의 삶은 빨갱이라고 지목될까봐 무서워해야 했던 1950년대의 현실을 환기시킨다.[186]

---

186) 반공 이데올로기는 비단 1950년대에만 한정된 것은 아니다. 반공 이념은 4·19가 좌절된 후 1960년대에 그 위력은 그대로 이어져 왔으며, 현재에까지도 여전히 유력하게 남한 사회를 지배하는 이데올로기로 기능하고 있다. 권혁범에 의하면, 한국의 반공주의 기제가 우리의 몸 안에 특정한 정치 사회적 사고와 행위를 유발하는 일종의 자동적 조건 반사의 회로판을 두 가지로 만들어 놓았다고 본다. 첫째 회로는 모든 비판적 생각과 운동, 주류 이탈적 사고나 행위는 '좌경', '불순', '용공', '친북'의 혐의로 즉각 연결된다는 점. 둘째 회로는 혼란, 분열, 해이는 즉각 불순 책동, 북한의 도발 위험, 안보 불안과 동일시된다는 점이다.(권혁범, 「내 몸 속의 반공주의 회로와 권력」, 『우리 안의 파시즘』, 삼인, 2001, 55-59쪽)

이러한 제 모습은 민주주의 또는 자유가 상식으로 되기 이전의 상황을 구체적으로 보여준다. 그것은 민주주의와 자유가 아닌 비민주주의와 부자유를 말한다. 비민주주의와 부자유는 달리 말하면 독재와 억압이다. 그러한 상황을 상징적으로 함축하는 것이 이승만의 '사진을 떼어서 밑씻개로 하자'는 혁명의 실천이다. 여기에서 김수영이 생각하는 민주주의와 자유 그리고 혁명관이란 정치적 속성을 주로 함유하고 있다. 그것은 외적인 또는 격정에 휩싸인 '찬가'에 다름 아닐 것이다. 그러나 김수영은 4·19를 통해 남한 사회의 총체적인 부조리를 개혁해야 한다는 정치적 측면 이외에 삶의 본질로서 접근했다.

> 詩를 쓰는 마음으로
> 꽃을 꺽는 마음으로
> 자는 아이의 고운 숨소리를 듣는 마음으로
> 죽은 옛 戀人을 찾는 마음으로
> 잊어버린 길을 다시 찾은 반가운 마음으로
> 우리가 찾은 革命을 마지막까지 이룩하자
> ─「祈禱 : 四·一九殉國學徒慰靈祭에 붙이는 노래」 중에서

「祈禱」는 「하…… 그림자가 없다」와 「우선 그놈의 사진을 떼어서 밑씻개로 하자」의 경우처럼 혁명에 이르는 과정과 역경을 열거하며 산문화되어 있는 작품이다. 본고에서 인용한 것은 첫 연과 마지막 연에서 반복되는 부분이다. 인용 부분의 정제된 형식은 중간 부분의 산문화 경향에서 주로 나타나는 혁명에 대한 격정을 어느 정도 여과시켜주는 장치로써 기능한다.

김수영이 생각하는 혁명이란 시를 쓰는 마음, 꽃을 꺽는 마음, 자는 아이의 고운 숨소리를 듣는 마음, 죽은 옛 연인을 찾는 마음, 잊어버린 길을 다시 찾은 반가운 마음들이다. 김수영의 마음이 시, 아이, 연인, 잊어버린

길 등을 매개로 형상화되어 나타나고 그것을 포괄하는 것은 시와 시를 쓰는 마음이다. 왜냐 하면 시를 안다는 것은 전부를 아는 것이기 때문이다. 따라서 시를 쓰는 마음이 시를 안다는 것과 등가일 때 썩어빠진 어제와 결별하기 위해서 또는 현실상의 척도나 규범인 '타부'를 넘어서는 '꿈'을 이루는 마음과도 같다. 그것은 "물이 흘러가는 달이 솟아나는/ 평범한 大自然의 法則을 본받아/ 어리석을만치 素朴하게 성취한/ 우리들의 革命"이었기 때문이다.

2) 첨단의 노래와 정지의 미, 잃어버린 세계의 노래

주변적 타자들은 권력의 중심부에 설 수 있다는 환상과 자신을 둘러 싸고 있는 권력의 유혹에 무방비 상태에 있다. 그러한 타자들의 권력 지향성은 무의식적 욕망으로 내재화되어 있다. 그것은 또는 중심문화의 동일화 논리에 의거하며, 그 논리에 의해 제기되어 강제된 근대화의 이중성과 맥을 같이한다.

근대 또는 근대성의 다른 이름으로 나타난 속도주의가 남한 사회를 잠식했던 한국 근대화의 파시즘적 성격을 대변할 때, 그것은 근대화의 이중성과 그 궤를 같이한다. 서구의 근대는 식민주의적 시각을 통한 서구의 시간을 전파하여, 그 시간의 속도를 따라가지 못하는 주변적 타자는 중심권에서 배제되거나 소외될 수밖에 없다. 김수영 또한 그 속도를 따라잡기에 주력할 수밖에 없었고 중심 담론의 유혹적인 언술 행위에서 종종 자유롭지 못했다. 근대의 속도가 진보였고 더욱 더 빠른 첨단이라는 이름으로 다가왔을 때, 휴식은 근대에 저항하는 자유이자 절제였고 정지한 듯 성장하며 움직이는 정지의 미였다.

나는 너무나 많은 尖端의 노래만을 불러왔다

나는 停止의 美에 너무나 等閑하였다
나무여 靈魂이여
가벼운 참새같이 나는 잠시 너의
흉하지 않은 가지 위에 피곤한 몸을 앉힌다
成長은 소크라테스 이후의 모든 賢人들이 하여온 일
整理는
戰亂에 시달린 二十世紀 詩人들이 하여놓은 일
그래도 나무는 자라고 있다 靈魂은
그리고 敎訓 命令은
나는
아직도 命令의 過剩을 용서할 수 없는 時代이지만
이 時代는 아직도 命令의 過剩을 요구하는 밤이다
나는 그러한 밤에는 부엉이의 노래를 부를 줄도 안다

지지한 노래를
더러운 노래를 生氣없는 노래를
아아 하나의 命令을

ㅡ 「序詩」 전문

　김수영의 속도지향은 '너무나 많은 尖端의 노래'였다. '첨단의 노래'는
급속하게 바뀌어 가는 현실의 변하는 속도였고, 그 속도를 따라가는 자만
이 부를 수 있는 노래이기도 하다. 그것은 권력의 논리이자 중심권의 동일
화 작업이기도 했다. 그러한 중심부의 문화적 제국주의에 동조하는 자만이
따라갈 수 있는 길은 식민주의자의 중심권에 다다르는 것이지만, 그 역시
식민 본국의 주변부에 불과하다. 김수영은 '첨단의 노래'에 묻혀버린 '정지
의 미'에 너무나 등한히 하였음을 시인한다.
　'정지의 미'란 근대로 상징되는 첨단 또는 진보에 저항하는 노래이다.
그 노래는 지지한 노래이며 더러운 노래지만 부엉이의 노래 즉 미네르바

의 부엉이가 황혼녘이 되어서야만 날아갈 수 있었던 깨달음의 노래라는 의미를 지닌다. '첨단의 노래'가 음정 박자가 모두 빠른 노래여서 따라잡기가 '피곤한 몸'이었다면, '정지의 미'는 잊혀지고 망각되어졌던 지지하고 더러운 노래에 대한 깨달음일 것이다. 그것은 중심권에서 소외되었던 주변적 타자들에 대한 노래이자 권력의 헤게모니에 내재한 지배 언술 행위에 대한 해독과 검색을 통해 지배 이데올로기를 폭로하는 반언술이라 할 수 있다.

명령의 과잉을 용서할 수 없지만 명령의 과잉을 요구할 수밖에 없는 시대는 시대적 아이러니를 극명하게 보여줄뿐더러, 그 아이러니를 붕괴시키는 것은 또 하나의 '명령'이었다. 그것은 근대의 폭력적 속도 또는 지배적 중심권에 제물로 바쳐지던 지지하고 더러운 '생기없는 노래'를 부르는 주변화된 타자들에 대한 인식의 변화이자 내면의 혁명이다.

革命은 안되고 나는 방만 바꾸어버렸다
그 방의 벽에는 싸우라 싸우라 싸우라는 말이
헛소리처럼 아직도 어둠을 지키고 있을 것이다

나는 모든 노래를 그 방에 함께 남기고 왔을 게다
그렇듯 이제 나의 가슴은 이유없이 메말랐다
그 방의 벽은 나의 가슴이고 나의 四肢일까
일하라 일하라 일하라는 말이
헛소리처럼 아직도 나의 가슴을 울리고 있지만
나는 그 노래도 그 전의 노래도 함께 다 잊어버리고 말았다

革命은 안되고 나는 방만 바꾸어버렸다
나는 인제 녹슬은 펜과 뼈와 狂氣—
失望의 가벼움을 財産으로 삼을 줄 안다

이 가벼움 혹시나 歷史일지도 모르는
이 가벼움을 나는 나의 財産으로 삼았다

革命은 안되고 나는 방만 바꾸었지만
나의 입속에는 달콤한 意志의 殘滓 대신에
다시 쓰디쓴 냄새만 되살아났지만

방을 잃고 落書를 잃고 期待를 잃고
노래를 잃고 가벼움마저 잃어도

이제 나는 무엇인지 모르게 기쁘고
나의 가슴은 이유없이 풍성하다
                              ―「그 방을 생각하며」 전문

  인용시는 「방 안에서 익어가는 설움」과 관련하여 김수영 시세계의 변화
를 보여주는 작품이다. 먼저, 익어가는 설움을 간직했던 방과 그 방을 생각
하며 놓여 있는 시적 자아의 위치가 변화되어 있다. '방'이란 세계와의 단절
을 내포한 시인의 내면의 공간이다. 그러한 공간은 현실의 설움으로부터 도
피할 수 있는 장소이기도 하지만, 언제든지 세계를 향해서 열려진 개진의
공간이기도 하다. 두 시의 경우, 방 안과 방 밖으로 이원화된 구도 설정은
변함이 없다. 그러나 '그 방'이란 설움으로 익어갔던 방을 의미하고 시적 자
아는 '그 방'이 아닌 또 다른 '방만 바꾸어' 버린 것이다. 세계를 향해 열려
진 문을 열고 나갈 수 있었던 '혁명'이었지만, 실패했기 때문에 시적 자아는
'그 방'이 아닌 또 다른 내면의 공간(방) 속에 자신을 유폐시키는 것이다.
  시적 자아가 있는 방, 즉 바꾸어 버린 방은 현재의 방이다. 현재의 방은
'달콤한 의지'대신 '쓰디쓴 냄새', '메마른 공간'에서 보이는 불모의 절망감
으로 가득찬 공간이기도 하다. '그 방'은 '싸우라'와 '일하라'라는 말이 '아

직도' 울리는 공간이지만, 현재의 방에서는 '헛소리'로만 들릴 뿐이다. 그러나 '그 방'이 혁명을 통한 열망의 공간이라면 '헛소리'로만 들리는 현재의 방에까지 그 울림은 '아직도' 울리고 있는 것이다. 과거와 현재 또는 방과 방을 경계하는 시간과 벽의 존재는 시적 자아에게 있어 '아직도 나의 가슴을 울리고 있'기 때문에 무력하게 된다. 경계의 무력함은 혁명을 통한 열망이 식지 않았고, 그 열망이 과거에서 현재로 면면히 이어져 왔음을 의미한다.

혁명은 안되고 방만을 바꾸어 버렸지만, 시적 자아는 '녹슬은 펜과 뼈와 광기/ 실망의 가벼움을 재산으로 삼을 줄' 알기에 '무엇인지 모르게 기쁘고' '이유없이 풍성하다'고 진술한다. 혁명의 실패라는 역사적 경험은 실망을 던져 주지만, 그 실망을 '가벼움'으로 여기고 자신을 비추는 거울로 간주하기에 시인의 혁명은 나름의 의미를 재생산해낸다. 즉 자기 부정을 통한 설움과 바로보기의 세계가 자기 긍정의 의미를 획득하는 것이다. 김수영이 4 · 19 이전을 기존의 가치와 질서의 전복, '썩어빠진 어제와의 결별'(「우선 그놈의 사진을 떼어서 밑씻개로 하자」)이라는 의미로 받아들였다면, 혁명은 부정의 대상으로 존재했던 '생활, 생명, 정신, 시대, 밑바닥'을 자기 긍정의 대상으로 재인식하는 계기로 작용한다.

> 푸른 하늘을 制壓하는
> 노고지리가 自由로왔다고
> 부러워하던
> 어느 詩人의 말은 修正되어야 한다
>
> 自由를 위해서
> 飛翔하여본 일이 있는
> 사람이면 알지

> 노고지리가
> 무엇을 보고
> 노래하는가를
> 어째서 自由에는
> 피의 냄새가 섞여있는가를
> 革命은
> 왜 고독한 것인가를
>
> 革命은
> 왜 고독해야 하는 것인가를

— 「푸른하늘을」 전문

4·19라는 시적 화두는 혁명성을 견지했다는 데 있다. 김수영에게 있어 혁명성은 방을 바꾼다는 것을 의미하고, 그것은 혁명의 축자적 의미와 내적으로 연결되어 존재론적 전환을 떠오르게 한다. 그것은 혁명이란 단어가 함축하는 종래의 관습이나 제도 등을 단번에 깨뜨리고 질적으로 새로운 것을 세우는 행위를 말할 때 김수영에게 있어서 혁명은 방을 바꾼다는 행동을 통해서 자신의 존재의 근거를 바꾼다는 의미로 읽을 수 있다. 왜냐하면 단순히 이 방에서 저 방으로 위치를 이동하는 것이 아닌 자기 부정에서 자기 긍정으로의 전환을 꾀하는 것이기 때문이다. 그 전환은 비상이며, 노고지리가 푸른 하늘의 광활함을 보기 위해 떠오르는 비상이기도 하다. 노고지리의 비상은 푸른 하늘을 제압하고자 하는 시적 자아의 의지를 보여주지만, 그 의지가 곧 자유로 이어지는 것은 아니다.

시적 자아는 자유를 위해서 비상하여 본 일이 있는가, 날아오른 노고지리가 무엇을 보고 노래하는가, 자유에는 왜 피의 냄새가 섞여 있는가, 혁명은 고독한 것이고, 꼭 고독해야만 하는 것인가를 자문하고 있다. 이러한 자문에 자답을 하지 못한다면, 시적 자아는 비상 속에 간직한 혁명과 피의 의미를 알지 못할 것이라고 강조한다. 즉 자유를 향한 비상이 혁명이라고 할 때, 혁명은 고독과 등가이고 '피'의 희생과 수난의 과정이 있어야만 가능한 것이기 때문이다. 「푸른 하늘은」은 자문자답의 형식을 통해서 시적 맥락을 이끌어 가는 시이다.

자기 스스로에게 묻는 이러한 형식은 당위적 차원에서 제기된 것이며, 혁명이 왜 고독한 것이고 꼭 고독해야만 한다는 태도의 문제를 환기시키고 있다. 이러한 태도가 당위성에 놓여 있을 때, 김수영은 그의 시적 특징이라 할 수 있는 수사의 과잉, 요설 등의 난해한 시적 요소들을 거세한 단순하고 명료한 절제된 언어의 힘을 발휘하게 된다. 바로 여기에서 김수영이 끊임없는 자기 부정을 통해 '역류'하고자 했던 설움의 극복을 이룰 수 있었고, 그가 도달하고자 하는 '자유'의 모습을 볼 수 있었다. 혁명은 고독한 것이고 혁명가는 고독해야만 한다는 명제는 혁명을 향한 시인의 자기 응시를 말하는 것이며, 고독 또는 자기 부정의 치열성을 반증하는 것이기도 하다.

김수영이 경험한 혁명의 열기는 「우선 그놈의 사진을 떼어서 밑씻개로 하자」에서 제목이 표상하는 것처럼 강렬한 것이었다. 시인은 그놈의 사진을 뗄 수 있는 오늘이 우리가 찾은 革命이기에 마지막까지 이룩하자고 선언한다. 이와 같은 강렬한 혁명에의 의지는 "革命의 六法全書는 「革命」밖에는 없"(「六法全書와 革命」)다는 단호한 태도와 연결된다. 이승만의 사진을 '그저그저' 걸어두어야 했던 당대의 현실은 설움이었고 바로보기의 시적 대상이기도 했다. 이와 같은 설움에의 '역류'와 그 설움을 바로 보는 것은 혁명을 매개로 한 자기 긍정의 분수령을 이루는 근본적인 동인으로 작용한다.

전술한 바, 시인이 지향하는 푸른 하늘을 위한 비상은 혁명의 다른 모습이고, 그 혁명은 고독한 것이었고 고독해야만 했다. 이러한 시인의 혁명이 철저한 자기 부정 또는 자기 갱신의 과정을 통해 획득한 것이라면, 그 내면에 견고하게 자리한 것은 자기 긍정에 기초한 현실 인식의 또 다른 지향성이다. 김수영은 철저한 자기 부정의 정신을 통해 근대의 억압적인 힘에 질식당하지 않고 세계와의 긴장을 유지할 수 있었다. 근대의 광포함은 식민지 시대와 한국전쟁을 절실히 경험한 주체를 위협하는 세계의 폭력이다. 세계의 폭력에 대응하는 자아의 초라함은 세계와 단절된 '방' 안에서 '방' 밖을 엿보는 행위만을 요구할 뿐이다. 그러나 김수영은 '혁명'을 통해서 드러난 민중적 주체의 역동적 에너지를 '높이'와 '飛上'으로 받아들임으로 비로소 내면의 '방' 문을 열고 세계의 개진으로 나올 수 있었다.

세계의 개진에 나아가면서부터 김수영은 무한한 자기 긍정의 내면을 획득한다. 무한한 자기 긍정의 힘이란, 혁명과 피의 의미를 느끼는 것이고, 그 혁명을 일상으로 전이시키는 원동력이다. 혁명이 일상으로 전화되면서 한반도의 모순 구조를 역력히 주시할 수 있었고, 자신의 내면에 존재하는 '敵'을 규정할 수 있었다. 김수영은, 혁명은 일상이고, 그 일상을 통해 자신이 살고 있는 한반도의 현실을 다음과 같이 직시한다.

> 이유는 없다―
> 가다오 너희들의 고장으로 소박하게 가다오
> 너희들 美國人과 蘇聯人은 하루바삐 나가다오
> 美國人과 蘇聯人은 「나가다오」와 「가다오」의 差異가 있을 뿐
> 말갛게 개인 글 모르는 백성들의 마음에는
> 「美國人」과 「蘇聯人」도 똑같은 놈들
> 가다오 가다오
> 「四月革命」이 끝나고 또 시작되고
> 끝나고 또 시작되고 끝나고 또 시작되는 것은
> 잿님이할아버지가 상추씨, 아욱씨, 근대씨를 뿌린 다음에
> 호박씨, 배추씨, 무씨를 또 뿌리고

호박씨, 배추씨를 뿌린 다음에
시금치씨, 파씨를 또 뿌리는
夕陽에 비쳐 눈부신
일년 열두달 쉬는 법이 없는
걸쩍한 강변밭같기도 할 것이니

　　　　　　　　　　－「가다오 나가다오」중에서

룻소의 「民約論」을 다 精讀하여도
執權黨에 阿附하지 말라는 말은 없는데
民主黨이 제일인 세상에서는
民主黨에 붙고
革新黨이 제일인 세상이 되면
革新黨에 붙으면 되지 않는가
귀에 걸면 귀걸이 코에 걸면 코걸이가
第二共和國 이후의 政治의 鐵則이 아니라고 하는가
여보게나 나이 사십을 어디로 먹었나
八·一五를 六·二五를 四·一九를
뎆지지 않고 살아왔으면 알겠지
大韓民國에서는 共産黨만이 아니면
사람따위는 幾千名쯤 죽여보아도 까딱도 없거든

―(중략)―

베이컨의 「新論理學」을 읽어보게나
原子彈이나 誘導彈은 너무 많아서
效果가 없으니까
인제는 다시 匕首를 쓰는 법을 배우란 말일세
그렇게 되면 美·蘇보다도
日本, 瑞西, 印度가 더 뼈젓하고
그보다도 韓國, 越南, 臺灣은 No. 1 country in the world

그런 나라에서 執權黨이라면
얼마나 의젓한가
匕首를 써
인제는 志操랑 영원히 버리고 마음놓고
匕首를 써
거짓말이 아냐
匕首란 놈 創造보다도 더 산뜻하거든
晚時之嘆은 있지만

— 「晚時之嘆은 있지만」 중에서

　「가다오 나가다오」에서 시인의 '四月革命'은 시작과 끝이 끊임없이 반복
되는 내면의 혁명이다. 혁명이 끝나면 또 시작하는 것은 시장 경제의 원리
라 할 수 있는 자본의 논리처럼, 혁명은 수없이 반복되는 일상으로 변한다.
김수영은 우리네 식탁에 오르내리는 온갖 야채씨를 뿌려서 수확하고, 그것
을 다시 식탁으로 끌어올리기에 일년 열 두 달 쉬는 법이 없는 일상의 모
습을 말한다. 진정한 근대 또는 근대성이란 하루도 쉬임없이 '근대씨'를 이
땅에 뿌리는 것이고, 그것은 '잿님이할아버지' 뿐만이 아닌 '명수할버이',
'경복이할아버지', '두붓집할아버지'들이 우리네 삶 속에서 이루어지는 농
사일 같은 일상이다. 따라서 김수영이 그들의 일상을 통해 근대씨를 보았
다는 것은 첨단의 노래 속에 잊혀지고 가리워졌던 정지의 미를 느끼기 시
작했다는 것을 의미한다.
　정지의 미가 나무가 자라는 '성장'의 속도처럼 느끼지 못할 정도로 더딘
것이라면 그것은 이웃의 할아버지들이 상추씨, 아욱씨, 호박씨, 배추씨, 무
씨를 뿌리는 끊임없이 반복되는 일상을 통해서 나타나는 것이다. 그들과
그들의 씨뿌리는 행위는 김수영이 근대의 속도 따라잡기에 의해 보지 못
했던 삶의 방식이자 「하 …… 그림자가 없다」에서 수없이 호명되었던 사

람들의 일상이기도 했다. 그들의 삶을 통해 잊혀지고 잃어버린 세계를 복원했을 때 김수영의 시적 진술은 직설적이게 되고 잊혀졌던 현실과 밀착하게 된다. 미국인과 소련인이 한반도에서 나가야 하는 까닭이 그러하다. 세계의 초강대국이자 제국주의 국가라 불리우는 두 나라가 우리 땅에서 나가야하는 '이유는 없다'. 이유가 없다란 이유가 너무 많음의 역설이기에 당위적이다.

당위성이란 마땅히 그러해야 한다는 자세나 태도의 문제를 환기시킨다. 그것은 그만큼 절실하고 절대적인 명제이기도 하다. 김수영에게 있어서 '근대씨'란 가장 구체적인 일상으로 다가왔다. 근대씨가 오이씨나 배추씨와 같이 뿌려지고 가꾸어 질 때 김수영은 그의 이웃 할아버지들의 삶 속에서 미국과 소련을 보게된다. 따라서 한반도에서 강대국이 떠나야 한다는 탈식민주의 선언인 '가다오 나가다오'의 논리는 '말갛게 개인 글 모르는 백성들의 마음'에 비추어 또는 '명수할버이'가 '비둘기 울음소리를 듣고 있을 동안' 그리고 '멍석 위에 넘어져 자고 있는 동안'에 소리없이 나가달라고 하는 것이다.

여기에서 "서푼어치값도 안되는 美・蘇인은/ 초콜렛, 커피, 페치코오트, 軍服, 手榴彈/ 따발총……을 가지고/ 寂寞이 오듯이" 나가라는 슬로건에 미・소인들보다 백성의 마음과 명수할아버지에 더 무게의 중심이 놓여 있음을 알 수 있다. 미・소인의 값이 서푼어치값도 되지 않는다면 백성의 마음과 명수할아버지는 그 이상의 소중한 가치가 있기 때문이다. 그 가치의 실현이란 '미국인과 소련인'이 나가야만 가능한 것이다.

이러한 한반도의 모순 구조와 그것의 해결 가능성을 탐색케 했던 동력이 4・19이다. 4・19 혁명의 반독재적, 반권력적 에너지는 시인을 에워싸고 있던, 남과 북을 분할해서 지배하고 있는 미국과 소련 양국의 제국주의적 권력에 대한 저항으로 그 지평을 확대한다. 최하림에 의하면 "이때부터 표현은 놀랄 만치 산문화되어가고 있었다. 오랫동안 그가 희구해 마지않던 시적 자유를 그는 얻고 있는 셈이었다. 시가 산문적이 되어간다는 것은 시를 버린다는 뜻이 되고, 시가 아닌 새로운 시를 얻으려고 한다는 뜻도 된다. 그는 시적 혁명을 성취하려 한 것"[187]으로 설명한다. 최하림이 말하는 '이때부터'란 혁명기를 가리킨다. 혁명기는 꿈을 꾸는 시기였고 타부를 넘어서는 것이자 통일을 느끼는 것이기도 하다.

'四月革命'은 신식민지 이데올로기를 해체하고자 주장하는 근거로 작용하지만, 그 실행은 소박한 우리네 일상으로 다가온다. 그만큼 '革命'은 그 높이와 깊이를 달리하며 시인의 내면을 잠식한 요인이었다. 「가다오 나가다오」가 구체적인 한반도의 일상을 통해 분단과 근대의 이중성에 얽혀 있는 권력의 문제를 언급했다면 「晩時之歎은 있지만」은 신식민주의적 거대 권력의 중심체인 제1세계를 겨냥하는 것이 아닌 자국의 독재 정권과 그 하수인들을 향한 체제 전복적인 시이다.

「晩時之歎은 있지만」은 '룻소의 「民約論」', '데칼트의 「方法通說」', '베이컨의 「新論理學」' 등 서양의 정전이 나타난다. 그러한 서양의 정전은 각각 집권당에 아부하는 것, 개헌 헌법에 발을 맞추어 가기의 지난함, 비수를 써야하는 논리 등에 대응한다. 그것은 서양 정전에 내재한 권위의 힘을 빌려와 남한 사회의 부조리성을 고발하는 '여유'이자 야유이다. 또한 "귀에 걸면 귀걸이 코에 걸면 코걸이가/ 第二共和國 이후의 政治의 鐵則"이었던 상황 속에서 "八·一五를 六·二五를 四·一九를/ 뒤지지 않고 살아왔"던 질곡한 삶의 역사이기도 했다.

해방 이후 4·19 전후로 이어지는 그러한 역사는 '원자탄이나 유도탄'이 난무하는 첨단의 질서였다. 더욱 더 빠르고 정교한 기술로 발전하는 첨단

---

187) 최하림, 『자유인의 초상』, 문학세계사, 1982, 179쪽.

의 질서는 이제는 '너무 많아서/ 效果가 없'다. 그래서 시적 자아는 다시 '匕首를 쓰는 법'을 배우라고 한다. 이것은 일종의 희화화이다. 예를 들어 원자탄이나 유도탄과 비수는 비교의 층위가 다르다. 그럼에도 불구하고 비수를 써야 한다는 것은 조롱이나 비하적 어투라 볼 수 있다. 왜냐 하면 그만큼 비수를 쓰는 주체의 원시적 또는 전근대적인 면을 부각시키는 시적 장치이기 때문이다. 인용시에서 열거하는 각 나라의 순위는 그것을 반영한다. 즉, 미국과 소련 다음으로 日本, 瑞西, 印度 그 다음으로 韓國, 越南, 臺灣 순으로 이어질 때 그 차례는 비수를 써야할 역순서이다.

'No. 1 country in the world'는 역설이다. 그것은 각국의 순서가 대체로 제1세계에서 제3세계로 이어지는 선진과 후진의 배열과도 상통하기 때문이다. 따라서 "그런 나라에서 집권당이라면/ 얼마나 의젓한가"는 남한 사회의 권력 집단을 비하하는 표현으로 의젓함이나 '志操'가 없는 것을 비유하는 것이다. 이러한 비유를 통한 조롱과 비하는 동시의 형식으로 나타난다.

　　야 손들어 나는 아리조나 카보이야
　　빵! 빵! 빵!
　　키크야 너는 저놈을 쏘아라
　　빵! 빵! 빵! 빵!
　　짜키야 너는 빨리 말을 달려
　　저기 돈보따리를 들고 달아나는 놈을 잡아라
　　쫀! 너는 저 산 위에 올라가 망을 보아라
　　메리야 너는 내 뒤를 따라와

　　이놈들이 다 이성망이 부하들이다
　　한데다 묶어놔라
　　야 이놈들아 고갤 숙여
　　너희놈 손에 돌아가신 우리 형님들

무덤 앞에 절을 九천六백三五만번만 해
나는 아리조나 카보이야

두목! 나머지 놈들 다 잡아왔습니다
아 홍쩐구놈도 섞여있구나
너 이놈 정동 재판소에서 언제 달아나왔느냐 깟땜!
오냐 그놈들을 물에다 거꾸로 박아놓아라
쨈보야 너는 이성망이 놈을 빨리 잡아오너라
여기 떡갈나무 잎이 있는데 이것을 가지고 가서
하와이 영사한테 보여라
그리고 돌아올 때는 구름을 타고 오너라
내가 구름운전수 제퍼슨 선생한테 말해놨으니까 시간은
二분밖에 안 걸릴 거다

이놈들이 다 이성망이 부하들이지
이놈들 여기 개미구멍으로 다 들어가
이 구멍으로 들어가면 아리조나에 있는
우리 고조할아버지 산소 망두석 밑으로 빠질 수 있으니까
쨈보야 태평양 밑의 개미 길에
미국사람들이 세워놓은 자동차란 자동차는
싹 없애버려라
저놈들이 타고 가면 안된다
야 빨리 들어가 하바! 하바!
나는 아리조나 카보이야
아리조나 카보이야

- 「나는 아리조나 카보이야」 전문

「나는 아리조나 카보이야」는 김수영이 '童詩'라고 밝힌 유일한 시이다. 김수영은 이승만으로 대표되는 독재와 그 독재와 결탁한 외세 양쪽을 모두 비판하기 위해 정치적·문화적으로 지배적인 힘을 행사하는 미국의 영

향력 있는 대중 문화 양식을 차용한다. 그러한 방식은 자신을 중심 문화의 절대적 권력과 동일시하는 것이다. 즉 '나는 아리조나 카우보이야'에서 '나'는 미국의 아리조나 주에 살았던 카우보이와 동일시되는 것이다. 김욱동에 의하면, 미국에서 다임 소설(십전 소설)이라 부르는 서부 개척 시절의 소설은 총을 능숙하게 다루는 카우보이나 보안관이 적의에 찬 인디언 원주민이나 가축 도둑 또는 그 밖의 다른 범법자와 무법자들을 물리친다는 영웅적이고 통속적인 멜로드라마이다.[188]

김수영이 미국의 통속적 멜로드라마를 동시로 차용한 것은 '주로 어린이들을 위한 통속적인 오락이나 신화로 간주되어 왔'[189]기 때문이다. 인용시를 통해서 나타난 바와 같이, 당대 우리나라의 어린이들은 '적의에 찬 인디언 원주민'을 응징하는 '카우보이나 보안관'을 자신과 동일시했던 풍경을 적실하게 보여준다. 그러한 시적 전략으로서 동시는 다중적 의미를 띠게 된다. 왜냐 하면 4·19 혁명의 실패와 그 이후에 전개되는 미국의 정치적·문화적 팽배감을 간접적으로 드러낸다는 점과 어린이 화자를 내세워 현실의 이면에 은폐된 남한 사회의 부조리와 문화적 제국주의를 함축하기 때문이다.

동시라는 형식은 어린이의 시선으로 세계를 바라본다는 것을 의미한다. 따라서 「나는 아리조나 카보이야」는 이승만과 그의 하수인인 홍진구를 '이성망'과 '홍찐구'로 우스꽝스럽게 패러디하고, 시의 전개는 마치 서부 활극을 연상시킬 정도로 흥미진진하게 진행시키는 와중에 어린이의 시점을 보여준다. 이때 자아와 세계의 대결 양상은 일방적으로 세계의 우위를 드러내게 된다. 그것은 자아가 무비판적 또는 몰주체적으로 세계를 받아들이는 현상에서 비롯된다.

---

188) 김욱동, 『모더니즘과 포스트모더니즘』, 현암사, 1997, 227쪽.
189) 김욱동, 위의 책, 같은 쪽.

그런 맥락에서 서구의 텍스트로 대표되는 문화적 제국주의는 당대 우리 문화 전역에 걸쳐 편만해 있었고, 가장 순수하고 비판적 자의식이 미약한 어린이들에게조차 미국 대중 문화의 저급한 양식을 표상하는 '카우보이'를 마치 자신의 정체성인양 오인하게끔 만들었던 강력한 힘을 내재한 것이었다. 그러나 김수영은 그러한 문화적 제국주의를 역으로 비판하는 반어적 언술을 사용함으로써 당대의 현실을 환기시킨다. 김수영은 인용시에 대해 다음과 같이 언급하고 있다.

① 4월혁명 후에 나는 세 번이나 신문사로부터 졸시를 퇴짜를 맞았다. 한 편은 <과정>의 사이비 혁명행정을 야유한 것이고, 한 편은 민주당과 혁신당을 야유한 것이고, 나머지 한 편은 청탁을 받아가지고 쓴 동시인데, 이것은 이승만이를 다시 잡아오라는 내용이 아이들에게 읽히기에 온당하지 않다는 이유에서 통과가 안됐다. 그런데 이 동시를 각하한 H신문사는 社是로서 이기붕이까지는 욕을 해도 좋지만 이승만이는 욕을 해서는 안된다는 內規가 있다는 말을 그후 어느 글쓰는 선배한테 듣고 알았다.[190]

② 일전에 ××일보 아동신문에서 동시의 청탁이 와서 난생처음으로 써준 작품이 내용이 과격(?)하다는 이유로 퇴짜를 맞았는데, 앞으로는 사회상태가 동시가 읽혀질만큼 되기까지는 동시를 쓰느니보다는 동시무용론을 주장하고, 있는 힘을 다해서 사회개혁을 위해 혈투해야 할 것이다.[191]

①에서 언급하는 시는 세편이다. '<과정>의 사이비 혁명행정을 야유한 것'은 「六法全書와 革命」, '민주당과 혁신당을 야유한 것'은 「晚時之歎은 있지만」, '청탁을 받아가지고 쓴 동시'는 「나는 아리조나 카보이야」를 말한다. 세 편의 시는 모두 4월 혁명 이후의 현실을 비판하기 위해 쓰여졌다

---

190) 김수영, 「治癒될 기세도 없이」, 『전집』2, 26쪽.
191) 김수영, 「日記抄(Ⅱ)」, 『전집』2, 335쪽.

는 점과 신문사로부터 검열을 당했다는 점에서 공통적이다. 그 중 '청탁을 받아가지고 쓴 동시'인 「나는 아리조나 카보이야」의 게재 불가 판정에 대한 기준이 '아이들에게 읽히기에 온당하지 않다'는 이유였다. 그러나 그것보다 더 정확한 이유는 언론사의 '社是' 때문이다. 그것은 '이기붕이까지는 욕을 해도 좋지만 이승만이는 욕을 해서는 안된다는 內規'이다. 여기에서 김수영이 줄기차게 주장했던 '언론 자유'의 목소리가 구체적으로 드러난다.

김수영이 말한 바, "문화의 문제는 언론의 자유의 문제와 직결되는 것이고, 언론의 자유는 국가의 정치의 유무와 직통하는 문제이다. 그런데 이런 단순한 이치를 몰각하고 무시하는 버릇이 신문뿐이 아니라 문화인 자체 안에도 매우 농후하게 만연되어있는 것은 말할 수 없이 서슬픈 일이다."192) 따라서 김수영은 4월 혁명 이후에 무엇이 달라져야 하는가를 따지는 자리에서 '1에도 언론자유요, 2에도 언론자유요, 3에도 언론자유다'193)라고 강력하게 요구한다.

언론 자유에 대한 요구는 '창작에 있어서는 백퍼센트의 언론자유가 없이는 도저히 되지 않'는 것이자 '1퍼센테이지가 결한 언론자유는 언론자유가 없다는 말과 마찬가지'이다. 이와 같은 맥락에서 ②는 '동시무용론'의 주장이자 언론자유를 주장하는 목소리이다. 여기에서 언론자유에 대한 요구는 '사회상태가 동시가 읽혀질만큼 되기까지'의 과정을 필요로 하는 '혈투'이다. '혈투'란 '사회개혁'을 위한 싸움이다. 사회개혁을 이루기 위한 싸움은 광범위한 모든 대상과의 '혈투'일 것이다. 사회 개혁을 성취하기 위한 싸움의 대상은 김수영이 도처에 존재하는 무수한 일상과 생활로서의 '敵'을 의미한다.

김수영이 규정한 '敵'은 주체의 개진을 저해하는 일체의 개념이라 할 수

---

192) 김수영, 「지식인의 사회참여」, 『전집』2, 155쪽.
193) 김수영, 「創作自由의 조건」, 『전집』2, 130쪽.

있다. 그것은 일상성이다. 김수영의 시에서 일상성은 중요한 의미를 지닌다. 일상성 또는 생활의 중요성은 하나의 상식처럼 널리 인정하고 있는 사실이다. 이러한 통념들은, 그가 일상 생활에서 취할 수 있는 소재들을 즐겨 다루었다는 점, 일상어들로 이루어진 시를 썼다는 점과 연관된다. 이러한 점은 그의 일상 또는 생활이 그의 시작 활동을 억압하였기 때문이다. 일상성과의 지리한 싸움--아내, 일상, 절망--은 주체의 정체성을 요구하는 바, 주체의 정체성은 '革命'의 '飛上'에 힘입은 자기 긍정의 자세를 수반하는 것이었다.

어서 일을 해요 變化는 끝났소
어서 일을 해요
미지근한 물이 고인 조고마한 논과
대숲 속의 초가집과
나무로 만든 장기와
게으르게 움직이는 물소와
(아니 물소는 湖南地方에서는 못 보았는데)
덜컥거리는 수레와

어서 또 일을 해요 變化는 끝났소
편지봉투모양으로 누렇게 결은
時間과 땅
수레를 털털거리게 하는 慾心의 돌
기름을 주라
어서 기름을 주라
털털거리는 수레에다는 기름을 주라
慾心은 끝났어
논도 얼어붙고
대숲 사이로 侵入하는 무자비한 푸른 하늘

쉬었다 가든 거꾸로 가든 모로 가든

어서 또 가요 기름을 발랐으니 어서 또 가요

타마구를 발랐으니 어서 또 가요

미친놈뿐으로 어서 또 가요 變化는 끝났어요

어서 또 가요

실같은 바람따라 어서 또 가요

더러운 日記는 찢어버려도

짜장 재주를 부릴 줄 아는 나이와 詩

배짱도 생겨가는 나이와 詩

정말 무서운 나이와 詩는

동그랗게 되어가는 나이와 詩

辭典을 보면 쓰는 나이와 詩

辭典이 詩같은 나이의 詩

辭典이 앞을 가는 變化의 詩

감기가 가도 감기가 가도

줄곧 앞을 가는 辭典의 詩

詩.

─「詩」 전문

인용시는 혁명이 김수영을 어떻게 변화시켰는가를 보여주는 작품이다. 4·19가 일종의 변화였다면 그것은 군사쿠데타라 불리웠던 5·16에 의해 또 다시 변화한다. 인용시에서 '어서 일을 해요 變化는 끝났소'라고 말하는 '變化'는 물론 4·19를 의미한다. 그러나 시적 자아는 변화가 끝났기 때문에 '어서 일을' 하라고 다그친다. 그러한 시적 진술은 시적 자아가 시적 대상에게 하는 것이 아닌 자기 자신에 대한 성찰이다. 「詩」에서 변화가 끝난 현실을 인정하고 일을 하라는 시적 진술의 이면에 놓여진 시인의 자기 다짐을 1960년 9월 13일자의 다음과 같은 일기 구절을 통해서 엿볼 수 있다.

힘이 생긴다. 힘이 생길수록 시계 속처럼 규격이 째인 나의 머리와 생활
은 점점 정밀하여만 간다. 그것은 동시에 나의 생활만이 아니기 때문에 널
리 세상사람을 고려에 넣어보아도 그 시계는 더 정밀해진다. 진정한 힘이란
이런 것인가보다. 오오 창조
일하자. 일하자. 아포리넬의
교훈처럼 개미처럼 일하자.
일하자. 일하자. 일하자. 민첩하
게 민첩하게 일하자.[194]

인용문은 「詩」에 대한 시작 노트와 같은 것이다. 일을 하라와 기름을 주
라 그리고 어서 또 가라는 말은 시적 자아의 자기 다짐이다. 그것은 자신
만의 자의식이 아닌 '동시에 나의 생활만이 아니기 때문에 널리 세상사람
을 고려에 넣'은 현실 인식의 방법이자 그 실천으로 나타난다.

널리 세상사람을 고려에 넣은 현실이란 "百姓들이/ 머리가 있어 산다든
가/ 그처럼 나도/ 머리가 다 비어도/ 인제는 산단다/ 오히려 더/ 착실하게/
온 몸으로 살지/ 발톱 끝부터로의/ 下剋上이란다"(「쌀난리」)에서 보여주는
'진정한 힘'으로서의 '하극상'을 인식하는 것이다. 또한 "요 詩人/ 가만히
계시오/ 民衆은 영원히 앞서 있소이다"(「눈」)에서 나타나는 항상 앞서가는
민중에 대한 인식이기도 하다.

그것은 「그 방을 생각하며」에서 혁명은 안되고 방만 바꾸었지만 일하라
와 싸우라는 소리가 '아직도' 울리는 자기 다짐이자 「서시」에서 지지하고
더러운 생기없는 노래를 깨달음의 노래로 변이시키는 울림이기도 하다. 그
렇기 때문에 김수영은 '이제 나는 무엇인지 모르게 기쁘고/ 나의 가슴은
이유없이 풍성하다'(「그 방을 생각하며」)고 말 할 수 있었다.

---

194) 김수영, 「日記抄(Ⅱ)」, 『전집』2, 338쪽.

2. 전통과 근대의 변증법

1) 전통을 통한 근대의 성찰

4 · 19는 잠정적이었지만 김수영에게 '꿈'을 꿀 수 있었던 자유와 '통일'을 느끼게 했던 혁명이었다. 그러나 '革命은 안되고 나는 방만 바꾸어 버렸다는 것'은 4 · 19가 비록 실패했지만 김수영의 혁명은 끝나지 않았다는 의미이다. 왜냐하면 김수영에게 있어서 혁명이란 '아내'로 표상되는 일상에 대한 성찰이었고, 속도의 첨단에서 소외되어버린 주변화된 타자들에 대한 사랑이었기 때문이다.

김수영이 사랑을 느끼는 주변화된 타자들은 중심권의 지배문화에 의해 과거로 밀려나는 존재였다. 그러한 존재들에 대한 인식은 「서시」에서 표현했던 정지의 미와 이제는 불러야 할 깨달음의 노래로 나타난다. 깨달음의 노래란 「하 …… 그림자가 없다」나 「가다오 나가다오」 그리고 「우선 그놈의 사진을 떼어서 밑씻개로 하자」에서 수없이 호명되고 명명되었던 사람들의 일상에 대한 천착이었다.

「하 …… 그림자가 없다」에서 말했던, 우리들 곁에 항상 있지만 보이지 않는 '적'은 일상과 일상인을 의미한다. 「우선 그놈의 사진을 떼어서 밑씻개로 하자」에서 나타나는 '밑씻개로 하자'의 모든 주체들과 그 주체들이 생활하는 모든 공간과 행위들 또한 김수영에게 일상으로 다가왔다. 따라서 김수영에게 일상이란 두 가지의 의미를 갖는다. 하나가 주체의 현실 개입을 방해하는 의미이고, 또 하나는 그 역으로서 가치있고 소중한 존재인 깨달음의 시적 대상이다.

이러한 상반된 인식은 자기 부정에서 자기 긍정으로 이행하는 단계에서 나타난다. 일반적으로 김수영의 문학세계에서 4 · 19 혁명이 차지하는 의의는 자기 부정에서 자기 긍정 단계로의 이행에서 찾아볼 수 있다. 따라서

김수영과 4·19의 관계는 시인의 시정신의 변모 양상을 추적하는 데 필수
적이다. 그러나 시인의 시정신의 변모 과정을 확인할 경우, 시인과 현실 중
에서 무게 중심을 어디에 두어야 할 것인가라는 문제가 대두한다.

> 말하자면 혁명은 상대적 완전을, 그러나 시는 절대적 완전을 수행하는 게
> 아닌가.
> 그러면 현대에 있어서 혁명을 방조 동조하는 시는 무엇인가. 그것은 상대
> 적 완전을 수행하는 혁명을 절대적 완전에까지 승화시키는 혹은 승화시켜
> 보이는 역할을 하는 것이 아닌가.
> 여하튼 혁명가와 시인은 구제를 받을지 모르지만, 혁명은 없다.[195]

김수영의 일기에 나타난 4·19 혁명은 존재론적 혁명이다. 혁명이 상대
적 완전을 수행한다면 시는 절대적 완전을 수행하는 '역할'의 주체이다. 시
가 절대적 완전을 수행한다는 것은 시만이 존재의 모든 가능성을 발현케
할 수 있기 때문이다. 시를 통한 존재의 발현이란 시를 안다는 것은 전부
를 아는 것이자 현실에 굴복하지 않거나 자신의 정체성을 잃지 않는 매개
체로서 시를 규정하는 것과 같은 맥락이다. 그것은 혁명기의 시편들에서
수없이 호명되었던 개체들이 '나'에서 '우리'로 통합되는 존재의 변이로 설
명되기도 한다. 그런 측면에서 '혁명가와 시인'이 '우리'로 통합되지 않고
개체로 존재하는 한 '혁명'은 없는 것이다.

'혁명은 없다'는 김수영의 자의식은 그대로 시에 나타난다. 예를 들어,
'革命이란 말을 걷어치워라'(「六法全書와 革命」) 또는 "여기에 있는 것은 中庸
이 아니라/ 踏步다 죽은 平和다 懶惰다 無爲다"(「中庸에 대하여」), "인제는 志
操랑 영원히 버리고 마음놓고/ 匕首를 써"(「晩時之歎은 있지만」) 그리고 '革命
은 안되고 나는 방만 바꾸어버렸다'(「그 방을 생각하며」) 또는 "나는 오늘 나

---

195) 김수영, 「日記抄」, 『전집』2, 332-333쪽.

의 완전한 휴식을 찾아서 다시 뒷골목으로 들어간다./ 그리고 거기에는 어제의 나는 없어!"(「第二共和國」)196) 등에서 나타나는 변질되고 퇴색해가는 혁명의 과정을 시의 절대적 완전과 혁명의 상대적 완전을 대비하여 형상화 부분을 지적할 수 있다.

4·19라는 현실을 인정하는 김수영은 '일하라'와 '기름을 주라' 그리고 '기운을 주라 더 기운을 주라'(「채소밭 가에서」)고 말하는 긍정적 측면을 보여주지만, 혁명의 진전 과정에서 "4월 이후 우리나라 시작품에 대해 젊은

---

196) 「第二共和國」은 민음사판 『김수영전집①시』에 수록되지 않은 시이다. 이 시가 실린 책은 산문을 수록한 『김수영전집②산문』이다. 김수영의 산문 「日記抄(Ⅱ)」에 수록된 「第二共和國」은 제목이 없고 일기의 하나로 씌어졌다는 이유 때문인지 시전집에서 제외되었다. 이와 같이 산문에만 있고 전집에서 제외된 시로 「중용에 대하여」를 들 수 있다. 「중용에 대하여」는 「第二共和國」과 경우가 약간 다르다. 왜냐 하면 「중용에 대하여」는 시전집에 수록되어 있지만 발표된 시의 바로 윗 부분에 해당하는 부분이 1960년 9월 9일자의 일기에 적혀 있기 때문이다. 이것이 「중용에 대하여」의 전반부로 씌어졌다가 발표 당시에 제외된 것인지 또는 별개의 작품인지는 확실하지 않다. 이 부분에 대해 김명인과 박수연은 시의 의미 내용으로 판단한다면 별개의 작품으로 보아도 무방하다고 간주하고, 일기문에 씌어진 「중용에 대하여」의 전반부에 해당하는 부분을 「길」이라는 제목으로 달아놓자고 제안한다. (김명인, 「김수영의 <현대성> 인식에 관한 연구」, 인하대 석사학위논문」, 1994. 박수연, 「김수영 시 연구」, 충남대 박사학위논문, 1999)

그러나 필자가 보기에 「중용에 대하여」의 경우, 산문 수록본은 「중용에 대하여」의 전반부로 보여진다. 그것은 앞의 연구자들이 제기했던 시의 의미 내용의 연결 측면에서 별개의 작품으로 간주할 수도 있겠지만 그 반대의 측면 또한 간과할 수 없기 때문이다. 예를 들어 「중용에 대하여」의 1연 1행이 '그러나 나는 오늘아침의 때문은 革命을 위해서'이지만 산문 수록본의 경우, '그러나 나는 오늘아침의 때문은 혁명을'로 되어 '위해서'라는 시구가 행갈이 되어 있다. 그리고 의미의 연결 측면에서도 시의 첫 연 첫 행에서 '그러나'라는 시어는 그 시어의 앞 부분에 대한 역접의 관계에 있다는 점과 '용기 아닌 용기의 길/ 평범한 행동이여'와 '이것을 나는 나의 일기첩에서 찾을 수밖에 없었다'는 시적 진술 사이의 연결 관계 또한 무시할 수 없는 것이다.

그리고 시의 형식적 측면에서, 행갈이 또는 줄바꿈 그리고 이어 붙이기라는 측면에서 모두 4번에 걸쳐 바뀌어져 있다. 또한 산문 수록본의 경우 연 구분이 두 부분으로만 되어 있지만 「중용에 대하여」는 6연으로 명확히 연 구분을 하고 있다. 이런 측면은 시전집 수록본과 산문 수록본에 심한 교정의 흔적을 보여준다. 일단 그 교정의 주체가 김수영임을 인정한다면 「길」이라는 별개의 시로 인정하는 문제는 세심한 주의가 요구되는 문제이다.

층들이 영혼의 교류를 느끼지 못하고 이를 거부하였다면 그것은 사실에 있어서 너무나 당연한 일이고, 또한 때늦은 감은 있지만 진정으로 반가운 일이라고 말할 수 있"197)다고 인식한다. 혁명기 우리의 문학이 젊은 층에게 외면 당하는 것은 문학이 혁명의 이념을 지향해야 한다는 명제를 수행하지 않았기 때문이다.

김수영은 4·19 혁명의 주체인 젊은이들에게 거부당하는 문학 형태가 '당연한 일'이자 '진정으로 반가운 일'이라고 말한다. 여기에서 간과할 수 없는 점은 당연한 일과 반가운 일을 거론하는 초점이 문학에 관한 것이라는 데 있다. 젊은이들에게 거부 당하는 문학의 현실을 지적하는 것은 「그 방을 생각하며」에서 나타나듯 문학인이자 시인으로서 4·19를 통해 경험한 '꿈'과 '자유'를 포기할 수 없다는 의지의 표현으로 읽을 수 있다. 김수영에게 시 또는 문학이란 그의 존재를 담보하는 것이자 모든 것을 알 수 있는 매개물이기 때문이다. 따라서 혁명이 상대적 완전만을 수행한다면 시는 절대적 완전을 수행한다는 김수영의 논리가 시적 창조력의 동력임을 확인할 수 있다. 그러한 동력을 「피곤한 하루의 나머지 시간」과 관련하여 쓴 10월 29일자 일기에 적은 '자기확립이 중요하다'198)는 인식으로 변모케 했던 것은 5·16 군사 쿠데타였다.

5·16 군사 쿠데타와 '자기확립이 중요하다'는 인식과의 연관 관계를 추적하는 것은 4·19 혁명과 5·16 군사 쿠데타에 대한 상반된 인식을 분석하는 작업이다. 따라서 4·19가 '꿈'과 '자유'를 표상하는 혁명의 이미지라면 5·16 군사 쿠데타는 의사소통 자체가 불가능으로 다가온 독재와 억압을 표면에 드리운 역사였다. 김수영이 자신의 일기에 적은 '자기확립이 중요하다'는 인식은 진보의 정반대로 치닫는 현실에 대한 자기 성찰의 결의이다.

---

197) 김수영, 「讀者의 不信任」, 『전집』2, 121쪽.
198) 김수영, 「日記抄(Ⅱ)」, 『전집』2, 341쪽.

1960년대 한국의 자본주의 발전 단계에서 5 · 16 군사 쿠데타가 차지하는 영향력은 절대적이었다. 5 · 16 군사 쿠데타는 1960년대 이후 한국 경제가 국가 독점적 정책의 실시와 함께 독점 자본의 강화 · 발전을 가져오는데 핵심적 역할을 한다. 그것을 가능케 했던 것이 5 · 16 군사 쿠데타를 통한 억압적 국가기구와 정치의 확립이었다. 그 억압적 국가가 파괴한 것이 4 · 19를 통해 막 성장하려 했던 자유주의 부르주아를 중심으로 한 부르주아 민주주의였다.

김수영이 1950년대 후반에 이미 예언했던 「서시(序詩)」의 한 구절은 억압적 국가기구와 개발 이데올로기에 숨막혀야 했던 1960년대 초반의 상황에 대한 암시이다. 「序詩」에서 표현했던 "아직도 命令의 過剩을 용서할 수 없는 時代이지만/ 이 時代는 아직도 命令의 過剩을 요구하는 밤"은 당대의 후진성과 식민성을 지적한 시구이자 5 · 16 이후의 역사적 상황을 적실하게 암시한 예언으로도 전혀 손색이 없다. 즉 명령의 과잉을 용서할 수 없는 시대와 그 시대가 명령의 과잉을 요구하는 밤이라는 지적은 모두 '아직도'라는 한정사를 수반하는 시대와 밤을 말하는 것이다.

명령의 과잉을 용서할 수 없는 시대란 억압적 국가기구와 국가 이데올로기가 과잉된 상태인 우리나라의 후진성을 부정하는 주체의 의지를 표명한다. 그 시대가 명령의 과잉을 요구하는 밤과 같다는 것은 그 사회가 처한 암울한 현실을 드러냄과 함께 전반에 걸친 식민성을 말하는 것이다. 김수영은 '나는 그러한 밤에는 부엉이의 노래를 부를 줄도 안다'고 하여 그 시대와 밤을 틈타 그러한 현실을 벗어나고자 하였다. 그것이 지지한 노래였고 더러운 노래이자 生氣없는 노래였음은 앞서의 논의에서 지적한 바와 같다.

중요한 것은 깨달음의 노래 또한 또 다른 '하나의 命令'이었다는 사실이다. 그러나 또 다른 명령이란 그 시대와 밤을 규정했던 명령이 아닌 그것을 극복하거나 넘을 수 있는 것을 의미한다. 또 다른 명령은 4 · 19를 통해 경험했던 꿈을 꾸는 자유이자 통일을 느끼는 것이었다. 그러나 5·16 군사 쿠데타는 김수영에게서 자유와 꿈을 빼앗아 갔다. 실제로 김수영은 5·16 이전과 이후에 시작을 잠정적으로 중단한다. 5·16 이전에 쓴 시는 「<四·一九>詩」로 그 발표 날짜는 1961년 4월 14일이다. 그리고 5·16 직후에 쓴 시가 <新歸去來> 연작 중 첫 번째 시인 「여편네의 방에 와서」의 발표 날짜는 1961년 6월 3일로 적혀 있다.

　약 2개월의 공백은 쿠데타의 전개 과정에서 더 이상 시를 쓸 수 없는 상황을 암시하는 것이다. 그러한 상황 속에서 "詩같은 것/ 詩같은 것/ 써보려고 그러나/ <四·一九> 詩같은 것/ 써보려고 그러나"(「<四·一九>詩」)라는 자조적인 어투의 시를 쓰기도 한다. 김수영은 5·16 이전부터 퇴색하고 변질되어 가는 혁명의 정신이 1961년 5월 16일에 일어난 군사 반란에 의해 급격하게 기울어 간 현실을 직시한다. '자기확립이 중요하다'란 당시의 상황을 집약적으로 보여주는 자기 다짐의 결의이다. 그러한 자기 다짐을 통해 처음으로 발표한 작품이 <新歸去來> 연작시이다.

　　　여편네의 방에 와서 起居를 같이해도
　　　나는 이렇듯 少年처럼 되었다
　　　興奮해도 少年
　　　計算해도 少年
　　　愛撫해도 少年
　　　어린놈 너야
　　　네가 성을 내지 않게 해주마
　　　네가 무어라 보채더라도
　　　나는 너와 함께 성을 내지 않는 少年

　　　바다의 물결 昨年의 나무의 體臭
　　　그래 우리 이 盛夏에

온갖 나무의 追憶과
물의 體臭라도
다해서
어린놈 너야
죽음이 오더라도
이제 성을 내지 않는 법을 배워주마

여편네의 방에 와서 起居를 같이해도
나는 점점 어린애
나는 점점 어린애
太陽 아래의 단하나의 어린애
죽음 아래의 단하나의 어린애
언덕 아래의 단하나의 어린애
愛情 아래의 단하나의 어린애
思惟 아래의 단하나의 어린애
間斷 아래의 단하나의 어린애
點의 어린애
베개의 어린애
苦悶의 어린애

여편네의 방에 와서 起居를 같이해도
나는 점점 어린애
너를 더 사랑하고
오히려 너를 더 사랑하고
너는 내 눈을 알고
어린놈도 내 눈을 안다

― 「여편네의 방에 와서」 전문

김수영은 혁명의 좌절과 군사 정부의 성립에 이르는 일련의 과정에 대
해 잠정적 시쓰기의 중단이라는 처방을 스스로에게 가한다. 시쓰기의 중단

은 김수영 자신이 추구했던 모든 것이 사멸하는 경험이었기 때문이다. '근대에 대항하는 비결로서 근대 자체가 되는 것'(「미스터 리에게」)을 통해 추구하였던 근대의 속도 따라잡기와 4·19를 지나면서 각인된 '꿈'과 '자유'에의 경험은 근대를 통해 근대를 바로 보기에 다름 아니었다. 김수영에게 근대의 성찰은 '바로 보마'의 시적 인식이자 시가 수행하는 절대적 혁명으로 이르는 길이기도 했다. 그러나 군사 쿠데타는 김수영의 문학적 행보를 송두리째 부정하는 것이었다. 김수영은 그러한 고통을 감내하면서 <新歸去來> 연작시 아홉 편을 약 3개월 동안 집중적으로 발표한다.[199] 인용시는 연작시의 첫 번째 작품이다.

4·19가 김수영에게 준 영향은 정치적인 면뿐만 아닌 존재론적 혁명이자 내면의 혁명을 촉발케 했다. 그러한 점은 '방'의 존재론적 전이 과정을 통해서 알 수 있다. 즉 「방안에서 익어가는 설움」에서의 '방'이 자기 부정 단계에서 나타나는 익어가는 설움을 간직했던 공간이었고, 「그 방을 생각하며」에서의 '방'은 익어가는 설움을 간직했던 '방'을 생각하는 또 다른 '방'으로, 혁명의 실패라는 역사적 경험을 좌절하거나 실망으로 여기지 아니하는 자기 긍정의 자세를 유발하는 공간이었다.

그러나 5·16 군사 쿠데타를 경험한 김수영이 도연명의 「歸去來辭」를 떠오르게 하는 <新歸去來> 연작시를 통해 다다른 공간이란 '여편네의 방'이었다. 도연명의 「歸去來辭」가 주체의 의지에 의해 돌아옴을 표현했다면, 김수영의 <新歸去來>는 잠정적 시작의 중단을 배경으로 다시 시를 써야 한다는 인식의 변화를 보여준다. 거기에는 '新'이라는 접두어의 의미가 있을 것이다. 여기에서 "자기 확립이 중요하다. 다시 뿌리를 펴는 작업을 시작하자"라는 일기의 한 구절을 통해 <신귀거래> 연작을 쓰기까지 김수영

---

199) <신귀거래> 연작시의 발표 날짜는, 첫 번째 시가 1961년 6월 3일이고 마지막 시는 1961년 8월 25일이다.

이 감내해야 했던 내면의 고투를 짐작할 수 있다.

「여편네의 방에 와서」는 두 측면에서 김수영의 변모를 확인할 수 있는 작품이다. 그것은 '방'의 존재론적 측면과 그 '방'이 '여편네'의 방이라는 사실이다. 김수영의 시에서 '방'의 존재론적 변천은 익어가던 설움의 공간에서 4·19 혁명을 매개로 세계로 나아가는 과정이었다. 그러나 '여편네의 방'으로 바뀌었다는 것은 또다시 개인적이고 사적인 공간으로 변모되었음을 뜻한다. 여편네의 방이란 바로 자기의 방이기도 하다. 일반적으로 아내의 방과 남편의 방이 따로 있지 않고 같이 기거하기 때문이다. 그러나 '여편네'라는 시어는 김수영 전체시의 맥락에서 볼 때, 속물 또는 적으로서의 일상을 표상한다.

그것은 여성주의 비평의 시각에서 본다면, 남근 중심주의나 남성 우월주의의 기표로서 작용하겠지만[200] 본고에서 주목하는 것은 김수영의 현실

---

200) 김수영의 여성관에 대해 논의한 글은 많지 않다. 대표적인 글로 정효구의 것을 들 수 있다. 정효구는 김수영의 시에 나타난 '남녀간의 사랑'이라는 문제에 관심을 기울여, 그러한 논점을 드러내는 시(「사랑」, 「죄와 벌」, 「여편네의 방에 와서」, 「만주의 여자」, 「여자」, 「미인」, 「성」, 「거리」)와 산문을 분석한다. 그에 의하면, 김수영 문학에 보냈던 찬사에 비하면 그가 '남녀간의 사랑'이라는 주제와 관련하여 드러낸 의식은 너무나 낮은 수준의 것이다. 정효구는 김수영이 기본적으로 우월적인 남성주의 혹은 남근중심주의적 사고에 아무런 반성 없이 사로잡혀 있기 때문이라고 평가한다.(정효구, 「자유와 사랑의 어두운 저편」, 『현대시사상』, 1996년 가을호)

이런 측면은 정효구의 논의에 연장선상에 있는 한명희의 글에서도 반복된다.(한명희, 『김수영의 시정신과 시방법론 연구』, 서울시립대 박사학위논문, 2000) 예를 들어, 김수영 시 정신의 핵심 중 하나는 '자유의 정신'이지만 여성들의 '자유'에 대해서는 전혀 생각하지 않고 있다고 보기 때문이다. 그러나 그들의 논의에는 한계가 존재한다. 페미니즘 시각에서 볼 때 내릴 수 있는 평가로 김수영의 시 전체를 재단하는 면이 없지 않아 있기 때문이다. 그것은 현상의 이면에 내재한 본질을 보지 못하는 잘못이다.

그들의 논의에서 빠지지 않는 「여자」의 경우, '여자란 집중된 동물이다'와 '여자의 본성은 에고이스트/ 뱀과 같은 에고이스트' 등의 구절에 대한 해석의 부분에서 성서적 의미로 분석하여, 김수영이 여성을 원죄적 의미로 비판하고 있다고 본다. 그러나 문혜원에 의하면, 여자의 이기심에 관한 부분으로 여자와 죄, 뱀 등의 단어들은 언뜻 성경적인 배경을 연상시키지만, 선악과를 따먹은 이브의 행위는 이기심이 아니라 탐욕과 호기심, 경망함 등으로 설명되고, 또한 이브를 유혹한 뱀 역시 위선과 기만, 유혹

인식을 가로막는 속물의 개념으로, 경제적인 측면에서 대두되었던 일상의 생활에 관한 것이다. 예를 들어, "金星라디오 A 504를 맑게 개인 가을날/ 일수로 사들여온 것처럼/ 五백원인가를 깎아서 일수로 사들여온 것처럼/ 그만큼 손쉽게/ 내 몸과 내 노래는 타락했다"(「金星라디오」)에서 나타나듯이, 김수영은 아내의 경제적 능력에 대한 자신의 무능력을 '내 몸과 내 노래는 타락했다'는 피해 의식으로 보여 준다. 그 피해 의식은 가장이자 남편 그리고 아비로서 지녀야 될 자신의 경제적 무능력에 대한 자책으로 읽을 수 있다. 따라서 '여편네의 방'에서 느끼는 것은 생활인으로서의 현실이다. 경제적인 측면을 주로 이끌어 가는 아내의 '방'에 김수영이 들어 왔을 때 자신을 확인할 수 있는 것은 '少年처럼 되었다'라는 일종의 퇴행 현상이다. 퇴행 현상이란 주체의 분열을 수반한다.

시적 자아인 '나'가 '少年'으로 변했다는 주체의 분열은 이원화된 주체를 뜻한다. 즉 시적 자아인 '나'가 분열되기 이전의 주체라면 '소년'은 분열된 주체이다. 분열된 주체는 흥분해도, 계산해도, 애무해도 소년이다. 여기에서 흥분시키거나 계산하는 것 그리고 애무하는 주체는 소년으로 분열되기 이전의 주체이다. 그 주체는 자신의 분열된 주체 상태에서 벗어나고자 흥분·계산·애무라는 수단을 동원하지만 '어린놈 너야'에서처럼 호명하는 주체와 호명되는 주체로 그 분열 양상은 더욱 깊어진다. 이것은 '나'는 '소년'인 동시에 그 소년을 호명하는 주체인 것이다. 박수연에 의하면,

---

등으로 해석될 수 있기에 이를 성서적으로 해석하는 것에 무리가 있음을 지적한다. 따라서 뱀과 여자가 모두 이기적인 동물이라는 점은 남을 배려하거나 남과의 관계에서 자신을 돌아볼 줄 모르는 무반성적인 동물이라는 뜻으로 볼 수 있다. 그러므로 집중력이 죄에서 나온다는 것은 '이기심은 죄이다'라는 뜻으로 해석되어야 한다.(문혜원, 「아내와 가족, 내 안의 적과의 싸움」, 『작가연구-김수영 문학의 재인식』, 새미, 1998. 5)

이러한 김수영의 여성관에 대한 논의는 '남녀간의 사랑'이라는 문제의 초점에 한정된 페미니즘적 시각의 적용이라는 측면을 제외한다면 김수영 문학에 내재한 다양한 해석의 가능성을 확인시켜준다.

이러한 퇴행은 지금 주어진 현실을 거부하고 현실 이전의 상태에 대한 기억을 보존하려는 심리가 시인에게 지배적이기 때문이다.201) 그것이 4·19의 행복했던 경험에 대한 기억의 자기 보존 방식이었다면 이미 주어진 현실은 양계나 생활비 문제, 빚 독촉 등의 생활의 문제이기에, 보존하려는 심리와 벗어나고픈 욕구 사이의 괴리감은 증폭된다.

보존과 이탈의 이중 심리는 '여편네'로 표상되는 가족에 대한 나의 심리적 갈등이라는 측면에서 접근할 수 있다. 결국 문제는 빈궁한 생활로, 생활인으로서의 책임을 요구하는 아내 또는 가족의 바람과는 다른 지평에 김수영의 고민이 있기 때문이다. "항시 괴롭히고 있는 보이지 않는 拷問人/時代의 宿命이여/ 宿命의 超現實이여/ 나의 생활의 정수는 어디에 있나"(「長詩(二)」)에서 나타나듯이, 김수영의 고민은 생활의 문제가 나아지기 위해서는 시대적인 문제가 선결되어야 한다는 점에 있다. 따라서 아내와 김수영의 갈등이란 서로의 엇갈린 생각 때문이다. 그들의 엇갈린 생각은 생활과 시대의 문제에 가치의 무게를 어디에 두어야 하는 가를 고민하는 두 주체의 사고가 다르기 때문이다. 김수영이 '여편네의 방'에 와서 분열된 모습을 스스로에게 보이는 것은 시인에게 억압으로 다가온 생활과 현실의 괴리감에서 비롯되는 심리적 기제이다.

시인의 자기 분열이란 세계의 폭력에 반응하는 방식이다. 자기 분열은 세계의 폭력이 보존과 이탈의 이중 심리 또는 생활과 시대의 간극을 요구하는 현실의 문제를 받아들이는 시인의 인식 태도를 말한다. 시인의 인식이 보존보다는 이탈에, 시대보다는 생활에 더 무게 중심이 놓일 경우, 자신에게 가해지는 억압의 진폭은 넓어지게 된다. 따라서 김수영은 그 억압의 하중을 균열시켜야 했다. 그 억압을 균열시키는 방식은 시적 자아에게 나

---

201) 박수연, 앞의 논문, 142쪽.

타나는 자기 분열을 뜻한다. 시의 형식적 측면에서는 시어의 반복과 무의 미한 언어의 나열이 나타난다.

「여편네의 방에 와서」의 경우, '단하나의 어린애'가 '太陽', '죽음', '언덕', '愛情', '思惟', '間斷' 등과 대조되며 반복되는 것은 시적 자아가 주어진 억압을 대처하는 방식이다. 태양이나 죽음 등의 시어에서 환기하는 것은 시적 자아에게 주어진 현실의 모든 것을 표상한다. 그것이 그대로 세계를 상징할 때 '단하나의 어린애'는 개체로서 오직 하나 뿐인 어린애를 뜻하고 세계 앞에 노출된 무력한 시적 자아를 의미한다. 그러한 시적 자아는 끊임없이 분열되는 주체로 형상화된다. 그것은 시의 형식적 측면과 맞닿아 있다. 예를 들어, '단하나의 어린애'라는 시어의 반복은 의미의 집중도를 떨어뜨리는 방식이다. 그것은 어느 하나의 의미를 향해 구조화되는 의미 생산 방식에 저항하는 글쓰기로, '단하나의 어린애'라는 상황에서 한 치의 진전도 허용하지 않는, 일종의 의미의 지연 또는 계류라 할 수 있다. 이러한 의미의 지연은 무의미한 언어의 나열에서도 나타난다.

우물이 말을 한다
어제의 말을 한다
「똥, 땡, 똥, 땡, 찡, 찡, 찡……」
「엄마 안 가?」
「엄마 안 가?」
「엄마 가?」
「엄마 가?」

등나무 등나무 등나무 등나무
「야, 영희야, 메리의 밥을 아무거나 주지 마라,
밥통을 좀 부셔주지?!」
등나무? 등나무? 등나무? 등나무?

「아이스 캔디! 아이스 캔디!」
「꼬오, 꼬, 꼬, 꼬, 꼬오, 꼬, 꼬, 꼬, 꼬」
두 줄기로 뻗어올라가던 놈이
한 줄기가 더 생긴 것이 며칠 전이었나

― 「등나무」 중에서

인용시에서 보여주는 무의미한 언어의 나열은 시의 독해를 가로막는 장애 요소로 작용한다. 대화와 대화 사이 그리고 행과 행 간의 단절은 의미의 자연스러운 흐름을 막고, 이질적인 대화 방식과 소통 불가능한 시어의 배열은 의미의 집중화를 저해하는 지연 요소이다. 이러한 의미의 지연 전략은 <신귀거래> 연작시 1, 2, 3, 4, 5편에서 지속적으로 나타난다. 그것은 세계의 폭력에 반응하는, 방식으로서의 자기 분열이 갖는 인식의 문제와 연관된다. 왜냐 하면 의미의 지연이 하나의 지시 대상을 거부하는 시적 방식으로 쓰이고 있기에 그 지시 대상은 귀거래한 현실을 지시하기 때문이다. 즉 하나의 기표가 자신의 기의를 지시하지 못하는 현실을 나타낸다. 기의를 잃은 무의미한 기표가 부유하듯 반복되어 나열되는 형식은 시적 자아의 자기 분열과 맥을 같이 한다.

따라서 일기에 적혀 있는 '자기확립이 중요하다'는 김수영에게 자기 확립을 요구하는 현실을 인식하는 태도의 문제와 연결된다. 기의없는 기표의 반복은 그 지시 대상인 현실에 도달할 수 없는 상황을 환기하며, 시적 자아의 자기 분열은 그 현실에 대한 저항의 의미가 내재되어 있다. 현실에 대한 저항이란 도달할 수 없는 현실을 수용할 수밖에 없다는 상황을 수락하는 역설이다. 자기 확립이란 그 현실 속에서 자신의 정체성을 담보하는 의지이기 때문이다.

그러한 의지의 구체적인 실천이란 측면에서 자기 분열의 방식은 5·16 군사 쿠데타 이후 속악한 현실을 균열시키는 논리가 된다. 따라서 현실을 인식하는 방식으로서의 자기 분열은 그것의 대상인 현실이 속화되었기 때문이고 또한 시적 자아가 소시민화 되어 가는 증거이다. 김수영의 시에서 나타나는 소시민성은 이때로부터 비롯한다. 그러나 그의 소시민성은 소시민을 만들어 낼 수밖에 없는 현실과 그 현실에 속한 자신을 드러낸다는 점에서 중요하게 언급되어야 한다.

三伏의 더위에 질려서인가 했더니
아냐
아이를 뱄어
계수가 아이를 배서 조용하고
食母아이는 사랑을 하는 중이라네

나는 어쩌나 좋았던지 목욕을 하러 갔지
개구리란 놈이 추락하는 폭격기처럼
사람을 놀랜다
내가 피우고 있는 파이프
이건 二년이나 대학에서 떨어진 아우놈 거야

너무 조용한 것도 병이다
너무 생각하는 것도 병이다
그것이 실개울의 물소리든
꿩이 푸다닥거리고 날아가는 소리든
하도 심심해서 偵察을 나온 꿀벌의 소리든
무슨 소리는 있어야겠다

여자는 魔物야
저렇게 조용해지다니
周圍까지도 저렇게 조용하게 만드는
魔法을 가졌다니

나는 더위에 속은 조용함이 억울해서
미친놈처럼 라디오를 튼다
地球와 宇宙를 진행시키기 위해서
어서어서 진행시키기 위해서
그렇지 않고서는 내가 미치고 말 것같아서

아아 벌
소리야!

― 「伏中」 중에서

    기의없는 기표가 현실을 메우고 있을 때 '너무 조용한' 현실이 된다. 인용시는 그 현실로부터 아주 작은 소리일망정 '무슨 소리는 있어야겠다'는 인식의 변환을 보여주는 작품이다. 시제인 '伏中'은 엎드려 있는 어떤 상황이 일정 정도 지속적임을 암시한다. 그것은 일차적으로 '三伏의 더위'를 가리킨다. 그러나 '三伏의 더위'가 모든 것을 녹여버릴 폭염을 지시하지만 중요한 것은 그 더위가 야기하는 현실의 제문제에 대한 시적 자아의 인식이다.

    시적 자아는 '三伏의 더위에 질려서인가 했더니' 그것이 아님을 선언한다. '질리다'는 어떤 상황의 지속적 성질로 인해 느껴지는 지겨움의 감정이다. 인용시의 경우, 질리다의 직접적 대상이 더위로 나타나고, 그 더위는 '너무 조용한' 현실의 의미를 지닌다. 너무 조용한 현실은 현실의 억압적 실체로써 무기력한 현실이다.

    3연의 '너무 조용한 것도 병이다/ 너무 생각하는 것도 병이다'는 조용한 것과 생각하는 것으로 이원화되어 나타난다. 너무 조용하다는 것은 더위로 인한 무기력한 현실을 나타내고, 너무 생각하는 것은 그러한 현실을 인식하는 시적 자아의 사고이다. 그것은 너무 조용한 세계를 인식하기 위해 그 세계를 너무 생각하는 것이지만 두 가지 모두 '병'이기 때문에 정상적이지 않은 상황을 환기시킨다.

너무 조용한 것은 무기력한 현실의 억압적 상황을 나타내는 역설적 의미로 읽을 수 있다. 시적 자아의 인식의 변화는 그 현실 속에서 너무 생각하는 것조차 바람직하지 않다고 느끼는 것이다. 그렇기 때문에 물이 흐르는 소리나 날짐승이 날아가는 소리 또는 아주 작은 소리로 날아가는 꿀벌의 소리든 '무슨 소리든 있어야' 한다고 선언한다. 그럴 때 "더위에 속은 조용함이 억울해서/ 미친놈처럼 라디오를 튼다"에서 라디오를 켠다는 것은, 라디오 소리가 소음이 아닌 지금까지 자신을 속여 왔던 조용함을 해체하는 소리이자 '地球와 宇宙를 진행시키기 위'한 구체적 실천의 의미를 획득하는 행위이다. 왜냐 하면 '그렇지 않고서는 내가 미치고 말 것같'기 때문이다. 따라서 내가 미치지 않기 위해서는 너무 조용한 현실에 어떤 소리를 내거나 그 소리를 들을 수 있어야 한다. 현실에 대한 발언이나 현실의 소리를 들을 수 있다는 것은 무기력한 현실을 바꾸기 위한 시적 자아의 태도를 보여준다.

그런 맥락에서 마지막 연의 '아아 벌/ 소리야!'는 너무 조용한 현실을 해체하는 가장 작지만 구체적인 실천을 담보하는 것이다. 그러나 마지막 연은 '아아'라는 시어를 통해 시적 자아의 고조된 감정에서 나오는 격정을 그대로 드러내는 영탄법과 '벌/ 소리야!'에서 인격화된 '벌'과 '소리'를 호명하는 돈호법의 활용이 주는 효과로 인해 현재에는 이루지 못하지만 이후에는 이루어내야 하는 것으로 읽힌다. 따라서 김수영의 소시민성은 그것이 비록 작고 미미한 존재일망정 그 존재의 실천을 암시한다.

> 왜 나는 조그만한 일에만 분개하는가
> 저 王宮 대신에 王宮의 음탕 대신에
> 五十원짜리 갈비가 기름덩어리만 나왔다고 분개하고
> 옹졸하게 분개하고 설렁탕집 돼지같은 주인년한테 욕을 하고

옹졸하게 욕을 하고

한번 정정당당하게
붙잡혀간 소설가를 위해서
언론의 자유를 요구하고 越南파병에 반대하는
자유를 이행하지 못하고
二十원을 받으러 세번씩 네번씩
찾아오는 야경꾼들만 증오하고 있는가

옹졸한 나의 전통은 유구하고 이제 내 앞에 情緖로
가로놓여있다
이를테면 이런 일이 있었다
부산에 포로수용소의 第十四野戰病院에 있을 때
정보원이 너어스들과 스폰지를 만들고 거즈를
개키고 있는 나를 보고 포로경찰이 되지 않는다고
남자가 뭐 이런 일을 하고 있느냐고 놀린 일이 있었다
너어스들 옆에서

지금도 내가 반항하고 있는 것은 이 스폰지 만들기와
거즈 접고 있는 일과 조금도 다름없다
개의 울음소리를 듣고 그 비명에 지고
머리에 피도 안 마른 애놈의 투정에 진다
떨어지는 은행나무잎도 내가 밟고 가는 가시밭

아무래도 나는 비켜서있다 絶頂 위에는 서있지
않고 암만해도 조금쯤 옆으로 비켜서있다
그리고 조금쯤 옆에 서있는 것이 조금쯤
비겁한 것이라고 알고 있다!

그러니까 이렇게 옹졸하게 반항한다

이발쟁이에게
땅주인에게는 못하고 이발쟁이에게
구청직원에게는 못하고 동회직원에게도 못하고
야경꾼에게 二十원 때문에 十원 때문에 一원 때문에
우습지 않으냐 一원 때문에

모래야 나는 얼마큼 적으냐
바람아 먼지야 풀아 나는 얼마큼 적으냐
정말 얼마큼 적으냐……

— 「어느날 古宮을 나오면서」 전문

「어느날 古宮을 나오면서」는 김수영 시에 나타나는 소시민성을 집약적
으로 보여주는 작품이다. 시의 화두로 제시되어 있는 '왜 나는 조그만한
일에만 분개하는가'는 두 가지의 관점에서 접근할 수 있다. 조그마한 일이
란 무엇이고 반면 커다란 일은 무엇인가라는 질문이 첫 번째이다. 두 번째
는 왜 분개하는가를 묻는 것이다. 김수영이 말하는 '조그만한 일'은 '王宮
의 음탕 대신에/ 五十원짜리 갈비가 기름덩어리만 나왔다고 분개하'는 것
이다.

일차적으로 시적 자아는 오십원짜리 갈비가 오십원의 가치를 하지 못하
고, 고기가 아닌 기름덩어리만 있다는 사실을 분개한다. 그러나 기름덩어
리 갈비의 이면에는 '王宮의 음탕'에 분개해야 하는 이유의 본질이 있다.
'王宮'이란 '중심'에 대한 은유이다. 중심이란 권력을 수반하는 것이자 그
것에의 지향성이 내재된 것이다. 따라서 '기름덩어리'를 '갈비'라고 가져다
주는 행위 자체가 중심권에서 일정 정도 거리를 두고 있는 주변성을 함의
한다.

분개하는 주체와 '설렁탕집 돼지같은 주인년'은 주변부에 위치한 동일한
존재들이다. 시적 자아는 '王宮의 음탕'에는 분개하지 못하고 욕을 할 수도

없다. 그것을 시적 자아는 '옹졸하다'고 자신에게 고백한다. 따라서 기름덩어리만 가져다주는 설렁탕집 주인에게 분개하는 행위가 조그마한 일이고 '王宮의 음탕'에 대해 분개하고 욕을 하는 것은 커다란 일이다. 시적 자아가 분개하는 이유는 조그마한 일에만 분개하고 커다란 일에는 분개할 수 없는 자신의 이중성에 있다. 자신의 이중성을 적나라하게 드러내는 김수영의 소시민성은 강렬한 자기 풍자의 면모를 띤다.

자기 풍자의 대상은 조그마한 일에만 분개하는 소시민성이다. 자기 풍자는 자신의 이중성을 정직하게 드러내는 용기가 필요할 뿐만 아니라, 현실에 대한 지양과 지향의 관점이 동시에 제시되는 방식이기도 하다. 그러한 방식은 자신의 소시민성을 지양해야 할 대상으로 여기는 것이기도 하지만 그 지양의 대상을 극복하는 일련의 행위는 지향이 된다. 예를 들어, 옹졸한 것과 옹졸하지 않은 것의 차이이다.

옹졸한 것은 1연에서 제시된 '조그만한 일'에 분개하는 것이다. 반면 옹졸하지 않은 것은 '정정당당하게' 분개하는 것이다. 그것은 붙잡혀간 소설가를 위하는 것, 언론의 자유를 요구하는 것, 월남 파병을 반대하는 것이다. 시적 자아는 이러한 분개를 '정정당당'한 '자유를 이행'하는 것으로 인식한다. 그러나 그것을 정당하게 분개하지 못하기에 '야경꾼들만 증오하고 있는가'라고 시적 자아는 자신에게 되묻는다. 따라서 야경꾼들을 증오하는 것이 아닌 자기 자신을 증오하는 것으로 전이된다. 자기 자신을 증오한다는 것은 자신의 정체성을 의심하는 것이다. 이것이 김수영 시에 나타나는 소시민성의 핵심이다.

자신의 정체성을 의심하는 잣대는 정정당당하게 분개하느냐 그렇지 못하느냐의 구분이다. 잣대는 지향성을 가진 개념이다. 따라서 자신의 정체성이 그 잣대에 의거해서 정당하지 못하다면 정당하도록 바꾸어야 한다. 그럼에도 불구하고 설렁탕집 주인과 야경꾼들 또는 땅주인이 아닌 이발쟁이에게, 구청직원과 동회직원이 아닌 야경꾼에게만 옹졸하게 반항한다. 시적 자아는 그러한 행위를 아무래도 나는 비켜서 있고 絶頂 위에는 서있지 않기 때문이라 생각하고, 자신의 전기적 이력을 들추어 스폰지 만들기와 거즈 접고 있는 일과 다를 바 없다고 말한다.[202]

비켜서 있다는 것은 중심에서 벗어나 있는 상태이고, 절정 위에 서 있지 못한 사실은 절정의 언저리에 위치해 있다는 것을 의미한다. 중요한 점은 '조금쯤 옆에 서있는 것이 조금쯤/ 비겁한 것이라고 알고 있다'는 사실이다. 김수영의 소시민성은 '조금쯤'이 갖는 틈새에 놓여 있다. '조금쯤'이란 많지 않은 어떤 상황을 뜻한다. 그러므로 중심에서도 절정 위에서도 '조금쯤'만 이탈해 있는 것이다. 그것은 언제든지 '조금쯤'만 이동하면 복귀할 수 있는 성향이나 욕망으로 읽을 수 있다. 여기에서 중심의 개념이 분리되어 또 다른 축의 중심을 형성한다.

'王宮'은 중심으로서의 권력을 상징하고 정당하게 분개하지 못하게 만드는 강력한 국가 장치 또는 국가 이데올로기로 기능하는 것이다. 그렇기 때문에 정당하지 않게 잡혀간 소설가를 위해서 또는 월남 파병에 대해서 정당하게 분개하지 못했고, 땅주인이나 구청직원에게는 옹졸하게 조차도 반항하지 못했던 것이다. 그러나 '조금쯤 옆에 서있는 것이 조금쯤/ 비겁한 것'을 말할 때, 조금쯤 옆에 서있지 않거나 조금쯤 비겁하지 않는 상황으로서의 중심이 생성된다. 그때의 중심은 비켜서 있지 않는 것, 절정 위에

---

202) 최하림은 김수영이 실제로 한국전쟁 시절에 스폰지나 거즈를 접는 일을 간호사와 함께 했다고 한다.
   "동래에서 수영 비행장 쪽으로 가는 중간쯤에 자리한 콘세트 건물인 가야 야전병원에서 김수영은, 통역일을 하는 한편 틈틈이 간호원들을 도와 환자들의 뒤치다꺼리도 하고, 그녀들과 가제를 개기도 했다. 그는 간호원들이 가엾었다. 어느 정보원이 '사내새끼가 가제나 개고 있느냐고 하면서 포로경찰이 되라고 권유했으나, 그는 거절했다. 그는 경찰이나 정보원보다 간호원들과 어울려 일하는 편이 좋았다."(최하림 편저, 『김수영』, 문학세계사, 1995, 113쪽)

서있는 상태를 지칭한다. 그 상태란 정정당당하게 분개해야 하는 대상에 분개하는 것이자 비겁하지 않은 정의로운 것이기 때문이다. 분개의 대상에 대한 정정당당한 분개는 '왕궁'으로부터 나오는 중심과는 또 다른 축의 중심을 말하며, 그 중심은 김수영의 권력에 대한 비판적 인식이 담긴 지향성을 내포한 의미이다.

따라서 김수영 시에 나타나는 소시민적 자아는 중심에 대한 지향이 있음에도 불구하고 그것을 이루지 못하는 갈등의 자의식이라 할 수 있다. 이것은 김수영 개인의 문제를 넘어서는 사회구조적 차원의 문제이다. 권력의 중심과 그 중심을 해체하기 위한 또 다른 중심의 헤게모니는 4·19 혁명 기간을 제외한다면 언제나 권력의 중심에 그 주도권이 놓여져 있었다. 따라서 권력의 중심에서 소외된 주변부의 저항은 파시즘이 횡행하는 남한 사회에서 '광기'로 내몰릴 운명의 존재이자 잠복된 '불온성'의 실체라 할 수 있다. 그러한 현실은 시적 자아를 이십원에서 십원으로, 십원에서 일원으로 자꾸만 옹졸하게 만들고 왜소화시킨다.

> 그는 나보다도 가난해 보이는데
> 남방샤쓰 밑에는 바지에 혁대도 매지 않았는데
> 그는 나보다도 가난해 보이고
> 그는 나보다도 짐이 무거워 보이는데
> 그는 나보다도 훨씬 늙었는데
> 그는 나보다도 눈이 들어갔는데
> 그는 나보다도 여유가 있고
> 그는 나에게 공포를 준다
>
> 이런 사람을 보면 세상사람들이 다 그처럼 살고 있는 것같다
> 나같이 사는 것은 나밖에 없는 것같다
> 나는 이렇게도 가련한 놈 어느사이에

자꾸자꾸 소심해져만간다
동요도 없이 반성도 없이
자꾸자꾸 小人이 돼간다
俗돼 간다 俗돼 간다
끝없이 끝없이 동요도 없이

― 「강가에서」 중에서

「강가에서」는 '나'에게 공포를 주는 '그'와 '자꾸자꾸 小人이 돼'가는 '나'를 대비시켜 형상화한 시이다. 그는 앞에서 언급한 또 다른 중심에서 비켜나 있지 않고 절정에 서있는 사람이다. 그를 보면 나는 공포를 느낀다. 왜냐 하면 그가 도달한 중심에 나는 도달하지 못했기 때문이다. 그런 맥락에서 시적 자아는 세상사람들이 다 그처럼 살고 있는 것 같고 또한 나같이 사는 것은 나밖에 없는 것 같이 느낀다. 이러한 인식은 "우리들의 적은 한국의 정당과 같은 섹트주의가 아니라 우리들의 爾餘全部이다. 혹은 나 對 전세상이다."203)에서 적을 규정하는 세계를 바라보는 관점과 상응한다. 따라서 김수영의 적은 자신 이외의 나머지 전부이자 전세상이었다.

이때의 적은 '그'에게서 배어 나오는 또 다른 중심에 이르는 것을 가로막는 일체의 의미를 띤다. 또 다른 중심에 다다르지 못할 때 어떻게든지 체면을 차려볼 궁리를 해야 하는 것(「파자마바람으로」), 모이 값과 알값의 수지타산을 계산하는 것(「만용에게」), 가난이 오랜 친근이지만 그 무게를 실감하는 것(「후란젤 저고리」), 삼십원의 여유를 대견하다고 생각하는 것(「돈」), 아내가 비싼 가구를 어렵지 않게 사들이는 것(「金星라디오」) 등으로 드러나는 경제적인 문제와 연관된다. 경제적 현실은 세속화되어 가는 시적 자아의 인식일 수 있지만 그만큼 속악한 현실의 문제를 드러내는 자기 풍자일 수도 있다.

203) 김수영, 「시의 <뉴프런티어>」, 『전집』2, 177쪽.

자기 풍자의 기능은 자신을 시적 대상으로 표현하여 자신이 처한 현실을 환기하는 것이다. 따라서 세속화되어 가는 자신을 드러냄으로써 그렇게 될 수밖에 없는 현실을 말하는 자기 풍자는 끝없이 동요도 없이 속돼가고 소인이 되어 가는 자신을 반성하는 주체를 수반하게 된다. 그 주체는 왜 자신이 소심해져 가는 가를 반성함으로써 현실을 돌파할 수 있다. 따라서 "먼 곳에서부터/ 먼 곳으로/ 다시 몸이 아프다"(「먼 곳에서부터」)와 "아픈 몸이/ 아프지 않을 때까지 가자"(「아픈 몸이」)에서 나타나는 것은 현실의 절망과 고통을 정직하게 드러내는 방식이다. 그 방식은 현실에 묶여 있는 소시민의 모습을 자기 풍자하는 것이고 "일상의 비속성을 극복하려는 문제의식의 산물"204)이라 할 수 있다. 그러한 내면의 고투를 통해서 도달한 자리가 「거대한 뿌리」이다.

나는 이사벨 버드 비숍女史와 연애하고 있다 그녀는
一八九三년에 조선을 처음 방문한 英國王立地學協會會員이다
그녀는 인경전의 종소리가 울리면 장안의
남자들이 모조리 사라지고 갑자기 부녀자의 世界로
화하는 劇的인 서울을 보았다 이 아름다운 시간에는
남자로서 거리를 無斷通行할 수 있는 것은 교군꾼,
내시, 外國人의 종놈, 官吏들 뿐이었다 그리고
深夜에는 여자는 사라지고 남자가 다시 오입을 하러
闊步하고 나선다고 이런 奇異한 慣習을 가진 나라를
세계 다른곳에서는 본 일이 없다고
天下를 호령한 閔妃는 한번도 장안外出을 하지 못했다고……

傳統은 아무리 더러운 傳統이라도 좋다 나는 光化門
네거리에서 시구문의 진창을 연상하고 寅煥네

---

204) 하정일, 「김수영, 근대성 그리고 민족문학」, 『실천문학』 1998 봄호, 206쪽.

처갓집 옆의 지금은 埋立한 개울에서 아낙네들이
양잿물 솥에 불을 지피며 빨래하던 시절을 생각하고
이 우울한 시대를 패러다이스처럼 생각한다
버드 비숍女史를 안 뒤부터는 썩어빠진 대한민국이
괴롭지 않다 오히려 황송하다 歷史는 아무리
더러운 歷史라도 좋다
진창은 아무리 더러운 진창이라도 좋다
나에게 놋주발보다도 더 쨍쨍 울리는 追憶이
있는 한 人間은 영원하고 사랑도 그렇다

비숍女史와 연애를 하고 있는 동안에는 進步主義者와
社會主義者는 네에미 씹이다 統一도 中立도 개좆이다
隱密도 深奧도 學究도 體面도 因習도 治安局
으로 가라 東洋拓植會社, 日本領事館, 大韓民國官吏,
아이스크림은 미국놈 좆대강이나 빨아라 그러나
요강, 망건, 장죽, 種苗商, 장전, 구리개 약방, 신전,
피혁점, 곰보, 애꾸, 애 못 낳는 여자, 無識쟁이,
이 모든 無數한 反動이 좋다
이 땅에 발을 붙이기 위해서는
─第三人道橋의 물 속에 박은 鐵筋기둥도 내가 내 땅에
박는 거대한 뿌리에 비하면 좀벌레의 솜털
내가 내 땅에 박는 거대한 뿌리에 비하면

                              ─「巨大한 뿌리」 중에서

　「거대한 뿌리」는 포스트식민주의 문학이론에서 말하는 '폐기'와 '전유'
를 복합한 형태를 보여주는 시이다. 그러한 전략에 대해 포스트식민주의
비평가는 다음과 같이 말한다. "'폐기'나 '전도'는 그 자체로는 불완전하
거나 실패한 급진주의를 표상할 뿐이다. 급진주의는 차용하여 전유하
기'(appropriation)나 '내부에서의 전복'같은 더 정교한 정치적 습관을 획득할

필요가 있다. 반식민주의적으로 차용하여 전유하는 자는 낡은 권위주의적 낱말들을 새로운 대립적 의미들로 꼬아내는 것을 통해 중심의 문화적 및 언어적 안정성에 도전한다. 차용하여 전유하는 과정 없는 폐기의 계기는 특권적인 것, 정상적인 것, 그리고 온당한 이름에 대한 가정들을 뒤바꾸는 것 이상을 넘어설 수 없으며, 그 모든 것들은 단순히 새로운 용법에 의해 접수되고 유지될 따름이다."205) '폐기에서 차용하여 전유하기'로의 이 조정된 포스트식민적 전략은 전통은 아무리 더러운 전통이라도 좋고, 역사는 아무리 더러운 역사라도 좋은 이유를 설정하는 방식에 있다. 인용시의 3연에 제시된 '이사벨 버드 비숍여사'는 해가 지지않는 영원한 제국주의국가인 '영국왕립지학협회회원'이다. 그녀는 '일팔구삼년에 조선을 처음 방문'하여 다음과 같은 텍스트를 생산한다. 그리고 김수영은 그 텍스트를 전유한다.

바로 이러한 고래(古來)의 상황, 이 말할 수 없는 관습의 세계, 이 치유 불가능하고 개정되지 않은 동양주의의 땅, 중국을 하나로 묶는 데 도움이 되는 인종적 강인함을 지니지도 못한 중국의 패러디인 이 곳에 서양 문명의 효모가 발효하기 시작한 것이다. 수세기에 걸친 잠에서 거칠게 뒤흔들려 깨워진 이 미약한 독립 왕국은 지금, 반쯤은 경악하고 전체적으로는 멍한 상태로 세상을 향해 걸어나오고 있다. 강력하고, 야심에 차 있으며, 공격적인 데다 꼼꼼하지도 못한, 서로 서로 이 왕국에 대해서는 사정을 두지 않기로 담합한 서구 열강들은 이 왕국의 유서 깊은 전통에 거친 손으로 조종을 울리며, 시끄럽게 특권을 요구하며, 자기 자신도 의미와 필요성을 이해하지 못하는 중구난방의 교정과 충고를 떠벌리고 있다. 하여 이 왕국은 한 손엔 으스스한 칼을, 다른 한 손엔 미심쩍은 만병통치약을 든 낯선 세력에 휘둘리는 자신을 발견하고 있는 것이다.206)

---

205) Leela Gandhi, 이영욱 역, 『포스트식민주의란 무엇인가』, 현실문화연구, 2000, 180쪽.
206) E. B. 비숍, 이인화 역, 『한국과 그 이웃나라들』, 살림, 1994, 29-30쪽.

인용문에 나타나는 관점은 오리엔탈리즘의 전형적인 모습이다. 비숍 여사가 보여 주는 것은 당시 서구인들이 중국의 일부 또는 중국 문화의 패러디로서 한국을 바라보는 시선이다. 수세기에 걸친 '중화'적 세계관에서 이제 막 깨워진 '미약한 독립왕국'인 조선은 탐욕스러운 서구 제국주의 국가 앞에 무력하기만 하다고 그려진다. 최동호에 의하면, 19세기말 조선은 스스로 자기 중심을 바로 세우기도 힘들뿐만 아니라 더 이상 그들의 보호막도 될 수 없는 중국으로부터 떨어져 나와 식민지 정책과 군국주의가 활개치는 20세기적 초두의 헤게모니 쟁탈전의 도마 위에 멍하게 취한 하나의 희생물로서 비숍 여사의 눈앞에 비쳐진 것이다.[207]

그녀의 텍스트는 지금으로부터 100여년 전에 쓰여진 것이다. 따라서 그녀가 왜 한국을 방문하여 한국의 모든 것을 그리려고 했는지 알 수 없다. 그러나 식민주의의 대명사인 대영제국의 지리협회가 했던 일을 상기한다면 그것은 식민개척의 교두보이자 첨병으로 다가왔다는 혐의를 벗어날 수 없을 것이다. 1893년에 처음 우리나라를 방문한 그녀의 의도는 제국주의가 행한 식민지 개척의 행보와 맥을 같이 한다. 따라서 그녀의 텍스트는 당대의 조선을 잠재된 식민의 형태로 보았을 것이다. 그리고 그녀의 눈앞에 놓여진 조선은, 조셉 콘라드가 아프리카를 '역사이전의 공간'으로, 아프리카인들을 '미치광이'로 혹은 '괴물'로 묘사하여 아프리카를 철저하게 '타자화'하고 있는 것[208]과 다르지 않다. 예를 들어, 그녀는 한국인에 대한 묘사 부분에서 한국여자가 입고 있는 옷을 "세상에서 제일 보기 흉한 옷"[209]이

---

207) 최동호, 「김수영의 시적 변증법과 전통의 뿌리」, 김승희 편, 『김수영 다시읽기』, 프레스 21, 2000, 72쪽.

208) Joseph Conrad. *Heart of Darkness*, New York: Norton Critical Edition, 1988, pp. 37-38.(이석호, 「포스트콜로니얼리즘 미학의 양가성」, 한국외국어대 박사학위논문, 1996, 23-24쪽에서 재인용)

209) E. B. 비숍, 앞의 책, 19쪽.

라고 표현하고, 한국 남자들을 "특별히 하는 일이라곤 없이 이리저리 걸어
다니며 빈둥거리고 있었다"[210]고 적고 있다. 그녀는 자신의 가치기준에 의
해 대상을 분류하거나 유형화하여 왜곡시켜 자신의 우월성을 드러낸다. 따
라서 『한국과 그 이웃나라들』은 식민지의 풍경, 관습 그리고 언어를 핍진
하게 기술하고 있지만, 그것은 그대로 제국의 담론을 은폐하는 역할을 의
도하든 않든 담당할 수밖에 없다.

김수영은 제국의 담론을 폐기하지 아니하고, 그 텍스트들이 식민지에 대
한 식민지 본국의 우위, 변방적인 것에 대한 중앙적인 것의 특권을 띨 수
밖에 없음을 「거대한 뿌리」에서 피력한다. 또한 김수영은 그 텍스트들을
생산한 제국주의 담론의 조건을 전유함으로써 억압적 텍스트와 투쟁하는
전복적인 텍스트로 전치시킨다. 이러한 '차용하여 전유하기'의 전략은 '비
숍여사'의 제국주의 텍스트를 그대로 알레고리화하여 중심 담론을 되받아
쓰는 방식이기도 하다. 일종의 모방이자 패러디 형식을 띠는 포스트식민주
의 전략인 '모방'은 식민적 어휘로부터 그것의 반식민적 활용으로 차용하
는 필수적이며 다중적인 번역 행위 속에 존재한다.

달리 말해 '모방'은 부적당한 차용적 전유의 논리를 통한 반식민주의적
자기 차이화의 과정이다. 자기 차이화 방식이란 중심 담론의 서사를 부정
하고 저항하는 태도라 할 수 있다. 그것은 비숍 여사가 행한 제국주의 담
론 모방하기이다. 모방하기란 비숍 여사의 시선을 김수영이 자신의 시선으
로 자기 차이화 하는 것이다. 따라서 비숍 여사가 보았던, 3연에서 형상화
되는 낯설고 이상한 풍경들을 김수영은 '극적인 서울'로 '인경전의 종소리'
가 울리면 '이 아름다운 世界'로 차이화시킨다. 김수영은 일본의 군국주의
에 의해 억눌리고 미국의 문화적 제국주의에 의해 변질되기 이전의 모습

210) E. B. 비숍, 위의 책, 47쪽.

을 '극적인 서울'과 '아름다운 세계'로 보았던 것이다. 그렇기 때문에 김수영은 '나는 이사벨 버드 비숍女史와 연애하고 있'으며 '버드 비숍女史를 안 뒤부터는 썩어빠진 대한민국이/ 괴롭지 않다'고 말할 수 있는 것이다.

김수영은 변질되기 이전의 훼손 없는 우리의 모습을 발견하고 당대의 모습과 겹치게 되면서 '이 우울한 시대를 패러다이스처럼 생각한다'. 바로 여기가 '傳統은 아무리 더러운 傳統이라도 좋'고 '歷史는 아무리/ 더러운 歷史라도 좋다'는 것과 '진창은 아무리 더러운 진창이라고 좋다'는 탈식민주의 선언이 놓이는 자리이다. 이때부터 근대의 상징이자 중심문화의 슬로건을 내걸었던 '東洋拓植會社, 日本領事館, 大韓民國官吏,/아이스크림'은 '요강, 망건, 장죽, 種苗商, 장전, 구리개 약방, 신전,/피혁점, 곰보, 애꾸, 애 못 낳는 여자, 無識쟁이,/이 모든 無數한 反動'으로 대체된다.

식민주의의 중심부에서 동일화 논리를 강요했던 '東洋拓植會社'와 '日本領事館', 그리고 남한의 부정부패의 온상이었던 '大韓民國官吏' 문화적 제국주의의 풍물인 '아이스크림'이 근대의 상징을 흐르는 동적(動的)인 세계이자 '좀벌레의 솜털'이라면, '無數한 反動'들은 권력 또는 중심에서 소외된 것이자 그 흐름에 반(反)하는 '거대한 뿌리'이다. 그렇기 때문에 김수영은 전통이 아무리 더러울지라도 전통일 수밖에 없고, 역사가 아무리 더러울지라도 역사일 수밖에 없다고 선언하는 것이다.

2) 사랑의 변주, 공존의 시간에 이르는 길

「거대한 뿌리」는 김수영이 1950년대에 추구했던, 속도주의로 대두된 근대 지향성에 의해 잊혀진 억압되고 억눌린 것들의 회귀를 선언한 작품이다. 억압된 것들의 회귀란 「서시」에서 이미 언급했던 첨단의 노래에 가리워진 정지의 미를 깨달음의 노래로 인식하는 과정을 필요로 했다. 따라서 그 과정을 통해 다다른 곳이 '거대한 뿌리'에 이르는 길이었다. 그것은 속도주의의 슬로건이었던 '더 빨리 더 많이'의 이데올로기를 인식하는 과정이었고, 그 이면에 놓여진 '무수한 반동'의 실체를 확인하는 것이었다.

무수한 반동이란 중심에서 소외된 주변부적인 것이었지만 김수영이 우울한 시대인 당대를 패러다이스처럼 생각하게 하는 것들이었다. 세심하게 읽어야 할 것은 이 우울한 시대인 '썩어빠진 대한민국'을 패러다이스처럼 생각하게 하는 힘이 어디에서 나오는 것인가이다. 그것은 썩어빠진 대한민국의 썩어빠지기 이전의 모습을 찾는 것에서부터 시작한다. 비숍 여사의 텍스트를 통해서 김수영이 본 것은 근대 이전의 전근대적 모습이었다.

비숍 여사가 그녀의 텍스트에서 보여주었던 것은 요강, 망건, 장죽, 종묘상, 장전, 구리개 약방, 신전, 피혁점, 곰보, 애꾸, 애 못 낳는 여자, 무식쟁이 등의 전근대적 풍물이었다. 그것들은 서구의 근대적 시선으로 바라보았을 때 한낱 박물관의 유물적 가치밖에 지니지 못하는 존재들이었다. 그러나 김수영은 그것들을 전통으로 보았다. 전통이란 정체성을 요구하는 바, 김수영은 그것들을 통해 자신의 정체성을 인식했기 때문에 전통이 아무리 더러운 전통일지라도 좋을 수 있었다. 그러한 자신의 확고한 정체성에 의해 "진보주의자와 사회주의자는 네에미 씹이다"라고 욕할 수 있었다.

김수영의 시에 나타나는 비하적 표현은 직설적 형태로 자주 나타난다. 예를 들어 앞서 살펴본 분뇨에 대한 표현이나 「거대한 뿌리」의 경우, '네에미 씹이다' 이외에 '개좆이다'와 '미국놈 좆대강이나 빨아라' 등에서 나타나는 바와 같이 비하적 표현의 대상에 대한 부정의 강도를 증폭시키기 위한 시적 방식으로 볼 수 있다. 이러한 시적 전략은 그 부정의 대상에 대한 부정성의 강도와 비례하는 긍정을 위한 예비 작업이다. 그것은 박물관의 유물적 가치밖에 띨 수 없었던 존재들에 대한 무한한 애정으로 나타난다. 그것들을 애정으로 규정하는 힘의 원천은 자신의 정체성에서 나오는 것이었다. 김수영의 정체성은 그들로부터 비롯되는 '역사'임을 다음 시를 통해 확인할 수 있다.

미역국 위에 뜨는 기름이
우리의 歷史를 가르쳐준다 우리의 歡喜를
풀 속에서는 노란꽃이 지고 바람소리가 그릇 깨지는
소리보다 더 서걱거린다―우리는 그것을 永遠의
소리라고 부른다

해는 淸敎徒가 大陸 東部에 상륙한 날보다 밝다
우리의 재(灰), 우리의 서걱거리는 말이여
人生과 말의 간결―우리는 그것을 戰鬪의
소리라고 부른다

미역국은 人生을 거꾸로 걸게 한다 그래도 우리는
三十대보다는 약간 젊어졌다 六十이 넘으면 좀더
젊어질까 機關砲나 뗏목처럼 人生도 人生의 부분도
통째 움직인다―우리는 그것을 貧窮의
소리라고 부른다

오오 歡喜여 미역국이여 미역국에 뜬 기름이여 구슬픈 祖上이여
가뭄의 백성이여 退溪든 丁茶山이든 수염난 영감이면
福德房 사기꾼도 도적놈地主라도 좋으니 제발 순조로와라
自稱 藝術派詩人들이 아무리 우리의 能辯을 욕해도―이것이
歡喜인 걸 어떻게 하랴

人生도 人生의 부분도 통째 움직인다―우리는 그것을
結婚의 소리라고 부른다

― 「미역국」 전문

「미역국」에서 주지하는 것은 '미역국 위에 뜨는 기름이 우리의 역사를

가르쳐 준다'이다. 미역국 위에 뜬 기름은 역사에 대한 일종의 객관적 상관물이다. 미역국 위에 뜬 기름은 미역국의 국물과 섞이지 않지만 미역국을 이루는 중요한 요소이다. 그것은 미역국의 주요 성분이면서도 부유하듯 미역국 위를 떠다닌다. 김수영은 그러한 미역국의 기름을 보고서 그것이 우리의 역사를 가르쳐 준다고 생각한다. 우리의 역사란 「거대한 뿌리」에서 인식한 무지렁이의 역사이자 속도주의의 제단에 희생된 소외되고 망각된 존재들의 삶을 의미한다.

그들의 삶은 "풀 속에서는 노란꽃이 지고 바람소리가 그릇 깨지는/ 소리보다 더 서걱거리"는 것이다. 김수영 시에 나타나는 '풀'은 그들의 삶을 표방하는 상징의 의미를 「미역국」에서부터 그 단초를 엿볼 수 있다. 여기에서 '풀'은 한 포기의 풀을 지시하는 것이 아닌 무리를 이루는 군집된 형태이다. '풀 속에서'란 개개의 풀들이 모인 집단적 형태를 말하기 때문이다. 따라서 그들은 꽃이 피고 지는 또는 바람소리가 그릇 깨지는 소리보다 더 서걱거리는 삶을 살아가는 존재들이 된다. 그러한 존재들은 풀이라는 상징적 속성에 함축되어 있는 억압받는 자와 중심에서 소외된 주변부적 존재로 나타나는 민중을 말한다.

김수영은 자신뿐만이 아닌 '우리'라는 시어를 통해 풀 속에서 살아가는 그들 스스로가 '그것을 永遠의 소리'라고 인식하고 있음을 환기시킨다. 이러한 시적 전개는 1연에서 영원의 소리, 2연에서 전투의 소리, 3연에서 빈궁의 소리, 4연에서 환희(의 소리), 5연에서 결혼의 소리로 이어진다. 그 소리의 주체들은 4연에서 말하는 '구슬픈 조상'들의 모습이지만 시인에게 '환희인 걸 어떻게 하랴'는 격정을 불러일으키는 존재들이다.

예컨대 가뭄의 백성이나 퇴계와 정다산을 포함하는 수염난 영감 또는 복덕방 사기꾼 그리고 도적놈 지주일지라도 전통이 아무리 더러운 전통이라도 좋을 수 있듯이 그들의 존재 자체가 환희를 주는 전통이기에 제발 순조룝기를 염원하는 것이다. 이러한 모습은 김수영이 「이 韓國文學史」에서 보여주는, "덤삥出版社의 二十원짜리나 二十원 이하의 고료를 받고 일하는 / 四十원이나 十三원이나 十二원짜리 번역일을 하는/ 불쌍한 나나 내 부근의 친구들"의 삶을 '순교자'로 표현하는 것과 같은 맥락에서 인식하는 것이다.

김수영은 '우리의 주위에 너무나 많은 순교자들'이 있다는 '발견'을 통해 '덤삥出版社의 일을 하는 이 無意識大衆을 웃지 마라'고 선언한다. 바로 그들이 역사를 이루는 무의식 대중이자 과거로부터 현재를 이루는 전통의 거대한 뿌리이다. 왜냐 하면 우리의 역사는 그들의 역사이기 때문이다. 김수영은 그들이 비웃음을 당하지 않기 위해서 또는 그들의 역사가 전통의 거대한 뿌리로 인식하기 위해서 무엇보다도 필요한 것이 사랑임을 인식한다. 그러한 인식을 가능케 했던 힘이 그들에 대한 사랑이자 그들로부터 나오는 사랑이다. 그 사랑은 무의식 대중에 잠재된 역사의 힘이 된다. 그 역사와 전통의 힘을 사랑으로 확인하는 자리에 놓이는 시가 「現代式 橋梁」이다.

現代式 橋梁을 건널 때마다 나는 갑자기 懷古主義者가 된다
이것이 얼마나 罪가 많은 다리인줄 모르고
植民地의 昆蟲들이 二四시간을
자기의 다리처럼 건너다닌다
나이어린 사람들은 어째서 이 다리가 부자연스러운지를 모른다
그러니까 이 다리를 건너갈 때마다
나는 나의 心臟을 機械처럼 중지시킨다
(이런 연습을 나는 무수히 해왔다)

그러나 문제는 이러한 反抗에 있지 않다
저 젊은이들의 나에 대한 사랑에 있다

아니 信用이라고 해도 된다
「선생님 이야기는 二十년 전 이야기이지요」
할 때마다 나는 그들의 나이를 찬찬히
소급해가면서 새로운 여유를 느낀다
새로운 歷史라고 해도 좋다

이런 驚異는 나를 늙게 하는 동시에 젊게 한다
아니 늙게 하지도 젊게 하지도 않는다
이 다리 밑에서 엇갈리는 기차처럼
늙음과 젊음의 분간이 서지 않는다
다리는 이러한 停止의 증인이다
젊음과 늙음이 엇갈리는 순간
그러한 速力과 速力의 停頓 속에서
다리는 사랑을 배운다
정말 희한한 일이다
나는 이제 敵을 兄弟로 만드는 實證을
똑똑하게 천천히 보았으니까!

― 「現代式 橋梁」 전문

　1연의 핵심은 '다리'가 '죄'가 많다는 점과 그 죄 많은 다리가 '현대식'
이라는 점이다. '現代式 橋梁'은 김수영을 '懷古主義者'로 만든다. 회고주의
자가 된 김수영이 회고한 것은 무엇일까. 회고란 곧 기억하기다. 그것은
"植民地의 昆蟲들이 二四시간을/ 자기의 다리처럼 건너다닌" 기억이다. '二
十年 전 이야기'는 그의 나이 이십대 초반이었고 해방전후의 현실이었다.
식민지 시절의 '다리'는 식민통치의 제도적 상징으로, 길과 길의 통로이자
전근대와 근대의 매개에 해당하는 전이지대이다.
　'다리'가 갖는 근대의 상징성은 속도와 그 속도를 전파하는 '현대식' 중
심담론에 있다. '다리'는 속도와 속도를 잇는 매개항이면서, 지나온 쪽의

속도에 가속을 붙여 지나갈 쪽에 전달하는 가속체이기도 하다. 다리를 지나면서 지나온 전근대를 과거로 몰아 단순히 지난 것, 낡은 것으로 치부하여 다시 돌아보지 않게 하는 것이 다리의 첫 번째 '죄'라면, 자기의 다리인양 착각케 하여 그 다리를 통해서 이입된 속도가 아닌 자신들이 완성한 속도로 오인하게 하는 것이 그 두 번째 '죄'이다.

그것은 식민주의의 논리이며 중심 지배 문화의 유혹적인 캠페인이기도 하다. 낸디에 의하면, "이 식민주의는 몸만이 아니라 마음도 식민화하며, 그들의 문화적 우선 순위들을 일거에 변경시키기 위해 식민화된 사회들 내에서 무력을 행사한다. 그 과정에서 식민주의는 지리적이고 시간적인 실체에서부터 심리적 범주에 이르기까지 근대 서구의 개념을 보편화시키는데 기여한다. 서구는 이제 어디에나, 서구의 안과 밖에, 구조들 속에, 그리고 마음 속에 있다."[211] 따라서 전방위적 서구의 흔적은 일제에 의해 만들어진 다리와 그 다리를 규정하는 '현대식' 담론에 고스란히 남겨진 것이다. 현대식이란 식민주의로부터 이어지는 속도주의의 산물이자 중심의 은유이다. 김수영은 그 다리의 죄를 알지만 나이 어린 사람들은 그것을 알지 못하고 '현대식' 담론을 간파하지 못한다. 그래서 김수영은 부자연스럽고, '이 다리를 건너갈 때마다/ 나는 나의 心臟을 機械처럼 중지시'키는 버릇을 무수히 연습하게 된다.

다리가 '현대식'으로 치장될 때 도로는 더 넓어지고 길어진다. 그리고 빨라진다. 그 속도는 모든 것을 중앙으로 집중시키고 첨단화시킨다. '라다크'로부터 배울 수 있는 것[212]은 도로가 얼마나 빨리 공동체를 분열시키는가를 보여주는 좋은 예이다. 문명의 속도는 모든 전통적인 아름다움을 소

---

211) Leela Gandhi, 앞의 책, 30쪽, 재인용.

212) 헬레나 노르베르 호지, 김종철 · 김태언 역, 『오래된 미래-라다크로부터 배운다』, 녹색평론사, 1999, 참조.

멸시킬뿐더러 인간의 의식영역조차 황폐화시킨다.

현대화의 속도는 마치 버만이 뉴욕의 모더니즘을 논하는 자리에서 느꼈던 '초기의 삶에 파괴적이고 비참한 충격'이었다.[213] 버만은 "뉴욕이 현대문화에 기여한 수많은 이미지와 상징 중에서 최근의 가장 놀라운 것 중의 하나가 있다면, 그것은 아마도 현대적인 폐허와 황폐에 대한 이미지"라고 지적한다. '현대적인 폐허'를 가능케 했던 것은 가장 현대적인 뉴욕의 고속도로였다. 뉴욕의 고속도로가 현대화 이전의 추억을 파괴하고 비참하게 했다면, 우리의 현대식 교량은 「거대한 뿌리」에서 형상화된 요강이나 망건 등의 전통적인 사물에 배어있는 추억을 고스란히 과거적인 것 또는 낡은 것으로 치부하는 역할을 담당했다.

'현대식 교량'의 일종인 고속도로는 서울로 통하는 길이며, 진보 또는 생존의 길이었던 근대화의 상징이다. 그 길 위를 빠른 속도로 질주하지 못하면 소외되고 주변화되어 '지지한 노래'와 '더러운 노래'로 전락할 수밖에 없는 것이기도 했다. 그것은 도시화를 통해 몰락해가는 농촌과 도시의 하위계층이었고 중앙집중적 문화 속에 소외되어 가는 지방문화의 지방화에 다름 아니었다.

우리의 1960년대는 속도에 관성이 가미된 가속도의 시대였다. 개발독재 파시즘은 무에서 유를 창조하는 가공할 속도를 통해 '다리' 바깥에 존재하는 작고 소소한 존재들의 느린 속도를 억압하는 속도제일주의이자 근대화 담론이라 할 수 있다.[214] 근대화 담론은 근대성의 구현이 곧 사회발전임을

---

213) Marshall Berman, 윤호병·이만식 역, 『현대성의 경험』, 현대미학사, 1998, 348-381쪽 참조.

214) 속도주의와 근대화 담론은 상동적 관계에 있다. 이와 같은 맥락에서 다음과 같은 문제의식은 우리의 근대 또는 근대화를 바라보는 또 다른 관점을 제공한다. "전통을 극복해야 할 대상으로만 파악하고 개화·근대화를 만병통치약으로 생각했던 구한말 일제식민지시기 개화론자들이나 60년대 이후 경제성장 제일주의를 신봉한 남한 정치엘리트들의 사고는 물론이고 여기에 대항해 "우리 식대로 살자"고 외치는 북한의 고독한

주장하는 것으로, 역사는 원시 혹은 미개에서 개화로, 종족에서 민족(혹은 국민)으로, 봉건주의에서 자본주의로, 시골에서 도시로 나아간다는 것을, 그리고 이것이 발전임을 확신시키며, 진보와 발전에 대한 믿음을 산출한다.215) 그것은 진보였고 근대화의 기수였기에 누구도 감히 거역할 수 없는 것이다.

김수영은 근대라는 '다리'를 건널 때마다 건너갈 길을 보지 못하고 건너온 길을 되돌아 보는 '회고주의자'가 된다. 그가 할 수 있었던 것은 기억하기라는 '반항'이 전부였다. 김수영은 '그러나 문제는 이러한 반항에 있지 않'음을 통해 그것이 전부가 아님을 깨달을 수 있었다. 문제는 반항이 아닌 '젊은이들의 나에 대한 사랑'이었다. 반항이 아닌 사랑을 문제의 핵심으로 파악하면서부터 '나이어린 사람들'이 '젊은이들'로 바뀌고, 다리는 김수영과 젊은이들을 만나게 해주는 새로운 공간으로 변모한다. 그것은 자신이 건너온 길을 이어갈 매개로서 젊은이와 다리를 재인식했기 때문이다. 「꽃 (二)」에서 "꽃은 과거와 또 과거를 향하여/ 피어나는 것"이고 '과거와 미래에 통하는 꽃'일 때, 그 꽃은 젊은이들을 의미한다. 과거가 「거대한 뿌리」에서 말했던 전통과 역사를 의미하고, 미래는 김수영이 다리의 반을 건너왔을 때 그를 이어 젊은이들이 건너갈 다리의 나머지 부분이다. 그것은 '신용'이고 '새로운 여유'이자 '새로운 역사'였다.

김수영은 그것을 스스로 '경이'라 시인한다. 경이는 건너온 길과 건너갈 길의 한 복판에서 느끼는 '희한한 일'이었다. 건너온 길이 표상하는 것이

몸부림, 양자 모두는 세계 정치·경제 질서와 강대국의 패권주의하에서 생존과 발전을 도모해야 했던 '몰락한 문명국가'이자 엄혹한 국제정치 질서 아래서 강대국의 눈치를 볼 수밖에 없는 약소민족인 한민족이 처해 온 독특한 '근대'의 맥락 속에서 이해되어야 할 것이다."(김동춘, 『근대의 그늘-한국의 근대성과 민족주의』, 당대, 2000, 236-237쪽)

215) 강내희, 「한국 근대성의 문제와 탈근대화」, 『문화 과학』, 2000 여름호, 31쪽.

식민주의, 반항, 속도지향(첨단), 도로(고속도로), 구세대, 나(김수영), 늙음 등의 계열체라면, 건너갈 길은 반식민주의, 사랑, 정지의 미, 다리(매개체, 교량), 신세대, 젊은이, 젊음 등이다. 그러나 전자와 후자는 각기 따로 존재하는 것이 아니다. 그것은 전자와 후자가 상생의 관계이자 전자를 통한 후자 또는 후자를 통한 전자의 의미를 띠고 있기 때문이다. 그것이 새로운 여유이자 새로운 역사일 때, 그것을 느끼는 경이는 김수영을 '늙게 하지도 젊게 하지도 않는' 영원히 거듭나는 근본적인 힘으로 작용한다.

근대의 상징인 '기차'가 김수영이 서 있는 다리 밑에서 엇갈릴 때 젊음과 늙음이 엇갈리는 순간이다. 그 순간은 속력과 속력의 정돈을 이루는 시간이며, 기차의 속도와 김수영이 서 있는 '정지'의 시간이 교차하는, '速度가 速度를 반성하지 않는'(「絶望」) 것이 아닌 속력과 속력의 정돈의 시간이다. 그 속에서 김수영은 다리를 통해서 사랑을 배운다. 그것은 다리가 사랑을 배움으로서 적을 형제로 만드는 실증을 '내'가 똑똑하게 천천히 보았기 때문이다. '적'이 속도의 상관물로서 대두되었던 다리의 '죄'이자 조국 근대화와 같은 이데올로기로 표상되는 속도의 질서라면, '형제'는 「서시」에서 엄숙하게 선언했던 정지의 미를 담보하는 거대한 뿌리의 전통과 역사이다. 그것은 「거대한 뿌리」의 마지막 연에서 형상화하고 있는 기괴영화의 맘모스를 연상시키는 것이고, 까치도 까마귀도 응접을 못하는 시꺼먼 가지를 가진 것이기에 김수영 자신도 감히 상상을 못하는 거대한 것이다. 그러한 세계를 인식함에는 근본적으로 전혀 새로운 인식을 필요로 했다.

> 고민이 사라진 뒤에
> 이슬이 앉은 새봄의 낯익은 풀빛의 影像이
> 떠오르고나서도
> 그것은 또 한참 시간이 필요했다
>   시계를 맞추기 전에

  라디오의 時鐘이 나오기를 기다리는 것처럼
  안타깝다

  봄이 오기 전에 속옷을 벗고 너무 시원해서 설워지듯이
  성급한 우리들은 이 발견과 실감 앞에 서럽기까지도 하다
     전아시아의 후진국 전아프리카의 후진국
     그 섬조각 반도조각 대륙조각이
     이 발견이 봄이 오기 전에 옷을 벗으려고
     뚜껑이 열렸다 닫히는 소리

  라디오의 時鐘을 고하는 소리 대신에 西道歌와
  牧師의 열띤 설교소리와 심포니가 나오지만
     이 소음들은 나의 푸른 풀의 가냘픈
        影像을 꺾지 못하고
  그 影像의 전후의 苦憫의 歡喜를 지우지 못한다

  나는 옷을 벗는다 엉클 쌤을 위해서
  아시아와 아프리카의 무거운 겨울옷을 벗는다
     겨울옷의 影像도 충분하다 누더기 누빈 옷
     가죽옷 융옷 솜이 몰린 솜옷……
  그러다가 드디어 나는 越南人이 되기까지도 했다
  엉클 쌤에게 학살당한
  越南人이 되기까지도 했다

  　　　　　　　　　　　　　　　　　-「풀의 影像」전문

　김수영 자신도 감히 범접할 수 없는 거대한 뿌리를 인식한다는 것은 기존에 자신이 추구하고자 했던 모든 것을 부정하는 자세를 요구했다. 그것은 1950년대 김수영이 추구했던 속도 따라가기와 근대지향성을 부정하는 것이다. 따라서 「適(二)」에서 말했던, "李朝時代의 장안에 깔린 개왓장 수만

큼/ 나는 많은 것을 버렸"을 때 가능할 수 있었다. 그러나 '얻는다는 것은 곧 잃는 것'(「파밭 가에서」)이지만 잃음으로써 얻는 것이 '내가 내땅에 박는 거대한 뿌리'(「巨大한 뿌리」)에 대한 인식이었다. 그러한 인식을 보여주는 시가 「풀의 影像」이다. 「풀의 影像」은 그 역사적 환회를 현재적 관점에서 재인식한 것으로 볼 수 있다. 김수영은 「詩作 노우트」 중 詩에 관한 부분에서 다음과 같이 말한다.

> 아아 행동에의 계시. 문갑을 닫을 때 뚜껑이 들어맞는 딸각소리가 그대가 만드는 시 속에서 들렸다면 그 작품은 급제한 것이라는 의미의 말을 나는 어느 海外詞華集에서 읽은 일이 있는데, 나의 딸각소리는 역시 행동에의 계시다. 들어맞지 않던 행동의 열쇠가 열릴 때 나의 詩는 완료되고 나의 詩가 끝나는 순간은 행동의 계시를 완료한 순간이다. 이와같은 나의 전진은 세계사의 전진과 보조를 같이한다. 내가 움직일 때 世界는 같이 움직인다. 이 얼마나 큰 영광이며 희열 이상의 狂喜이냐!216)

인용문의 요점은 문갑을 닫을 때 들리는 딸각소리 유무에 따라 작품의 급제 여부를 달리할 수 있다는 것이다. 그것은 행동에의 계시이자 실천의 문제이다. 실천은 딸각소리를 내는 것이다. 그 소리는 들어맞지 않았던 행동이 정확히 맞았을 때 또는 행동의 열쇠가 열릴 때 시와 행동의 완벽한 일치를 이루는 순간에 들을 수 있는 것이다. 만약 그 소리를 듣는다면 나의 전진과 세계사의 전진이 동시성을 확보하는 것이고 나와 세계는 보조를 같이하는 것이 된다. 「풀의 영상」에서 나타나는 '뚜껑이 열렸다 닫히는 소리'는 바로 그 소리를 의미한다.

그 소리는 '고민이 사라진 뒤에'도 '이슬이 앉은 새봄의 낮익은 풀빛의 영상이/ 떠오르고 나서도' 또 한참의 시간을 필요로 하는 것이었다. 시를

---

216) 김수영, 「詩作 노우트」, 『전집』2, 288쪽.

통한 행동의 계시는 그렇게 쉽게 다가오는 것이 아니었기 때문이다. 그것은 시간을 맞추기 위해 라디오의 時鐘 소리를 기다리는 것처럼 안타까운 것이었고, 봄을 기다리며 속옷을 벗고 너무 시원해서 서러워지는 것이다. 그러한 안타까움과 설움은 우리들이 성급했기 때문이다. 성급함이란 우리들이 기다렸던 '봄이 오기전에 속옷을 벗고 너무 시원'했던 것처럼 '전아시아의 후진국 전아프리카의 후진국'이 '발견과 실감 앞에' 설움을 느껴야 했던 이유이다. 그럼에도 불구하고 "이 발견의 봄이 오기 전에 옷을 벗으려고 / 뚜껑이 열렸다 닫히는 소리"는 봄을 발견하고자 하는 행동의 계시이다.

김수영이 지속적으로 주장했던 식민성과 후진성을, 아시아와 아프리카 전 식민지 국가에서 봄을 찾는 행동을 통해 그 극복을 실천의 소리로 낼 수 있게 된 것이다. 그 실천의 소리를 내는 것은 시의 완성을 기도하는 시작이자 "나의 전진은 세계의 전진과 보조"를 같이하는 행동이 된다. 그것은 '엉클 쌤을 위'한 것이자 "엉클 쌤에게 학살당한/ 越南人"을 위하는 것이기도 하다. 앞에 것이 백인에게 노예로 팔려온 '엉클 쌤'이라면 뒤의 것은 월남전쟁에서 월남인을 학살한 미국병사 '엉클 쌤'이다. 그들의 공통분모는 노예 엉클 쌤과 월남인 그리고 김수영이 모두 제3세계인이라는 점이다.

그들은 모두 아시아와 아프리카의 무거운 옷을 벗는다. 그들을 감싸고 있던 누더기 누빈 옷, 가죽옷, 융옷, 솜이 몰린 솜옷 등을 벗을 때 '발견의 봄'이 행동의 계시로서 다가오는 것이다. 그것을 기다리는 것이 '라디오 時鐘을 고하는 소리'라면 "西道歌와/ 牧師의 열띤 설교소리와 심포니"는 '時鐘'을 가로막는 '소음'으로 작용한다. 그러나 그 소음들은 푸른 풀의 가냘픈 영상을 꺼지 못한다. 왜냐 하면 푸른 풀의 가냘픈 영상에 배여있는 '苦憫의 歡喜'를 지우지 못하기 때문이다. '풀'의 이미지에 놓여있는 고민의 환희는 발견의 봄을 예비하는 것이자, 「미역국」에서 우리의 조상으로부터 나오는 환희와 연결될 때, 제3세계적 동질성과 보편성을 확인하는 새로운 인식의 전환을 담보하는 것이다.

> 봄은 오고 쥐새끼들이 총알만한 구멍의 組織을 만들고
> 풀이, 이름도 없는 낯익은 풀들이, 풀새끼들이
> 허물어진 담밑에서 사과껍질보다도 얇은
>
> 시멘트가죽을 뚫고 일어나면 내 집과
> 나의 精神이 순간적으로 들렸다 놓인다
> 요는 政治意見이 맞지 않는 나라에는 못 산다
> — 「거짓말의 여운 속에서」 중에서

　새로운 인식의 전환은 '발견의 봄'을 위한 행동의 계시로써 가능한 것이었다. 김수영 최후의 작품이자 최고의 작품인 「풀」은 다양한 의미를 구성하고 있는 풀의 운동성에 기반하여 형상화된 시이다. 풀의 쓰러짐과 일어남으로 대별되는 두 가지 세계는 반복과 리듬을 통해서 끊임없이 새로운 세계를 구현하고, 매번 새로 읽을 수 있는 의미를 생성하는 원동력으로 작용한다. 풀의 이미지는 김수영의 후기시에서 지속적으로 중첩되어 나타나면서 「풀」에 이르러 완성된다. 따라서 풀이 상징의 속성을 띠기 위해서는 일련의 과정을 필요로 했었음을 알 수 있다. 「풀의 影像」에서 나타나는 '푸른 풀의 가냘픈 영상'과 그 영상 속에 감추어진 '고민의 환희'가 풀의 이미지를 형성하고 있었다. 또한 「거짓말의 여운 속에서」의 '이름도 없는 낯익은 풀들'에 함축된 힘을 필요로 하는 것이었다. 따라서 행동의 계시로서 가능한 발견의 봄은 풀 속에 감추어진 각고의 고통을 스스로 이기고 '시멘트가죽을 뚫고 일어'날 때 '내 집과/ 나의 精神이 순간적으로 들렸다 놓'이는 강력한 힘이 되는 것이다.

　「거짓말의 여운 속에서」에서 나타나는 '풀'의 이미지는 '쥐새끼들'과 관

련된다. 쥐새끼들은 '총알만한 구멍의 組織을 만'든다. 그 조직은 봄이 오면 겨우내 움츠렸던 것을 펴는 기지개와 같은 것이다. 총알만한 구멍의 조직은 아주 작은 규모이고 '허물어진 담밑에서 사과껍질보다도 얇은' 틈새를 비집고 올라오는 풀의 조직과 같이 그 시작은 미약한 것이다. 풀은 이름도 없는 낯익은 '풀들'이란 복수 개념과 '풀새끼들'이란 어린 새싹으로 변용되어 중첩된다. 여기에서 '쥐새끼들'이 만든 총알만한 구멍의 조직과 '풀새끼들'이 '사과껍질보다도 얇은' 틈새를 통해 커가면서 '시멘트 가죽을 뚫고 일어나면' 집 전체를 흔들 수 있는 힘이 될 것이다.

약한 힘을 지닌 존재가 큰 힘을 발휘하는 것은 '政治意見이 맞지 않는 나라에는 못'살기 때문이다. 김수영에게 정치의견이란 포괄적인 개념이다. 그가 지속적으로 주장했던 언론자유 또는 그것을 통한 자유의 이행 그리고 우리나라의 후진성과 식민성 등이 모두 정치적 부문뿐만이 아닌 문화적 관점으로 포함되는 것이다. 중요한 것은 정치의견이 맞지 않는 나라의 '쥐새끼들'과 '풀새끼들'을 바라보는 시선이다. 그 나라에서는 그들을 하찮게 보겠지만 그 나라와 맞지 않는 김수영에게는 다르게 보일 수 있다. 다르게 보인다는 것은 새롭게 본다는 것이고 그 대상에 대한 인식을 새롭게 한다는 의미를 띤다. 요는 정치의견이 맞지 않는 나라에서는 못산다는 점이 아닌 새롭게 생성하는 '쥐새끼들'과 '풀새끼들'의 '새끼'라는 시어가 담보하는 가능성이다. 그 가능성은 「현대식 교량」에서 보여주었던 젊은이들의 나에 대한 사랑에 있다. 그 사랑은 하찮은 존재들의 가능성이다. '새끼'와 '젊은이'는 어리다는 점과 미래에의 가능성에서 공통된다. 그들에 대한 인식이 '발견의 봄'을 예비하는 행동에의 계시이자 김수영식 사랑이었다.

> 욕망이여 입을 열어라 그 속에서
> 사랑을 발견하겠다 都市의 끝에

사그러져가는 라디오의 재갈거리는 소리가
사랑처럼 들리고 그 소리가 지워지는
강이 흐르고 그 강건너에 사랑하는
암흑이 있고 三월을 바라보는 마른나무들이
사랑의 봉오리를 준비하고 그 봉오리의
속삭임이 안개처럼 이는 저쪽에 쪽빛
산이

사랑의 기차가 지나갈 때마다 우리들의
슬픔처럼 자라나고 도야지우리의 밥찌끼
같은 서울의 등불을 무시한다
이제 가시밭, 덩쿨장미의 기나긴 가시가지
까지도 사랑이다

왜 이렇게 벅차게 사랑의 숲은 밀려닥치느냐
사랑의 음식이 사랑이라는 것을 알 때까지

난로 위에 끓어오르는 주전자의 물이 아슬
아슬하게 넘지 않는 것처럼 사랑의 節度는
열렬하다
間斷도 사랑
이 방에서 저 방으로 할머니가 계신 방에서
심부름하는 놈이 있는 방까지 죽음같은
암흑 속을 고양이의 반짝거리는 푸른 눈망울처럼
사랑이 이어져가는 밤을 안다
그리고 이 사랑을 만드는 기술을 안다
눈을 떴다 감는 기술―불란서혁명의 기술
최근 우리들이 四・一九에서 배운 기술
그러나 이제 우리들은 소리내어 외치지 않는다

복사씨와 살구씨와 곶감씨의 아름다운 단단함이여

고요함과 사랑이 이루어놓은 暴風의 간악한
信念이여
봄베이도 뉴욕도 서울도 마찬가지다
信念보다도 더 큰
내가 묻혀사는 사랑의 위대한 도시에 비하면
너는 개미이냐

아들아 너에게 狂信을 가르치기 위한 것이 아니다
사랑을 알 때까지 자라라
人類의 종언의 날에
너의 술을 다 마시고 난 날에
美大陸에서 石油가 고갈되는 날에
그렇게 먼 날까지 가기 전에 너의 가슴에
새겨둘 말을 너는 都市의 疲勞에서
배울 거다
이 단단한 고요함을 배울 거다
복사씨가 사랑으로 만들어진 것이 아닌가 하고
의심할 거다!
복사씨와 살구씨가
한번은 이렇게
사랑에 미쳐 날뛸 날이 올 거다!
그리고 그것은 아버지같은 잘못된 시간의
그릇된 瞑想이 아닐 거다

― 「사랑의 變奏曲」 전문

이 시의 핵심은 "욕망이여 입을 열어라 그 속에서/ 사랑을 발견하겠다"
에 집약되어 있다. '욕망'과 '사랑'은 일견 대척적인 위치에 존재하는 항목
같지만 서로 간의 존재 근거로서 얽혀 있다. 그것은 욕망을 통한 사랑 또
는 욕망 속에서 찾는 사랑의 의미가 문면에서 드러나기 때문이다. 따라서

욕망과 사랑의 연관 관계를 추적함으로써 욕망을 통한 사랑의 의미를 파악할 수 있다.

욕망은 일차적으로 지향성의 개념으로, 김수영이 추구하는 어떤 정신적 이상이나 궁극적 목표를 향한 태도를 함축하는 시어이다. 실제로 김수영 시의 전체적인 흐름은 현실 속에서 집요하게 추구하고자 했던 '사랑'에 이르는 일련의 과정으로 이해할 수 있다. 그러나 그 과정은 현실적 삶에 의해 좌절당하기도 하고 새로운 힘을 얻기도 하는 것이었다. 따라서 욕망은 부정과 긍정을 함축하는 양가적 속성을 띠는 현실 그 자체가 된다.

욕망이라는 현실에 도달하기 위한 김수영의 방식은 풍자를 통한 해탈이었다. 그것은 '諷刺가 아니면 解脫이다'(「누이야 장하고나!」)에서 '아니면'을 어떻게 볼 것인가에 따라 해석이 달라진다. 그것은 '풍자 혹은 해탈' 또는 '풍자를 거친 해탈'의 의미가 있을 때 김수영이 택했던 방식은 후자의 의미이다.217) 따라서 「사랑의 變奏曲」에서 주목해야 할 것은 현실 속에 드리워진 사랑의 다양한 변주를 통해 해탈에 이르는 과정이다. 그 과정은 현실

---

217) 풍자를 통한 해탈에 이르는 길에 대해서는 다음의 글을 참조할 수 있다.
　　"풍자란 현실에 대한 비판, 폭력이다. 그러나 사전적 의미의 풍자satire는 현실에 대한 전적인 부정과 맹목적인 공격에 그치는 조소주의sarcasm도, 현실에 대한 소극적 무관심과 백안시에 그치는 냉소주의cynicism도 아니다. 풍자는 현실에 대하여 공격적인 동시에 교정과 개선을 요구한다. 동시대의 결함과 폐단을 질책한다는 점에서 풍자는 부정적이고 질서 파괴적이지만, 보다 나은 현실을 지향한다는 점에서 긍정적이고 질서 창조적이다. 풍자는 현실 이탈적인 동시에 현실 복귀적이고, 질책인 동시에 사랑이다. 해탈이 죽음의 기술이라면, 풍자는 사랑의 기술이다. 그것은 새롭게 정립될 현실을 긍정하는 <다시>의 의지이다. 풍자는 시간의 의지이자 역사의 의지이다.
　　<풍자가 아니면 해탈이다>가 시는 해탈이기 전에 먼저 풍자여야 한다는 것을 말하고 있다면, 혹은 풍자를 통하여 해탈로 가야한다는 것을 말하고 있다면, 우리는 이 공식이 시와 현실 사이의 불가분한 관계를 중시하는 김수영의 생리적 직관을 담고 있음을 알 수 있다. <시인의 스승은 현실이다>라고 했던 김수영에게 시는 역사적 현실을 떠나서 존재할 수 없다. 이는 시가 역사적 현실의 제약 안에서 존재한다는 것과 시의 한계는 곧 현실의 한계이다."(김상환, 「풍자와 해탈 혹은 사랑과 죽음」, 『풍자와 해탈 혹은 사랑과 죽음-김수영론』, 민음사, 2000, 51-52쪽)

속에서 이루어지는 것으로 시적 자아의 시선이 닿는 도시적인 것과 비도시적인 것에 걸쳐 있다.

　시적 자아는 강을 중심으로 도시와 산이라는 대립 공간을 양립시켜, 욕망·소음·불빛 등의 도시적 이미지를 부정적 공간으로, 사랑·고요·암흑 등의 자연적 이미지를 긍정적 공간으로 형상화하고 있다. 욕망(도시)의 계열체는 '재갈거리는 소리', '도야지우리의 밥찌기', '도시의 피로' 등으로, 사랑(山)의 계열체는 '사랑의 소리', '사랑의 음식', '아름다운 단단함'과 '단단한 고요함' 등으로 대비되어 나타난다. 그러나 두 개의 공간은 따로 분리된 독자적 공간이 아니다. 시적 자아의 시선은 도시에서 산으로, 다시 산에서 도시로 옮겨지는 의식의 흐름이라 볼 수 있다. 도시와 산으로의 흐름은 부정적 공간에서 긍정적 공간으로의 가치이동이라 할 수 있다.

　부정적 공간으로 형상화된 도시는 김수영이 '적'으로 규정한 일상성의 세계이고, 긍정적 공간인 산은 일상에의 일탈을 의미한다. 일상성의 세계가 일상의 비속성이 만연된 공간이라면, 긍정적 공간으로 형상화된 산은 그 극복을 향한 지향점이라 할 수 있다. 그것은 마지막 연에서, "그렇게 먼 날까지 가기 전에 너의 가슴에/ 새겨둘 말을 너는 都市의 疲勞에서/ 배울 거다"라는 구절은 바로 '도시의 피로'라는 풍자를 통한 사랑의 해탈을 이루는 것이기 때문이다. 따라서 도시는 부정적 이미지를 띠는 것이지만 그것을 매개로 이루어지는 것이 사랑이다. '봄베이', '뉴욕', '서울' 등의 대도시를 '개미'로 하락시키는 것이 '사랑의 위대한 도시'이라는 사실로 이를 부연해 준다.

　따라서 '욕망 그 속에서 사랑을 발견하겠다'는 선언적 발언은 시의 흐름을 압축적으로 제시하며 긍정과 부정 그리고 부정과 긍정의 변증법적 합일을 지향하고 있는 것이다. 즉 긍정적 공간은 다시 부정적 공간인 '그 속에서' 화학적 반응을 일으켜 시적 자아가 위치한 '도시'의 한복판에서 "왜 이렇게 벅차게 사랑의 숲은 밀려닥치느냐"는 극적 정서를 보여주기 때문이다.

'재갈거리는 소리'가 '사랑의 소리'로, '도야지우리의 밥찌기'가 '사랑의 음식'으로 전화될 때, 그리고 '도시의 피로'에서 '아름다운 단단함'과 '단단한 고요함'을 획득할 때, 그것을 가능케한 동력은 '열렬한 사랑의 절도'와 '사랑을 만드는 기술'을 아는 것이다. 사랑의 기술은 '눈을 떴다 감는 기술'처럼 "욕망의 삶과 도시의 일상 속에서 자연스럽게 얻어질 수 있는 것"[218]이기도 하지만 불란서 혁명과 4·19 혁명을 통해서 배운 절실한 역사적 경험이기도 하다. 그러나 사랑의 기술은 더 이상 '사랑의 위대한 도시'에서는 '이제 우리들은 소리내어 외치지 않는' 내면화된 것이기도 하다. 그것은 '사랑에 미쳐 날뛸 날'이란 또 다른 혁명을 준비하는 자기 성찰의 내밀함이자 생활인으로서의 '나'가 꿈꾼 일상이라는 현실에의 해탈이라 할 수 있다. 그날은 '복사씨와 살구씨가' 복사꽃과 살구꽃을 피워 그 열매를 맺는 날이니, "그것은 아버지같은 잘못된 시간의/ 그릇된 명상이 아닐" 것이다.

> 그리고 아들아 나는 아직도 너에게 할 말이
> 왜 없겠는가 그러나 안한다
> 안하기로 했다 안해도 된다고
> 생각했다 안해야 한다고 생각했다
> 너에게도 엄마에게도 모든
> 아버지보다 돈많은 사람들에게도
> 아버지 자신에게도
>
> ─ 「VOGUE야」에서

---

218) 강연호, 「김수영의 시 「사랑의 變奏曲」 연구」, 현대문학이론학회, 『현대문학이론연구』12집, 1999, 191쪽.

인용시는 아버지가 아들에게 전하는 아버지의 결연한 의지가 드러나는 작품이다. 아버지의 의지는 아들뿐만이 아닌 모든 사람들에게 말을 전하지 않음으로써 필연코 아들에게 어떤 말을 하겠다는 역설의 표출이다. 그러나 아버지가 아들에게 주는 말이 '아버지같은 잘못된 시간의 그릇된 명상'이라면 '안해야 한다'. '잘못된 시간'과 '그릇된 명상'은 각각 독자적인 의미를 생성하는 것이 아니다. 잘못된 시간은 그릇된 명상을 제약하는 조건으로 작용하지만, 잘못된 시간이라는 전체를 부정함으로 인해 긍정의 의미를 획득하고 있다. 뒤집어 말하면, 잘못되지 않은 시간은 올바른 명상을 이끌수 있다는 논리이다. 그 논리는 김수영 최후의 메시아적 전언인 '풀'이 '바람'보다 먼저 눕고 먼저 일어나는, 잘못되지 않고 올바른 시간과 명상을 '아들'이 '광신'이 아닌 '사랑'을 이룰 수 있는 '단단한 고요함'의 세계이기도 하다.

풀이 눕는다
비를 몰아오는 동풍에 나부껴
풀은 눕고
드디어 울었다
날이 흐려서 더 울다가
다시 누웠다

풀이 눕는다
바람보다도 더 빨리 눕는다
바람보다도 더 빨리 울고
바람보다 먼저 일어난다

날이 흐리고 풀이 눕는다
발목까지

발밑까지 눕는다
바람보다 늦게 누워도
바람보다 먼저 일어나고
바람보다 늦게 울어도
바람보다 먼저 웃는다
날이 흐리고 풀뿌리가 눕는다

－「풀」 전문

「풀」은 김현이 말했던 것처럼, "피상적으로 관찰하자면 가장 非 김수영
적인 작품인데도, 가장 널리 알려진 작품"[219]이다. 그 말이 함축하는 것은
「풀」에 나타나는 풀과 바람의 단순한 구도가 예전에 보였던 김수영 시의
특성들 예컨대, 자기성찰, 풍자, 야유, 탄식, 자학 등의 지적인 요소들과 어
울리지 않기 때문이다. 그러나 김수영의 후기시에 나타나는 풀의 이미저리
는 「풀」이 이전의 작품군과 별개의 전혀 새로운 작품이라는 평가를 재고
하는 증거이다.

예를 들어 「미역국」에서 "풀 속에서는 노란꽃이 지고 바람소리가 그릇
깨지는/ 소리보다 더 서걱거린다"는 표현을 통해 풀과 바람의 상관 관계를
지적한 바 있다. 또한 「풀의 영상」의 경우, "이 소음들은 나의 푸른 풀의
가냘픈/ 影像을 꺾지 못하고/ 그 影像의 전후의 고민의 歡喜를 지우지 못한
다"에서 가냘픈 풀은 현실을 억압하는 소음들이 풀의 영상과 그 고민의 환
희를 지우지 못하는 강한 힘을 지닌 이미지로 형상화되었다. 그리고 「거짓
말의 여운 속에서」는 이름도 없는 낯익은 풀들과 풀새끼라는 표현을 통해
시멘트 가죽을 뚫고 일어나는 운동성에 주목하기도 했었다. 이와 같은 다
양한 풀의 이미지는 「풀」이 '비김수영적'인 시라는 평가와 기존의 작품 성
향과 사뭇 다른 작품이라는 보는 견해에 수정을 요구하는 뒷받침이 될 수

219) 김현, 「웃음의 체험」, 『전집3』, 206쪽.

있다. 따라서 이 시는 김수영의 후기시에 나타났던 풀의 이미지가 끊임없이 변하고 생성하는 과정에서 산출된 작품으로 볼 수 있다.

이와 같은 맥락에서 「풀」은 결코 완성이 아닌 과정으로서의 시이다. 과정으로서의 시란 끊임없이 읽으면서 다시 해석될 수 있는 여지를 제공하기 때문이다. 그러한 점은 풀을 민중의 상징으로 읽을 수도 있고 존재론적 경지를 상징한다고 볼 수 있는, 독법의 지평을 확대하는 해석의 다양성으로 나타난다. 중요한 것은 이러한 해석의 지평을 넓히는 원동력이 무엇인가이다. 그것은 풀/바람, 눕는다/일어선다, 운다/웃는다, 빨리/늦게 등의 주요 모티프의 대립을 통해 대립하는 두 세계가 서로 반복되면서 지속적으로 새로운 세계를 구현하기 때문이다.

풀의 쓰러짐과 일어남은 바람의 유무에 따라 나뉘는 것이다. 만약 바람이 전혀 없는 상황이라면 풀의 쓰러짐과 일어남은 일어날 수 없는 행위일 것이다. 따라서 풀은 바람과의 관계를 통해 자신의 존재의 의미를 찾을 수 있다. 그때라야만 풀이 눕고 일어서고 웃고 우는 행위를 바람보다 빨리 또는 늦게 할 수 있는 것이다. 따라서 풀이 주체이고 바람이 주체를 움직이게끔 하는 세계의 의미를 가질 때 인간 삶의 모습을 은유하는 눕고 일어나고 웃고 우는 것은 세계에 반응하는 주체의 행동을 알레고리화하는 수사로 작용한다.

풀과 바람이 인간에 대한 알레고리로 나타날 때, 「풀」은 서구/비서구, 중심/주변, 자아/타자, 주인/노예 등의 이분법적 대립항을 함축하게 된다. 그러한 대립하는 두 세계를 지배와 피지배의 관계로 볼 수 있을 때 풀은 후자가 전자를 전복하는 모습을 보여주지 않는다. 왜냐 하면 풀의 쓰러짐과 일어남은 바람을 통해서만 가능하기 때문이다. 따라서 이항 대립적 관계는 그대로 유지된다. 중요한 것은 풀이 갖는 상징성 속에 녹아있는 지배적이고 억압적인 힘에 대응하는 유연성과 응전력이다. 그것은 중심과 주변의 대립관계를 해체하거나 전복하지 못하는 한계임에도 불구하고, 「풀」이 갖는 의의는 그 극복을 향한 끊임없는 쓰러짐과 일어섬의 과정에 주어져야 한다.

　김수영은 자신의 마지막 작품인 「풀」에서 모든 것을 보여주려 하지 않았다. 김수영의 마지막 작품이라는 이유로 「풀」을 그의 시세계의 완성이라 말할 수 없다. 왜냐하면 김수영은 뜻밖의 사고로 생을 달리하기에 자신이 마지막이라고 의식한 적이 없기 때문이다. 따라서 「풀」은 김수영의 시세계에서 마지막 정점이자 완성이 아닌 지속적으로 자기 갱신을 통해 변하여 갔던 김수영 시정신의 변모를 확인하는 작품이라 할 수 있다. 이런 맥락에서 「풀」을 읽을 때, 바람과 함께 무한히 움직이며 미래를 모색하는 과정으로서의 풀을 통해 끊임없이 자신을 변모시키며 새로움을 추구했던 김수영 시정신의 내면 풍경을 볼 수 있다.

V. 김수영 시의 시사적 의의

　김수영이 본격적인 문단활동을 시작한 1950년대는 일제에 의한 식민지 침탈과 해방 그리고 미군정과 남한 단독정부 수립에서 한국전쟁을 거쳐 민중의 자유와 통일 의지가 분출된 4·19 직전까지를 아우르는 시기이다. 김수영은 일본의 식민지 시절 모국어를 금지당하는 시대적 상황과 근대적인 것을 표상하는 동경 유학시절에 습작기를 거쳤고, 해방기의 이념적 갈등과 대립을 목도했으며 조국 분단에서 한국전쟁으로 이어지는 시기에는 의용군으로 참전해 삶과 죽음의 경계를 넘나들기도 했었다.

　1950년대의 시단은 전통적 서정시를 복구하려는 움직임과 전후의 실존주의의 세례를 받아 대두된 허무주의적 세계관의 경향, 그리고 전쟁의 현장에서 그 참상을 그린 종군작가의 전쟁시 계열, 시대적 상황과의 긴장관계를 잃지 않고 시에 지적인 질문을 던져 새로운 경지를 열어 보이려는 경향 등이 나타났었다. 전후세대의 시인들이 시도했던 1950년대의 시적 지향은 토착적인 정서에의 탐닉이나 자의식의 공간과 관념에의 유폐라는 부정적인 측면을 더 많이 드러내고 있다.[220] 왜냐 하면 1950년대는 사회적 불

---

220) 권영민, 『한국현대문학사』, 민음사, 1997, 178쪽.

안과 황폐의식이 전후라는 실존적 현실과 함께 문학을 규정했던 시기였기 때문이다.

1950년대를 규정하는 요소 중의 하나는 실존주의이다. 그러나 실존주의는 우리나라에 유입되면서 다만 부조리에 의한 방황과 고뇌의 철학으로 변모한 채 반도덕적 성도착증 환자와 같은 허무주의적 인간상으로 부각되어 등장했다.[221] 이러한 점은 전후 문학에 관념론과 순수 미학을 고조시키는 반역사적이고 허무주의적인 의식의 단초가 되었다.[222] 이와 같은 경향은 정치적인 억압과 파시즘의 강화 속에서 현실을 인식하는 장애 요소로 작용하기도 했었다. 김수영은 1950년대의 정치적·사회적 배경 속에서, 시인의 현실에 대한 의식의 진실성과 정직함 그리고 치열함을 통해 당대의 '懶惰와 安定'을 배격하고자 했던 시인이었다. 근대에 내재한 이중성을 1950년대의 문단은 자각할 수 없었거나 간과했다면 김수영은 근대화 담론으로 우리를 억압했던 속도주의를 직시하면서 억압과 해방의 두 얼굴을 모두 시에 형상화하고자 했다.

1950년대와 1960년대를 잇는 결정적인 가교는 4·19이다. 4·19 혁명의 분출로부터 시작된 1960년대는 5·16 군사쿠데타에 의한 군사정권의 성립과 소수 엘리트에 의한 권력의 집중 그리고 그들의 정당성을 합리화하기 위한 반공이데올로기와 경제제일주의로 얼룩진 근대의 이중성을 적나라하게 드러낸 시기였다. 1960년대의 문학은 근대로 표상된 세계와의 상호 관련 속에서 주체의 내면적 자기 정체성을 확보해야하는 하는 도정을 보여준다. 그러한 도정에서 1960년대 시문학은 "1950년대로부터 이월된 주체의 상실감을 극복하고 서정적 주체를 재구축해 가야 한다는 것"과 "1960

---

221) 임헌영, 「실존주의와 1950년대 문학사상」, 『현대문학』, 1987. 11, 390-401쪽.
222) 이영섭, 「50년대 남한의 현실인식과 시적 형상」, 『1950년대 남북한 문학』, 평민사, 1991, 94-95쪽.

년대 이후 개발 독재에 의해 본격화되는 자본주의적인 근대적 삶의 원리
나 근대적 주체의 내면을 모색해야 한다는 당위론적 명제"[223]에 있었다.

김수영은 한국사회의 자본주의적 근대의 이중성을, 4·19혁명을 통해
느꼈던 자유의 의미와 5·16 쿠데타로 인한 '꿈'의 좌절을 통해 현실인식
의 투철함으로 극복하고자 하였다. 그러한 인식의 심층에는 일상과 전통의
발견에 있었다. 그것은 첨단의 근대 속에 내몰려진 더러운 전통과 더러운
역사와의 대화를 시작하는 것이었다. 그러한 대화의 시작은 고정된 중심과
주변의 이항대립을 넘어서고자 하는 자아 성찰의 의지였다.

> 자유와 사랑의 동의어로서의 <혼란>의 향수가 문화의 세계에서 싹트고
> 있다는 것은, 그것이 아무리 미미한 징조에 불과한 것이라 하더라도 지극히
> 중대한 일이다. 그리고 이러한 문화의 본질적 근원을 발효시키는 누룩의 역
> 할을 하는 것이 진정한 시의 임무인 것이다. (중략) 시도 시인도 시작을 하
> 는 것이다. 나도 여러분도 시작하는 것이다. 자유의 과잉을, 혼돈을 시작하
> 는 것이다. 모기소리보다도 더 작은 목소리로 시작을 하는 것이다. 모기소리
> 보다도 더 작은 목소리로 아무도 하지 못한 말을 시작하는 것이다. 아무도
> 하지 못한 말을. 그것을―[224]

사이드는 『오리엔탈리즘』 이전의 저서인 『시작 : 의도와 방법』에서 서구
형이상학의 중심 개념이 되는 절대적이고도 신성한 '근원'(origin)을 부정하
고, 그에 반하는 상대적이고도 세속적인 '시작'(beginning)을 주장한다.[225] 사
이드에 의하면, 그 동안 서구인들의 사고 체계를 지배함으로써 그들에게

---

223) 유성호, 「현실 지향의 시 정신과 비판적 주체의 성립」, 『1960년대 문학연구』, 깊은샘,
1998, 122쪽.

224) 김수영, 「詩여, 침을 뱉어라」, 『전집』2, 253-254쪽.

225) Edward W. Said, *Beginning: Intention and Method*, New York: Columbia University Press,
1975. (김성곤, 「에드워드 사이드의 '시작'과 '오리엔탈리즘'」, 『세계의 문학』, 1989
가을호 참조)

경직된 중심 의식과 부당한 우월 의식을 심어 주었던 근원 의식을 해체하는 것 자체가 곧 비서구인으로서의 새롭고 자유로운 시작을 의미한다.

그러므로 시작은 고정된 중심과 경직된 사고의 틀에서 벗어나, 창조적인 자신만의 세계를 여는 것을 가능하게 해준다. 사이드에 의하면 시작은 일종의 행동이자 정신의 틀이고, 새로운 자세이자 의식이 된다. 김수영이 말하는 '시도 시인도 시작하는 것'에서 '시작'이란 바로 사이드가 말하는 시작 이론을 선취한 것으로 읽을 수 있다.

김수영의 '시작'은 모기소리보다도 더 작은 목소리에 불과하더라도 아무도 하지 못한 말을 하는 것이다. 그것은 문화의 본질적 근원을 발효시키는 누룩의 역할에 다름 아니다. 문화의 본질적 근원이란 식민지 시대와 식민지 시대 이후를 본질적으로 동일한 맥락에서 파악할 수 있는 식민 체험이다. 따라서 김수영의 '시작'은 현재에까지도 여전히 영향력을 행사하고 있는 남한 사회의 식민성에 대한 검색과 해체를 통해 유·무형의 식민주의에 저항하는 것이다.

그런 맥락에서 남한 자본주의적 근대의 이중성을 발효시키는 누룩의 역할은 자유와 사랑을 시적 형상화를 통해 구체화시켰던 김수영을 평가하는 중요한 척도이자, 신식민지 시대의 문화적 제국주의에 저항하고자 하였던 그의 시가 갖는 시사적 의의를 규정하는 핵심이다.

VI. 결론

김수영은 제국주의 일본이 본격적으로 한반도를 강점했던 1920년대 초반에 출생하여 신식민주의 국가인 미국의 영향력에 놓여있던 1960년대 후반의 독재체재 속에서 생을 마감한 시인이다. 그는 시의 스승은 현실이란 신념 아래, 시와 현실의 긴장 관계를 유지하면서 스스로 끊임없이 시정신을 변모시켰다. 군사적 식민지 시절과 문화적 식민지 시절을 관통하는 김수영의 삶은 유형 무형의 식민지 상황을 직시하면서 남한의 후진성과 식민성을 시작품의 형상화 과정을 통해 지속적으로 보여주었다.

김수영의 시세계를 일관하는 시정신을 밝히고자 본고가 주목했던 것은 근대의 범주 속에 놓여있는 포스트식민주의적 관점이었다. 포스트식민주의적 문제의식은 서구가 비서구를 억압하는 오리엔탈리즘을 해체하는 탈오리엔탈리즘적 사고이다. 김수영은 바로 보기의 시적 인식을 통해 근대라는 이름으로 다가온 문화적 제국주의의 현실을 철저하게 응시했으며, 그러한 현실을 표상하는 '책'의 근대성을 권력과 지배의 상징으로 인식하였다. 이를 통해 김수영은 근대의 이중성에 놓여 있는 억압과 해방의 두 얼굴을 직시할 수 있었고, 새로운 질서로 대두되었던 신식민주의와 문화적 제국주의를 극복하기 위해 끊임없이 현실과의 거리를 좁히고자 하였다. 이와 같은 관점에서 본고는 김수영의 시세계를 전기와 후기로 나누어 다음과 같이 살펴보았다.

첫째, 전기시는 그의 처녀작인 「묘정의 노래」(1945) 이후 4·19 직전까지의 시편들이 해당한다. 이 시기는 해방과 해방기 그리고 한국전쟁과 그로 인한 분단체제의 영속화 과정이었다. 김수영은 이 시기에 근대적 현실에 무방비로 노출되어 중심에 대한 욕망을 보여 주었다. 그가 보여주었던 중심에 대한 욕망은 설움의식을 통해 집약적으로 나타난다. 전기시에 나타나는 설움의식은 자기 부정에 기반한 것으로, 전근대적 전통에 대한 거부와 근대적인 중심에 대한 지향 사이에 놓여진 괴리감이었다. 그러한 괴리감은 한국전쟁으로 현상한 광포한 체험을 통해서 더욱 증폭된다.

이 시기 김수영의 시는 근대적인 것에의 경사를 통해 근대화 담론과 맥을 같이하는 속도주의적 경향을 보여준다. 식민지적 근대가 일제의 한국지배를 정당화하려 했다면 근대화 담론은 비서구 사회에 대한 서구 사회의 지배를 근대의 이름으로 합리화하려는 논리이다. 따라서 김수영의 시에 나타나는 속도 따라가기의 성향은 근대지향성에 있었다. 그러나 그의 속도 따라가기 이면에는 근대의 이중성을 인식하고 그것에 저항하고자 했던 쉬다의 의미가 내재해 있었다. 그것은 자신의 속도 따라가기가 현실의 문제였고 수용할 수밖에 없었던 당대를 환기하는 것이었다. 또한 자신의 속도 지향에의 의지가 근대화의 논리를 따라갈 수밖에 없었음에도 불구하고 쉰다는 의미는 억압적 근대의 폭력적 속도에 저항하는 인식의 발현이었다.

둘째, 후기시는 혁명기에서 그의 마지막 작품인 「풀」까지의 시편들이 해당한다. 김수영의 전기시와 후기시를 나누는 기점으로 작용했던 4·19 혁명기의 시는 1950년대 후반부터 5·16 시기까지의 작품들을 말한다. 먼저 혁명기 직전에 나타났던 시편들을 통해서 김수영은 이미 혁명의 필요성을 언급했었다. 그것은 속도주의로 대두되었었던 근대화 담론의 억압적 이데올로기를 인식하는 것이었다. 그는 자신이 첨단의 노래만을 불러왔다는 것을 고백하면서 정지의 미에 등한히 하였음을 지적하고, 중심과 권력에서 소외된 주변부의 존재들을 재인식하여 형상화하였다.

4·19혁명기는 그가 도달하고자 했던 꿈과 자유의 원형으로 다가온 해방의 의미를 띠고 있었고, 그것은 자기 긍정의 계기가 되었다. 격정적 몸짓을 동반했던 김수영의 해방기 시편들은 현실상의 척도나 규범을 넘고자 했던 꿈과 썩어빠진 어제와 결별하기 위한 민주주의와 자유를 형상화하고자 하였다. 그러나 5·16 군사쿠데타의 발발로 인해 김수영의 꿈과 자유는 좌절되었지만, 혁명의 좌절을 또는 실망의 가벼움을 재산으로 삼았기에 풍성할 수 있었다. 김수영은 혁명을 통해서 드러난 민중적 주체의 역동적 에너지를 높이와 비상으로 받아들임으로써 한반도의 모순구조를 역력히 인식하였다.

김수영은 혁명의 좌절과 군사 정부의 성립에 이르는 일련의 과정을 통해 잠정적으로 시쓰기를 중단하기도 하지만 혁명과 쿠데타의 간극을 극복하는 자아성찰의 의지를 보여주었다. 이때 나타나는 그의 소시민성은 현실의 절망과 고통을 정직하게 드러내는 방식이었다. 그 방식은 일상의 비속성을 극복하려는 김수영의 시적 태도였고, 그것은 세속화되어 가는 자신을 드러냄으로써 그렇게 될 수밖에 없는 현실을 환기하는 것이다. 그러한 내면의 고투를 통해서 도달한 것이 전통은 아무리 더러운 전통이라도 좋다는 탈식민주의 선언이 놓이는 지점이었다. 후기시의 김수영은 전통을 매개로 한 근대극복에의 의지를 새로운 역사와 여유로 보여주었으며, 사랑의 변주를 통해 풀과 바람이 공존하는 시간을 형상화하고자 하였다.

결론적으로 김수영은 식민지 시대와 식민지 시대 이후를 아우르는 한국 현대사의 질곡 속에서, 철저한 현실 응시와 자아 성찰을 추구하여 식민지 지식인의 후진성과 식민성을 극복하고자 노력하였다. 그가 추구했던 새로

운 여유와 역사는 억압되었던 것들과 중심에서 소외된 주변적인 것들에
바쳐진 사랑의 변주였고, 끊임없이 자신의 아이덴티티를 확인함으로써 정
체되지 않는 시정신을 후배 시인들에게 보여주었다.

참고 문헌

기본자료

김수명 편, 『김수영 전집 1-시』, 민음사, 1998.

김수명 편, 『김수영 전집 2-산문』, 민음사, 1998.

김수영, 「들어라 양키들아」, 『세계의 문학』, 1993 여름호.

김수영, 「저 하늘 열릴 때-김병욱 형에게」, 『세계의 문학』, 1993. 여름호.

김수영, 『거대한 뿌리』, 민음사, 1974.

김수영, 『달의 행로를 밟을지라도』, 민음사, 1976.

김수영, 『시여, 침을 뱉어라』, 민음사, 1975.

김수영, 『퓨리턴의 초상』, 민음사, 1976.

김수영, 『한국현대시문학대계 24-김수영』, 지식산업사, 1981.

김혜순, 『김수영-세계의 개진과 자유의 이행』, 건국대학교 출판부, 1995.

최하림 편저, 『김수영』, 문학세계사, 1995.

최하림, 「요나의 긴 항해-김수영과 그의 6·25 체험」, 『문예중앙』 1993 봄호.

최하림, 『자유인의 초상』, 문학세계사, 1982.

황동규 편, 『김수영의 문학』, 민음사, 1997.

학위논문

강연호, 「김수영 시 연구」, 고려대 대학원 박사학위논문, 1995.

강웅식, 「김수영의 시의식 연구-'긴장'의 시론과 '힘'의 시학을 중심으로」, 고려대 대학원 박사학위논문, 1997.

김종윤, 「김수영 시 연구」, 연세대 대학원 박사학위논문, 1987.

김혜순, 「김수영 시 연구-담론의 특성 연구」, 건국대 대학원 박사학위논문, 1993.

박수연, 「김수영 시 연구」, 충남대 대학원 박사학위논문, 1999.

유재천, 「김수영의 시 연구」, 연세대 대학원 박사학위논문, 1986.

윤정룡, 「1950년대 한국 모더니즘시 연구」, 서울대 대학원 박사학위논문, 1992.

이　중, 「김수영 시 연구」, 경원대 대학원 박사학위논문, 1995.

이석호, 「포스트 콜로니얼리즘 미학의 양가성」, 한국외대 대학원 박사학위논문, 1996.

이은정, 「김수영과 김춘수 시학의 대비적 연구」, 이화여대 대학원 박사학위논문, 1993.

이종대, 「김수영 시의 모더니즘 연구」, 동국대 대학원 박사학위논문, 1993.

조명제, 「김수영 시 연구」, 전주우석대 대학원 박사학위논문, 1994.

채만묵, 「한국모더니즘시 연구」, 전북대 대학원 박사학위논문, 1980.

최미숙, 「한국모더니즘 글쓰기 방식에 관한 연구-이상과 김수영을 중심으로」, 서울
　　　대 대학원 박사학위논문, 1997.

한명희, 「김수영의 시정신과 시방법론 연구-셀프 아키타입의 시적 형상」, 서울시립
　　　대 대학원 박사학위논문, 2000.

황혜경, 「김수영 시의 아이러니 연구」, 이화여대 대학원 박사학위논문, 1998.

일반논문

「'탈식민주의시대의 글쓰기와 책읽기' 특집을 엮으며」, 『외국문학』 1992 여름호.

강내희, 「한국 근대성의 문제와 탈근대화」, 『문화 과학』, 2000 여름호.

강연호, 「김수영의 시 「사랑의 變奏曲」 연구」, 현대문학이론학회, 『현대문학이론연
　　　구』12집, 1999.

강우식, 「김수영의 시 「풀」 연구」, 경희대국문과, 『경희어문학』7집, 1986. 9.

고부응, 「에드워드 사이드 : 변경의 지식인」, 『현대시사상』, 1996 봄호.

권영민, 「진실한 시인과 시의 진실성」, 『문예중앙』, 1981 겨울호.

권오만, 「김수영 시의 기법론」, 한양어문연구회, 『한양어문연구』13집, 1995.

김　현, 「웃음의 체험」, 김용직・박철희 편, 『한국현대시작품론』, 문장, 1981.

_____, 「자유와 꿈」, 황동규 편, 『김수영의 문학』, 민음사, 1983.

김경숙, 「실존적 이성의 한계인식 혹은 극복의지」, 『1960년대 문학연구』, 깊은샘, 1998.

김만수, 「1950년대 소설에 나타난 한국전쟁의 형상화방식」, 『문학과 논리』3호, 태
　　　학사, 1993.

김명인, 「그토록 무모한 고독, 혹은 투명한 비애」, 『실천문학』, 1998 봄호.

김상환, 「스오라의 점묘화 : 김수영 시에서 데카르트의 백색 존재론」, 『철학연구』,
　　　1992 가을호.

_____, 「모더니즘의 책과 저자 : 데카르트에서 데리다까지」, 『세계의문학』, 1993 가을호.

_____, 「김수영과 책의 죽음 : 모더니즘의 책과 저자2」, 『세계의문학』, 1993 겨울호.

_____, 「모더니즘 또는 사욕의 금욕주의 : 김수영과 시의 속도」, 『현대시학』 1993. 11-1994. 3.

_____, 「전용, 혼용, 변용-아름다운 우리말을 위한 김수영론」, 『세계의문학』, 1994 가을호.

_____, 「우리시와 모더니즘의 변용 : 김수영의 경우」, 『현대시사상』, 1995 여름호.

_____, 「김수영의 역사 존재론-교량술로서의 작시에 대하여」, 『세계의문학』, 1998 여름호.

_____, 「김수영과 한국시의 미래-풍자와 해탈 사이에서」, 『현대비평과이론』, 1998 가을·겨울호.

김성곤, 「에드워드 사이드의 '시작'과 '오리엔탈리즘'」, 『세계의 문학』, 1989 가을호.

_____, 「탈구조주의와 포스트모더니즘」, 『포스트모더니즘과 현대미국소설』, 열음 사, 1990.

_____, 「탈식민주의 Post-Colonialism 시대의 문학」, 『외국문학』 1992 여름호.

_____, 「탈식민주의적 책읽기와 영문학 연구」, 『외국문학』 1994 봄호.

_____, 「빼앗긴 시대의 문학과 백 년 동안의 고뇌」, 『뉴미디어 시대의 문학』, 민 음사, 1996.

김승희, 「김수영의 시와 탈식민주의적 반(反)언술」, 『김수영 다시읽기』, 프레스 21, 2000.

김영무, 「시에 있어서의 두 겹의 시각」, 『세계의문학』, 1982 봄호.

김영무, 「김수영의 영향」, 『세계의문학』, 1982 겨울호.

김우창, 「예술가의 양심과 자유」, 『궁핍한 시대의 시인』, 민음사, 1978.

김유중, 「김수영 시의 모더니티(1)」, 국어국문학회, 『국어국문학』119호, 1997.

김윤식, 「김수영 변증법의 표정」, 황동규 편, 『김수영의 문학』, 민음사, 1983.

김재용, 「김수영 문학과 분단 극복의 현재성」, 『역사비평』, 1997 가을호.

_____, 「분단현실과 민족시의 방향」, 『시와사람』, 1998 봄호.

김정환, 「벽의 변증법」, 『창작과비평』, 1998 겨울호.

_____, 「이중의 불행을 시의 동력으로」, 『실천문학』, 1999 겨울호.

김종철, 「첨단의 노래와 정지의 미-김수영의 폭포」, 『문학사상』, 1976. 9.

김주연, 「교양주의의 붕괴와 언어의 범속화」, 황동규 편, 『김수영의 문학』, 민음사, 1983.

김준오, 「한국모더니즘시론의 사적 개관」, 『현대시사상』, 1991 가을호.

김진균·조희연, 「분단과 사회상황의 상관성에 관하여」, 변형윤 외, 『분단시대의 한국사회』, 까치, 1985.

김춘식, 「김수영의 초기시-설움의 자의식과 자유의 동경」, 『작가연구』5호, 새미, 1998.

김치수, 「「풀」의 구조와 분석」, 『한국대표시평설』, 문학세계사, 1983.

김현승, 「김수영의 시적 위치」, 『현대문학』, 1967. 8.

_____, 「김수영의 시사적 위치와 업적」, 『창작과비평』, 1968 가을호.

김형효, 「말 중심주의와 소리 중심주의」, 이성원 편, 『데리다 읽기』, 문학과지성사, 1997.

김혜순, 「문학적 『장자』와 김수영의 시 담론 비교 연구」, 『전후시대 우리 문학의 새로운 인식』, 박이정, 1997.

김호기, 「모더니티와 한국사회」, 『현대사상』2, 민음사, 1997.

김효곤, 「김수영의 「사랑의 변주곡」 연구」, 부산대국문과, 『국어국문학』33집, 1996.

노대규, 「시의 언어학적 분석-김수영의 「눈」을 중심으로」, 연세대매지학술연구소, 『매지논총』3집, 1987.

노용무, 「김수영 시 연구-자기 부정과 자기 긍정을 중심으로」, 한국어문교육연구회, 『어문연구』 104호, 1999.

_____, 「김수영 시에 나타난 속도의 의미」, 국어국문학회 제 43차 전국학술대회 『국어국문학의 정체성과 유연성』, 2000. 5.

_____, 「1950년대 모더니즘시론 연구」, 한국언어문학회, 『한국언어문학』 44집, 2000. 8.

_____, 「김수영과 포스트식민적 시읽기」, 현대시학회, 『한국시학연구』3집, 2000. 11.

민승기, 「바바의 모호성」, 『현대시사상』 1996 봄호.

박수연, 「전근대에서 근대로, 근대에서 다른 근대로」, 『실천문학』, 1999 겨울호.

박태호, 「근대적 주체의 역사이론을 위하여」, 김진균·정근식 편저, 『근대주체와 식민지 규율권력』, 문화과학사, 1997.

백낙청, 「김수영의 시세계」, 『현대문학』, 1968. 8.

_____, 「'참여시'와 민족문제」, 『창작과비평』, 1977 여름호.

_____, 「金洙暎의 詩世界」, 황동규 편, 『김수영의 문학』, 민음사, 1983.

서우석, 「김수영 : 리듬의 희열」, 『詩와 리듬』, 문학과지성사, 1981.

서준섭, 「한국 현대시와 초현실주의-시정신의 모험을 위하여」, 『문예중앙』, 1993 봄호.

신경림, 「우리 시에 비친 4월혁명」, 『4월혁명 기념시전집』, 학민사, 1983.

신용하, 「'식민지근대화론' 재정립 시도에 대한 비판」, 『창작과비평』 1997 겨울호.

심광현, 「언어 비판과 철학의 새로운 실천-비트겐슈타인과 알튀세」, 『문화과학』, 1992 겨울호.

안병직, 「한국근현대사 연구의 새로운 패러다임-경제사를 중심으로」, 『창작과비평』 1997 겨울호.

양병호, 「인지의미론의 시학적 적용을 위한 모색」, 국어문학회, 『국어문학』 제30집, 1995. 8.

염무웅, 「김수영론」, 『창작과비평』, 1976 가을호.

염무웅, 「김수영론」, 황동규 편, 『김수영의 문학』, 민음사, 1997.

오성호, 「김수영 시의 '바로보기'와 '비애'-시작 태도와 방법」, 현대문학이론학회, 『현대문학이론연구』15집, 2001.

오세영, 「모더니즘, 포스트모더니즘, 아방가르드」, 『한국근대문학론과 근대시』, 민음사, 1996.

유종호, 「다채로운 레파토리 수영」, 『세대』, 1963. 1-2.

유종호, 「시의 자유와 관습의 굴레」, 『세계의문학』, 1982 봄호.

유중하, 「달나라에 내리는 눈」, 『실천문학』, 1998 여름호.

윤여탁, 「1950년대 한국 시단의 형성과 참여시의 잉태」, 『문학과논리』3호, 태학사, 1993.

윤지관, 「세속성인가 실천성인가 : 에드워드 사이드 비평의 한계」, 『리얼리즘의 옹호』, 실천문학사, 1996.

_____, 「타자의 영문학과 주체 : 영문학 수용 논의의 비판적 고찰」, 『안과 밖』, 1996 하반기.

_____, 「환태평양적 상상력과 민족문학 경계--한 '민족문학론자'의 캘리포니아 드림」, 『실천문학』 2000 봄호.

이건제, 「김수영 시에 나타나는 '죽음' 의식」, 『작가연구』5집, 새미, 1998. 5.

이경덕, 「사물과 시선과 알리바이」, 『실천문학』, 1998 가을호.

이경원, 「저항인가, 유희인가? : 탈식민주의의 반성과 전망」, 『문학과사회』, 1998 여름호.

_____, 「탈식민주의론의 탈역사성-호미 바바의 '양면성' 이론과 그 문제점」, 『실천문학』 1998 여름호.

_____, 「프란츠 파농과 정신의 탈식민화」, 『실천문학』, 2000 여름호.

_____, 「언제부터 탈식민주의였는가」, 바트 무어-길버트, 이경원 역, 『탈식민주의! 저항에서 유희로』, 한길사, 2001.

이경희, 「김수영 시의 언어학적 구조와 의미」, 이화여대한국어문학연구소, 『이화어 문논집』8집, 1986.

이기성, 「1960년대 시와 근대적 주체의 두 양상」, 『1960년대 문학연구』, 깊은샘, 1998.

이매뉴엘 월러스틴, 「유럽 중심주의와 그 화신들」, 『창작과비평』 1997 봄호.

이석호, 「아프리카 작가들의 글쓰기가 갖는 의미」, 『실천문학』 1999 여름호.

이숭원, 「김수영론」, 『시문학』, 1983. 4.

이승훈, 「김수영의 시론」, 『심상』, 1983. 4.

_____, 「1950년대의 우리시와 모더니즘」, 『현대시사상』, 1995 가을호.

이은봉, 「김수영의 시와 죽음-초월, 새로움, 자유, 사랑」, 『실사구시의 시학』, 새미, 1994.

장석만, 「한국 근대성 이해를 위한 몇 가지 검토」, 『현대사상』2, 민음사, 1997.

전정구, 「시대적 양심의 외침과 끈질긴 민중의 함성」, 『약속없는 시대의 글쓰기』, 시와 시학사, 1995.

_____, 「예술의 상품화 경향과 21세기 시문학」, 현대문학이론학회, 『현대문학이론 연구』 제12집, 1999.

정과리, 「현실과 전망의 긴장이 끝간 데」, 『한국현대시문학대계24 김수영』, 지식산 업사, 1981.

정근식, 「20세기 한국사회의 변동과 근대성」, 현대문학이론학회, 『현대문학이론연 구』10집, 1999.

정남영, 「김수영의 시와 시론」, 『창작과비평』 1993 가을호.

_____, 「바꾸는 일, 바뀌는 일 그리고 김수영의 시」, 『실천문학』, 1998 겨울호.

정연태, 「식민지근대화론 논쟁의 비판과 신근대사론의 모색」, 『창작과비평』 1999 봄호.

정효구, 「이어령과 김수영의 <불온시> 논쟁」, 『20세기 한국시와 비평정신』, 새미, 1997.

조현설, 「동아시아 신화학의 여명과 근대적 심상지리의 형성」, 민족문학사연구소, 『민족문학사연구』16호, 소명출판, 2000.

최동호, 「김수영의 시적 변증법과 전통의 뿌리」, 『문학과 의식』, 1988 여름호.

_____, 「김수영의 문학사적 위치」, 『작가연구』5호, 새미, 1998.

_____, 「김수영의 시적 변증법과 전통의 뿌리」, 김승희 편, 『김수영 다시읽기』, 프레스 21, 2000.

최두석, 「김수영의 시세계」, 강원대인문과학연구소, 『인문학보』23집, 1997.

_____, 「현대성과 참여시론」, 한계전 외, 『한국현대시론사연구』, 문학과지성사, 1998.

최유찬, 「1950년대 비평연구(1)」, 한국문학연구회 편, 『1950년대 남북한 문학』, 평민사, 1991.

최일수, 「현대문학의 근본특질(상)-정의를 세우기 위한 논쟁을 전개하면서」, 『현대문학』, 1956. 12.

최하림, 「요나의 긴 항해」, 『문예중앙』, 1993 봄.

하정일, 「김수영, 근대성 그리고 민족문학」, 『실천문학』, 1998 봄호.

한기형, 「동아시아 담론과 민족주의-신채호의 논의와 관련하여」, 민족문학사학회, 『민족문학사연구』 17호, 소명출판, 2000.

한수영, 「'일상성'을 중심으로 본 김수영 시의 사유와 방법」, 『작가연구』, 새미, 1998. 5.

허소라, 「김수영론」, 『한국현대작가연구』, 유림사, 1983.

황동규, 「정직의 공간」, 『달의 행로를 밟을지라도』, 민음사, 1976.

황병주, 「근대적 시간규율과 일상」, 『한국문학』 1999 봄호.

단행본

『작가연구』 제5호, 1998 상반기.

고 은, 『1950년대』, 청하, 1989.

권영민, 『한국현대문사』, 민음사, 1995.

김상환, 『해체론 시대의 철학』, 문학과지성사, 1997.

_____, 『풍자와 해탈 혹은 사랑과 죽음-김수영론』, 민음사, 2000.

김승희 편, 『김수영 다시읽기』, 프레스21, 2000.

김욱동, 『모더니즘과 포스트모더니즘』, 현암사, 1997.

김윤식·김현, 『한국문학사』, 민음사, 1987, 272쪽.

나병철, 『근대서사와 탈식민주의』, 문예출판사, 2001.

나오키 외 편, 『흔적』, 문화과학사, 2001.

박현채, 『민족경제론의 기초 이론』, 돌베개, 1989.

서울사회과학연구소 경제분과, 『한국에서의 자본주의의 발전』, 샛길, 1991.

송기한, 『전후시와 시간의식』, 태학사, 1996.

송하경 외, 『동아시아 문화와 사상-동아시아 문화포럼』 4호, 열화당, 2000.

역사문제연구소 편, 『전통과 서구의 충돌』, 역사비평사, 2001.

이 환, 『근대성, 아시아적 가치, 세계화』, 문학과지성사, 1999.

이대근, 『한국전쟁과 1950년대의 자본축적』, 까치, 1987.

이마무라 히토시, 이수정 역, 『근대성의 구조』, 민음사, 1999.

이승훈, 『한국현대시론사』, 고려원, 1993.

이진경, 『철학과 굴뚝청소부』, 새길, 1994.

_____, 『근대적 시·공간의 탄생』, 푸른숲, 1997.

전정구·김영민, 『문학이론연구』, 새문사, 1989.

_____, 『김소월시의 언어시학적 특성 연구』, 신아, 1990.

_____, 『언어의 꿈을 찾아서』, 평민사, 2000.

정문길 외편, 『동아시아, 문제와 시각』, 문학과지성사, 1995.

정백수, 『한국 근대의 식민지 체험과 이중언어 문학』, 아세아문화사, 2000.

정재서, 『동양적인 것의 슬픔』, 살림, 1996.

조혜정, 『탈식민지 시대 지식인의 글읽기와 삶읽기1』, 또하나의 문화, 1996

진덕규 외, 『1950년대의 인식』, 한길사, 1990.

채만묵, 『1930년대 한국시문학 논고』, 한국문화사, 1999.

최동호 편, 『남북한현대문학사』, 나남, 1995.

최원식·백영서 편, 『동아시아인의 '동양'인식』, 문학과지성사, 1997.

한국문학연구회 편, 『한국문학과 민족주의』, 국학자료원, 2001.

A. Giddens, 이윤희 외역, 『포스트 모더니티』, 민영사. 1991.

Aijaz Ahmad, In Theory: Classes, Nations, Literatures, London: Verso, 1992.

Ann Laura Stoler, Race and the Education of Desire, Durham and London: Duke
University Press, 1995.

Bart Moore-Gilbert, Postcolonial Theory: Contexts, Practices, Politics, London: Verso. (이
경원 역, 『탈식민주의! 저항에서 유희로』, 한길사, 2001)

Bill Ashcroft, Gareth Griffiths, and Helen Tiffin, *The Empire Writes Back,* London: Routledge, 1989.(이석호 역, 『포스트 콜로니얼 문학이론』, 민음사, 1996)

Chinweizu, Jemie, Madubuike, *Toward the Decolonization of African Literature,* London:Routledge, 1980.

David Harvey, 구동회 · 박영민 역, 『포스트 모더니티의 조건』, 한울, 1997.

E. B. 비숍, 이인화 역, 『한국과 그 이웃나라들』, 살림, 1994.

Edward W. Said, *Beginning: Intention and Method,* New York: Columbia University Press, 1975.

_____, 김성곤 · 정정호 역, 『문화와 제국주의』, 창, 1990.

_____, 박홍규 역, 『오리엔탈리즘』, 교보문고, 1997.

Frantz Fanon, 박종렬 역, 『大地의 저주받은 者들』, 광민사, 1979.

_____, 이석호 역, 『검은 피부, 하얀 가면』, 인간사랑, 1998.

G. J. Whitrow, 이종인 역, 『시간의 문화사』, 영림카디널, 1999.

G. 레이코프 · M. 터너, 양병호 · 이기우 역, 『시와 인지』, 한국문화사, 1996.

Homi K. Bhabha, *"Of Mimicry and Man" in The Location of Culture,* London: Routledge, 1994.

J. Derrida, 김성도 역, 『그라마톨로지』, 민음사, 1969.

J. 칠더즈 · G. 헨치, 황종연 역, 『현대 문학 · 문화 비평 용어사전』, 문학동네, 1999.

Joseph Conrad. *Heart of Darkness,* New York: Norton Critical Edition, 1988.

Kwame Anthony Appiah, "Is the Post-in Postmodernism the Post-in Postcolonial?", *Critical Inquiry 17 : 2.*(Winter 1991)

L. Althusser, 김동수 역, 『아미엥에서의 주장』, 솔, 1991.

Leela Gandhi, 이영욱 역, 『포스트식민주의란 무엇인가』, 현실문화연구, 2000.

Linda Hutcheon, "Colonialism and the Postcolonial Condition: Complexities Abounding", *PMLA 110.*(Jan. 1995)

M. Bakhtin, 전승희 역, 『장편소설과 민중언어』, 창작과비평사, 1988.

M. Berman, 윤호병 · 이만식 역, 『현대성의 경험-견고한 모든 것은 대기 속에 녹아 버린다』, 현대미학사, 1998.

M. Calinescu, 이영욱 외역, 『모더니티의 다섯 얼굴』, 시각과 언어, 1994.

M. Foucault, *Power/Knowledge: Selected Interviews and Other Writings 1972-1977,* Colin Gordon, Harvester Press, Hertfordshire, 1980.

_____, 이정우 역,『지식의 고고학』, 민음사, 1992.

_____, 오생근 역,『감시와 처벌』, 나남, 1994.

_____, 김부용 역,『광기의 역사』, 인간사랑, 1999.

M. Heidegger, 이기상 역,『존재와 시간』, 까치, 1998.

M. Weber, 박성수 역,『프로테스탄티즘의 윤리와 자본주의 정신』, 문예출판사, 1988.

Michsel Payne, *A Dictionary of CULTURAL AND CRITICAL THEORY,* Blackwell
    Publishers Ltd, 1996

Robert Young, *White Mythologies: Writing History and the West,* London: Routledge, 1990.

V. 츠메가치 · D. 보르흐마이어 편저, 류종영 외 공역,『현대 문학의 근본개념 사전』,
    솔, 1996.

강상중, 이경덕 · 임성모 역,『오리엔탈리즘을 넘어서』, 이산, 1999.

맹자, 이원섭 역,『孟子』, 대양서적 세계사상대전집, 1970.

福澤諭吉, 정명환 역,『문명론의 개략』, 광일문화사, 1989.

브루스 커밍스, 김자동 역,『한국전쟁의 기원』, 일월서각, 1986.

새무얼 헌팅턴, 이희재 역,『문명의 충돌』, 김영사, 1997.

성백효 역주,『맹자 집주』, 전통문화연구회, 1994.

에반스-프리차드, 최석영 편역,『인류학과 식민지』, 서경문화사, 1994.

헬레나 노르베르 호지, 김종철, 김태언 역,『오래된 미래-라다크로부터 배운다』, 녹
    색평론사, 1999.

부록

김수영 학위논문 총목록

1. 석사학위논문

김성임, 김수영 시의 자폐성 연구, 명지대학교, 2016.

김현숙, 김수영 시 연구, 경상대학교, 2016.

박유민, 김수영 시에 표현된 '사랑' 의미 연구, 연세대학교 교육대학원, 2016.

박복조, 김수영 시에 나타난 여성인식 연구, 대구가톨릭대학교, 2015.

정지연, 김수영 문학에 나타난 '자유' 연구, 한국교원대학교, 2015.

홍성희, 김수영의 이중 언어 상황과 과오·자유·침묵으로서의 언어 수행, 연세대학
교, 2015.

고명재, 김수영 시의 '적(敵)' 연구, 영남대학교, 2014.

권민자, 김수영의 여성 인식과 풍자 연구, 동국대학교, 2014.

김성수, 김수영 시의 탈식민적 담론 연구, 가천대학교, 2014.

김봉재, 김수영의 연극 경험과 시론의 상관성 연구, 동국대학교, 2013.

김원경, 김수영 시에 나타난 욕망 연구, 경희대학교, 2013.

신재연, 김수영 시에 나타난 자의식과 기법 연구, 단국대학교, 2013.

유 준, 김수영의 현실 인식과 시적 변모 양상, 한양대학교 교육대학원, 2013.

이정화, 김수영 시의 식물이미지 연구, 고려대학교 인문정보대학원, 2012.

최서윤, 김수영 시의 아포리아 연구, 연세대학교, 2012.

감소희, 김수영 시론의 정치성 연구, 전남대학교, 2011.

김도연, 중국 시인 베이다오(北島)와 한국 시인 김수영(金洙暎) 비교 연구, 경원대학
교, 2011.

김보현, 김수영 시의 리듬양상 연구, 인제대학교, 2011.

남민지, 김수영 시의 변천과정 연구, 경희대학교 교육대학원, 2011.

송은희, 김수영 시에 나타난 부정어 연구, 충북대학교, 2011.

이상아, 모더니즘 시의 맥락적 읽기 교육 연구, 서울대학교, 2011.

이해경, 김수영의 시세계 변모 과정 연구, 강원대학교 교육대학원, 2011.

강동호, 김수영의 시와 시론에 나타난 자기의식 연구, 연세대학교, 2010.

김광재, 김수영 시의 모호성, 계명대학교, 2010.

김미선, 학습자 중심의 현대시 교수-학습 방법에 대한 연구, 동국대학교 교육대학
원, 2010.

김선연, 김수영 시의 교육적 활용 방안 연구, 고려대학교 교육대학원, 2010.

김혜진, 김수영 문학에 나타난 근대의 속도와 윤리, 한양대학교, 2010.

민영미, 김수영의 시에 나타난 현실인식, 충북대학교 교육대학원, 2010.

배은별, 김수영 시에 나타난 사랑과 혁명의 의미 연구, 서울산업대학교 산업대학원,
2010.

이규진, 김수영 시의식 고찰, 경희대학교, 2010.

최호영, 김수영의 '몸'의 시학 연구, 서울대학교, 2010.

곽정숙, 김수영 시 연구, 원광대학교, 2009.

구태연, 비평적 글쓰기의 교육 방안 연구, 성신여자대학교, 2009.

이미경, 김수영의 시의식 변모과정 연구, 아주대학교, 2009.

이 석, 김수영 시의 '주체' 문제 연구, 경희대학교 교육대학원, 2009.

김명진, '시인 김수영'에 대한 헤르메스적 접근, 서강대학교, 2008.

김영민, 김수영의 시 "풀"에 나타난 무용 이미지 재조명, 세종대학교 공연예술대학
원, 2008.

오영진, 김수영 시에 나타난 자유에 관한 연구, 한양대학교, 2008.

우유진, 김수영 시의 이미지 변용 양상 연구, 명지대학교, 2008.

최미화, 김수영 시의 화자 연구, 건국대학교 교육대학원, 2008.

최윤정, 김수영 시의 '몸'의미 연구, 경희대학교 교육대학원, 2008.

홍주희, 영상콘텐츠를 활용한 문학 교육 방법 연구, 아주대학교 교육대학원, 2008.

곽미진, 김수영 시의 낭만성 연구, 공주대학교 교육대학원, 2007.

김미영, 김수영 시 연구, 청주대학교 교육대학원, 2007.

김유진, 김수영 시의 문학사회학적 연구, 명지대학교, 2007.

박동숙, 김수영 시 주체의 변모 과정 연구, 서울시립대학교, 2007.

박민정, 김수영 후기시 연구, 순천대학교, 2007.

박정인, 김수영 시의 변모 과정 연구, 강원대학교 교육대학원, 2007.

이진희, 김수영의 초기 시에 나타난 모더니즘 연구, 한남대학교 교육대학원, 2007.

이현정, 김수영의 자유의식에 관한 연구, 한양대학교 교육대학원, 2007.

장현정, 김수영 시 연구, 안동대학교, 2007.

Glushchenko, Maria, 김수영의 시세계 연구, 서울대학교, 2006.

고수정, 김수영 시의 공간의식 연구, 연세대학교 교육대학원, 2006.

국원호, 김수영 시의 "타자-되기"의 욕망 연구, 서강대학교, 2006.

김수연, 김수영 시의 수사학적 특성 연구, 한양대학교, 2006.

나정욱, 김수영 시에 나타난 생명의식의 변화과정 연구, 울산대학교, 2006.

노양식, 김수영 시의 난해성 연구, 조선대학교 교육대학원, 2006.

안상현, 김수영 문학론 연구, 충북대학교 교육대학원, 2006.

오명균, 이용악과 김수영의 리얼리즘시 비교연구, 건국대학교, 2006.

강윤주, 김수영 시의 변모과정 연구, 충남대학교 교육대학원, 2005.

김봉관, 김수영 시에 나타난 소시민성 연구, 한남대학교 교육대학원, 2005.

김 정, 김수영 시 연구, 영남대학교 교육대학원, 2005.

노지영, 김수영 시의 다의미성 연구, 서강대학교, 2005.

박영만, 김수영 시의식의 변모 양상 연구, 조선대학교 교육대학원, 2005.

배 영, 김수영 시의 자유정신 연구, 여수대학교 교육대학원, 2005.

이유라, 김수영과 신동엽의 현실인식 비교연구, 대구대학교, 2005.

강용수, 김수영시의 현실인식 연구, 아주대학교, 2004.

김동수, 김수영 시의 어법 연구, 수원대학교 교육대학원, 2004.

박종원, 시 창작 방법 연구, 원광대학교, 2004.

배민수, 김수영, 「풀」의 효과적 교수 방법 연구, 성신여자대학교 교육대학원, 2004.

심효숙, 김수영 작품 속 '의(義)'사상 표현에 관한 연구, 청주대학교, 2004.

양성호, 김수영 시 담론의 근대성 연구, 경성대학교, 2004.

김영희, 金洙暎 詩의 言述 特性 研究, 고려대학교, 2003.

김정숙, 김수영 시 연구, 목포대학교 교육대학원, 2003.

김혜원, 김수영 시의 설움 극복 연구, 안동대학교 교육대학원, 2003.

박연희, 김수영 시론 연구, 동국대학교, 2003.

이길상, 김수영 시 연구, 원광대학교 교육대학원, 2003.

전경아, 김수영 시의 환유구조 연구, 강원대학교, 2003.

정한아, '온몸', 김수영 시의 현대성, 연세대학교, 2003.

홍지영, 金洙暎 詩 硏究, 중앙대학교 교육대학원, 2003.

김수연, 김수영 시에 나타난 주제 정립 양상 연구, 건국대학교, 2002.

김수영, 金洙暎의 詩 硏究, 한양대학교 교육대학원, 2002.

석명현, 김수영 시의 탈근대적 지향 연구, 단국대학교, 2002.

신형철, 김수영 시에 나타난 '사랑'과 '죽음'의 의미 연구, 서울대학교, 2002.

양희응, 김수영 시의 은유구조 연구, 전남대학교, 2002.

임경옥, 김수영 시와 탈식민주의, 충남대학교 교육대학원, 2002.

정은영, 金洙暎의 詩 硏究, 한양대학교 교육대학원, 2002.

나상엽, 金洙暎 前期 詩의 歷史意識 硏究, 고려대학교, 2001.

박경한, 김수영 시 연구, 영남대학교 교육대학원, 2001.

사서영, 김수영 시어 연구, 원광대학교 교육대학원, 2001.

심창섭, 김수영 시의 '설움' 연구, 건국대학교, 2001.

우필호, 김수영 시의 일상성과 시간의식 연구, 성균관대학교, 2001.

이미경, 김수영 문학 연구, 목포대학교 대학원, 2001.

이윤정, 김수영 시 연구, 대구가톨릭대학교, 2001.

이지혜, 김수영 시의 기호학적 연구, 명지대학교, 2001.

장동석, 김수영 시의 '현대성' 연구, 홍익대학교, 2001.

장유순, 金洙暎 詩에 나타난 〈房〉의 空間意識 硏究, 한국외국어대학교 교육대학원, 2001.

조강석, 김수영 시에 나타난 시간의식 연구, 연세대학교, 2001.

조용덕, 김수영 시 연구 : 자유정신을 중심으로, 한국교원대학교, 2001.

고창환, 김수영 시 연구, 인하대학교, 2000.

김경애, 김수영의 시 연구, 연세대학교, 2000.

박태건, 김수영 시 연구 : 무의식적 욕망을 중심으로, 원광대학교, 2000.

안홍림, 金洙英 詩의 自我意識 硏究, 단국대학교, 2000.

엄은경, 1960년대 참여시 연구, 건국대학교, 2000.

여태천, 김수영 시 연구, 고려대학교, 2000.

유명화, 金洙暎 詩 硏究, 충남대학교, 2000.

유성원, 金洙暎 詩 硏究, 인하대학교 교육대학원, 2000.

이준만, 김수영 시의 기법 연구, 건국대학교, 2000.

이혜승, 金洙暎 詩 연구, 서강대학교, 2000.

정문화, 金洙暎 詩에 나타난 自由意識의 變貌樣相 硏究, 울산대학교 교육대학원, 2000.

김삼숙, 김수영 문학의 前衛的 性格 연구, 서울여자대학교, 1999.

김수영, 金洙暎 詩의 모더니즘 硏究, 한양대학교 교육대학원, 1999.

김원숙, 김수영 시 연구, 명지대학교 교육대학원, 1999.

문정이, 김수영의 시정신 연구, 경성대학교, 1999.

문지성, 金洙暎 詩 硏究, 가톨릭대학교, 1999.

심은희, 김수영 시 연구, 경희대학교, .1999.

이정미, 현실지향시의 시적 특징과 전통 연구, 한국교원대학교, 1999.

임한호, 金洙暎 詩의 모더니즘 硏究, 한양대학교 교육대학원, 1999.

채상우, 1960년대의 순수/참여문학논쟁 연구, 동국대학교, 1999.

최영욱, 김수영 시의 <일상성> 연구, 순천대학교, 1999.

최원영, 김수영 시의 색채이미지 연구, 명지대학교 사회교육대학원, 1999.

강영기, 金洙暎 詩의 現實 認識 硏究, 제주대학교, 1998.

고정기, 김수영 시의 전개과정 연구, 강원대학교, 1998.

금종애, 金洙暎의 詩에 나타난 '自由'에 대한 연구, 한남대학교, 1998.

김동경, 金洙暎 詩의 僞惡性 硏究, 한국교원대학교, 1998.

김미정, 김수영 시정신 연구, 강원대학교, 1998.

김효곤, 김수영 시의 타자 현상 연구, 부산대학교, 1998.

유승옥, 金洙暎의 現實認識 方法과 詩的 變容, 고려대학교, 1998.

유진영, 김수영의 시 연구, 충남대학교, 1998.

전옥자, 金洙暎 詩 硏究, 명지대학교 사회교육대학원, 1998.

정현덕, 金洙暎 시의 諷刺硏究, 경기대학교, 1998.

최원발, 김수영과 신동엽의 역사의식 비교연구, 청주대학교, 1998.

강덕화, 김수영 시 연구, 동국대학교, 1997.

김수영, 金洙暎 詩 硏究, 한양대학교 교육대학원, 1997.

김영대, 김수영 시의 풍자방법에 대한 연구, 청주대학교, 1997.

김영빈, 金洙暎 詩에 나타난 空間이미지 硏究, 명지대학교, 1997.

문영희, 김수영 시 연구, 울산대학교 교육대학원, 1997.

안수진, 모더니즘詩의 否定性 形成 研究, 서울대학교, 1997.

오정혜, 김수영 시의 언어적 특성 연구, 동아대학교 교육대학원, 1997.

윤대현, 金洙暎 後期詩에 나타난 아이러니 양상, 동국대학교 문화예술대학원, 1997.

장명국, 김수영 시 연구, 한국외국어대학교 교육대학원, 1997.

차혜경, 金洙暎 詩 研究, 한양대학교 교육대학원, 1997.

구용모, 김수영의 詩論 研究, 한양대학교, 1996.

김수영, 김수영의 詩論 研究, 한양대학교, 1996.

김태진, 金洙暎 詩의 換喩構造 研究, 부산대학교, 1996.

신주철, 김수영 시의 시적 장치 연구, 한국외국어대학교, 1996.

하인철, 金洙暎 詩 研究, 서강대학교, 1996.

홍기돈, 김수영 시 연구, 중앙대학교, 1996.

김형규, 金洙暎의 詩 研究, 충남대학교, 1995.

서경희, 金洙暎 詩에 나타난 自我意識의 變貌樣相, 조선대학교 교육대학원, 1995.

성지연, 김수영 시 연구, 연세대학교, 1995.

소필균, 김수영의 풀 연구, 전북대학교 교육대학원, 1995.

신정은, 박인환.김수영의 1950년대 시 대비 연구, 경북대학교, 1995.

심재웅, 金洙暎 詩 研究, 국민대학교, 1995.

양미복, 金洙暎詩研究, 원광대학교, 1995.

이재성, 金洙暎 詩 研究, 국민대학교, 1995.

정현선, 모더니즘詩의 文化敎育的 研究, 서울대학교, 1995.

채형석, 金洙暎의 詩世界 研究, 圓光大學校, 1995.

권영하, 金洙暎 詩 研究, 성균관대학교 교육대학원, 1994.

김명인, 金洙暎의 <現代性> 認識에 關한 研究, 인하대학교, 1994.

김수진, 金洙暎의 初期詩 研究, 경원대학교, 1994.

이석우, 김수영의 시 '풀'의 연구, 청주대학교, 1994.

전미경, 현실인식과 詩的 형상화, 부산대학교, 1994.

이지연, 김수영의 `온몸´ 시학과 反詩 연구, 부산대학교, 1993.

한정희, 김수영 전기시 연구, 고려대학교, 1993.

황동상, 김수영 시세계 연구, 수원대학교 교육대학원, 1993.

김미섭, 金洙暎詩研究, 인하대학교, 1992.

김수이, 김춘수와 김수영의 비교 연구, 경희대학교 대학원, 1992.

김오영, 김수영론, 연세대학교, 1992.

김창호, 金洙暎 詩의 空間構造와 想像力의 志向性, 제주대학교, 1992.

이세재, 金洙暎 詩 研究, 전주우석대학교, 1992.

홍효경, 김수영 詩에 나타난 서러움의 연구, 명지대학교, 1992.

강정화, 金洙暎 詩世界 研究, 단국대학교, 1991.

김이원, 金洙暎詩研究, 홍익대학교, 1991.

문태환, 金洙暎 詩의 詩語 研究, 동아대학교 교육대학원, 1991.

이태희, 金洙暎 詩의 話者 研究, 인천대학교, 1991.

박원옥, 金洙暎詩研究, 국민대학교, 1990.

배은미, 김수영 모더니즘의 현실참여, 부산대학교 교육대학원, 1990.

위홍석, 金洙暎 詩 意識 研究, 성균관대학교, 1990.

이건제, 김수영 시의 변모양상 연구, 고려대학교, 1990.

이미현, 김수영의 시 연구, 경남대학교 교육대학원, 1990.

조은수, 김수영 시에 나타난 낭만성에 대한 연구, 연세대학교, 1990.

김수경, 金洙暎의 詩 研究, 서울여자대학교, 1989.

안종국, 金洙暎 詩 研究, 연세대학교 교육대학원, 1989.

이방원, 金洙暎 詩 研究, 숙명여자대학교, 1989.

이호준, 金洙暎詩 研究, 전주우석대학교, 1989.

이홍자, 金洙暎 詩 研究, 서울대학교, 1989.

정호길, 김수영의 「자유의식」 고, 동국대학교 교육대학원, 1989.

최상선, 金洙暎 詩 研究, 국민대학교, 1989.

소경애, 김수영 시에 나타난 역동적 이미지 연구, 부산대학교 교육대학원, 1988.

안종국, 金洙暎 詩 研究, 연세대학교, 1988.

이광길, 金洙暎의 詩意識 研究, 동아대학교, 1988.

정대호, 김수영과 신동엽의 현실인식에 대한 비교 고찰, 경북대학교, 1988.

정호갑, 김수영 시의 기법에 대하여, 경상대학교, 1988.

김창원, 韓國 現代詩에 나타난 아이러니에 관한 研究, 서울대학교, 1987.

이인순, 詩人 金洙暎 研究, 전북대학교, 1987.

조기현, 김수영 시의 세계관과 비극성, 경북대학교, 1987.

조원규, 比較觀察을 통한 G.Benn의 絶對詩 研究, 서강대학교, 1987.

조준형, 김수영 시 연구, 한양대학교, 1987.

김정훈, 金洙暎 詩 研究, 한양대학교, 1986.

김화생, 金洙暎時 研究, 제주대학교, 1986.

박종추, 金洙暎의 詩精神 考察, 조선대학교, 1986.

김영옥, 김수영 연구, 숙명여자대학교, 1985.

안상호, 金洙暎의 詩的 變容過程에 대한 考察, 동국대학교, 1985.

양억관, 金洙暎 詩 研究, 경희대학교, 1985.

이필규, 김수영 시의 부정정신, 국민대학교, 1985.

임대식, 김수영 시의 자유의식 고찰, 조선대학교, 1985.

임대식, 金洙暎의 詩의 自由意識 考察, 조선대학교, 1985.

조혜련, 金洙暎 詩 研究, 세종대학교, 1985.

강웅식, 金洙暎의 詩「풀」研究, 경희대학교, 1984.

김혜연, 金洙暎 詩 研究, 중앙대학교, 1984.

윤유승, 金洙暎 詩 研究, 동아대학교, 1984.

김종윤, 金洙暎論 : 정직성과 비극적 현실 인식, 연세대학교, 1983.

김종인, 金洙暎의 詩 世界, 숭전대학교, 1983.

박남철, 김수영의 시문학의 제1시대 연구, 경희대학교, 1983.

임승천, 金洙暎 詩 研究, 단국대학교, 1983.

김창섭, 金洙暎의 詩 研究, 고려대학교, 1982.

김혜순, 金春洙와 金洙暎詩에 나타난 時間意識의 對比的 考察, 건국대학교, 1982.

박병환, 金洙暎 論 : 敵의 意味, 동국대학교 교육대학원, 1981.

김만준, 金洙暎 研究, 연세대학교 교육대학원, 1980.

김희수, 金洙暎 論, 전남대학교 교육대학원, 1980.

오정환, 韓國 現代詩에 나타난 民衆意識, 동아대학교, 1980.

이은봉, 김수영 시에 나타난 "죽음" 연구, 숭전대학교, 1980.

강현국, 金洙暎詩에 나타난 現實參與의 特性研究, 경북대학교 교육대학원, 1979.

이광웅, 詩와 죽음 : 金洙暎 詩의 出發과 그 基調, 원광대학교, 1979.

장승엽, 30年代 모더니티와 金洙暎의 모더니티에 대한 對比研究, 동아대학교, 1979.

이영섭, 金洙暎 詩 研究, 연세대학교, 1976.

한영옥, 金洙暎 研究, 성신여자사범대학, 1975.

이효영, 金洙暎의 詩 「現代式橋梁」에 관한 分析的 研究, 서울대학교, 1974.

2. 박사학위논문

김영희, 김수영 시의 비종결성과 대화의 시학, 고려대학교, 2016.
류성훈, 김수영 시의 자유 지향성 연구, 명지대학교, 2016.
안지영, 한국 현대시에 나타난 허무주의의 계보 연구, 서울대학교, 2016.
이미옥, 김수영과 베이다오의 참여의식 비교연구, 서울대학교, 2016.
정민구, 김수영과 조태일 시의 정치성 비교 연구, 전남대학교, 2016.
박군석, 김수영 시에 나타난 시적 주체의 존재방식 연구, 부산대학교, 2015.
우유진, 김수영 시에 나타난 몸의 의미 연구, 명지대학교, 2015.
이성일, 한국 현대시의 미적 근대성, 국민대학교, 2015.
홍순희, 김수영 시에 나타난 하이데거의 '시적 진리'에 관한 연구, 서울대학교, 2015.
성은주, 한국 전후시의 불안의식 연구, 한남대학교, 2014.
최금진, 이상과 김수영 시의 몸 연구, 한양대학교, 2014.
김창환, 1950년대 모더니즘 시의 알레고리적 미의식 연구, 연세대학교, 2012.
이호연, 김수영 시의식 연구, 중부대학교, 2012.
김정배, 한국 현대시에 나타난 죽음의식 연구, 원광대학교, 2011.
박정선, 한국 현대시의 모더니즘과 전통, 고려대학교, 2011.
방인석, 김수영 시의 탈식민성 연구, 경희대학교, 2011.
임지연, 1950-60년대 현대시의 신체성 연구, 건국대학교, 2011.
김영희, 김수영 시의 自我省察 연구, 국민대학교, 2010.
전병준, 김수영과 김춘수의 시 비교 연구, 고려대학교, 2010.
권지현, 김수영 시 연구, 국민대학교, 2009.
김정석, 김수영의 아비투스에 관한 연구, 숭실대학교, 2009.
유혜경, 이시카와 다쿠보쿠(石川啄木)와 김수영의 시세계 비교 연구, 고려대학교, 2009.
이홍래, 김수영과 신동엽 비교 연구, 경상대학교, 2009.
강계숙, 1960년대 한국시에 나타난 윤리적 주체의 형상과 시적 이념, 연세대학교, 2008.
이은실, 김춘수와 김수영 시의 모더니티 비교연구, 부경대학교, 2008.
조강석, 비화해적 가상으로서의 김수영과 김춘수 시학 연구, 연세대학교, 2008.

차창용, 김수영·신동엽 시의 신화적 상상력 연구, 중앙대학교, 2008.

김희철, 김수영詩 硏究, 중부대학교, 2007.

윤삼현, 金洙暎 詩 硏究, 조선대학교, 2006.

이승규, 1950-60년대 한국 현대시의 현실 지향성 연구, 국민대학교, 2006.

장권순, 金洙暎詩硏究, 경원대학교, 2006.

고봉준, 한국 모더니즘 문학의 미적 근대성 연구, 경희대학교, 2005.

장석원, 金洙暎 시의 修辭的 특성 연구, 고려대학교, 2004.

강영기, 金洙暎 詩와 金春洙 詩의 對比的 硏究, 제주대학교, 2003.

김윤배, 金洙暎 詩 硏究, 인하대학교, 2003.

박주현, 김수영 문학에 나타난 내면적 자유 연구, 서울대학교, 2003.

이소영, 1950년대 모더니즘 시 연구, 명지대학교, 2003.

남기택, 金洙暎과 申東曄 詩의 모더니티 硏究, 충남대학교, 2002.

박지영, 김수영 시 연구, 성균관대학교, 2002.

신주철, 김수영 시의 아이러니 연구, 한국외국어대학교, 2002.

오문석, 김수영의 시론 연구, 연세대학교, 2002.

정현덕, 김수영 시의 풍자 연구, 경기대학교, 2002.

노용무, 金洙暎 詩 硏究, 전북대학교, 2001.

엄성원, 한국 모더니즘 시의 근대성과 비유 연구, 서강대학교, 2001.

이민호, 현대시의 담화론적 연구, 서강대학교, 2001.

권혁웅, 韓國 現代詩의 詩作方法 硏究, 고려대학교, 2000.

남진우, 미적 근대성과 순간의 시학 연구, 중앙대학교, 2000.

한명희, 김수영의 시정신과 시방법론 연구, 서울시립대학교, 2000.

박수연, 金洙暎 詩 硏究, 충남대학교, 1999.

강응식, 金洙暎의 詩意識 硏究, 고려대학교, 1998.

노 철, 金洙暎과 金春洙의 詩作方法 硏究, 고려대학교, 1998.

이명순, 金洙暎 詩의 主題와 文體硏究, 성신여자대학교 교육대학원, 1997.

최미숙, 한국 모더니즘시의 글쓰기 방식에 관한 연구, 서울대학교, 1997.

황혜경, 김수영 시의 아이러니 연구, 이화여자대학교, 1997.

강연호, 金洙暎 詩 硏究, 고려대학교, 1995.

김광엽, 韓國 現代詩의 空間 構造 硏究, 서강대학교, 1994.

이종대, 金洙暎 詩의 모더니즘 硏究, 동국대학교, 1994.

이 중, 金洙暎 詩硏究, 경원대학교, 1994.

조명제, 金洙暎 詩 硏究, 전주우석대학교, 1994.

김혜순, 金洙暎 詩 硏究 : 담론의 특성 연구, 건국대학교, 1993.

이은정, 김춘수와 김수영 시학의 대비적 연구, 이화여자대학교, 1993.

김종윤, 金洙暎 詩 硏究, 연세대학교, 1987.

유재천, 金洙暎의 詩 연구, 연세대학교, 1986.

연용순, 金洙暎 詩 硏究, 중앙대학교, 1985.

정대구, 김수영 연구, 명지대학교, 1975.

저자 노용무

전라북도 군산 출생, 군산대학교 국어국문학과 졸업
전북대학교 대학원 국어국문학과 석·박사과정 졸업
전북대학교 인문학연구소 박사후과정(post-doc)
월간 시문학 신인문학상 등단, 월간 수필과비평 신인평론상 등단
현 전북대학교, 호원대학교 강사

논문 김수영 시 연구, 친일시와 식민담론, 바람의 시인-조태일론
한국 현대시에 나타난 군산지역 형상화의 의미
전북 지역 시문학의 연구 현황과 과제, 백석 시와 토포필리아
신경림의 「아버지의 그늘」 연구/ 외 다수

저서 시로 보는 함민복 읽기
한국 현대문학과 탈식민성 : 동고와 시선들(공저)
그리운 시 여행에서 만나다(공저)
추억의 시 여행에서 만나다(공저)
사랑의 시 여행에서 만나다(공저)/ 외 다수

인문학연구총서 10
탈식민주의 시선으로 김수영 읽기

초판 인쇄 2017년 2월 1일
초판 발행 2017년 2월 8일
저 자 노용무
펴낸이 이대현
편 집 홍혜정
디자인 최기윤
펴낸곳 도서출판 역락
서울시 서초구 동광로 46길 6-6 문창빌딩 2층
전화 02-3409-2058(영업부), 2060(편집부) 팩시밀리 02-3409-2059
이메일 youkrack@hanmail.net 역락 블로그 http://blog.naver.com/youkrack3888
등록 1999년 4월 19일 제303-2002-000014호

ISBN 979-11-5686-735-7 93810

이 도서의 국립중앙도서관 출판예정도서목록(CIP)은 서지정보유통지원시스템 홈페이지(http://seoji.nl.go.kr)와
국가자료공동목록시스템(http://www.nl.go.kr/kolisnet)에서 이용하실 수 있습니다.(CIP제어번호: CIP2017002510)